Liebe, Landluft, Leopold

Julia Sander

Liebe, Landluft, Leopold

Roman

Weltbild

MIX
Papier | Fördert gute Waldnutzung
FSC® C083411

Besuchen Sie uns im Internet:
www.weltbild.de

Genehmigte Lizenzausgabe für Weltbild GmbH & Co. KG,
Ohmstraße 8a, 86199 Augsburg

Projektleitung und Redaktion: usb bücherbüro, Friedberg/Bay.
Umschlaggestaltung: Atelier Seidel – Verlagsgrafik, Teising
Umschlagmotiv: Oliver Wetter / Ars Fantasio / www.fantasio.info
Satz: Datagroup int. SRL, Timisoara
Druck und Bindung: CPI Moravia Books s.r.o., Pohorelice
Printed in the EU
ISBN 978-3-96377-902-2

Prolog

»Zwei Wochen Urlaub? Einfach so?«, rief Christina erstaunt.

»Nicht einfach so«, gab Lana zurück und hob abwehrend eine Hand. »Dieser Mandant, von dem ich dir erzählt habe …«

Christina verdrehte die Augen. »Der Mandant, von dem du mir nicht erzählen willst, wer es ist«, unterbrach sie und grinste spöttisch. »Ihr Steuermenschen und eure Heimlichtuerei.«

Lana verzog den Mundwinkel. »Die Heimlichtuerei nennt sich Verschwiegenheitspflicht, Chrissy«, machte sie ihrer Freundin klar – und das nicht zum ersten Mal. »Das gehört zum Vertrauensverhältnis zwischen Mandant und Berater.«

»Du könntest ja wenigstens eine Andeutung machen«, beharrte Christina, aber ihr Lachen ließ erkennen, dass sie es nicht ganz ernst meinte. »Einen Anfangsbuchstaben zum Beispiel.«

»Keine Chance, meine Liebe.« Lana blieb stur. »Jedenfalls ist es so, dass ich diesen Mandanten davon überzeugen konnte, zu unserer Kanzlei zu wechseln. Mit einem einzigen von seinen Jahresabschlüssen beschere ich der Kanzlei mehr Einnahmen als mit all meinen anderen Mandanten zusammen.«

»Wow, wie hast du das denn hingekriegt?«, fragte Christina beeindruckt.

»Einfach mit den besseren Argumenten«, sagte Lana. »Wir können mehr Personal für ihn zur Verfügung stellen als der bisherige Berater und können dementsprechend schneller Ergebnisse liefern.«

»Und die zwei Wochen Urlaub sind so was wie ein Dankeschön, das du dir selbst spendiert hast?«

»Richtig. Ein bisschen so was wie ein vorgezogenes Weihnachtsgeschenk.« Lana trank einen Schluck Kaffee und lehnte sich zurück, um etwas mehr Sonne abzubekommen, die von den großen Schirmen des Straßencafés weitestgehend daran gehindert wurde, bis zu den Gästen vorzudringen. »Allerdings mit einem Haken.«

Christina zog fragend eine Augenbraue hoch. »Ein großer Haken?«

Lana machte eine vage Geste mit einer Hand, dann fuhr sie sich durch ihre feuerroten Haare und strich sich die Strähnen aus dem Gesicht, die von einer verirrten Windböe verweht worden waren.

»Ja, ich muss diese zwei Wochen innerhalb der nächsten vier Wochen nehmen, weil danach keine Zeit mehr für so was ist. Auch an Weihnachten nicht.«

»Wie kommt denn das?«

Sie grinste spöttisch. »Das ist der Preis, den man dafür zahlt, dass man der Firma etwas Gutes tut. Weil ich den neuen Mandanten angeworben habe, darf ich mich auch vorrangig um ihn kümmern. Nur ist der zu groß für mich, also brauche ich Assistenten …«

»Gleich mehrere?«

Lana nickte bestätigend. »Mindestens drei. Und ich muss meine bisherigen Mandanten an Kollegen abgeben, weil ich für die keine Zeit mehr habe. Das bedeutet, dass ich bei jedem von denen noch ein Übergabegespräch mit dem künftigen Bearbeiter führen muss. Und danach darf ich mich in die Strukturen des neuen Mandanten vertiefen, damit der Übergang so glatt wie möglich verläuft. Wir wollen ja nicht gleich mit Hunderten Korrekturbuchungen loslegen.«

»Hmm, klingt für mich so, als könntest du statt zwei eher vier Wochen Urlaub brauchen – allerdings erst, *nachdem* du das alles bewältigt hast.«

Lana lachte leise auf. »Stimmt, aber da habe ich schlechte Karten.« Sie zuckte mit den Schultern. »Das einzige wirkliche Problem ist aber, dass ich nicht weiß, wo wir Urlaub machen sollen. Ich hätte ja gern was Ruhiges …«

»Dein Problem wäre gar keins, wenn du dich überwinden und ein Flugzeug betreten könntest«, sagte Christina.

»Auf keinen Fall«, gab Lana mit Nachdruck zurück. »Ich mag keine Flugzeuge.«

»Weiß ich. Und Züge magst du auch nicht«, ergänzte ihre Freundin und schaute einen Moment lang abgelenkt einem gut aussehenden Mann hinterher. Der schien ihren Blick zu bemerken, da er sich auf einmal umdrehte und sie anlächelte.

»Hey, hey, hey, flirten kannst du später immer noch«, ermahnte Lana ihre Freundin und gab ihr einen Klaps aufs Knie. »Ich schau auch keinen fremden Männern hinterher, wenn wir uns unterhalten.«

Christina drehte sich wieder zu ihr um. »Dann verpasst du aber was.«

Lana verzog den Mund. »Das Einzige, was ich da verpassen kann, ist der nächste Kerl, der mich sitzen lässt.«

»Mensch, Lana. Das ist einmal passiert, und das ist ewig her«, sagte Christina.

»Eigentlich passiert es ständig«, konterte Lana. »Nämlich in dem Moment, in dem ich erzähle, dass zu Hause mein vierzehn Jahre alter Sohn sitzt. Sobald das raus war, hat sich bislang noch jeder Typ so schnell aus dem Staub gemacht, als wäre er weggebeamt worden.«

Ihre Freundin sah sie mitfühlend an. »Ich weiß, das ist schon bescheuert. Aber wenn du es nicht gleich beim ersten Date erwähnst, machst du alles nur noch schlimmer«, fuhr sie fort. »Dann triffst du dich dreimal mit ihm, bist jedes Mal noch ein bisschen mehr davon überzeugt, dass er der Richtige sein könnte, und wenn er dann mit deinem kleinen Geheimnis konfrontiert wird und abhaut, dann tut's bloß noch mehr weh.«

Lana zog ihr Smartphone aus der Tasche und sah kurz auf das Display, tippte ein »OK« als Antwort und schickte sie ab. »Das war Timo, er wollte nur Beschied geben, dass er zu Hause ist.« Sie legte das Telefon auf den Tisch. »Weißt du, viele von den ›netten Herren‹ rennen gar nicht mal los, wenn sie hören, dass ich ein Kind habe. Die sitzen erst noch einen Moment da und rechnen nach, und *dann* wird ihnen klar, dass ich gar nicht die achtundzwanzig sein kann, für die sie mich bis dahin gehalten haben, wenn mein Sohn fast vierzehn ist. Dann nehmen sie den Notausgang aus dem Lokal und lassen mich da sitzen … vorzugsweise mit der Rechnung fürs Abendessen. Und dann ist der Zug abgefahren.«

»Apropos Züge«, nutzte Christina diese Äußerung, um das noch nicht abgeschlossene Thema erneut aufzugreifen. »Die willst du ja so wie Flugzeuge auch nicht benutzen.«

Lana schüttelte den Kopf. »Du kennst ja meine Meinung dazu.«

»Ja, ich weiß. Wenn du bei dreißig Stundenkilometern von der Polizei einen Strafzettel bekommst, weil du keinen Gurt angelegt hast …«

»… warum darf die Bahn dich dann mit dreihundert Stundenkilometern ohne Gurt und ohne Airbag durch die Gegend schleudern?«, führte Lana ihren eigenen Satz zu Ende. »Du kennst meine Einstellung, und bis heute hat sich daran nichts geändert.«

»Dann fahr mit Timo ans Meer, das ist von hier aus immer noch am schnellsten zu erreichen«, schlug Christina vor, deren Blick schon wieder davonwandern wollte, dann aber von Lanas warnend erhobenem Zeigefinger gestoppt wurde.

»Wenn wir in vierzehn Tagen dreizehnmal das Hotel wechseln wollten, würden wir das sofort machen«, sagte Lana missmutig und erklärte auf Christinas fragende Miene hin: »Ich habe schon jedes Dorf an der Küste von Oostende bis nach Ostfriesland abgesucht, aber egal welchen Buchungsplan ich anklicke, es sind nur noch einzelne Übernachtungen verfügbar, und zwar quer über alle Hotels verteilt. Wir hätten zwar jede Nacht ein Dach über dem Kopf, aber wir müssten morgens früh gleich wieder unsere Sachen ein- und am Nachmittag woanders auspacken.«

Christina winkte ab. »Das klingt ja eher nach Abenteuerurlaub. Da könnt ihr auch zwei Wochen mit dem Rad durch Düsseldorf kurven und nachts irgendwo euer Zelt aufstellen.«

Lana schüttelte den Kopf. »Sag so was lieber nicht, sonst will Timo das noch machen.«

»Hmm«, seufzte ihre Freundin nachdenklich. Plötzlich schnippte sie mit den Fingern. »Warte mal, ich glaube, ich weiß was. Lass mich nur kurz telefonieren.«

Lana nickte und trank ihren Kaffee aus, während ihre Freundin nach ihrem Handy griff und eine Nummer eintippte. »Frau Gevelsberg? … Winkler hier, Frau Gevelsberg. Kann ich Sie kurz stören? … Sie hatten doch gestern davon gesprochen, dass Sie Ihren Urlaub stornieren müssen … Ja, genau. Haben Sie das schon gemacht? … Nicht? Wunderbar. Es könnte sein, dass ich jemanden habe, der für Sie einspringen kann. … Richtig. Ich rufe Sie in zehn Minuten wieder an, dann weiß ich mehr. Bis gleich.« Sie beendete das Gespräch und sah Lana strahlend an. »Ich hab die Lösung für dein Problem!«

»Keine Kreuzfahrt!«

»Keine Kreuzfahrt«, versicherte Christina ihr.

»Sondern?«

»Holi-Holi-Holiday«, antwortete ihre Freundin in einem etwas schrägen Singsang.

Lana zog rätselnd die Augenbrauen zusammen. »Ein Karaoke-Marathon?«

»Unfug«, gab Christina lachend zurück. »Der Ferienpark Holi-Holi-Holiday.«

»Ein Ferienpark«, wiederholte Lana und unternahm gar nicht erst den Versuch, begeistert zu klingen, weil sie wusste, der würde misslingen. »Ein Ferienpark *ist* eine Kreuzfahrt, nur ohne Wasser. Den ganzen Tag Action und Animateure und Musik. Was soll ich da?«

Christina lächelte sie triumphierend an. »Ruhe finden.«

»Da müsste ich schon die Kontrolle über die Stromversorgung für die Karaoke-Anlage haben, aber die werde ich garantiert nicht bekommen.«

»Brauchst du auch nicht. Du musst wissen, dass Frau Gevelsberg meine Nachbarin von schräg gegenüber ist, die so wie ihr Mann Mitte siebzig ist«, erklärte ihre Freundin geduldig. »Die beiden suchen auch Ruhe, wenn sie irgendwo Urlaub machen. Genau für diese Kunden hat Holi-Holi-Holiday einen Teil der Ferienhäuser so abseits vom Rest platziert, dass man da garantiert seine Ruhe hat. Animateure dürfen da nicht rein, da finden keine Partys statt, und Gäste mit Kindern unter zehn Jahren sind da auch ausgeschlossen. Das Ganze liegt abseits und wird auch von einer dezenten Lärmschutzwand von allem abgeschirmt, was im Rest der Anlage los ist.«

»Hmm«, machte Lana.

»Ja, das ist ziemlich ›hmm‹, nicht wahr? Und das Beste ist, dass du dich jederzeit in den Trubel stürzen kannst, wenn es dir zwischendurch mal langweilig sein sollte«, sagte Christina. »Und für Timo gibt es da genug Wettbewerbe und Veranstaltungen, wo er seinen Spaß hat, ohne dass du dir Gedanken machen musst, wo er sich gerade aufhält.«

»Hmm, hmm«, erwiderte Lana und legte den Kopf schräg. »Das klingt fast zu schön, um wahr zu sein. Wo ist da der Haken?«

Christina hielt die Hände ausgebreitet hoch. »Da ist kein Haken. Frau Gevelsberg und ihr Mann fahren schon seit Jahren da hin.«

»Und warum dieses Jahr nicht?« Nach so viel Positivem suchte Lana fast reflexartig nach etwas Negativem, das dieses verlockende Angebot unweigerlich ins Gegenteil verkehren würde.

»Die Schwester von Frau Gevelsberg«, antwortete Christina. »Bei ihr im Haus werden in den nächsten Wochen in allen Wohnungen die Heizkörper ausgetauscht, was mit sehr viel Dreck und Lärm verbunden ist. Wenn die Gevelsbergs in Urlaub fahren, wird sie darauf drängen, in der Zeit bei ihnen wohnen zu dürfen.«

»Und das ist ein Problem?«

Christina nickte. »Die Schwester ist eine äußerst neugierige Person, die wahrscheinlich die ganze Wohnung auf den Kopf stellen würde. Vor ihr wäre kein Schrank sicher, keine Schublade, und im Keller würde sie auch noch jeden Karton aufmachen und nachsehen, was drin ist.«

»So schlimm? Übertreibt deine Nachbarin da nicht ein bisschen?«

»Leider übertreibt sie nicht. Ich hab die Schwester mal kennengelernt, als ich vom Einkaufen nach Hause kam. Ich hatte die Einkaufstaschen aus dem Kofferraum geräumt und an die Hauswand gestellt, um dann den Wagen in die Garage zu fahren«, berichtete Christina. »Die Schwester wartete gegenüber auf die Gevelsbergs, die sich wohl verspätet hatten. Als sie mich sah, kam sie rüber und fing ein Gespräch mit mir an. Obwohl … Gespräch ist nicht ganz der richtige Ausdruck. Sie stellte mir eine Frage nach der anderen, wirklich neugierige Fragen zu meinen Einkäufen, ob ich immer so viel kaufe, wie viel ich dafür ausgegeben habe, wie viel ich im Monat für Lebensmittel ausgebe und und und. Ich bin kaum auf die Fragen eingegangen, aber das hielt sie nicht davon ab, immer noch mehr wissen zu wollen. Dann habe ich den Wagen in die Garage gefahren, und als ich rauskomme und das Tor zumachen will, da steht sie vor dem Haus und durchwühlt meine Einkaufstaschen!«

»Das kann doch nicht wahr sein!«, rief Lana lauter als gewollt.

»Das dachte ich auch«, sagte ihre Freundin. »Ich habe ihr eine Tasche aus der Hand genommen und ihr erklärt, dass das so nicht geht, aber das hat sie nicht mal zur Kenntnis genommen. Stattdessen wollte sie wissen, wie groß meine Wohnung ist, wie viel Miete ich zahle, ob ich allein lebe und so weiter. Ich habe ihr dann die Haustür vor der Nase zugemacht, damit ich endlich Ruhe habe.«

Lana nickte. »Einer meiner Onkels ist ähnlich neugierig, allerdings nicht ganz so extrem. Da kann ich verstehen, dass deine Nachbarin ihre Schwester nicht unbeobachtet in ihre Wohnung lassen will.« Sie dachte kurz nach. »Gut, und … ähm … wie soll das alles ablaufen?«

»Na, sie gibt dem Ferienpark Bescheid, dass die Buchung auf dich umgeschrieben wird«, sagte Christina. »Zumindest nehme ich an, dass das so läuft. Aber das wird sie ja noch erfahren, wenn sie da anruft. Sie und ihr Mann haben zweihundert Euro Anzahlung geleistet, die müsstest du ihnen geben, der Rest ist natürlich noch offen.«

»Und weißt du, wie hoch dieser Restbetrag ist?«, erkundigte sich Lana.

Christina konnte nur den Kopf schütteln und griff nach ihrem Smartphone. »Ich rufe Frau Gevelsberg jetzt wieder an, dann könnt ihr beide das unter euch ausmachen. Wenn es dir zu teuer ist, kannst du ja immer noch Nein sagen.« Sie lächelte Lana strahlend an. »Das wird ein super Urlaub.«

Zwar erwiderte Lana das Lächeln, aber so richtig konnte sie nicht glauben, dass es wirklich so kommen würde. Dafür war das alles viel zu glatt gelaufen.

1

Gut zwei Wochen später, Samstag

»Wann sind wir denn endlich da?«

Diese Frage kam nicht etwa von Timo, dem Sohn von Lana, der auf dem Beifahrersitz des roten Mercedes Kombi saß und konzentriert auf sein Smartphone blickte. Vielmehr hatte Lana selbst diese Frage ausgesprochen, die schon seit einer Weile keinen Hehl mehr aus dem Frust machte, der sie befallen hatte. Sie waren inzwischen wirklich seit einer halben Ewigkeit unterwegs.

»Weiiiß niiicht«, antwortete ihr Sohn gedehnt.

»Schon wieder kein Empfang?«, fragte sie.

»Immer noch kein Empfang«, korrigierte Timo und blies sich einmal mehr die Haare aus dem Gesicht, auch wenn es genau genommen eine völlig sinnlose Maßnahme war. Solange der Junge die Haare so lang trug, dass sie ihm bis zum Nasenrücken reichten, so lange würden sie ihm auch immer wieder die Sicht nehmen, selbst wenn er drei Dutzend Mal jede Strähne wegpustete, die ihm im Weg war. »Der Kartenausschnitt bewegt sich keinen Millimeter, und wir sind irgendwo außerhalb davon unterwegs. Keine Ahnung, wo.«

Leise seufzend konzentrierte sich Lana wieder auf die Straße. »Da verlässt man sich einmal auf die Technik …«

»Mom, du hast doch selbst gesagt, du willst auf keinen Fall ein Auto mit Navi«, machte ihr Sohn ihr klar. »Darum fährst du auch immer noch ein Auto, das älter ist als ich. Was übrigens voll peinlich ist.«

»Es spricht für den Wagen, dass er inzwischen sechzehn Jahre alt ist und immer noch so zuverlässig läuft wie am ersten Tag«, betonte Lana. »Dieses Auto braucht nicht ständig irgendein Software-Update, nur damit es weiß, dass es nach links blinken soll.«

Timo verdrehte die Augen. »Dafür sieht das Teil aber auch so aus, als wär Oma damit schon von ihrer Oma zum Kindergarten gefahren worden. Das Radio hat kein Display, man kriegt kein DAB rein, aber dafür spielt es diese super Dinger ab ... wie heißen die?«

»Kassetten«, half Lana ihm geduldig auf die Sprünge.

»Kann sein, ja«, sagte er und fuchtelte mit beiden Händen. »Du hast hier ja nicht mal 'nen USB-Anschluss. Und mein Handy kann ich nur aufladen, wenn ich das mit 'nem Adapter an dem Anzünderdingsda anschließe.«

Unwillkürlich musste Lana grinsen. »Wenn ich dich so reden höre, mein Schatz, dann kann ich wohl davon ausgehen, dass du mich niemals fragen wirst, ob du dir mal meinen Wagen ausleihen darfst, wie?«

Er schüttelte den Kopf. »Nur wenn ich den dann zum Schrottplatz fahren darf.«

»Das könnte dir so passen«, gab sie lachend zurück. »Freu dich lieber, dass wir mit so einem alten Auto unterwegs sind. Mit einem Elektroauto wären wir längst irgendwo gestrandet, weil es weit und breit keine Lademöglichkeit gibt. Wär dir das lieber?«

Timo schnaubte leise. »Dann hätten wir aber auch ein Navi und wären nicht hier in der Wildnis unterwegs.«

Die Wildnis war momentan ein dichter Wald zu beiden Seiten, der keine Sicht auf die Landschaft dahinter erlaubte, womit es auch unmöglich war, irgendwo am Horizont den Ferienpark zu entdecken. Bis sie den Wald erreicht hatten, waren links und rechts der Straße nur Wiesen und Weiden zu sehen gewesen, auf denen Pferde oder Kühe oder Schafe grasten. Bauernhöfe waren in einiger Entfernung zu sehen gewesen, aber es gab von dieser Landstraße aus zu keinem von ihnen eine Zufahrt. Damit war es ihnen nicht möglich, irgendwo anzuhalten und jemanden nach dem Weg zu fragen, der sich hier auskannte.

Mittlerweile war es Viertel nach zwei, dabei hätten sie schon um zwölf den Park erreichen sollen. Zeitig genug abgefahren waren sie, aber dann war alles aus den Fugen geraten, als sich herausstellte, dass es auf der gesamten A2 keine Ausfahrt mit dem Namen gab, der auf der Website des Ferienparks eingezeichnet war – und mit dieser fehlenden Ausfahrt gab es auch keine Landstraße, die schnurgerade von der Autobahn bis zum Park führte. Sie hatte keine Ahnung, was die Verantwortlichen sich dabei gedacht hatten, auf jeden Fall würde sie versuchen, von irgendwem eine Erklärung dafür zu bekommen – und mit etwas Nachdruck auch eine Entschuldigung, vorzugsweise in Form eines Gutscheins, damit sie für diese Odyssee zumindest ein wenig entschädigt wurden.

Der Wald endete so abrupt, wie er begonnen hatte, und wich einer bis zum Horizont reichenden platten Landschaft. Nach einigen Hundert Metern näherten sie sich einer Haltebucht, die nach einer vor langer Zeit aufgegebenen Haltestelle für einen Überlandbus aussah.

»Was machst du?«, fragte Timo verdutzt, als sie rechts ranfuhr und anhielt.

»Wirst du gleich sehen«, sagte Lana und stieg aus, öffnete die Heckklappe und schaute in ein Seitenfach im Kofferraum. Das Gesuchte stach ihr förmlich ins Auge, sie griff danach und stieg wieder ein.

»Was hast du denn da?«, wollte ihr Sohn wissen, der sich offenbar unter dem länglichen Teil, das etwas von einer schmalen hohen Aktenmappe hatte, gar nichts vorstellen konnte.

»Die Lösung unseres Problems«, verkündete Lana und schlug das Teil auf. »Eine Straßenkarte.«

Timo starrte die Karte an, als hätte man einem Menschen aus dem Mittelalter ein Smartphone hingehalten.

Dann kratzte er sich am Kopf. »Oookaaay«, sagte er betont gedehnt, so als würde er darauf warten, dass nun endlich eine verständliche Erklärung folgte.

»Das ist so was wie ein Ausdruck von Google Maps«, führte sie schließlich aus und kam sich dabei vor wie eine Museumsangestellte, die einem Besucher den Sinn und Zweck irgendeines antiken Objekts erklärt. »Nur brauchen wir dafür keinen Strom.«

»Hm«, machte er und sah zu, wie sie den Plan auseinanderzufalten begann. Nachdem sie mit dem Finger eine Weile dem Verlauf verschiedener Straßen gefolgt war, verzog sie den Mund und ließ den Kopf nach hinten gegen die Kopfstütze sinken. »Verdammt.«

Timo sagte nichts, wohl weil er sich den Fluch nicht erklären konnte. Wie sollte er auch? Wenn er sich nie mit einer Straßenkarte befasst hatte, woher sollte er dann wissen, was jetzt nicht stimmte?

»Die Karte hat den falschen Maßstab«, murmelte sie.

»Und das heißt?«

»Das heißt, die Karte ist zu klein, sie zeigt mir nur die größeren Straßen, aber nicht die kleineren«, fuhr sie fort. »So wie offenbar diese hier.«

»Dann wissen wir immer noch nicht, wo wir sind?«, fragte Timo etwas irritiert.

»Im groben Rahmen schon«, gab sie zuversichtlich zurück und lächelte ihren Sohn an, doch den schien das mehr zu amüsieren als zu beunruhigen. Vermutlich lag das daran, dass ihr Motto bei jedem Ausflug in eine unbekannte Region oder in eine fremde Stadt lautete: »Nach Hause finden wir immer.« Es hatte ihr selbst das Gefühl gegeben, die Lage immer im Griff zu haben, und diese Gelassenheit hatte sich im Laufe der Jahre auf Timo übertragen.

Der grinste sie nun an und erwiderte spöttisch: »Ich wette, du würdest jetzt gern den Ausschnitt auf deiner Karte vergrößern können, um zu sehen, wo wir sind.«

»Wir sind auf jeden Fall in einem Dreieck zwischen Hannover, Bremen und Münster«, sagte sie zuversichtlich. »Das ist ja noch ganz überschaubar.«

Timo zog die Augenbrauen hoch und wiederholte ungläubig: »Überschaubar?«

»Na ja, so über den Daumen gepeilt sind es von Münster bis Hannover um die hundert Kilometer, von Hannover bis Bremen auch in etwa«, erklärte sie, nachdem sie mit Daumen und Zeigefinger den Musterkilometer unter der Legende abgemessen und auf die Karte gehalten hatte. »Und von Bremen nach Münster auch noch mal.« Sie überlegte kurz, dann sagte sie zu Timo: »Was für ein Dreieck ist das?«

»Hä?«, machte er verständnislos. »Ähm … ein verdammt großes.«

»Komm schon, wie nennt man ein Dreieck, bei dem alle drei Seiten genau die gleiche Kantenlänge haben?«

»Mom, ich habe Ferien, ich muss jetzt nichts lernen«, protestierte er.

»Du sollst ja auch gar nichts lernen, sondern das Erlernte anwenden.«

Er winkte ab. »Frag mich in vier Wochen noch mal, wenn die Ferien rum sind.«

»Dann sag mir wenigstens, welche Fläche das Dreieck hat«, versuchte sie ihn anzuspornen.

»Ganz viel Fläche, Mom«, antwortete er. »Gaaaaanz viel.«

Nun zog sie eine Augenbraue hoch. »Junger Mann, ich will hoffen, dass du diese Dinge beherrschst und nicht die Ferien nur als Vorwand nimmst, um mich darüber hinwegtäuschen zu wollen, dass du es nicht weißt.«

»Hast du Lust, die zehn wichtigsten Paragrafen im Umsatzsteuergesetz aufzusagen und dann auch noch zu interpretieren, wenn du eigentlich schon im Urlaub bist?«, drehte er den Spieß um.

Lana verzog den Mund und nickte schließlich zustimmend. »Eigentlich hast du recht«, sagte sie und zwinkerte ihm zu. »Aber du kannst dir trotzdem schon mal Gedanken darüber machen, weil ich dich am ersten Schultag nach den Ferien danach fragen werde.«

»O Mann«, gab er ironisch zurück. »Da werde ich ja vor Aufregung die nächsten vier Wochen nicht mehr schlafen können.« Ehe sie noch etwas sagen konnte, deutete er auf die Straßenkarte. »Warum hast du da eigentlich nicht viel früher draufgeguckt? Dann würden wir jetzt vielleicht nicht hier stehen.«

»Weil ich davon ausgegangen bin, dass dieser Ferienpark seinen Kunden behilflich sein will, ans Ziel zu kommen«, erwiderte sie. »Und nicht, dass man eine Wegbeschreibung ins Internet stellt, die in die Irre führt.«

»Vielleicht verfällt ja die Anzahlung, wenn man deswegen einen halben Tag zu spät kommt«, gab Timo zu bedenken. »Dann musst du den Betrag noch mal bezahlen, und weil die Reservierung verfallen ist, können sie dich zwingen, einen höheren Preis als vorher zu zahlen.«

»Zwingen können die mich zu gar nichts«, betonte Lana.

»Nee, ist schon klar. *Die* zwingen dich zu nix. Aber stell dir vor, du hast nicht so einen vernünftigen und reifen Sohn an deiner Seite wie mich …«

»Dass du dich dabei ernst halten kannst«, murmelte sie und brachte ihn tatsächlich zum Lachen.

»… sondern die fünf Jahre alten Drillinge, die sich schon soooo auf den Urlaub freuen, dass du es nicht übers Herz bringst, mit ihnen einfach wieder nach Hause zu fahren.« Er sah sie abwartend an. »Was würdest du dann machen?«

Lana verzog den Mund und nickte bedächtig. »Dann müsste ich anerkennend sagen, dass das wirklich eine raffinierte Methode wäre … mit der sie auch noch Erfolg hätten.« Sie machte eine wegwerfende Geste. »Gehen wir mal davon aus, dass sie nicht so gehässig sind. Wie kann man so einen Plan zeigen, auf dem nichts stimmt?«

»Weil die nicht glauben, dass sich irgendwer für den Plan interessiert, sondern die Adresse ins Navi eingibt und einfach losfährt«, antwortete Timo. »Das Ding sagt dir schon, wann du abbiegen musst.«

Sie zuckte flüchtig mit den Schultern und reichte ihrem Sohn die aufgeklappte Straßenkarte. »Halt das mal, vielleicht kommt ja irgendwann noch mal ein Wegweiser.« Dann fuhr sie wieder los.

Die nächste halbe Stunde verging, ohne dass ihnen irgendwo eine Menschenseele begegnete. Zum Teil mochte es auch mit

Hitze zu tun haben, für die die vom Himmel brennende Sonne verantwortlich war. Es war schlicht und einfach zu heiß, um zu Fuß oder mit dem Fahrrad unterwegs zu sein, und es war auch nirgends ein Traktorfahrer auf einem der Felder unterwegs, den sie auf sich aufmerksam machen konnten. Nur ein paar Pferde und Kühe waren zu sehen, die sich in den Schatten unter den Bäumen zurückgezogen hatten.

Dann kamen ihnen in rascher Folge drei Wagen entgegen, zwei mit Bremer, einer mit Hamburger Kennzeichen, was hoffentlich bedeutete, dass diese drei von Norden kamen und in südlicher Richtung unterwegs waren. Sonst würde es nämlich heißen, dass sie beide längst wieder in Richtung Heimat fuhren, was sie derzeit nicht ausschließen wollte. Dummerweise verhinderte der hohe Stand der Sonne zudem vorläufig auch noch, aus dem Schattenwurf der Bäume oder Zaunpfähle abzuleiten, in welcher Himmelsrichtung sie unterwegs waren. Hinzu kam, dass Lana durch eine Vielzahl an Rechts- und Linkskurven komplett die Orientierung verloren hatte.

Zwar versuchte Lana bei jedem der drei Fahrer, ein Mann in einem Mercedes, eine Frau in einem Porsche und ein Mann in einem BMW Cabrio, sie durch Lichthupe und aufgeregtes Winken zum Anhalten zu bewegen, doch so, wie die Wagen an ihnen vorbeischossen, war den Leuten nicht mal aufgefallen, dass da jemand etwas von ihnen wollte.

Nach einer Weile tauchten am Horizont ein »Vorfahrt achten«-Schild und ein Wegweiser auf. Beim Näherkommen wurde erkennbar, dass sie nur nach links oder rechts abbiegen konnten, da der Weg geradeaus durch dichten Wald blockiert war.

»Jetzt bin ich aber mal gespannt«, murmelte Lana und nahm Gas weg, um den Wagen auf das Schild zurollen zu lassen. Der verwitterte Wegweiser bestand aus zwei schmalen weißen Schildern, die beide in einer Pfeilspitze ausliefen. »Tüpelfeld nach links, Grünacker nach rechts«, las sie vor, was auf den Schildern geschrieben stand, und sah, wie Timo die Karte hochhob, um sich auf die Suche nach den beiden Orten zu machen.

Sie schüttelte den Kopf. »Das kannst du dir sparen«, sagte sie, legte eine Hand auf seinen Arm und drückte ihn mitsamt der Karte wieder runter. »Das können nur zwei Dörfer in der Umgebung sein, die sind auf der Karte nicht zu finden.«

»Bist du dir ganz sicher?«, vergewisserte sich ihr Sohn.

»Ich habe mir die Karte eben lange genug angesehen«, versicherte sie ihm. »Diese Dörfer sind nicht drauf.«

»Und jetzt?«

Lana zuckte mit den Schultern. »Schlag du vor, wohin wir fahren sollen. Ich habe momentan nämlich keine Ahnung, wo wir lang müssen.«

»Hm«, machte Timo. »Feld gegen Acker. Klingt beides nicht so, als wollte man da wirklich hinfahren.« Er seufzte und sagte schließlich: »Ach, nimm dieses Tüpel-Dings. Das klingt wenigstens nach gar nichts. Vielleicht ist bei denen deshalb umso mehr los.«

Lana setzte den Blinker und zog den Wagen ein Stück vor, sah nach links und nach rechts, dann gab sie Gas und bog nach links ab. Nach ein paar Kilometern ging es wieder durch einen Wald, da rief Timo auf einmal: »Mom, halt an, stopp, zurück! Mom!«

Sie wurde etwas langsamer, fuhr aber weiter, da sie nicht in einer Kurve oder gleich dahinter anhalten und vielleicht auch noch wenden wollte. »Was ist denn?«

»Hast du nicht das Schild gesehen?«

»Was für ein Schild?«

»Irgendwas mit Gasthof und roter Ochse«, sagte er. »Genau krieg ich das nicht zusammen, dafür waren wir zu schnell. Ein P war auch noch auf dem Schild zu sehen.« Er sah sie an. »Also irgendein Laden mit Parkplatz. Muss ja wohl was Größeres sein.«

»Okay, dann werde ich bei der nächsten Gelegenheit wenden«, beschloss Lana.

»Warum nicht gleich hier?«, fragte ihr Sohn.

»Ganz einfach, Timo«, erklärte sie, während sie beim Weiterfahren den Randstreifen auf beiden Seiten der Landstraße im Auge behielt. »Selbst jemand, der sich korrekt verhält, könnte bei hundert Stundenkilometern nicht mehr rechtzeitig anhalten, wenn wir hier quer auf der Straße vor und zurück rangieren. Da sich hier aber vermutlich kaum jemand an das Tempolimit hält, ist es mir zu riskant, es zu versuchen.« Aus dem Augenwinkel sah sie, wie er verstehend nickte und dabei in den Außenspiegel sah. »Was wir brauchen, ist … so was wie das da vorne«, redete sie weiter und zeigte auf einen Feldweg, der von rechts einmündete. Der Weg endete zwar schon nach wenigen Metern an einem Metalltor, das jeden Unbefugten davon abhielt, das Grundstück zu betreten, aber er genügte für Lana, um rückwärts in die Einfahrt zurückzusetzen und dann umzukehren.

Als sie sich der Stelle näherten, an der Timo das Schild entdeckt hatte, mussten sie beide zweimal hinsehen, um es wiederzufinden, da es aus dieser Richtung kommend vollständig zugewuchert war. Sie bogen in die Einfahrt ein und folgten dem asphaltierten Weg durch den Wald.

»Na, ich weiß nicht«, murmelte Lana, nachdem sie ein Stück weit gefahren waren. Das überwucherte Schild hatte bei ihr schon erste Zweifel geweckt, die durch den Anblick der Straße vor ihnen noch mehr Nahrung erhielten. Dass die Asphaltdecke in einem schlechten Zustand war, störte sie nicht, auch wenn sie sich nicht darüber freuen konnte, von einem Schlagloch ins nächste zu fallen. Was jedoch irritierte, waren die dichten Grasbüschel und Wildblumen, die aus Rissen und Löchern hervorquollen. »So wie das aussieht, ist hier schon lange niemand mehr durchgefahren.«

»Dachte ich auch gerade«, stimmte Timo ihr zu. »Soll ich die Machete aus dem Kofferraum holen und eine Schneise in das Grünzeug schlagen?«

»Das wäre eine gute Idee«, erwiderte sie lachend und folgte der Kurve, die die Straße mitten durch den Wald beschrieb. Zwischen den dicht an dicht stehenden Bäumen hindurch konnte man nicht viel sehen, aber Lana hatte den Eindruck, die dunklen Umrisse eines Hauses ausmachen zu können.

Gleich darauf hatten sie auch schon das Ende der Zufahrtsstraße erreicht und fuhren auf einen großzügig bemessenen Parkplatz für bestimmt fünfundzwanzig bis dreißig Fahrzeuge. Der Platz war in keinem besseren Zustand als die Straße – und er war komplett verwaist. Gleiches galt für eine überwucherte Terrasse vor dem Gebäude links von ihnen, auf das sie erst einen Blick warfen, als sie das Ende der Parkfläche erreichten und Lana den Wagen wendete.

Vor ihnen stand ein recht ausladendes Gebäude mit Erdgeschoss und erstem Stock sowie einem über die gesamte Breite reichenden Balkon, der anscheinend auch für die Bewirtung der Gäste genutzt worden war – irgendwann vor langer Zeit, als noch Gäste hergekommen waren. Das musste schon ewig her sein, überlegte Lana. Von der blassgelb gestrichenen Fassade war großflächig der Verputz abgebröckelt, was dem bereits bis zum ersten Stock vorgedrungenen Efeu von Nutzen sein musste, der auf der rauen Oberfläche hervorragend Halt fand. Das Schild, das an der Balkonbrüstung gehangen hatte, war etwa in der Mitte durchgebrochen. Eine Hälfte musste im hohen Gras vor dem Eingang liegen, die andere war ein Stück nach unten gerutscht und wurde nur von dem schmalen Vordach davor bewahrt, ebenfalls auf dem Boden zu landen. Darauf zu lesen war noch »RESTA« und in größerer Schrift »Zum Oc«. Das Dach war gut zu einem Drittel abgedeckt, was wohl nach und nach geschehen war. Wenn erst mal an einer Stelle eine Lücke entstanden war, um die sich niemand mehr gekümmert hatte, dann hatte der nächste Sturm leichtes Spiel gehabt, weitere Dachziegel herauszureißen.

»Sieht ja irre aus«, flüsterte Timo begeistert. »Ein richtiger Lost Place.«

»Ein was?«, fragte sie irritiert, da er sie aus ihren Gedankengängen gerissen hatte.

»Ein Lost Place«, wiederholte er. »So ein Ort, der von allen vergessen worden ist. Alte Fabriken und Lagerhallen und so was wie das Haus da, wo niemand mehr hingeht und wo alles nach und nach verfällt.«

Sie nickte. »Stimmt, dazu hast du mir doch mal was im Internet gezeigt. Also ein bisschen unheimlich ist das Ganze schon, und abends möchte ich mich hier nicht unbedingt aufhalten.«

»Schade, Mom, ich dachte, wir würden uns irgendwo Schlafsäcke besorgen und dann die zwei Wochen da drin verbringen.«

Lana zog eine Augenbraue hoch, drehte langsam den Kopf zur Seite und sah ihren Sohn forschend an.

»Nur ein Scherz, Mom«, sagte er und grinste sie breit an, dann löste er den Gurt. »Ich mach schnell von allen Seiten ein paar Fotos, okay?«

»Aber nur von außen, hörst du?«, ermahnte sie ihn. »Wir wissen nicht, in welchem Zustand die Bruchbude ist. Nachher gibt noch der Boden unter dir nach, und ich muss die Feuerwehr anrücken lassen, damit du gerettet wirst.«

»Schon okay«, versicherte er ihr und stieg aus.

Er war erst ein paar Meter weit gegangen, da klingelte ihr Telefon. Auf dem Display war Christinas Foto zu sehen. Sie nahm den Anruf an. »Hey, Chrissy, was gibt's?«

»Das sollte ich wohl besser dich fragen, Lana«, erwiderte ihre Freundin. »Wie gefällt's euch?«

»Das sage ich dir, wenn wir da sind.«

»Was, ihr seid noch nicht da? Wir haben fast vier Uhr«, sagte Christina erstaunt. »Ihr seid doch so früh losgefahren.«

»Wem sagst du das?«, gab Lana zurück und berichtete ihr von ihrer bisherigen Odyssee, während sie Timo nicht aus den Augen ließ.

»Ach, ihr Ärmsten«, bemitleidete Christina sie. »Lass mich mal sehen, ob ich euch helfen kann. Tüpelfeld hast du gesagt? Ich tippe das gerade mal ein … Warte noch … Ah, da …«

»Wo ist ›da‹?«, wollte Lana wissen.

»Moment, ich muss den Bildausschnitt ändern. Dieses Tüpelfeld besteht aus drei Häusern, von denen eines ein Restaurant sein soll, sofern das noch aktuell ist. Und von da … ja, das sind noch ein paar Kilometer in südlicher Richtung. Ihr seid um den ganzen Park herumgefahren und kommt jetzt von oben, aber … puh, ich schlage vor, ihr haltet bei diesem Restaurant an und fragt noch mal nach dem Weg. Ich kann hier nämlich nicht erkennen, welche Straßen frei befahrbar sind und welche zu einem der Bauernhöfe gehören. Auf jeden Fall seid ihr auf dem richtigen Weg«, bestätigte sie und fügte dann ironisch hinzu: »In den nächsten drei bis vier Tagen dürftet ihr am Ziel ankommen.«

»Du kannst dir nicht vorstellen, wie sehr mich diese Prognose mit Zuversicht erfüllt«, konterte Lana, versprach ihrer Freundin, sich sofort zu melden, wenn sie angekommen waren, und startete den Motor wieder, da Timo soeben zum Wagen zurückgekehrt war und einstieg. »Chrissy hat angerufen, wir sind auf dem richtigen Weg«, berichtete sie, als er nach dem Gurt griff.

Er stutzte und sah auf sein Smartphone. »Hey, stimmt, ja, wir haben hier Empfang … und jetzt schon wieder nicht mehr«, fügte er mürrisch hinzu, nachdem Lana noch keine zehn Meter gefahren war. »Jetzt wieder ein Balken … kein Balken … ein Ba… nein, doch kein Balken.« Frustriert steckte er sein Telefon weg und betrachtete im Vorbeifahren interessiert das heruntergekommene und sich selbst überlassene Restaurant.

Lana war nur froh, wieder von hier wegzukommen.

»Das muss Tüpelfeld sein«, sagte Lana, als sie gut eine Viertelstunde später vor sich eine Ansammlung von drei Häusern ausmachen konnte, von denen Christina gesprochen hatte.

»Tüpelfeld Stadtmitte«, kommentierte Timo kopfschüttelnd den Anblick. »Gut, dass wir in Düsseldorf wohnen. Hier ist ja … noch weniger als nichts los.«

Lana musste über seine Bemerkung schmunzeln, während sie vor dem einzigen unmittelbar an der Straße gelegenen Gebäude anhielt, einem zumindest von außen recht schäbigen Mehrfamilienhaus, in dessen Erdgeschoss sich das Restaurant befand, von dem ihre Freundin gesprochen hatte.

Die »Dorfstube« machte ihrem Namen alle Ehre, und von einem Restaurant zu reden, war eine ziemliche Übertreibung. Das Lokal war eine etwas größer geratene Kneipe mit einem abteilbaren Festsaal, die Einrichtung schien aus dem gleichen Jahr zu stammen, in dem das Lokal laut einem Zeitungsbericht eröffnet worden war. Der Bericht hing in einem Glaskasten in einer Art Garderobenbereich zwischen Eingangstür und der nächsten Tür, und nach dem zu urteilen, was Lana auf die Schnelle vom Inhalt des Artikels erfasste, musste Tüpelfeld im Januar 1961 ein Prestigeprojekt für eine neuen Stadt vom Reißbrett gewesen sein. Warum man die Idee nach drei fertiggestellten Häusern dann doch wieder aufgegeben hatte, war aus diesem Artikel nicht ersichtlich.

Sie betrat den Schankraum und fühlte sich tatsächlich so, als hätte sie soeben eine Zeitreise unternommen. Alles hier wirkte wie in einem der alten Krimis aus den Sechzigern, die sie in jungen Jahren mitbekommen hatte, wenn ihre Eltern sich die Wiederholungen von früher angesehen hatten.

An der Theke saß ein älterer Mann mit langen grauen Haaren, der sein Bierglas festhielt und auf einen alten tragbaren Röhrenfernseher starrte, der hinter der Theke auf dem Tresen stand. Den Ton hatte er leise gestellt, sodass Lana erst einmal genauer hinsehen musste, um herauszufinden, dass er sich ein Fußballspiel ansah.

Hinter der Theke stand der Wirt, ein Mann, wohl Mitte fünfzig, mit Halbglatze und Schnurrbart, der an den Mundwinkeln als dünner Streifen bis zur Unterkante des Kinns reichte. Argwöhnisch musterte der Mann sie, wie sie zur Theke kam.

»Guten Tag«, sagte sie, was er nur mit einem knappen Nicken erwiderte. »Ich habe eine Bitte. Es scheint so, als hätten wir uns verfahren. Können Sie uns sagen, wie wir zu diesem Ferienpark Holi-Holi-Holiday kommen?«

»Ich bringe Ihnen gleich die Speisekarte, suchen Sie sich schon mal einen Tisch aus«, erwiderte der Wirt.

Lana stutzte, da sie einen Moment lang überlegen musste, ob sie sich verhört hatte oder ob sie womöglich eine ganz andere Frage gestellt hatte als die, die sie sich vorgenommen hatte. Nein, sie war sich ganz sicher, dass so etwas nicht passiert sein konnte. »Die Speisekarte? Ich will keine Speisekarte sehen, ich benötige nur eine Auskunft. Ich suche die Zufahrt zum Ferienpark.«

»Wissen Sie schon, was Sie trinken möchten? Sicher was ohne Alkohol, wenn Sie mit dem Auto unterwegs sind«, sagte der Wirt in einem durchaus freundlichen Tonfall, der in einem seltsamen Widerspruch zu der Tatsache stand, dass er sich ihr gegenüber gar nicht freundlich verhielt.

»Ich glaube, Sie verstehen mich nicht. Wir wollen weder etwas essen noch trinken, ich brauche nur …« Auf einmal dämmerte es ihr. »Warten Sie mal. Verstehe ich das richtig, dass Sie mir eine Auskunft nur geben, wenn wir hier essen und trinken? Ist das Ihre Auffassung von Hilfsbereitschaft? Sie wollen uns erpressen?«

Der Wirt hob abwehrend seine Hand. »Ich will Sie nicht erpressen, sondern Ihre Neugier wecken.«

»Meine Neugier wecken?«, wiederholte sie skeptisch. »Wie soll ich das verstehen?«

»Was wissen Sie über diesen Park?«, fragte er. »Außer, dass er existiert und was er zu bieten hat?«

Sie hob flüchtig die Schultern. »Ich gebe zu, ich habe mich nicht mit der Vorgeschichte befasst, aber das halte ich auch nicht für so wichtig.«

»Und genau da irren Sie sich«, sagte der Wirt. »Genau das *ist* wichtig.«

Sie sah ihn eine Weile nachdenklich an.

Schließlich sagte er: »Jetzt habe ich Sie neugierig gemacht, richtig?«

Lana sah nach links und rechts, dann deutete sie auf den Tisch in der linken Ecke. »Legen Sie die zwei Speisekarten da hin, ich sage nur kurz meinem Sohn Bescheid, dass wir hier eine Rast einlegen.«

Der Wirt nickte zufrieden.

Nachdem der Wirt die Bestellung aufgenommen und an seine Frau weitergegeben hatte, die ihm in der Küche half, brachte er zwei Gläser Limo an den Tisch, dann zog er vom Nebentisch einen Stuhl heran und setzte sich zu ihnen.

»Ich bin gespannt, was Sie zu erzählen haben«, sagte Lana,

nachdem sie einen Schluck getrunken hatte. »Also, was hat es mit der Ferienanlage auf sich, dass Sie uns zwingen, bei Ihnen eine Rast einzulegen, damit wir erfahren, wo wir hinfahren müssen?«

»Ich muss da ein bisschen ausholen«, begann er und lehnte sich zurück. »Bevor es den Park gab, stand dort jahrzehntelang eine Fabrik, in der Getreide und alles andere weiterverarbeitet wurde, was hier in der Gegend auf den Feldern angebaut wurde. Vor ungefähr zwanzig Jahren hieß es dann, die Fabrik ist nicht mehr rentabel, sie wird geschlossen.«

»Das muss für die Region ein schwerer Schlag gewesen sein«, warf Lana ein.

»O ja, in jeglicher Hinsicht«, bestätigte der Wirt. »Die Bauern mussten sich auf die Suche nach neuen Abnehmern begeben, ich war innerhalb kürzester Zeit fünfundneunzig Prozent meiner Stammkunden los, weil niemand mehr in der Mittagspause herkam oder nach Feierabend noch ein oder zwei Bier trank. Ein Stück weiter nördlich gab es eine Pension mit Restaurant, Zum Ochsen ...«

»Die leer stehenden Ruinen haben wir vorhin gesehen«, sagte Lana.

»Ja, aber Sie haben nur einen Teil gesehen, denn auf der Fläche, die bis zuletzt noch Biergarten war, stand ursprünglich ein Haus mit zig kleinen Zimmern für all die Arbeiter, die von weiter weg für eine Weile in der Fabrik arbeiteten und nicht jeden Tag nach Hause fahren konnten. Die waren von einem Tag auf den anderen weg, das Gebäude wurde abgerissen und stattdessen ein Biergarten eingerichtet, nachdem in der Kreisbehörde irgendjemand entschieden hatte, den Ferienpark dort anzusiedeln.«

»Aber hätte der denn nicht hier für Aufschwung sorgen müssen?«, fragte Timo, womit er Lana überraschte, da sie das Gefühl gehabt hatte, er würde gar nicht richtig zuhören.

»Das wurde uns ja hoch und heilig versprochen«, antwortete der Mann und lachte verbittert. »Politiker und ihre Versprechen! Ha!«, erwiderte der Wirt. »Wir sollten alle davon profitieren. Es war von einem Partnerprogramm die Rede, dass Parkgäste in den umliegenden Lokalen vergünstigt essen und trinken sollten. Im Gegenzug sollte im Park für alle Geschäfte ringsherum geworben werden. Der erste Rückschlag kam, als die Bauarbeiter anrückten, die ausnahmslos aus Osteuropa stammten und für extrem geringen Lohn arbeiteten. Für diese Leute war das zwar immer noch viel Geld, aber das wurde brav nach Hause überwiesen, sodass für sie selbst nur ein Taschengeld übrig blieb. Die brachten ihr eigenes Bier mit, weil unsere eigentlich günstigen Preise für ihre Verhältnisse immer noch Luxus waren, den sie sich nicht leisten konnten.«

Seine Frau rief etwas aus der Küche, von ihm kam ein knappes Ja, dann widmete er sich wieder Lana und Timo. »Nachdem die Arbeiter fertig waren und die Heimreise angetreten hatten, kam wieder Hoffnung auf, dass die Menschen hier aus der Region im Park Arbeit finden würden. Aber dann wurde bekannt, dass man maximal fünfundzwanzig sein darf und Student sein muss, tja, und damit waren hier alle aus dem Rennen. Als Nächstes war von dem Partnerprogramm keine Rede mehr, von dem wir alle profitieren sollten. Die Unternehmensleitung redete sich damit heraus, dass sie mit den Betreibern der eigenen Lokale bereits in den anderen Parks zusammenarbeiteten und die nicht durch ein solches Partnerprogramm benachteiligt werden dürften.«

»Dann ist ja gar nichts für die Region übrig geblieben«, stellte Lana erschrocken fest.

»Richtig. Die Leute kommen her, fahren am Haupttor rein, bleiben zwei oder drei Wochen da, ohne auch nur einmal die Umgebung zu erkunden. Dann tanken sie an der parkeigenen Tankstelle zum Sonderpreis und fahren nach Hause, ohne dass auch nur ein Cent in der Region gelassen wurde.«

»Aber die Gewerbesteuer …«, begann Lana.

»Die wird gezahlt, aber so wie all diese riesigen Konzerne verbuchen die ihre Einnahmen an anderen Standorten und schieben die Gelder so lange hin und her, bis sich die Gewinne in Luft aufgelöst haben.«

»Ach ja, diese leidige Methode wird ja gern angewandt«, stimmte Lana ihm zu.

Der Wirt nickte niedergeschlagen. »Können Sie jetzt verstehen, warum ich nicht bereit bin, den Touristen den Weg zum Ferienpark zu erklären?«

»Ich könnte sogar verstehen, wenn Sie jeden, der nach dem Weg fragt, Richtung Norden schicken würden«, sagte sie und zwinkerte ihm verständnisvoll zu.

In diesem Moment ertönte aus der Küche der Ruf: »Essen für Tisch vier ist fertig.«

»Das sind Sie«, sagte der Wirt und stand auf.

Es war kurz nach sechs an diesem ersten Urlaubstag, als sie endlich Hinweisschilder am Straßenrand entdeckten, die auf den Ferienpark hinwiesen. Bis zum Abzweig dorthin war es jetzt nur noch ein Kilometer.

»Irgendwie hab ich gar keine Lust mehr auf den Park«, sagte Timo leise.

»Du meinst, weil du jetzt weißt, dass die Leute, die hier leben, davon gar nichts haben?«, vergewisserte sie sich.

»M-hm«, bestätigte er. »Da sind wir in dem Park und haben Spaß, und die Leute auf der anderen Seite von diesem Zaun wissen nicht, was sie tun sollen, um Geld zu verdienen.«

»Ziemlich unfair, dass muss ich auch sagen«, stimmte sie ihm zu und war mehr als nur angenehm überrascht, dass Timo sich das Ganze so zu Herzen nahm und nicht einfach den Standpunkt vertrat: »Was kümmern mich die Probleme anderer Leute?«

Der Wirt hatte es im Vergleich zu anderen noch ganz gut getroffen, da er auf die Idee gekommen war, einen weiteren großen Saal im hinteren Teil des Gebäudes zum Lager umzufunktionieren. Dort hatte er Werbetafeln und Leuchtreklamen aller Art untergebracht, die aus früheren Jahrzehnten bis zurück in die Fünfzigerjahre stammten. Verliehen wurden die an Filmproduktionen, die alte Dekorationen für Filme brauchten, die in der Zeit kurz nach dem Zweiten Weltkrieg spielten. Nach den Szenenfotos zu urteilen, mit denen die Wände gepflastert waren, musste das ein ganz einträgliches Geschäft sein.

»Sollen wir denn gar nicht hin?«, fragte sie zögerlich, da sie sich selbst nicht sicher war, ob sie die zwei Wochen unbeschwert genießen könnte.

»Puuh, ich weiß nicht«, sagte er unschlüssig. »Wir können ja wenigstens mal gucken, wie das überhaupt so ist.«

Lana nickte. »Eine gute Idee. Vielleicht würden wir ja sowieso wieder die Flucht ergreifen, auch wenn wir das alles nicht erfahren hätten.«

Der Abzweig war erreicht, sie setzte den Blinker und … kam nicht weiter, da eine Gruppe Demonstranten die Zufahrt versperrte.

»Was ist denn hier los?«, wunderte sie sich. »Nach einem Empfangskomitee sieht das aber nicht aus.«

Sie standen auf der Abbiegespur, während einige Demonstranten immer wieder ihre Trillerpfeifen ertönen ließen und andere mit Megafonen irgendwelche Forderungen verkündeten, die Lana aber nicht verstehen konnte.

Während sie noch dastanden und überlegten, was sie jetzt tun sollten, kam eine Frau in der Uniform eines Sicherheitsdienstes zu ihnen und klopfte an die Seitenscheibe. »Fahren Sie bitte da rüber in die Haltebucht, ich komme sofort zu Ihnen«, sagte die Frau und zeigte auf den Fahrbahnrand.

Lana kam der Aufforderung nach, die Frau folgte ihnen. »Guten Abend, mein Name ist Kempen«, stellte sie sich vor. »Sie wollen Ihren Urlaub im Holi-Holi-Holiday antreten?«

»Ja, das wollen wir.«

»Ihr Name?«

»Behring. Lana Behring«, antwortete sie.

Die andere Frau zog ein Tablet aus ihrer Umhängetasche und begann etwas einzutippen. »Ja, hier habe ich Sie. Sie … haben bislang nur eine Anzahlung geleistet, ist das richtig?«

»Ja, zweihundert Euro«, bestätigte Lana. »Was ist denn hier los?«

»Die Belegschaft ist heute Mittag in einen unbefristeten Streik getreten, der Park bleibt bis auf Weiteres geschlossen.«

»Ganz geschlossen?«, wiederholte Lana verdutzt.

»Ja, sämtliche Gäste sind im Laufe des Nachmittags abgereist«, erklärte die Frau vom Wachdienst. »Das hat die Geschäftsleitung so beschlossen.«

»Aber beide Seiten könnten sich doch längst zusammengesetzt haben, um das Problem endlich zu lösen«, fand Lana.

Die Wachfrau zuckte mit den Schultern. »Wenn man wollte, könnte man vieles. Sie haben das nicht von mir, aber offenbar sind die Fronten so verhärtet, dass die Geschäftsführung lieber für drei oder vier Wochen den Betrieb ruhen lässt und keine Gehälter zahlt, um die Angestellten in die Knie zu zwingen. Das tut mir für Sie leid, weil Sie sich bestimmt auf Ihren Urlaub gefreut haben. Aber das kam so kurzfristig, dass wir auch niemanden mehr zeitig vor der Anreise erreichen konnten.«

»Na ja, Sie können sicher am wenigsten dafür«, entgegnete Lana beschwichtigend, da sie sich vorstellen konnte, dass mancher enttäuschte Urlaub inzwischen seine Wut an der Wachfrau ausgelassen hatte. »Wie geht es jetzt weiter?«

»Ich habe jetzt per Mail bestätigt, dass Sie hier aufgetaucht sind und Ihren Urlaub ganz offensichtlich antreten wollten. Eine Mail an Ihre Adresse ist als Kopie für Sie ebenfalls abgeschickt worden«, erklärte die Frau. »Das wird in der Zentrale verarbeitet und die Anzahlung wird umgehend zurückerstattet. Tut mir leid, dass ich keine besseren Nachrichten für Sie habe …« Sie schien noch etwas ergänzen zu wollen, aber in diesem Moment schaute sie nach hinten. »Oh, da kommt schon der Nächste. Ich muss Sie bitten, die Haltebucht zu verlassen, ich benötige den Platz für den Wagen da hinten. Gute Heimfahrt wünsche ich Ihnen.«

Als Lana noch ein »Danke« erwiderte, war die Frau bereits zur Straßenmitte zurückgekehrt und winkte den anderen Wagen zu sich.

»Das war jetzt kurz und knapp«, stellte Lana verwundert fest, die sich von den Ereignissen etwas überfahren fühlte. »Dann hat sich ja die Frage erledigt, ob wir dem Park überhaupt unser Geld überlassen sollen oder nicht.«

»Hauptsache, du bekommst die zweihundert Euro zurück«, meinte ihr Sohn. »Fahren wir dann wieder nach Hause?«

»Gute Frage«, überlegte sie und begann angestrengt nachzudenken, wohin sie von hier aus noch ausweichen konnten.

Erst nach ein paar Kilometern ergab sich wieder eine Gelegenheit, am Straßenrand anzuhalten und einen Blick auf die Landkarte zu werfen. Konzentriert sah sie sich die Karte an, seufzte mal lauter, mal leiser, wenn sie die Kilometer überschlug, die sie noch vor sich hätten, um ein anderes interessantes Ziel zu erreichen. Schließlich schüttelte sie deprimiert den Kopf. »Auf Anhieb finde ich nichts, aber wir könnten bis zum nächsten Hotel fahren, da eine Nacht bleiben und morgen früh gemeinsam überlegen, wohin wir stattdessen fahren könnten.«

»Oder wir fahren zurück nach Hause, und dann wird die nächsten zwei Wochen gestreamt, bis der Arzt kommt«, schlug Timo in einem Tonfall vor, der ihr verriet, dass ihm so etwas durchaus gefallen könnte.

Ihr Blick wanderte über die flache Landschaft, die sich in alle Richtungen bis zum Horizont erstreckte, so als wäre da irgendwo die Antwort auf die Frage zu finden, was sie stattdessen unternehmen könnten. Dann richteten sich ihre Augen auf einen Anhänger, der mitten auf einer Weide stand, links und rechts davon eine Kuh, als würden sie den Anhänger bewachen, auf den man eine Werbetafel montiert hatte.

»Ich weiß, was wir machen«, sagte sie und zeigte nach rechts auf die Weide.

Timo folgte der angezeigten Richtung, entdeckte den Anhänger und … riss die Augen vor Entsetzen weit auf, als er die Aufschrift auf dem Plakat erfasste.

»Urlaub auf … auf dem Bauernhof?«, las er im Flüsterton vor.

2

»Nein! Nein! Neinneinneinnein! Kein Urlaub auf dem Bauernhof!«, rief Timo entsetzt, als ihm die möglichen Folgen durch den Kopf gingen, wenn er sich darauf einließe.

»Warum denn nicht?«, fragte Lana ihn.

»Weil … na, weil das einfach uncool ist«, sagte er. Seine Augen standen vor Schreck immer noch weit offen. »Was sollen denn die anderen von mir halten, wenn ich denen erzähle, dass ich zwei Wochen auf einem öden Bauernhof rumgehangen habe?«

Lana rieb sich nachdenklich das Kinn. »Sag mal …«

»Was denn?«

»Wie viele von deinen Freunden und Mitschülern haben schon mal Ferien auf einem Bauernhof gemacht?«

»Natürlich keiner!«, erklärte er mit Nachdruck.

»Und wie oft haben wir schon Urlaub auf dem Bauernhof gemacht?«

»Zum Glück noch nie. Und damit können wir auch weitermachen.«

»Das heißt also«, redete sie weiter, als wäre sie in komplexe Überlegungen vertieft, »du warst noch nie zwei Wochen auf einem Bauernhof, und du kennst auch niemanden, der jemals da war. Richtig?«

Er nickte eifrig.

»Und woher weißt du dann, dass es da öde ist?«, fragte sie und sah ihn erwartungsvoll an.

»Weil … ach, das ist eben so. Das weiß doch jeder«, antwortete er und zog missmutig die Augenbrauen zusammen, so als würde er bereits ahnen, dass er auf verlorenem Posten war.

»Aber wie soll es irgendjemand wissen, wenn niemand je da war?«

»Man muss das nicht machen, um es anschließend sagen zu

können«, beharrte Timo. »Das ist genauso, wie jeder weiß, dass es auf dem Mond keine Luft zum Atmen gibt. Kein Astronaut nimmt den Helm ab, um das Gegenteil zu beweisen.«

»Richtig. Aber irgendeiner muss ja mal versucht haben, in der Luftleere zu atmen, um sagen zu können, dass es nicht geht«, argumentierte sie weiter.

»Ich glaube, wenn man das versucht, platzt einem die Lunge oder so«, sagte ihr Sohn.

»Okay, aber das kann dir auf einem Bauernhof ja nicht passieren«, konterte sie.

»Vermutlich nicht«, musste er ihr zustimmen. »Aber vielleicht platzt einem da der Kopf, weil es so unglaublich öde und langweilig ist. Stell dir das mal vor.«

»Hmm, das wäre unangenehm, das muss ich zugeben«, erwiderte Lana. »Aber ich glaube, die Chancen stehen so schlecht, dass wir es doch mal wagen können.«

»Mom, bitte!«, flehte er sie an. »Ich habe einen Ruf zu verlieren.«

»Wieso? Du musst doch niemandem erzählen, wo du zwei Wochen lang warst, wenn dir das so peinlich ist«, gab sie zu bedenken.

Timo seufzte frustriert und ließ wie ein besiegter Boxer die Schultern sinken. Er winkte ab und murmelte: »Fahr hin, wenn es sein muss.«

»Du kennst doch den alten Spruch: Was einen nicht umbringt, macht einen nur härter«, sagte sie und zwinkerte ihm zu. »Sieh es als sportliche Herausforderung. Wenn du dich zwei Wochen lang gegen alles behaupten kannst, was der Hof dir abverlangt, was meinst du, was du anschließend für ein harter Kerl bist!«

»Außer ich werde vorher vom Schwein erschlagen oder von einer Kuh gefressen.«

»Kühe essen keine Menschen.«

»Killerkühe schon. Und Zombiekühe ebenfalls.«

»Killerkühe? Zombiekühe?«, wiederholte sie verdutzt. »Was habe ich denn da verpasst? Die will ich sehen.«

»Aber, Mom …«, begann Timo und schüttelte den Kopf, da ihm klar wurde, dass er sich mit seiner Bemerkung selbst ein Bein gestellt hatte.

Lana konnte sich das Lachen nicht verkneifen und gab ihm einen Klaps auf den Oberschenkel. »Jetzt komm schon, Timo«, sagte sie gut gelaunt. »Wir müssen uns sowieso irgendwo noch ein Zimmer für die Nacht suchen, weil ich nach der Odyssee keine Lust habe, noch mal drei Stunden Autobahn zu fahren. Eine Nacht auf einem Bauernhof wirst du schon überleben. Außer natürlich, eine Zombiekuh zerrt dich aus deinem Bett.«

Timo stöhnte nur leise auf und sank auf dem Beifahrersitz in sich zusammen, während Lana weiterfuhr.

»Da muss es wohl reingehen«, sagte sie, nachdem sie einen halben Kilometer zurückgelegt hatten. Zwar gab es kein weiteres Schild, das auf den Bauernhof hinwies, aber es war die erste Straße, die seit der Werbetafel nach rechts abzweigte, und soweit sie das von hier aus erkennen konnte, gab es keine weitere Straße.

Auf dem Kopfsteinpflaster wurden sie brutal durchgeschüttelt, obwohl Lana schon schneller fuhr als eigentlich erlaubt, und so über einige der Unebenheiten praktisch hinwegflog. Die schmale Straße war wie eine richtige Allee zu beiden Seiten von Bäumen gesäumt, was schön anzusehen war, ein Ausweichen aber schwierig gemacht hätte, falls ihnen ein Wagen entgegengekommen wäre. Als die Allee endete, begann das Gelände des Bauernhofs, ohne dass man erst noch ein Tor durchfahren musste. Zur Linken befand sich eine Art Lagerhalle, ein bestimmt sechs oder sieben Meter hoher, kantiger Bau aus roten Backsteinen, im oberen Drittel großflächig mit Fenstern ausgestattet, die im Inneren zweifellos für genügend Licht sorgten, um sich darin ohne Taschenlampe bewegen zu können.

Zur Rechten stand ein großzügig bemessenes, lang gestrecktes Wohnhaus, ebenfalls ein Backsteinbau mit vielen kleinen Fenstern. Es gab ein Erdgeschoss und einen ersten Stock, und danach zu urteilen, wie zahlreich und groß die Dachfenster waren, musste auch der Dachstuhl ausgebaut worden sein. Rechts von der grün gestrichenen Haustür stand eine Sitzbank, auf der sich ein paar Decken stapelten. An der Hauswand entlang hatte man Eimer abgestellt und Geräte wie Besen und Schaufeln angelehnt. Ein zusammengerollter Gartenschlauch lag neben einem Wasserhahn, der aus dem Mauerwerk hervorkam.

Das rostige Metalltor der großen Lagerhalle war bis auf einen schmalen Spalt zugeschoben, davor und zu beiden Seiten davon lagen undefinierbare Geräte herum, die der Größe nach zu urteilen wohl an einem Traktor zum Einsatz kommen mussten.

Ein Stück weiter waren mehrere große Hallen zu sehen, nur war nirgends eine Menschenseele zu entdecken.

»Kein Schild zu sehen, wo man sich anmelden kann«, stellte Lana verwundert fest.

»Vielleicht sind wir hier ja doch falsch«, überlegte ihr Sohn. »Es gibt ja auch kein Schild, dass hier Zimmer vermietet werden.«

»Stimmt schon«, musste Lana einräumen. »Aber es kann auch sein, dass der Hof längst bekannt genug ist und jeder weiß, dass er hier richtig ist. Ich werde den Wagen irgendwo rechts hinter dem Haus abstellen. Ich will ja nicht im Weg stehen, wenn hier jemand mit dem Trecker durchmuss.«

»Dann musst du aber erst mal an ihm vorbei«, sagte Timo und deutete mit einer Kopfbewegung nach vorn.

Sie folgte der angegebenen Blickrichtung und stutzte, als sie mitten auf dem Weg einen Hahn entdeckte, der dort stand, als hätte er sich ganz bewusst diesen Platz ausgesucht, um sie am Weiterfahren zu hindern. Der Hahn hatte sich zu voller Größe aufgerichtet, die Krallen breit auf dem Asphalt platziert und die Federn ein wenig abgespreizt. Bis zur Brust war das Gefieder mittelbraun mit einem Hauch orange, die Federn darunter waren dunkelgrün und glänzten in der Sonne.

»Der sieht aus wie ein Cowboy, der sich ein Duell liefern will«, sagte Dana, an ihren Sohn gewandt.

Der Hahn drehte den Kopf immer wieder ein kleines Stück von links nach rechts und zurück, um sie mal mit dem einen, mal mit dem anderen Auge argwöhnisch zu betrachten. Dabei zuckten der leuchtend rote Kamm und die gleichermaßen roten Kehllappen leicht hin und her.

»Wie groß ist der?«, fragte Timo, der den Hahn nicht aus den Augen ließ.

»Bestimmt siebzig oder achtzig Zentimeter«, schätzte sie. »Normalerweise aber wohl etwas weniger, denn der Herr da vor uns scheint sich noch ein bisschen größer zu machen, um uns Angst einzujagen.«

»Um mir Angst einzujagen, müsste er sich aber viel größer machen«, meinte ihr Sohn gelassen. »Unter drei Meter muss er da gar nicht anfangen.«

»Ach, die Größe da reicht schon, wenn er seinen Schnabel zum Einsatz bringen kann«, warnte sie Timo. »Auch wenn er nicht groß genug zu sein scheint, kann der ganz ordentlich zupicken, sodass du aufschreist.«

»Will ich gar nicht erst ausprobieren«, sagte Timo und winkte ab.

»Mal sehen, ob wir ihn verscheuchen können, wenn ich näher an ihn ranfahre«, ließ Lana ihren Sohn wissen.

»Überfahr ihn bloß nicht, sonst werde ich echt sauer!«, warnte er sie aufgeregt.

»Timo, du weißt genau, dass ich so etwas niemals machen würde. Ich werde langsam auf ihn zurollen, bis er einsieht, dass er gegen unseren Wagen keine Chancen hat.«

»Aber ganz langsam«, mahnte er seine Mutter.

»Ja, natürlich«, erwiderte sie und ließ den Wagen langsam weiterrollen. Timo hatte den Gurt gelöst und war auf seinem Sitz an die äußerste Kante gerutscht, um sich mit beiden Händen auf dem Armaturenbrett abzustützen.

»Und? Siehst du was?«, fragte Lana.

»Ja, er bewegt sich nicht von der Stelle und guckt nur.«

Lana seufzte und machte ebenfalls einen langen Hals, um etwas sehen zu können. Sie sah den Kamm des Tieres und schätzte, dass sie noch gut einen Meter hatte, dann war Schluss. Also ließ sie den Wagen noch ein Stück weit rollen und wollte gerade wieder nachsehen, wie viel Platz ihr noch blieb, da tauchte auf einmal der Kopf des Hahns direkt vor dem Kühlergrill auf, wo er auf den Mercedes-Stern einpickte.

»Verdammt, ist der stur«, schnaubte sie.

»Und jetzt?«, fragte Timo besorgt.

»Keine Angst, ich tu dem Tier nichts«, versicherte sie ihm. »Ich werde ein Stück zurücksetzen und dann um diesen Starrkopf herumfahren.«

»Falls er dich lässt«, meinte ihr Sohn zweifelnd.

Lana wollte soeben den Rückwärtsgang einlegen, da zuckten sie und Timo gleichzeitig vor Schreck leicht zusammen. Mit einem kraftvollen Satz war der Hahn auf die Motorhaube gesprungen und stand nun da, um die beiden Eindringlinge durch die Windschutzscheibe genauer zu betrachten.

Mutter und Sohn sahen sich ratlos an.

»Schon gut, dass so ein Hahn keinen Vorschlaghammer halten kann«, murmelte Lana schließlich.

»Sollen wir ihn verscheuchen?«, fragte Timo.

»Natürlich sollten wir das«, bestätigte sie. »Ich bin mir nur nicht sicher, ob wir überhaupt dazu kommen oder ob er uns attackiert, sobald wir den Wagen verlassen.«

»Vielleicht können wir ihn ja erschrecken«, schlug er vor.

»Und wie?«

»Scheibenwischer.«

Lanas Miene hellte sich sofort auf, sie drückte den Wischerhebel runter und … der Hahn sah nur interessiert zu, wie sich die Wischer hin und her bewegten.

»Das war wohl nichts«, stellte sie fest, da das Tier keine Anstalten machte, den Platz auf der Motorhaube zu räumen. »Dann halt mit Wasser«, sagte sie und zog den Hebel zu sich heran, woraufhin aus vier Düsen je ein feiner Wasserstrahl schoss und sich auf der Windschutzscheibe verteilte.

Auch jetzt ließ der Hahn keine Angst erkennen, vielmehr beobachtete er aufmerksam, wie das Wasser von den Wischern erfasst und zur Seite geschleudert wurde.

»Vielleicht hat er ja früher beim TÜV gearbeitet«, kommentierte Timo das erneute klägliche Scheitern ihrer Bemühungen und entlockte seiner Mutter damit ein etwas zittriges Lachen.

Als sie etwas dazu sagen wollte, wurde sie abgelenkt, da der Hahn eigenartige Bewegungen machte. »Der wird doch nicht etwa …«, begann sie.

»Was denn, Mom?«

»Na, das da«, sagte sie und zeigte nach vorn. Dort hatte sich der Hahn mittlerweile zusammengekauert, die Beine unter sich eingeklappt und sich auf die Haube gelegt.

»Oh«, machte Timo. »Gleich schläft der bestimmt noch ein.«

Sie schüttelte den Kopf. »Verrücktes Tier«, meinte sie. »Na, wenn unsere Motorhaube so bequem ist, wird er ja sicher nichts gegen eine kleine Spazierfahrt einzuwenden haben.«

»Was hast du vor?«, wollte Timo wissen.

Sie zwinkerte ihm nur zu, legte den ersten Gang ein und ließ den Wagen vorwärts rollen. Im Schneckentempo fuhren sie an dem großen Wohnhaus vorbei, dann bog Lana nach rechts ab. Zwischen dem Wohngebäude und der daneben befindlichen Halle war tatsächlich Platz genug, um den Wagen abzustellen, ohne jemanden zu behindern. Selbst für einen Traktor reichte die Fläche noch aus. Mit einem Abstand von ein oder zwei Metern verlief hinter den beiden Gebäuden ein Zaun, dahinter erstreckte sich eine weitläufige Weide, auf der sich etliche Kühe und eine größere Schafherde sowie eine Reihe von Pferden tummelten.

Lana stellte den Motor ab, der Hahn hatte inzwischen den Kopf weggedreht und unter den Flügel gesteckt. »Der hat ja wirklich die Ruhe weg«, sagte sie und betrachtete nachdenklich den schlafenden Hahn.

Plötzlich schlug etwas gegen die Seitenscheibe auf der Fahrerseite. Lana zuckte vor Schreck zusammen und wirbelte herum. Neben ihrem Wagen stand ein Mann und sah sie aufgebracht an. Er rief etwas, aber das Fenster war geschlossen, und sie konnte nicht verstehen, was er von ihr wollte.

Gerade stellte Lukas Brenner die Ölkanne zurück ins Regal, nachdem er bei seinem Traktor Öl nachgefüllt hatte, da hörte er von draußen ein Motorengeräusch. Er sah auf seine Armbanduhr. Viertel nach sechs. Wer sollte das sein? Seine Tochter Rebecca sollte erst gegen neun Uhr von den Reimanns wieder abgesetzt werden, die sie auf einen Ausflug mitgenommen hatten.

Der Hofladen war um diese Zeit längst geschlossen, außerdem befand der sich am anderen Ende seines Grundstücks. Die Einheimischen kannten die Öffnungszeiten, und wer von außerhalb kam, kannte nur die Wegbeschreibung aus den Anzeigen in verschiedenen Werbeblättern. Wer aber auf dieser Seite hier zum Hof kam, der hatte entweder ein anderes Anliegen oder sich schlichtweg verfahren. Da der frühe Samstagsabend keine Zeit für Vertreter und Finanz- oder Verwaltungsbeamte war, die ihm wieder mal mit irgendwelchen Formularen die Zeit stehlen wollten, konnte es nur jemand sein, der in die falsche Straße eingebogen war und seinen Fehler erst bemerkt hatte, als er den Hof erreicht hatte. Gleich würde das Motorengeräusch wieder leiser werden, und der ungebetene Besucher würde sich längst wieder zurückgezogen haben, wenn Lukas die Wagenhalle verließ.

Er spülte die Hände ab, an denen Öl, Schmiere und Dreck aus dem Motorraum des Traktors klebten. Als er den Wasserhahn zudrehte, war zu seinem Erstaunen das Motorengeräusch immer noch zu hören. »Bestimmt wollen die jetzt nach dem Weg fragen«, sagte er zu sich und trocknete die Hände ab.

Er ließ noch einmal den Blick durch die Halle schweifen, ob er auch nichts vergessen hatte. Dann ging er zum Tor, das nur gerade so weit geöffnet war, dass er sich hindurchzwängen konnte. Er befand sich noch in der Halle, als er den roten Mercedes Kombi sah, der soeben langsam am Wohngebäude vorbei weiter auf den Hof rollte.

Was ihn dabei wirklich irritierte, war nicht der Wagen, sondern dessen sonderbare Kühlerfigur. Wieso sein Hahn Leopold es sich auf der Motorhaube dieses ihm unbekannten Autos so bequem gemacht hatte, war ihm schlichtweg ein Rätsel. Er verließ die Halle, zog das Tor zu und folgte dann dem Kombi mit Düsseldorfer Kennzeichen, der gleich hinter dem Wohngebäude nach rechts abbog und anhielt, ohne dass der Hahn sich von der Stelle gerührt hätte.

Lukas ging um den Wagen herum und schlug mit der flachen Hand gegen die Seitenscheibe. Die Fahrerin – jedenfalls vermutete er, dass es sich um eine Frau handelte, da sie ihre (rötlichen?) Haare lang trug – zuckte zusammen, genau wie der Beifahrer.

Er beugte sich vor, während die Fahrerin das Fenster öffnete, und wollte eine Erklärung für ihre Anwesenheit fordern, doch dann verschlug es ihm erst einmal die Sprache. Dieses wunderschöne Gesicht, die leichte Stupsnase mit dem Hauch von Sommersprossen, der sich über ihre Wangen erstreckte, die blauen Augen, das feuerrote lange Haar, das dieses Gesicht umrahmte … das alles war einfach überwältigend, und das vielleicht umso mehr, weil er so völlig unerwartet mit dieser Frau konfrontiert worden war. Er hatte sie nicht zuerst aus der Ferne gesehen, um einen flüchtigen Eindruck von ihr zu bekommen. Sie war ihm vielmehr direkt vor die Nase gesetzt worden, und er … er hatte keine Ahnung, was er nun tun sollte.

Wie wär's, wenn du dich zusammenreißt und die schöne Frau eine schöne Frau sein lässt, ermahnte ihn eine Stimme irgendwo in seinem Kopf. Wenigstens wusste die, wovon sie redete. Er hatte seine Erfahrungen mit schönen Frauen gemacht, oder zumindest mit *einer* schönen Frau, und was die ihm eingebrockt hatte, das hatte er nicht vergessen – und das würde er auch nie vergessen. Die Frau in ihrem alten Mercedes sollte zusehen, dass sie wieder …

»Ja?«, fragte sie diesem Moment in einem Tonfall, als hätte sie jedes Recht, sich hier aufzuhalten.

Allerdings hatte Lukas durch sein bisheriges Auftreten auch sicher nicht den Eindruck erweckt, mehr zu sein als ein Stallarbeiter. Das musste sich jetzt ändern, nahm er sich vor.

»Was machen Sie hier? Das ist Privatgelände«, fuhr er sie schroffer an als gewollt. Fast hätte er sich auch noch bei ihr entschuldigt, weil es ihm unangenehm war, mit dieser Frau so umzugehen, die nichts dafür konnte, dass sie so gut aussah. Das war nicht mal nur dahingesagt, um sie in Schutz zu nehmen, denn sie konnte tatsächlich nichts dafür, weil sie überhaupt kein Make-up trug, mit dem andere irgendwelche Schwachstellen in ihrem Gesicht kaschierten. Sie war eine unverfälschte Schönheit. Sie war … *eine Frau, und eine Frau hat dich schon einmal sitzen lassen!,* grätschte ihm die mahnende Stimme mitten in den Gedanken.

»Da steht nirgendwo etwas von Privatgelände oder Zutritt verboten«, gab sie gelassen zurück, so als könnten seine Worte ihr ohnehin nichts anhaben. Sie öffnete die Fahrertür und drückte sie langsam, aber unbeirrt auf, sodass er gezwungen war zurückzuweichen, wenn er nicht riskieren wollte, dass sie ihm den Fensterrahmen gegen die Stirn oder gegen die Nase schlug.

Er machte einen Schritt nach hinten und richtete sich auf, während sie ausstieg und sich vor ihn stellte. Sie war etwa einen halben Kopf kleiner als er und sie … *Verdammt*, ermahnte er sich so nachdrücklich, dass er sich fast versucht fühlte, sich selbst zu ohrfeigen, damit er aufhörte, von ihrem Aussehen Notiz zu nehmen.

»Ganz zu schweigen davon, dass es eine seltsame Geschäftspolitik wäre, den eigenen Feriengästen den Zutritt zu ihrem Quartier zu verbieten«, fuhr sie in einem Tonfall fort, der sich in seinen Ohren ironisch anhörte.

»Was? Wieso Feriengäste?«, gab er irritiert zurück. »Was reden Sie da?«

Die Frau zuckte mit den Schultern. »Ach, Sie haben keine Feriengäste? Haben Sie die etwa alle mit Ihren Sprüchen vom Privatgrundstück vertrieben?«

Lukas schüttelte ungehalten den Kopf, zwang sich dann aber dazu, mit ruhiger, gefasster Stimme zu sagen: »Ich habe keine Ahnung, von welchen Feriengästen Sie reden. Helfen Sie mir bitte auf die Sprünge.«

»Ähm …«, begann die Frau zögerlich. »Das da vorne ist doch

Ihr Schild, oder nicht? Das da mitten auf dem Acker steht, meine ich. Und das eindeutig auf Ihren Hof verweist. Eine andere Seitenstraße gibt es nach fünfhundert Metern nicht.« Sie sah Lukas abwartend an, dann seufzte sie frustriert.

Was sie so frustrierte, wusste er nicht so recht. Er konnte nur vermuten, dass es ihr auf die Nerven ging, ihm das alles erklären zu müssen. Aber es musste sein, denn er hatte das Schild auf dem Acker tatsächlich vollkommen vergessen.

»Ach, das Schild meinen Sie«, murmelte er. »Das ist mir völlig entfallen.«

»Kann ja mal vorkommen«, sagte sie in einem seltsamen Tonfall, als würde sie das genaue Gegenteil meinen. »Auf jeden Fall hätten wir gern zwei Zimmer, für meinen Sohn und mich.«

Von wegen! Das könnte ihr so passen! Er wollte sie nicht um sich haben, weil sie ihm jetzt schon auf die Nerven ging mit ihrem … ihrem guten Aussehen. Wie bitte? Eine Frau ging ihm mit ihrem *guten Aussehen* auf die Nerven? Seit wann war er so oberflächlich? Nein, etwas anderes an ihr nervte ihn, aber er wusste nicht, was es war.

Das alles änderte aber nichts daran, dass er sie nicht in seiner Nähe haben wollte. Erst recht nicht, wenn diese Nähe bedeutete, dass sie im Zimmer gegenüber oder nebenan schlief und dass sie beim Frühstück mit ihm an einem Tisch saß. Und schon gar nicht für mehrere Tage oder sogar ein oder zwei Wochen.

»Wir vermieten keine Zimmer mehr«, sagte er nur.

»Sie bieten da vorn aber Urlaub auf dem Bauernhof an«, beharrte die Rothaarige. »Das ist ein verbindliches Angebot.«

»Ist es nicht«, widersprach er prompt, auch wenn er sich da gar nicht so sicher war.

»Doch, ist es«, sagte sie denn auch entschieden. »Auf dem Plakat gibt es keine Vorbehaltsklausel, die es Ihnen erlaubt, das Angebot für ungültig zu erklären. Das ist irreführende Werbung, und wenn das beim richtigen Richter auf dem Tisch landet, wird der Sie sogar wegen Betrugs belangen. Wollen Sie so etwas wirklich riskieren?«

Lukas verdrehte die Augen. »Liebe Frau … sieh mal an, ich weiß ja nicht mal Ihren Namen, und Sie wollen mich schon wegen Betrugs vor Gericht zerren.«

»Behring«, knurrte sie. »Lana Behring.«

Er nickte nur.

»Und Sie sind …?«, fragte sie, nachdem er lange genug geschwiegen hatte.

»Genervt«, gab er in entsprechendem Tonfall zurück. »Weil Sie nicht einsehen wollen, dass ich nicht mehr an Urlauber vermiete.«

»Dann hätten Sie diese Werbetafel frühzeitig entfernen sollen …«

»Wie sollte ich sie entfernen, wenn sie mir völlig entfallen ist?«, hielt er dagegen. »Die Buchungen sind immer telefonisch erfolgt. Vor Ihnen ist noch nie Mensch da vorn abgebogen und auf dem Weg zu meinem Hof gekommen, nur weil er diese Werbetafel gesehen hat.«

Lana Behring zuckte unbeeindruckt mit den Schultern. »Was da vorne auf der Tafel steht, ist ein verbindliches Angebot, und das nehme ich hiermit an. Sie bieten Urlaub auf dem Bauernhof? Wir wollen auf Ihrem Bauernhof Urlaub machen.«

»Sie geben wohl nie auf, wie?«, konterte Lukas.

»Nicht, wenn ich im Recht bin«, erklärte sie.

»Falsch, Frau Behring. Das muss heißen: ›Nicht, wenn ich als einziger Mensch auf der Welt glaube, dass ich im Recht bin, obwohl das kein anderer glaubt.‹«

»Sie wissen, was ich will«, beharrte sie.

»Okay … mal sehen«, sagte er und tat so, als würde er angestrengt nachdenken. »Sie sagen also, ich habe ein Angebot gemacht, und das nehmen Sie an, richtig?«

Sie nickte nachdrücklich. »So weit sind wir uns einig.«

»Bis auf eine Kleinigkeit«, gab Lukas grinsend zurück. »Wir müssen uns noch beim Preis einig werden.«

»Natürlich«, stimmte sie ihm zu.

»Gut, dann bekomme ich von Ihnen pro Person und pro

Nacht fünftausend Euro«, verkündete er mit einem triumphierenden Lächeln.

Lana Behring sah ihn völlig ungerührt an und erklärte in einem erfreut klingenden Tonfall: »Wunderbar, ich bin einverstanden.«

Lukas stutzte. »Was?«

»Ich bin einverstanden«, wiederholte sie und öffnete die hintere Tür, nahm ihre Handtasche an sich, begann zu wühlen und holte schließlich ihre Geldbörse heraus. »Sie haben nicht zufällig ein Kartenlesegerät, oder? Ach, ich nehme an, in bar ist es Ihnen ohnehin lieber.«

»Sie wollen mir jetzt für zwei Wochen pro Übernachtung zehntausend Euro bezahlen?« Er betrachtete sie argwöhnisch. »Sie wollen mich doch auf den Arm nehmen.«

Die Rothaarige schüttelte den Kopf und erwiderte: »Nein, ich will nur eine Rechnung über die Summe haben.«

Lukas atmete tief ein und aus und zermarterte sich das Hirn darüber, was diese Frau bezwecken wollte. »Und wenn ich Ihnen die Rechnung ausstelle«, redete er zögerlich weiter, »dann … dann bezahlen Sie sie auch?«

»Natürlich nicht, Sie Dummerchen«, sagte sie fröhlich. »Wenn ich die Rechnung habe, werde ich Sie wegen Wuchers anzeigen.«

Er zog eine Augenbraue hoch. »Und wenn ich Ihnen keine Rechnung gebe? Zeigen Sie mich dann etwa auch an?«

»Natürlich, aber dann wegen Steuerhinterziehung.« Sie lächelte so dreist, dass er sich davon fast hätte anstecken lassen. Aber sie war hier der Feind, sie war diejenige, die sich zum Teufel scheren sollte.

Er hatte das Gefühl, dass sie das alles eigentlich nicht so ernst meinte, wie sie es sagte, sondern dass es ihr mehr darum ging, ihren Willen durchzusetzen und hier auf dem Hof zu bleiben, auch wenn er sich mit Händen und Füßen dagegen sträubte.

»Haben Sie das von langer Hand geplant?«, fragte er in einem scheinbar abweisenden Tonfall. Er konnte sie unmöglich merken lassen, dass er zumindest ein kleines bisschen von ihrer Beharrlichkeit beeindruckt war. »Sind Sie mit dem Vorsatz hergekommen, mir das Leben zur Hölle zu machen?«

Sie schüttelte den Kopf. »Nein. Von langer Hand war geplant, dass ich mit meinem Sohn zwei Wochen im Ferienpark Holi-Holi-Holiday verbringe. Daraus ist aber nichts geworden.«

»Ach, wollten die Sie auch nicht bei sich aufnehmen?«, warf er ironisch ein. »An Ihrer Stelle würde mir das aber zu denken geben.«

»Nein, das Personal ist in einen unbefristeten Streik getreten, und der Betreiber hat kurzerhand den Park geschlossen und alle Urlauber nach Hause geschickt«, antwortete sie. »Dummerweise ein paar Stunden, bevor wir dort ankamen, sodass wir bei der Ankunft gleich wieder abfahren durften. Und dank der miserablen Beschilderung waren wir vorher schon einige Stunden länger unterwegs als geplant.«

»Tut mir leid«, sagte er. »Aber mich trifft daran keine Schuld.«

»Das behauptet auch niemand«, erwiderte sie. »Aber ich wäre wirklich froh, wenn ich keinen einzigen Kilometer mehr zurücklegen müsste.« Sie machte eine hilflose Geste und fuhr fort: »Außerdem können wir ohnehin nicht einfach wieder abfahren. Wie Sie sehen, hat Ihr Hahn meinen Wagen in Beschlag genommen. Also müssen wir bleiben.«

Lukas sah an ihr vorbei zu ihrem Wagen, wo der Hahn unverändert auf der Motorhaube lag und fest schlief. »Was haben Sie eigentlich mit Leopold angestellt? So hat der sich noch nie benommen.«

»Leopold?«

»Unser Hahn. Oder sollte ich sagen: *Ihre* Kühlerfigur?«

»Er heißt also Leopold?«, gab sie zurück. »Ein hübscher Name.«

»Ist ja auch ein hübscher Hahn«, sagte Lukas. »Aber dass er auf Ihrem Wagen liegt und schläft, soll kein Hindernis für Sie sein. Ich muss ihn nur runterscheuchen, dann können Sie los.« Mit diesen Worten ging er um Lana herum und stellte sich neben den Wagen. »Hey, Schlafmütze, aufstehen und Platz räumen«, wandte er sich an den Hahn.

Der hatte den Kopf halb unter den Flügel geschoben, sodass nur das linke Augen zu sehen war, das er in dem Moment aufmachte, als Lukas sich vorbeugte, um ihn von der Motorhaube zu nehmen. Obwohl Leopolds Auge für einen zufälligen Zuschauer so aussah wie immer, war die Wirkung auf Lukas eine ganz andere. Der einäugige Blick vermittelte ihm eine eindeutige Warnung, es besser nicht zu versuchen, wenn er nicht gehackt werden und ein paar Kratzer an den Händen und im Gesicht abbekommen wollte.

Was würde diese Lana denken, wenn er sich von einem Hahn so malträtieren ließ?

Was kümmert es dich, was sie denkt? Hauptsache, sie fährt ab und du hast deine Ruhe, lockte ihn die Stimme in seinem Kopf.

»Machen Sie das per Telepathie oder nach dem Prinzip, wer zuerst blinzeln muss?«, frage Lana, nachdem sie sich zu ihm gestellt hatte.

»Nein, nach dem Prinzip, was für das Tier das Beste ist«, antwortete er und konnte selbst nicht fassen, was da alles über seine Lippen kam. Er riskierte ein paar Kratzer, wenn es ihm nicht auf Anhieb gelingen sollte, den Hahn von der Motorhaube zu schaffen. Aber das Opfer sollte es ihm wert sein, wenn er dafür diese Frau endlich von hier wegschicken konnte.

Allerdings hatte er seine Zweifel, dass sie sich tatsächlich wieder auf den Weg machen würde.

Außerdem war es doch unverantwortlich, eine so übermüdete Autofahrerin zurück auf die Straße zu schicken. So wenig er diese Frau auch um sich haben wollte, ertrug er die Vorstellung nicht, morgen früh in den Nachrichten von einem tödlichen Unfall auf der Autobahn zu hören und sich fragen zu müssen, ob wohl diese Frau mit ihrem Sohn davon betroffen war.

»Stress ist für Tiere nicht gut«, erklärte er schließlich. »Wenn er sich auf Ihrem Wagen wohlfühlt, dann soll er eben da liegen bleiben.«

»Das heißt, Sie schicken uns nicht nur wieder weg, sondern muten Ihrem Hahn auch noch zu, uns auf der Motorhaube liegend zu begleiten?«, fragte sie, wobei der ironische Unterton nicht zu überhören war. Sie schien zu wissen, was er gleich sagen würde.

»Nein, das heißt, dass Sie *diese Nacht* hier verbringen können«, stellte er mit besonderer Betonung klar, damit es keine Missverständnisse gab. »Wenn Sie so einen anstrengenden Tag hinter sich haben, dann will ich nicht schuld sein, wenn Ihnen auf der Weiterfahrt die Augen zufallen und Sie gegen einen Baum fahren.«

»Danke, Herr … ich weiß noch immer nicht, wie Sie heißen«, erwiderte sie. Ihr Lächeln hatte etwas Triumphierendes an sich, auch wenn es so wirkte, als versuchte sie das zu überspielen.

»Lukas Brenner«, antwortete er, während er sich insgeheim über sich selbst wunderte. Er hatte doch nur nachgegeben, damit diese Frau endlich aufhörte, immer neue Argumente aufzufahren, wieso er ihr und ihrem Sohn den beworbenen Urlaub ermöglichen müsse. Warum freute es ihn dann, dass er sich dazu durchgerungen hatte, ihr zumindest für diese eine Nacht ein Zimmer zu überlassen?

3

»Danke, Herr Brenner, das ist wirklich nett von Ihnen«, sagte Lana und wusste selbst nicht so recht, ob das von ihr ironisch gemeint war oder nicht. Doch das war längst nicht das Einzige, was ihr an ihrem eigenen Verhalten Rätsel aufgab.

Warum hatte sie so hartnäckig darauf bestanden, auf diesem Bauernhof Urlaub zu machen, wenn dieser Brenner weder sie noch Timo hier sehen wollte? Hatte sie ihm nur beweisen wollen, dass er im Unrecht war, wenn er auf einer Werbetafel Urlaub auf seinem Bauernhof anpries, obwohl dieses Angebot längst nicht mehr gültig war? Es wäre doch ein Leichtes gewesen, wieder umzukehren und auf der Landstraße weiterzufahren. Früher oder später wären sie bestimmt an einem Hotel oder zumindest an einem Wegweiser vorbeigekommen, der sie auf ein Hotel in der Nähe hingewiesen hätte. Sie hätte sich diese ganze Diskussion ersparen können, aber irgendetwas hatte sie gereizt, sich mit diesem Mann zu messen, der auf den ersten Blick so nett gewirkt, sich dann aber als Idiot entpuppt hatte.

Andererseits war Timos Vater auch ein nett wirkender Mann gewesen, der sich als Idiot entpuppt hatte. Vielleicht hatte sie ja einfach eine Schwäche für solche Typen, überlegte sie.

»Na ja, ich will ja nicht als Unmensch dastehen«, erwiderte Lukas.

Das ist dir ein bisschen spät eingefallen, spottete die Stimme in ihrem Kopf, die glaubte, kommentierend einschreiten zu müssen. Schon gut, dass Lana nicht dem Reflex nachgab, den Gedanken laut auszusprechen.

»Jetzt müssen wir nur noch über den Preis reden«, sagte sie. Nicht, dass er tatsächlich von ihr erwartete, dass sie pro Kopf fünftausend Euro hinblätterte.

»Nein, müssen wir nicht«, widersprach ihr Lukas und bedeutete ihr und Timo, ihm zum Haus zu folgen. »Da ich ja nicht mehr vermiete, bin ich auch schon seit Langem nicht mehr auf Gäste eingestellt. Ich habe auch jetzt, nach einem langen und anstrengenden Tag, keine Lust darauf, den Hotelier oder Gastgeber oder was auch immer zu spielen. Darum bekommen Sie von mir die zwei Zimmer so übergeben, wie sie im Moment aussehen. Bettwäsche gebe ich Ihnen, beziehen müssen Sie selbst. Über die Betten und die anderen Möbel habe ich weiße Laken geworfen, damit sie vor Staub geschützt sind.«

»Kein Problem«, sagte Lana, winkte Timo zu sich und folgte Lukas nach drinnen.

Der erste Raum hinter der Haustür war eine recht beengte Diele, die nach vielleicht zwei Metern in einen Flur überging, der sich auf ganzer Länge durch das Wohnhaus zog. Das wenige Licht, das durch die kleinen Fenster in die Zimmer und von dort durch die offen stehenden Türen in den Flur fiel, reichte eben aus, um am hinteren Ende eine Treppe ausmachen zu können.

»Und es gibt auch keine Vollpension«, fuhr er fort, »auch wenn das früher üblich war. Ich werde gleich ein paar Kartoffeln schälen, und dann gibt's in einer Stunde Bratkartoffeln. Falls Sie beide auch was wollen, müssen Sie's mir jetzt sagen. Dann nehme ich mehr Kartoffeln.«

»Bratkartoffeln klingt gut«, sagte Lana erfreut und sah ihren Sohn an. »Was meinst du?«

»Ist okay«, sagte Timo.

Lukas nickte und bog nach rechts ab. Die beiden folgten ihm in eine gemütliche Küche, in der Lana sich sofort wohlfühlte, obwohl die Küche grundsätzlich nicht der Ort in einem Haus war, an dem sie sich ganz besonders heimisch fühlte.

Hier war das anders, denn hier stand keine auf Hochglanz polierte Einbauküche, sondern jedes Stück war offenbar einzeln ausgesucht und angeschafft worden. Nichts passte richtig zusammen, aber gerade das machte den Charme aus. In einer Ecke stand ein langer Tisch mit acht Stühlen, zwei davon wiesen ein anderes Design auf und waren eindeutig später gekauft worden.

»Die Essecke für die Pensionsgäste?«, fragte sie.

»Nein, die Gäste haben gegenüber einen eigenen Raum gehabt«, sagte Lukas. Dann zögerte er kurz, als hadere er wegen irgendeiner Sache mit sich. Schließlich zuckte er flüchtig mit den Schultern. »Wenn Sie was essen wollen, können Sie aber da sitzen«, fügte er hinzu.

Das war es also gewesen, dachte sie und musste innerlich grinsen. Er hatte überlegt, ob er mit ihnen zusammen essen sollte oder nicht. Interessant, dass er sich dafür entschieden hatte.

»Außer Sie wollen da drüben die Laken von einem der Tische ziehen«, ergänzte er dann noch achselzuckend, als wäre es ihm einerlei, wie sie sich entschied.

»Nein, nein, hier ist schon okay«, versicherte sie ihm.

»Gut.« Er ging zu einem Schlüsselkasten gleich neben einem Regal voller Zinnteller mit mittelalterlichen Motiven, öffnete ihn und griff nach den ersten beiden Schlüsseln, die in der untersten Reihe ganz links hingen. »Das sind die Schlüssel für Ihre Zimmer. Hier im Erdgeschoss, die ersten beiden Zimmer links, wenn man ins Haus kommt.«

»Okay.« Lana nickte und wandte sich zu Timo um. »Komm, lass uns das Gepäck aus dem Wagen holen.«

Auf dem Weg zum Auto kam ihnen Leopold entgegen, der seinen Platz auf der Haube ihres Kombis verlassen hatte. Der Hahn stolzierte an ihnen vorbei, als wäre es unter seiner Würde, von den beiden Fremden Notiz zu nehmen. Erst als zwischen ihnen wieder etwas Abstand war, warf Lana einen Blick über ihre Schulter und musste feststellen, dass der Hahn stehen geblieben war und sich zu ihnen umgedreht hatte. Es fühlte sich an, als wollte er sie wissen lassen, dass er sie im Auge behalten würde.

»Dieser Herr Brenner ist ja ein seltsamer Typ«, sagte Timo, als sie seine Reisetasche von der Ladefläche des Kombis nahm und ihm hinhielt. »Findest du nicht auch?«

»Ja, er ist schon etwas eigenartig«, musste sie zugeben.

»Voll unfreundlich.«

»Zugegeben, er könnte um Einiges netter zu uns sein«, räumte

Lana ein. »Aber du darfst auch nicht vergessen, dass ich nicht gerade sehr freundlich zu ihm war, als ich ihn dazu gedrängt habe, uns doch hier wohnen zu lassen. Du musst immer bedenken, dass die Werbetafel nur noch irrtümlich auf dem Acker gestanden hat und er eigentlich gar keine Zimmer mehr vermietet.«

»Du hast ihm aber gesagt, dass er uns nehmen muss, weil du ihn sonst verklagen kannst«, wandte ihr Sohn irritiert ein.

»Das war nur ein Bluff«, erklärte sie ihm. »Tut mir leid, wenn das so überzeugend geklungen hat. Ich wollte ihm damit bloß ein bisschen Angst einjagen, damit er uns hier übernachten lässt.« Sie lächelte ihn siegessicher an. »Und wie du siehst, hat es ja funktioniert.«

»Aber nur für eine Nacht«, hielt er ihr vor.

»Das war doch erst der Anfang«, sagte sie und zwinkerte ihm zu. »Du wirst schon sehen.«

»... und dann hat er eingelenkt, und jetzt sind wir hier«, berichtete Lana, während sie auf dem bequemen Bett lag und es genoss, nach so vielen Stunden hinter dem Lenkrad endlich die Beine ausstrecken und hochlegen zu können. Erfreulicherweise hatte jedes Zimmer ein eigenes Telefon, auch wenn es sich um ein altes Tastentelefon mit Ringelschur handelte. Man musste nur eine Null vorwählen, dann hatte man ein Freizeichen und konnte zumindest in ganz Deutschland anrufen.

Lieber hätte sie natürlich ihr Handy benutzt, weil das bequemer war als der klobige Hörer, den sie die ganze Zeit an ihr Ohr gedrückt halten musste. Aber weder sie noch Timo hatten bei der Anzeige der Signalstärke auch nur einen einzigen Balken auf dem Display – sie steckten wohl mitten in einem Funkloch. Auch konnte ihr Handy kein WLAN orten, aber womöglich war der Router abgeschaltet – und wo der sich befand, das wusste nur Lukas, den sie jetzt nicht mehr fragen konnten. Das würde bis zum nächsten Tag warten müssen.

Nachdem sie ihr Bett bezogen und Timo dabei geholfen hatte, seines zu machen, waren gerade einmal zehn Minuten vergangen. Da Lukas' Bratkartoffeln noch eine Weile dauern würden und Timo sich seinen E-Reader geschnappt und sich auf sein Zimmer zurückgezogen hatte, war Lana auf die Idee gekommen, ihre Freundin Christina anzurufen und ihr Bericht zu erstatten.

Die hatte schon seit einiger Zeit auf einen Anruf von Lana gewartet, aber nach der Ankunft und sofortigen Abreise aus dem Freizeitpark hatte sich keine Gelegenheit ergeben, Chrissy anzurufen.

»Ist er es wert?«, fragte Christina.

Lana stutzte. »Was?«

»Na, ist dieser Typ es wert«, wiederholte ihre Freundin. »Ist er es wert, dass du dich so von ihm behandeln lässt?«

»Was hat das damit zu tun?«

»Tja, weißt du«, erklärte Chrissy. »So wie du mir den Mann beschrieben hast, hat er Manieren wie ... na ja, wie man so sagt: Er hat Manieren wie ein Bauer. In jedem Geschäft in Düsseldorf hättest du auf dem Absatz kehrtgemacht, wenn sich ein Verkäufer so benommen hätte.«

»Wenn ich so was mache«, gab Lana zurück, »und ich weiß ja, dass ich so was schon mal mache, dann drehe ich mich nicht einfach um und gehe, sondern lasse den Geschäftsführer kommen. Aber hier kann kein Geschäftsführer dazukommen, weil er sein eigener Chef ist. Also muss ich meiner Verärgerung auf andere Weise Luft machen.«

»Indem du ihn dazu zwingst, dich und Timo bei ihm übernachten zu lassen«, führte ihre Freundin den Satz weiter. »Dabei hast du keine Ahnung, ob er seine letzten fünf Gäste nicht womöglich zerstückelt und auf seinem Acker vergraben hat. Vielleicht ist er ein Serienmörder, der die Leute umbringt, die ihn vorher auf die Palme gebracht haben. Und weil er gar nicht gerne mordet, weil das mit dem vielen Blut nämlich so eine Schweinerei ist, versucht er bis zum letzten Moment, sein nächstes Opfer durch besondere Unhöflichkeit zu vergraulen.«

Lana verzog den Mund und gab ironisch zurück: »Du hast auch schon bessere Witze gemacht.«

»Vielleicht hast du bessere Witze gerade nicht verdient, weil du dich in große Gefahr begeben hast.«

»Chrissy, ich habe mich nicht in Gefahr begeben«, beharrte sie. »Ich habe ein Bett gebraucht, ich war stehend k.o.«

»Ja, kann ich nachvollziehen«, sagte Chrissy. »In der Mongolei muss man oft um die tausend Kilometer bis zum nächsten Hotel fahren. Das ist echt übel.«

»Was hat die Mongolei mit dem Hof von Lukas Brenner zu tun?«, wollte sie wissen.

»Gar nichts. Und genauso wenig hat dein Beharren auf einem Zimmer auf diesem Hof etwas damit zu tun, dass du übermüdet bist und unbedingt ein Bett brauchst.« Nach einer kurzen Pause fügte sie an: »Du bist scharf auf diesen Bauer, nur sucht der keine Frau, oder zumindest sucht er nicht *dich*. Sonst hätte er nicht alles darangesetzt, dich zu vergraulen. Halt dich wenigstens jetzt von ihm fern.«

»Ich werde auf deinen Rat hören, *Mutter*«, gab Lana ironisch zurück. »Oder sollte ich besser Großmutter sagen? Immerhin ist dieser Bauer deiner Meinung nach mindestens genauso schlimm wie der große böse Wolf.«

»Schlimmer, Lana, noch viel schlimmer«, konterte ihre Freundin und verabschiedete sich.

Kaum hatte Lana den Hörer auf die Gabel gelegt, klopfte es an der Tür.

Sie stand auf und öffnete. Draußen im Flur stand Lukas. Er nickte ihr knapp zu und sagte: »Ich habe Ihre beiden Portionen Bratkartoffeln zum Warmhalten in den Backofen gestellt. Nur damit Sie nicht denken, ich hätte Sie vergessen.«

»Ach, Sie haben schon gegessen?«, fragte sie verdutzt. »Ich hatte gedacht, wir essen gemeinsam zu Abend.«

»Warum?« Seine Gegenfrage war so schroff, dass Lana sich fragen musste, wie sie ernsthaft an ein gemeinsames Abendessen mit diesem Mann hatte denken können.

Sie zuckte flüchtig mit den Schultern. »Ich weiß nicht, ich hatte einfach den Eindruck. Dann hätten wir uns auch ein wenig unterhalten können.«

Lukas schüttelte abweisend den Kopf. »Genau dafür habe ich keine Zeit. Der Hof nimmt mich zu sehr in Beschlag. Ich habe zwar einige Helfer, aber gewisse Dinge will ich immer selbst erledigen. Jetzt gleich muss ich noch einmal durch alle Ställe gehen, weil ich mich persönlich davon überzeugen muss, dass mit den Tieren alles in Ordnung ist. Sonst kann ich nicht ruhig schlafen. Wenn ich von dieser Runde zurückkomme, gehe ich ins Bett. Der Wecker klingelt dann, wenn Sie noch lange nicht ans Aufstehen denken.«

»Oh, daran hatte ich nicht gedacht«, sagte sie. »Na gut, dann werden wir sehen, was der morgige Tag bringt.«

Er nickte knapp. »Ich wünsche Ihnen gleich guten Appetit, und morgen früh müssen Sie sich einfach nehmen, was Sie essen möchten. Da kann ich nichts für Sie vorbereiten.«

Sie zuckte flüchtig mit den Schultern. »Kein Problem. Ist ja so wie zu Hause.«

»Richtig«, sagte er und wollte sich zum Gehen wenden, da hielt er noch kurz inne. »Ach ja, ehe ich das vergesse: gute Heimfahrt.«

»Gute Heimfahrt?«, wiederholte sie irritiert.

»Ja. Bis ich wieder hier bin, werden Sie sich längst auf den Weg gemacht haben.«

Lana verzog die Mundwinkel. »Sie wollen uns tatsächlich aus dem Haus haben, oder?«

»Hatte ich das nicht gesagt?«, fragte er ironisch. »Oder hören Sie nur das, was Sie hören wollen? Ich vermiete keine Zimmer mehr an Urlauber. Das hier«, er machte eine ausholende Geste, »ist nur für eine Nacht, damit Sie nicht übermüdet nach Hause fahren müssen. Von mehr war nicht die Rede.«

»Na ja, wir könnten doch für zwei Wochen bleiben und uns die Gegend ansehen, ein bisschen wandern, hierhin und dorthin fahren … Sie würden gar nicht merken, dass wir da sind.«

»Ich merke bereits jetzt, dass Sie da sind, Frau Behring. Sie kosten mich Zeit, die mir für meinen Schlaf fehlt. Sie werden mich noch mehr Zeit kosten, je länger Sie hier sind. Aber ich habe keine Zeit für so etwas. Verstehen Sie?«

Lana presste die Lippen zusammen, um sich die Antwort zu verkneifen, die ihr auf der Zunge lag. Stattdessen schloss sie die Tür und sagte dabei: »Je länger Sie noch hier rumstehen, desto mehr Zeit verlieren Sie.« Was er darauf antwortete, konnte sie nicht verstehen. Allerdings dauerte es eine Weile, bis sie seine Schritte hörte, die sich zügig durch den Flur entfernten. Augenblicke später konnte sie von ihrem Fenster aus sehen, wie er draußen am Haus vorbei in Richtung der Ställe ging. Sie hatte gute Lust, morgen nicht abzureisen, solange er noch unterwegs war, nur um herauszufinden, wie er reagieren würde, wenn sie und Timo immer noch nicht weg waren.

Sie verließ ihr Zimmer, klopfte nebenan an die Tür und rief: »Timo, komm essen.« Dann ging sie in Richtung Küche.

»Das war lecker«, urteilte Timo, nachdem er ebenfalls aufgegessen hatte.

»Fand ich auch«, stimmte Lana ihm zu. »Zwar ungewöhnlich viel rohe Zwiebeln und eine große Portion Pfeffer drin, aber das hat für die besondere Note gesorgt.«

»Schade, dass wir morgen schon wieder abfahren sollen«, murmelte er.

»Sag bloß, es gefällt dir hier.« Sie sah ihren Sohn verwundert an.

Er zuckte unschlüssig mit einer Schulter. »Ich weiß nicht. Ich meine, ich war noch nie auf einem Bauernhof. Ich hab keine Ahnung, was da los ist. Ich würde mir das gern ansehen.«

»Hmm«, machte Lana nachdenklich. »Dann sollten wir beide gründlich überlegen, was wir tun können, damit wir den mürrischen Lukas umstimmen können.«

»Bitte-bitte sagen«, schlug er vor.

Sie winkte sofort ab. »Damit kommen wir bei dem Mann nicht weiter. Wir müssen irgendetwas tun, was er normalerweise macht, damit er es nicht tun muss. So was wie … meinetwegen spülen … nein, das bringt nichts. Lukas spült offenbar den Teller ab, sobald er aufgegessen hat. Er lässt nichts stehen, was wir für ihn wegschaffen könnten, damit er mehr Zeit hat. Aber was …?«

Während Timo die Teller spülte, ließ Lana den Blick durch die ganze Küche wandern, die außer den eigenen Gästezimmern der einzige Raum war, den sie zu sehen bekommen hatten. Wo sich das Wohnzimmer befand, wussten sie nicht. Sie konnten auch nicht ungefragt einfach jedes Zimmer durchstöbern, nur um eine Aufgabe zu finden, die sie Lukas abnehmen konnten.

Timo drehte sich von der Spüle weg, nachdem er das Geschirr zum Abtropfen auf die Ablage gestellt hatte. »Sag mal, Mom …«

»Ja?«

»Wenn Herr Brenner doch früher die Zimmer vermietet hat, warum macht er das heute nicht mehr? Er sagt, er hat keine Zeit, sich um Gäste zu kümmern, aber da hat er doch Zeit gehabt. Wie hat er das früher gemacht?«

Lana legte den Kopf schräg und sah ihren Sohn grübelnd an. »Das ist eine wirklich gute Frage. Ich konnte zwar nur einen flüchtigen Blick in den Schlüsselkasten werfen, aber das waren bestimmt ein Dutzend Schlüssel, die so aussahen wie die beiden, die er uns gegeben hat. Also gut ein Dutzend Zimmer, die vermietet werden konnten. Was war damals anders? Und was ist passiert, dass es heute nicht mehr geht? Oder … dass er es nicht mehr machen will? Ob es tatsächlich nicht mehr geht oder ob er es nur nicht will, kann ja außer ihm keiner beantworten.«

Sie stieß sich vom Tresen ab und schlenderte durch die großzügig bemessene Küche, als ihr auf einmal mehrere gerahmte Fotos an der Wand neben der Tür auffielen. Sie alle zeigten ein blondes Mädchen mit einem hübschen Lächeln, angefangen als Säugling bis hin zu einem Zeitpunkt, als das Kind wohl dreizehn oder vierzehn war.

»Wer ist das?«, fragte Timo, nachdem er sich zu ihr gestellt hatte.

»Keine Ahnung«, sagte Lana, die sich noch einmal die Fotos ansah, ob darauf irgendein Hinweis zu finden war. Nach dem Format zu urteilen, waren einige Fotos zurechtgeschnitten worden, um nur das Kind zu zeigen, obwohl es eindeutig von jemandem gehalten wurde. »Das könnte Lukas' Tochter sein.«

»Er hat aber gar keine Tochter erwähnt.«

»Ich weiß, Timo. Aber vielleicht hat er sie nicht erwähnt, weil er nicht über sie reden will … oder besser gesagt: weil er nicht über das reden will, was ihr zugestoßen ist.«

Ihr Sohn gab einen ungläubigen Laut von sich. »Was ist ihr denn zugestoßen?«

»*Ob* ihr was zugestoßen ist, weiß ich nicht, Timo«, stellte sie klar. »Das ist nur eine Überlegung. Aber wenn es so sein sollte, dann war es womöglich etwas Schlimmes, worüber er nicht reden will, weil die Erinnerung daran zu schrecklich sein könnte.«

»Vielleicht hat er ja deshalb aufgehört, Zimmer zu vermieten«, gab Timo zu bedenken.

Lana nickte bedächtig. »Ja, das würde einen Sinn ergeben. Und es würde sogar noch mehr Sinn ergeben, wenn ihr Schicksal etwas mit einem der Gäste zu tun hatte. Etwas, was nie passiert wäre, wenn er keine wildfremden Menschen in seinem Zuhause beherbergt hätte.« Sie schnippte mit den Fingern. »Weißt du, Timo, das würde sogar seine unfreundliche Art erklären. Er macht sich Vorwürfe, weil er etwas Schreckliches hätte verhindern können, wenn er auf Urlaubsgäste verzichtet hätte.« Sie schüttelte frustriert den Kopf. »Ohne Internet ist man manchmal wirklich aufgeschmissen. Wir könnten nach Lukas Brenner suchen und würden womöglich etwas herausfinden, ohne dass wir darauf warten müssen, ob er es uns sagen will oder nicht. Dann wüssten wir auch, ob es ein Thema ist, auf das wir ihn besser gar nicht erst ansprechen sollten.«

»Dass du so was mal sagen würdest …«, warf Timo.

»Was?«

»Dass man ohne Internet aufgeschmissen ist.«

»Manchmal«, betonte sie. »Man ist manchmal aufgeschmissen, aber nicht immer.«

»Egal«, sagte er. »Gesagt hast du es trotzdem.« Er sah sie breit grinsend an, dann zeigte er auf die Fotos: »Wenn das da seine Tochter ist, wo ist denn dann die Mutter?«

Lana atmete laut seufzend aus. »Ich weiß ehrlich gesagt nicht, ob ich das überhaupt wissen will.« In ihrer Fantasie nahm die mögliche Tragödie durch diese Frage gleich noch größere Dimensionen an, denen sie lieber nicht nachgehen wollte. Es musste wohl etwas wirklich Einschneidendes geschehen sein, dass Lukas sich dazu veranlasst gesehen hatte, auf diese Einnahmequelle zu verzichten.

Timo sah auf die Uhr. »Viertel vor neun«, sagte er. »Und was machen wir jetzt?«

»Der Tag war anstrengend genug«, antwortete sie. »Was hältst du davon, wenn wir uns in meinem Zimmer vor den Fernseher hängen und quatschen, wenn doofe Werbung läuft?«

»Einverstanden«, meinte Timo. »Irgendwas wird schon laufen, was wir uns ansehen können.«

Die Ernüchterung trat gut zehn Minuten später ein und spielte sich in zwei Phasen ab. »*Das* ist ein Fernseher?«, fragte Timo verdutzt, als Lana auf den Klotz auf dem Sideboard deutete, das parallel zum Bett an die Wand gestellt worden war. »So ein Ding steht bei mir auch rum, aber ich hatte keine Ahnung, was das sein soll.«

»Das ist ein altes Röhrengerät«, erklärte sie amüsiert, auch wenn sie sich zugleich ein wenig alt vorkam, weil sie noch mit etwas aufgewachsen war, was bei der Geburt ihres Sohns so gut wie vollständig vom Markt verschwunden war. »So sahen die Fernseher früher aus. Es gab sie in verschiedenen Größen.«

»Wie groß ist denn der Bildschirm da? Zehn Zentimeter?«, wollte er wissen.

»Dreiundzwanzig oder vierundzwanzig, würde ich sagen«, antwortete sie. »Ist aber okay für die Entfernung.«

»Okay ist anders«, murmelte ihr Sohn wenig begeistert. »So ein Flachbildfernseher mit siebzig oder achtzig Zoll würde sich da besser machen.«

»Hier ist eben alles auf das Thema ›Urlaub auf dem Bauernhof‹ abgestimmt«, sagte sie. »Das sind nun mal keine High-Tech-Ferien.«

Timo nickte missmutig. »Schon gut, Mom, ich werd’s überleben, einen Abend lang nur das altmodische Kabelfernsehen zu haben und nicht streamen zu können.«

»Das ist die richtige Einstellung«, lobte sie ihren Sohn. »Wir machen das Beste aus dem, was wir haben.« Dann schaltete sie den Fernseher ein.

»Ich glaub, ich brauch 'ne Lupe. Und 'ne Brille«, verkündete er erschrocken, als er das Bild sah, auf dem soeben eine Schrift eingeblendet wurde. Es zeigte einen Nachrichtensprecher, links von ihm waren mehrere Zeilen aus irgendeinem Text eingeblendet. Die Buchstaben waren so klein, dass der Fernseher sie nicht mehr lesbar darstellen konnte. »Warum nehmen die denn so eine Winzschrift?«, wunderte sich Timo. »Das kann doch kein Schwein lesen.«

»Das liegt nur daran, dass man davon ausgeht, dass jeder einen siebzig Zoll großen Fernseher hat, auf dem man das mühelos entziffern kann.«

»Super! Und an uns denkt keiner? Wir wollen auch was lesen können«, beklagte er sich. »Könnte ja was Wichtiges sein. Schaltest du mal weiter? Ich glaube, wir müssen zu ProSieben.« Das war der Moment der zweiten Ernüchterung, denn nach dem Umschalten von der ARD zum ZDF kam als Nächstes das Bild des NDR. Allerdings nur das Bild, denn als Ton war nur Rauschen zu hören, das zu dem leichten Schnee passte, der sich wie in Wellen über irgendeine Sendung schob, die sich um eine der ostfriesischen Inseln zu drehen schien. Danach kam Flimmern … und Flimmern … und nochmals Flimmern.

»Warum schaltest du nicht weiter?«, fragte Timo nach kurzer Zeit ungeduldig.

»Ich mache die ganze Zeit nichts anderes«, antwortete sie. »Aber da tut sich nichts. Ich schätze, wir haben nur zwei Programme mit Bild und Ton und ein drittes, bei dem wir auf den Ton verzichten müssen.«

»Wenn wir wieder zu Hause sind«, ließ ihr Sohn sie wissen, »muss ich bestimmt einen Therapeuten besuchen. Sonst werde ich diesen Urlaub in der Steinzeit mein Leben lang als Trauma mit mir rumtragen.«

Lana musste laut lachen. Es war immer wieder schön zu hören, dass sein Sinn für Humor ihrem eigenen Geschmack entsprach, nicht aber dem brachialen Humor mit seiner verletzenden Art, die Timos Vater sich mit der Zeit zu Lanas großem Leidwesen angeeignet hatte.

»Ich bin ganz deiner Meinung«, stimmte sie ihm belustigt zu. »Aber wenn schon, dann muss es auch ein Fachmann für das Gebiet ›Alte Fernseher‹ sein. Sonst hat der Therapeut keine Ahnung, wovon du redest.«

Sie kehrte zum Ersten Programm zurück. »Jetzt stellt sich nur die Frage, wie schwer dein Trauma ausfallen wird. Entweder Volksmusik oder Trödelschätz-Show …«

»… fragte der Richter den zum Tode Verurteilten«, kommentierte Timo und verdrehte die Augen.

»Mir geht es nicht anders, Timo, das kannst du mir glauben«, sagte Lana.

Unschlüssig saß er auf der Bettkante, dann sagte er: »In meinem Zimmer liegt so eine Spielesammlung im Schrank. Mensch-ärgere-dich-nicht und so. Soll ich die holen und wir gucken, was wir spielen können?«

Lana lächelte erfreut. »Das würde mir wirklich Spaß machen.« Aus dem Augenwinkel nahm sie eine Bewegung wahr. Sie sah zum Fenster und entdeckte Lukas, der soeben von den Ställen zurückkam und in Richtung Haustür unterwegs war. »Warte noch einen Moment. Lukas kommt gerade zurück.«

»Wenn ich ihn abpasse, können wir ihn fragen, wer das Mädchen auf den Fotos ist«, schlug Timo vor. »Vielleicht verrät er uns ja, ob es was damit zu tun hat, dass er keine Zimmer mehr vermietet.«

»Nein, Timo«, sagte sie hastig, bevor er nach draußen in den Flur laufen konnte. »Ich will ihn damit nicht einfach so überfallen. Morgen wird sich bestimmt eine Gelegenheit ergeben, wenn wir alle in der Küche sind. Dann können wir fragen, wer das Mädchen ist. Danach sehen wir weiter, okay?«

Timo wirkte zwar einen Moment lang enttäuscht, aber dann

konzentrierte er sich so wie sie darauf, auf Lukas' Schritte zu lauschen. Sie hörte, wie er durch den Flur und dann die Treppe raufging; Sekunden später fiel eine Tür ins Schloss.

»Okay, jetzt kannst du.«

Drei Stunden und zahllose Runden Mensch-ärgere-dich-nicht, Halma und Co. später zog sich Timo zufrieden in sein Zimmer zurück. Lana ließ sich ins Bett sinken und musste feststellen, dass sie schon lange keinen so schönen und lustigen Abend mit ihrem Sohn verbracht hatte. Sie fragte sich, ob sie ihn auch dann wieder für einen solchen »analogen« Spieleabend würde begeistern können, wenn gleichzeitig zig Streamingdienste mit ihrem immer unüberschaubareren Angebot lockten.

Dieser Abend war ein gutes Zeichen für die kommenden zwei Wochen, fand sie, wobei sie einräumen musste, dass sie nicht mit Sicherheit sagen konnte, ob sie tatsächlich so lange bleiben würden. Immerhin ging Lukas davon aus, dass sie morgen abreisen würden, und sie hatte noch keine Ahnung, wie sie ihn dazu bringen sollte, sie beide weiter in seinem Haus zu dulden.

Aber das war nicht das Einzige, wovon sie in diesem Moment keine Ahnung hatte. Sie konnte auch nicht ahnen, mit welchem Schrecken der nächste Tag beginnen würde.

4

Sonntag

Es fühlte sich an, als hätte jemand ihr einen viele Kilo schweren Stein auf die Brust gelegt, der ihr die Luft zum Atmen nehmen sollte. Und als würde das nicht genügen, war dieser Stein auch noch mit feinen Spitzen überzogen, die sich in ihre Haut bohrten. Der Unbekannte, der sie so quälen wollte, bewegte den Stein auch noch hin und her, sodass mal die einen und mal die anderen Spitzen in ihr Fleisch gedrückt wurden.

Himmel, was war das für ein entsetzlicher Traum? Und warum konnte sie nicht daraus aufwachen? Sie wusste, dass sie träumte. Das wusste sie oft, aber normalerweise sorgte diese Erkenntnis dann auch dafür, dass sie wach wurde. Bloß jetzt nicht. Dabei wollte sie doch nur, dass dieses Gewicht von ihr genommen wurde.

Aber was, wenn das gar kein Traum war? Was, wenn da tatsächlich irgendwas auf ihr lag? Aber was? Und woher sollte es gekommen sein? Doch wie sollte sie eine Antwort auf diese Fragen erhalten, wenn sie nicht mal wusste, wo sie war? Sie versuchte sich zu erinnern, was sie getan hatte, bevor sie eingeschlafen war, doch es wollte ihr nicht einfallen. Gerade regte sich der Hauch einer Erinnerung, da ertönte ein so unglaublich lautes und schrilles Geschrei, dass sie glaubte, ihre Ohren würden abgesprengt und ihr Kopf müsste platzen.

Was um alles in der Welt war das gewesen? Ein Schrei, der nicht einer menschlichen Kehle entsprungen zu sein schien, sondern eher von irgendeiner Bestie stammte. Wollte sie überhaupt wissen, was das war? Wollte sie die Augen aufmachen und in den Schlund irgendeines Ungeheuers blicken, das geradewegs aus der Hölle aufgestiegen war?

Bevor sie sich noch länger herumquälte und sich immer grausigere Dinge ausmalte, riss sie kurz entschlossen die Augen auf … und konnte nicht fassen, was sie da sah: ein knallrotes Gesicht voller Wülste, die nach ihr zu greifen schienen, so als wollten sie sich an ihrer Haut festsaugen. Rötliche Augen mit winzigen Pupillen, die sie ohne Gefühlsregung anstarrten. Das Maul war rot und lief spitz zu wie ein … wie ein Schnabel?

Lana stutzte. Ein roter Schnabel in einem roten Gesicht. Wülste, die keine Wülste waren, sondern Kehllappen und ein Kamm, und die nur alle so nach vorn wiesen, weil ihr Träger vornübergebeugt auf ihr stand

»Leopold«, murmelte sie und wollte erleichtert aufatmen, was aber nach wie vor nicht ging, weil der Hahn auf ihr stand und mit seinem ganzen Gewicht auf ihre Brust drückte.

Leopold schien zufrieden darüber, dass er erfolgreich Wecker gespielt hatte, und setzte zu dem gleichen lauten Schrei an, den Lana durchaus zutreffend als nicht-menschlichen Ursprungs eingeordnet hatte.

Diesmal konnte sie sich noch schnell die Ohren zuhalten, was das Kikerikii etwas erträglicher machte. »Ja, Süßer, ich habe dich gehört, und es ist schön, dass es dich so freut, dass du mich geweckt hast. Aber jetzt darfst du gern mal zur Seite gehen, damit ich durchatmen und aufstehen kann.«

Als hätte er jedes Wort genau verstanden, machte er einen Satz runter auf die freie Hälfte des Doppelbetts und baute sich zu ganzer Größe auf. Aus ihrer liegenden Perspektive musste Lana einräumen, dass dieser Anblick noch viel imposanter war. Zum ersten Mal wurde ihr bewusst, wie gewaltig ein solcher Hahn auf die kleineren Hennen wirken musste, die ihn aus dem gleichen Blickwinkel erlebten.

»Wie bist du eigentlich hier reingekommen?«, fragte sie den Hahn. »Hast du einen Generalschlüssel oder so was?« Dann wanderte ihr Blick weiter, und ihr fiel ein, dass sie am Abend das Fenster einen Spaltbreit geöffnet hatte. Jetzt stand es weit offen, womit sie die Antwort auf ihre Frage hatte.

Lana stand auf und zog sich ins Badezimmer zurück, während Leopold vom Bett sprang und damit begann, das Zimmer zu erkunden.

Als sie zehn Minuten später das Badezimmer verließ, stand Leopold vor der Zimmertür und tippte mit der Schnabelspitze dagegen. »Erst mal ziehe ich mich an, bevor ich dir die Tür aufmache, junger Mann«, sagte sie und griff nach der zweiten Jeans und einem frischen T-Shirt. Wenn sie sich strikt an das halten würde, was Lukas gesagt hatte, dann müsste sie jetzt alles wieder in ihre Reisetasche packen und das Zimmer so verlassen, wie sie es am Abend vorgefunden hatte. Aber das würde sie nicht tun. Mit etwas Glück hatte es sich Lukas doch noch anders überlegt, und wenn nicht, würde sie ihren Charme spielen lassen. Zumindest würde sie es versuchen, denn wenn sie ehrlich zu sich selbst war, musste sie zugeben, dass ihr Charme in den letzten Jahren nicht viel gebracht hatte. Andererseits hatte sie sich aber auch keine ernsthafte Mühe gegeben, einen Mann für sich zu interessieren, da sie von dem letzten noch genug hatte. Und sie wollte auch nicht, dass sich Timo vernachlässigt fühlte, wenn sie plötzlich wieder einen Mann in ihr Leben holte.

Trotzdem würde sie versuchen, Lukas zu überreden. Wenn das einzige Problem darin bestand, dass sie sich selbst um ihre Verpflegung kümmern mussten, weil er keine Zeit für sie hatte, würden sie damit auch leben können. Das wäre zwar alles nicht mit dem Luxus zu vergleichen, den sie im Ferienpark gehabt hätten. Dort wäre ihnen am Morgen ein Wagen mit einem reichhaltigen Frühstück in den Vorraum des Bungalows gerollt worden, der später wieder abgeholt worden wäre, ohne dass sie oder Timo auch nur einen Finger hätten rühren müssen. Aber sie war ohnehin nicht der Typ, der sich den ganzen Tag bedienen lassen wollte, und genauso hatte sie auch ihren Sohn erzogen.

Wenn Ferien auf diesem Bauernhof bedeuteten, dass sie mit anpacken mussten, hätte sie damit auch kein Problem.

Als sie fertig war, ging sie zur Tür, wo Leopold noch immer geduldig darauf wartete, dass sie ihn nach draußen ließ. Sie machte die Tür auf und ging hinaus in den Flur. Das Erste, was ihr auffiel, war ein Hauch von Kaffeeduft in der Luft. Leopold stolzierte in Richtung Küche davon, einen Augenblick später kam auch Timo aus seinem Zimmer.

»Morgen, Schatz«, begrüßte sie ihn.

»Morgen, Mom«, erwiderte er und verzog das Gesicht. »Hast du vorhin auch den Hahn krähen gehört? Ich dachte, der steht bei mir im Zimmer. Mann, das kam mir vor, als würden mir die Ohren wegfliegen.«

Lana musste grinsen. »Dann sei froh, dass du nur *gedacht* hast, er steht bei dir Zimmer«, sagte sie und berichtete ihm, was sie beim Aufwachen erlebt hatte.

»Ich werde das Fenster verbarrikadieren«, verkündete er anschließend, nachdem er sie mit weit aufgerissenen Augen angestarrt hatte. Dann hob er den Kopf und schnupperte. »Riecht das nach Kaffee?«

»Ich glaube schon«, antwortete sie. »Landluft hat üblicherweise einen strengeren Geruch.«

Timo rümpfte die Nase. »Kaffee! Igitt! Da trinke ich lieber Leitungswasser.« Dann erst stolperte er über ihre letzte Bemerkung. »Was war das mit dem strengeren Geruch?«, hakte er nach.

»Der kommt schon noch«, meinte sie mit einem ironisch zuversichtlichen Tonfall. Offenbar hatte der Wind bislang günstig gestanden und den Geruch von den Ställen von ihnen weggetragen. »Komm, lass uns zu Lukas gehen. Vielleicht ist er heute ja etwas umgänglicher.«

»Schlimmer als gestern kann er wohl nicht sein«, merkte ihr Sohn an.

»Ja, da hast du auch wieder recht«, musste sie ihm zustimmen.

Als sie die Küche betraten, wurden sie aber nicht von Lukas empfangen, sondern von einem Mädchen von etwa dreizehn oder vierzehn Jahren, bei dessen Anblick sofort klar war, dass es sich um das Kind auf den Fotos handelte. In natura wirkte die

Kleine noch hübscher als auf den Bildern. Lana fand, dass sie schon jetzt eine bemerkenswerte natürliche Schönheit und Ausstrahlung besaß, und das, wo die Kleine den Eindruck erweckte, als sei sie eben erst aufgewacht, hätte keine Zeit gehabt, sich die Haare zu kämmen, und das Erstbeste zum Anziehen geschnappt, was sie gerade hatte finden können, ohne sich darum zu kümmern, ob sie auch richtig gestylt war, um sich der Welt zu präsentieren.

Das fand offenbar auch Timo, der die Unbekannte anstarrte, während er mit halb geöffnetem Mund dastand. »Da kommen sonst noch Fliegen rein«, sagte Lana amüsiert, legte einen Finger unter sein Kinn und drückt es nach oben.

»Guten Morgen«, sagte das blonde Mädchen. »Sie sind bestimmt die Behrings, richtig? Mein Pa hat mir heute früh gesagt, dass Sie für eine Übernachtung hier sind ...«

»Das ist richtig«, bestätigte Lana.

»Er meinte zwar auch, dass Sie kein Frühstück erwarten«, fuhr sie fort. »Aber ich finde, wenn Sie heute schon wieder losfahren, müssen Sie ja was im Magen haben. Sie müssen noch bis nach Düsseldorf? Der rote Kombi muss Ihr Wagen sein, oder?«

»Ja, richtig, das ist unser Wagen und wir müssen tatsächlich noch bis nach Düsseldorf.«

»Schade.«

Lana zog eine Augenbraue hoch. »Was ist schade?«

»Na, dass Sie schon wieder abfahren«, erklärte das Mädchen mit betrübter Miene. »Früher hatten wir immer Gäste, das ganze Jahr durch. Das war immer schön, weil ich ganz viele Leute kennenlernen konnte. Ich meine, hier in der Gegend ist sonst ja nicht viel los. Aber jetzt will mein Pa das nicht mehr. Weil's ihm zu viel Arbeit ist, sagt er. Dabei könnte ich jetzt sogar viel besser mithelfen als vor ein paar Jahren.« Sie unterbrach sich kurz, tippte sich mit der Handfläche an die Stirn und fuhr fort: »Das habe ich ganz vergessen. Ich bin Rebecca.«

»Angenehm«, erwiderte Lana. »Und ich bin Lana, du kannst auch gern Du sagen.«

»Oh, danke, Lana«, sagte Rebecca und klang angenehm überrascht.

»Und das ist … mein Sohn Timo«, fuhr Lana fort und deutete ein wenig verwundert auf ihren Jungen. »Aber er scheint noch nicht so richtig wach zu sein. Muss an der frischen Landluft liegen.«

»Hi, Timo«, sagte Rebecca kichernd und schenkte ihm ein weiteres Lächeln, das noch eine Spur netter wirkte.

»Ähm …«, war alles, was er darauf erwidern konnte.

»Können wir dir noch bei irgendetwas behilflich sein?«, fragte Lana, während ihr Blick zum Esstisch wanderte. Der war für drei Personen gedeckt, auf einem Tablett in der Mitte fanden sich ein paar Sorten Wurst und Käse, außerdem standen dort zwei Gläser Marmelade und ein kleiner Korb mit hellem und dunklerem Brot. »Gedeckt hast du jedenfalls schon. Sonst noch was?«

»Sie kö… du kannst den Kaffee eingießen«, schlug Rebecca vor und schaute etwas verlegen drein. »Ich gieße meistens zu viel ein, und dann müssen unsere Gäste erst mal einen Teil abschlürfen, ehe sie die Tasse heben können.«

»Es gibt Schlimmeres«, verkündete Timo gelassen. »Stell dir vor, du würdest die Tasse komplett verfehlen und den Kaffee direkt auf den Tisch kippen.«

»Schwacher Vergleich«, fand Rebecca, zwinkerte ihm aber spitzbübisch zu. »Trotzdem vielen Dank für deinen Aufmunterungsversuch.« Sie sah zu Lana. »Ich … ähm … ich habe selbst noch nicht gefrühstückt. Kann ich mich dazusetzen?«

Lana sah kurz zu Timo und zuckte dann mit den Schultern. »Das ist doch selbstverständlich. Schließlich ist das hier euer Zuhause.« Sie ging zum Tresen, um die Kanne aus der Kaffeemaschine zu nehmen.

»Ja, aber die Gäste hatten früher immer ihren eigenen Raum«, erklärte Rebecca. »Ich hab bloß keine Lust, da jetzt alles zu putzen, wenn man hier sowieso viel gemütlicher sitzen kann.«

»Da hast du völlig recht, Rebecca«, bestätigte Lana und kam mit der Kanne an den Tisch. »Ich nehme an, du trinkst Kaffee?«

»Ja, bitte.«

Lana schenkte den Kaffee in die Tasse ein, die allein auf der einen Seite des Tischs stand. Dann war sie selbst an der Reihe und fragte: »Was willst du eigentlich trinken, Timo?«

»Natürlich einen Kaffee, Mom«, gab er fast entrüstet zurück, als sei die Unterstellung, er könnte keinen Kaffee trinken, über alle Maßen empörend.

»Milch und Zucker stehen schon auf dem Tisch«, sagte Rebecca, während er sich setzte.

Fast staatsmännisch winkte er ab. »Meinen Kaffee trinke ich nur schwarz.«

Lana musste sich jeden Kommentar verkneifen. Vorsichtshalber schenkte sie ihm nur eine halbe Tasse ein, was er nicht zu bemerken schien. Oder er bemerkte es und hoffte, dass es Rebecca nicht auffallen würde.

Rebecca nahm ebenfalls Platz, und gleich danach setzte sich auch Lana zu ihnen, nachdem sie die Kaffeekanne weggestellt hatte.

»Ach, Rebecca, sag mal, ist euer WLAN defekt?«, fragte Timo, während er damit beschäftigt war, sein Brot mit Erdbeermarmelade zu bestreichen.

Rebeccas erste Reaktion war ein ausgelassenes Gelächter, das Timo stutzig machte. Dann wurde sie wieder ernst und sagte sichtlich verlegen. »Wir haben kein WLAN, Timo.«

»Nicht? Ist was defekt?«, wollte er wissen. »Ich kann mir ja den Router mal ansehen. Vielleicht ist es bloß eine Kleinigkeit.«

Rebecca schüttelte amüsiert den Kopf. »Ich glaube, helfen kannst du nur, wenn du in der Lage bist, einen Sendemast zu beschaffen und hier in der Nähe aufzubauen.«

»Einen Sendemast?«, wiederholte er irritiert. »Was ist denn mit eurem Sendemast passiert?«

Die Tochter des Landwirts seufzte leise, wobei nicht klar war, ob das Fehlen eines Sendemastes der Grund für diese Reaktion war, oder ob Timo im Begriff war, es sich mit ihr zu verscherzen, weil er nicht verstehen wollte.

»Timo«, ging Lana dazwischen, um das Missverständnis aufzuklären, bevor es aus dem Ruder laufen konnte. »Hier hat es noch nie einen Sendemast gegeben, weil die Gegend so dünn besiedelt ist, dass sich das nicht lohnt.«

»Oh«, machte ihr Sohn und griff nach der Kaffeetasse, um aus Verlegenheit einen Schluck zu trinken, damit er einen Vorwand hatte, weshalb er gerade nichts sagen konnte.

Zu seinem Glück stand Rebecca gerade noch einmal auf, um etwas aus dem Kühlschrank zu holen. So lief er wenigstens nicht Gefahr, von ihr dabei beobachtet zu werden, wie er die Augen aufriss und das ganze Gesicht verzog, als sein Mund mit dem schwarzen Kaffee in Berührung kam, der zudem noch besonders stark war. Vermutlich hatte Rebecca ein oder zwei Löffel Kaffeepulver mehr in den Filter gegeben. Hilfe suchend sah er sich um, aber da stand keine Topfpflanze und auch keine Vase oder etwas Ähnliches, in das er das Gebräu hätte entsorgen können.

»Schluck runter!«, forderte Lana ihn tonlos auf, da Rebecca in diesem Moment die Kühlschranktür zumachte und sich zu ihnen umzudrehte.

Er überwand sich – und bekam prompt einen Hustenanfall.

»Alles in Ordnung?«, fragte Rebecca besorgt, während Lana ihm auf den Rücken klopfte.

»Er muss sich an einem Brotkrumen verschluckt haben«, erklärte Lana hilfsbereit. »So was passiert schon mal. Komm, Timo, huste kräftiger, damit er sich löst.«

Die Aufforderung war zwar überflüssig, weil der Hustenreflex ohnehin noch anhielt. Aber ihrem Sohn zuliebe wollte sie, dass das Ganze so echt wie möglich aussah, schließlich konnte er sich doch nicht vor Rebecca blamieren, indem er schon an einer Tasse Kaffee scheiterte.

Rebecca brachte ihm ein Glas Wasser, das er dankend annahm und gierig austrank, als könnte er den Kaffeegeschmack gar nicht schnell genug loswerden. »Danke«, röchelte er, als er das leere Glas abstellte.

Nachdem Rebecca sich zu ihnen gesetzt hatte, fragte Lana:

»Wie kommt es denn, dass dein Vater die Vermietung von Gästezimmern aufgegeben hat? Bist du mit deinem Vater ganz allein hier auf dem Hof?«

»Nein, da sind natürlich auch noch die Leute, die im Stall und auf den Feldern und im Laden helfen. Aber die wohnen nicht hier, sondern im Dorf.«

»Hat denn einer von den Leuten früher hier im Haus mitgeholfen, als ihr noch Gäste aufgenommen habt?«, hakte Lana nach und trank auch einen Schluck Kaffee, der sogar mit mehr Zucker und Milch als üblich versehen immer noch sehr stark war.

»Nein, früher hat meine *Mutter* sich um die Gäste gekümmert, und mein Pa hatte da schon alle Hände voll zu tun, damit auf dem Hof alles ordentlich lief.«

Lana wartete einen Moment, um nicht zu neugierig zu klingen, obwohl sie das ehrlich gesagt war. »Ich hoffe, ich trete dir nicht zu nahe, wenn ich frage, was mit deiner Mutter ist.« Eigentlich hatte sie ja fragen wollen, warum Rebecca das Wort *Mutter* so seltsam betont hatte, aber sie hoffte, dass sich die Erklärung dann ergab, wenn sie wusste, was mit der Frau passiert war.

»Die gibt's nicht mehr«, antwortete Rebecca prompt und in einem Tonfall, als hätte jemand sie gefragt, ob wohl noch irgendwo die Zeitung vom Vortag herumläge.

»Oh, das tut mir leid«, versicherte Lana ihr.

»Nein, nein, Lana«, sagte Rebecca und hob hastig abwehrend eine Hand. »So war das nicht gemeint. Sie ist eigentlich nicht gestorben.«

»Eigentlich?«, fragte Timo, der nach längerem Räuspern endlich wieder in der Lage war, ein klares Wort herauszubringen. »Wie meinst du das?«

»Für mich ist meine *Mutter* tot«, antwortete Rebecca mit der gleichen Betonung wie zuvor, die nun deutlicher als gerade eben noch nach Verachtung klang. »Sie hat uns verlassen, als ich zehn war. Sie fand unseren Steuerberater netter als meinen Pa.«

»Das ist natürlich schlimm, wenn einem Kind so etwas widerfährt«, sagte Lana. »Aber deshalb hat er aufgehört, Zimmer an Gäste zu vermieten? Er hätte doch eine Aushilfe einstellen können, als deine Mutter von hier weggegangen war.«

Rebecca starrte auf die Scheibe Brot, die vor ihr auf dem Teller lag. »Es war nicht nur deswegen. Mein Pa will es nicht mehr machen, weil *Mutter* den Typ erst dadurch kennenlernen konnte, dass man hier Urlaub machen konnte.«

»Das heißt, der … Typ war zuerst hier, um Urlaub zu machen«, folgerte Lana.

»Richtig. Dadurch hat der Typ *Mutter* kennengelernt«, berichtete die Tochter abfällig. »Das war zwei Jahre, bevor sie weggegangen ist. Der Typ war Steuerberater und hat meinem Pa angeboten, die Steuererklärungen für den Hof zu einem besonders günstigen Preis zu erledigen, was meinem Pa natürlich recht war. Er engagierte ihn, und dann kam der Typ immer öfter her, weil es was zu besprechen oder zu unterschreiben gab. Mein Pa hat nichts geahnt, und ich … na ja, ich war zu klein, um die Blicke zu verstehen, die sich der Typ und Mutter zuwarfen, wenn mein Pa erklärte, er müsse jetzt unbedingt zum Großmarkt fahren. Mein Pa hat die Blicke ja auch nicht bemerkt. Und er hat sich auch nie darüber gewundert, wieso der Typ so oft vorbeikam, wenn mein Vater gerade irgendwo hinmusste. Später war mir klar, dass Mutter ihm natürlich Bescheid gesagt hat, wann mein Pa unterwegs ist. Und dann wurde mir auch klar, warum ich bei den … ›Besprechungen‹ der beiden auf keinen Fall stören durfte.«

»Und das ging zwei Jahre lang so?«, fragte Lana leise.

Rebecca nickte.

»Dann kann ich verstehen, warum dein Vater keine Urlaubsgäste mehr aufnehmen will«, sagte Lana verhalten. »Tut mir leid, dass ich so beharrlich war und einfach über Nacht mit meinem Sohn hiergeblieben bin. Hätte ich das gewusst …«

Rebecca schüttelte den Kopf. »Ich weiß ja auch, warum er es nicht will, aber ich habe ihm auch gesagt, dass Gäste uns Abwechslung bringen und vielleicht auch eine Frau, die ihn mag und die bleiben will. Aber er will das einfach nicht.«

»Na, auf jeden Fall, willkommen im Club«, sagte Timo.

»Was?« Rebecca sah ihn verständnislos an.

»Na ja, weißt du, mein Dad hat sich vom Acker gem… ähm …«, unterbrach sich Timo hastig, als ihm auffiel, welchen Vergleich er da gerade gezogen hatte. »Also … das sagt man so, das hat jetzt nichts mit dir zu tun.«

Rebecca nickte lächelnd. »Hab ich schon mal gehört. Wir wohnen hier zwar am Ende der Welt, aber ich verbringe ja nicht jeden Tag von morgens bis abends nur hier auf dem Hof. Wenn wir nicht gerade Ferien haben, gehe ich ja immer noch zur Schule.«

»Wie viel Kilometer musst du denn zur Schule rennen?«, wollte Timo wissen.

»Bis zur Schule an sich sind es einige Kilometer«, sagte sie. »Aber ich muss nur dahinten über den Feldweg gehen, dann komme ich am Dorfrand raus, und da hält morgens der Schulbus.«

»Kannst du nicht mit dem Rad zur Schule fahren? Dann wärst du nicht auf den Bus angewiesen, wenn der sich mal verspätet oder schon weg ist, wenn du zur Haltestelle kommst«, gab Lana zu bedenken.

»Radfahren ist nichts für mich«, sagte Rebecca ausweichend, aber bevor Lana nachfragen konnte, wie sie das meinte, redete sie auch schon weiter: »Außerdem müsste ich dann ein paar Kilometer auf der Landstraße unterwegs sein, weil ich ja nicht quer über die Felder fahren kann. Und da möchte ich schon nicht bei Sonnenschein unterwegs sein, weil die Autos mit mindestens hundert Sachen an mir vorbeifahren. Was meinst du, was das dann für ein Vergnügen ist, im Herbst oder Winter im Stockfinsteren unterwegs zu sein.«

»O Mann«, stöhnte Timo. »Und da wird immer gesagt, dass die Radfahrer in der Stadt so gefährlich leben.«

»Aber nur, weil die meisten von denen nicht aufpassen, was

um sie herum los ist«, sagte Rebecca und unterstrich ihre Missachtung mit einem Naserümpfen. »Hier auf der Landstraße kannst du noch so gut aufpassen und wirst trotzdem überfahren. Oder du schmeißt dich immer freiwillig in den Graben, wenn von hinten ein Auto kommt.«

»Dann lieber den Bus«, fand Timo.

»In der Schule habe ich dann auch Internet«, fuhr Rebecca fort. »Ich bin also nicht so komplett vom Dorf.«

»Aber was machst du bei den Hausaufgaben, wenn du was nachsehen musst?«, wollte Timo wissen.

»Wir haben den ganzen Tag Schule, am Nachmittag als Hausaufgabenbetreuung«, erklärte sie. »Und wenn wir einen Text oder ein Gedicht interpretieren müssen, für das wir das Internet nicht brauchen, bekommen wir einen Ausdruck für zu Hause mit.«

»Und wie ist das mit WhatsApp-Gruppen?«, fragte Lana. »Ich glaube, es gibt ja inzwischen keine Schulklasse mehr ohne eine solche Gruppe für die Eltern.«

Rebecca zuckte mit den Schultern. »Unsere Lehrer wissen, wer von uns nicht per WhatsApp oder SMS erreichbar ist. Ich bin nicht die Einzige. Der Schulbus liest hier in der Gegend ja nur so Einsiedler wie mich auf«, fügte sie grinsend an. »Wenn es was Wichtiges gibt, werden wir eben angerufen.« Nach einer kurzen Pause nickte sie nachdenklich. »Das hat aber auch was Gutes.«

»Was kann das Gutes haben?«, wunderte sich Timo.

»Na ja, die können ja nicht zehnmal am Abend anrufen, wenn es noch irgendwas gibt, da überlegen sie vorher, was sie sagen wollen. Ich habe eine Freundin in Hamburg, von der weiß ich, dass das manchmal den ganzen Abend so geht und dass dann auch noch die Eltern untereinander dauernd was dazu schreiben. Und wenn sich genügend von ihnen über irgendwas aufregen, dann wird das drei Stunden später von der Schule wieder zurückgenommen. Da würde mein Pa ja irre werden, wenn der sich um neun Uhr abends schlafen legt und um elf Uhr immer noch hin und her diskutiert wird.« Sie hielt einen Moment lang inne.

»Früher hat sich *Mutter* um alles gekümmert, was die Schule angeht, aber das muss Pa jetzt auch noch erledigen.« Sie zuckte flüchtig mit den Schultern. »Ich kann schon verstehen, dass da nicht viel Zeit bleiben würde, sich um Gäste zu kümmern, die hier Urlaub machen.« Rebecca atmete schwer seufzend aus, dann fragte sie Timo: »Wie alt warst du eigentlich, als dein Dad weggegangen ist?«

»Noch gar nicht auf der Welt.«

»Ist ja krass«, murmelte Rebecca.

»Er hat die Flucht ergriffen, als er hörte, dass ich schwanger bin«, ergänzte Lana.

»Dann hast du deinen Vater noch nie gesehen?«

»Nö, will ich auch nicht.«

»Ich habe es ihm angeboten«, warf Lana ein. »Aber Timo möchte mit ihm auch nichts zu tun haben. So wie ich.«

»Muss er denn nicht was bezahlen?«, fragte Rebecca. »Unterhalt oder wie das heißt?«

»Müsste er schon, aber ich bin nicht auf sein Geld angewiesen«, sagte Lana.

»Und du willst wirklich nicht wissen, wer dein Vater ist?«, hakte Rebecca nach. »Ich glaube, ich würde vor Neugier platzen. Nicht, weil ich ihm um den Hals fallen will, sondern um ihm zu sagen, was für ein feiger Versager er ist.«

Timo schüttelte den Kopf. »Das ist er nicht wert, weißt du? Ich denke auch eigentlich nie an ihn, weil ich ja gar nichts von ihm höre. Er hat mir noch nie geschrieben und auch nicht zum Geburtstag gratuliert oder zu Weihnachten eine Karte geschickt. Und bei dir?«

»Oh, meine *Mutter* ruft an meinem Geburtstag an, sie schickt mir Ostern eine Karte und zu Weihnachten ein Paket.«

»Immerhin.«

»Nichts ›immerhin‹. Wenn mein Pa sagt, dass sie am Telefon ist, gehe ich hin und lege den Hörer auf. Und bei den Karten und Päckchen habe ich meinem Pa gesagt, dass er alles so zurückschicken soll. Ich seh da nicht mal rein.« Sie nickte, als wollte sie ihre eigenen Worte unterstreichen. »Wenn Mutter an mir interessiert wäre, dann wäre sie längst hergekommen, um mit mir zu reden. Aber sie ist ohne ein Wort weggegangen, und dabei bleibt es auch.«

»Du bist eine konsequente junge Frau«, sagte Lana anerkennend und ergänzte an ihren Sohn gerichtet: »Bei ihr musst du dich in Acht nehmen, Timo. Wenn du sie einmal verärgert hast, wird sie nichts mehr von dir wissen wollen.«

»Oh«, machte er. »Aber ich will sie doch gar nicht verärgern.« Er drehte sich zu Rebecca um und wiederholte: »Ich will dich wirklich nicht verärgern.«

»Gut so«, meinte sie und grinste zufrieden. Im nächsten Moment wurde sie wieder ernst und schien nach Luft zu schnappen. »Oh«, murmelte sie, stand auf und lief zur Tür. Links von der Tür, dort, wo ihre Fotos hingen, stand ein schmaler, niedriger Schrank. Sie zog die oberste Schublade auf und holte eine kleine Schachtel heraus. Mitten in der Bewegung gab der Deckel nach und der Inhalt flog in hohem Bogen durch die Küche. Als der auf den ersten Blick undefinierbare Gegenstand auf dem Steinboden aufprallte, gab es ein hässliches Geräusch, das keinen Zweifel daran ließ, dass da etwas kaputtgegangen war.

»Nein!«, schrie Rebecca und warf sich auf den Boden, um den Gegenstand aufzuheben. Diesmal war ein geflüstertes, angsterfülltes »Nein!« zu hören, dann schlug sie sich die Hände vors Gesicht und begann zu schluchzen.

5

»Rebecca, was ist los?«, rief Lana und sprang von ihrem Platz am Esstisch auf, um sich neben dem Mädchen auf den Boden zu knien. »Was hast du?«

Aus dem Schluchzen war ein angestrengtes Keuchen geworden, so als würde jeder Atemzug sie Mühe kosten.

»Ist das eine Panikattacke?«, fragte Timo erschrocken, der sich rechts von Rebecca hinkniete.

»Sieht so aus«, murmelte Lana. »Ich weiß nur nicht, aus welchem Grund.« Sie legte eine Hand an Rebeccas Rücken, aber die schüttelte sich heftig und gab einen kurzen, aber energischen Missfallenslaut von sich, woraufhin Lana die Hand wegnahm. »Vielleicht hat sie ja Asthma und braucht ihren …« Der Rest blieb unausgesprochen, da Lana jetzt erkannte, was das Mädchen in der Hand hielt.

»Ihren was?«, fragte Timo ungeduldig.

»Ihren Inhalator«, antwortete sie und hob das Teil auf, das mit lautem Knall auf dem Boden gelandet war. Zwar hatte Rebecca es nach der Bruchlandung noch einmal fallen lassen, aber das war nur aus ein paar Zentimetern Höhe geschehen. Das hätte nicht bewirkt, dass das Plastikgehäuse, in dem das Fläschchen mit der Inhalationslösung steckte, so zertrümmert wäre, wie es jetzt der Fall war. Der Boden war aufgebrochen, und dadurch war der Mechanismus so in Mitleidenschaft gezogen worden, dass mehrere kleine Stücke herausgebrochen waren. Das Gerät taugte nur noch für den Plastikmüll, denn jeder Versuch, etwas von der Sprühlösung herauszubekommen und zu inhalieren, hätte dazu führen können, dass Rebecca Dutzende von winzigen Kunststoffsplittern einatmen würde.

Während Rebecca vornübergebeugt auf dem Boden hing und immer noch angestrengt atmete, sich aber nicht mehr ganz so schlimm anhörte, stand Lana auf. »Bleib du bei ihr, ich sehe mich mal schnell um.«

Timo sah sie erschrocken an. »Bei ihr bleiben? Was soll ich denn machen?«

»Einfach für sie da sein«, sagte sie. »Damit sie merkt, dass sie nicht allein ist.«

Ihr Sohn machte eine zweifelnde Miene, die gleich dreierlei bedeuten mochte: dass er am Verstand seiner Mutter zweifelte, die ihn hier allein zurücklassen wollte; dass er an sich selbst zweifelte, ob er tatsächlich eine Ahnung hatte, wie er sich verhalten sollte; oder dass er ernsthafte Zweifel daran hatte, in irgendeiner Weise von einem unter einer Panikattacke leidenden Mädchen überhaupt zur Kenntnis genommen zu werden.

Lana lief den Flur entlang, vorbei an den Zimmern im Erdgeschoss, die alle eine Nummer trugen und damit wohl alle als Gästezimmer dienten, dann die Treppe hinauf in den ersten Stock. Gleich die erste Tür rechts entpuppte sich als Volltreffer, da es sich um das Badezimmer handelte, in dem links hinter der Tür ein Arzneimittelschrank an der Wand hing, der zum Glück unverschlossen war. Ein flüchtiger Blick auf den Inhalt ließ sie erkennen, dass hier kein Reserve-Inhalator zu finden war, sondern nur Tablettenpackungen und ein Fläschchen mit Nasenspray.

»Also weiter«, murmelte Lana und ging den Flur entlang. Hinter der nächsten Tür verbarg sich Lukas' Schlafzimmer, dann folgte auf der anderen Seite ein großzügig bemessenes Wohnzimmer, dessen Tür offen stand. Endlich wurde sie fündig, denn die Tür gleich gegenüber führte ins Kinderzimmer, das eigentlich genauso aussah, wie man sich das Zimmer einer Vierzehnjährigen vorstellte, und zwar einer lesewütigen Vierzehnjährigen. Von ein paar Filmpostern und von der Wand abgesehen, die ganz von einem Kleiderschrank und einem Klappbett in Anspruch genommen wurde, hatten ansonsten hoffnungslos vollgestopfte Bücherregale von jedem freien Fleck in diesem Zimmer Besitz ergriffen. Was sich in den Regalen angesammelt hatte, war für

Lana jetzt aber nicht von Interesse, denn sie suchte etwas ganz Bestimmtes.

»Wo würde ich das Ding deponieren?«, überlegte sie und gab sich gleich die Antwort: »Da, wo ich es sofort wiederfinde.« Sie ging zum Schreibtisch und suchte die Tischfläche ab, aber einen zweiten Inhalator konnte sie nicht entdecken. Auch nicht in den beiden Schreibtischschubladen und ebenfalls nicht im Schminkkoffer, der neben dem Schreibtisch stand.

Mürrisch schüttelte sie den Kopf. Das waren die einzigen Stellen in diesem Zimmer, an denen sie einen Reserve-Inhalator vermutet hatte, denn schließlich musste der im Notfall schnell greifbar sein. Da blieb keine Zeit, erst noch ein Schrankfach auszuräumen oder ein ganzes Regalbrett zu leeren, weil das Teil dahinter lag. Ein Inhalator war an einer solchen Stelle fehl am Platz, daher war es sinnlos, dort erst noch zu suchen.

»Mist!«, zischte sie und verließ das Zimmer, um nach unten zurückzukehren.

Als sie in die Küche kam, saß Rebecca wieder am Tisch, hing aber weiter vornübergebeugt auf ihrem Stuhl.

»Und?«, fragte Lana. »Wie geht es ihr?«

»Sie wollte so sitzen«, sagte Timo. »Sie meint, sie kann dann besser atmen.«

Rebecca nickte bestätigend.

Lana ging vor ihr in die Hocke und hob die langen blonden Haare hoch, die ihr bis ins Gesicht hingen. »Rebecca, hast du noch einen zweiten Inhalator?«, fragte sie.

Ein Kopfschütteln war die ganze Antwort.

»Mist«, knurrte Lana daraufhin. »Wie sollen wir an einem Sonntag in dieser Gegend einen Inhalator auftreiben?« Sie wandte sich wieder an Rebecca, die sich in diesem Moment aufrichtete und sich so drehte, dass sie den Kopf gegen die Rückenlehne ihres Stuhls sinken lassen konnte. Ihr Gesicht war gerötet, aber das musste nicht zwangsläufig mit den angestrengten Atemzügen zusammenhängen, sondern es konnte auch daran liegen, dass sie so lange kopfüber dagesessen hatte.

»Von wem bekommst du den Inhalator verschrieben?«, fragte Lana, aber Rebecca winkte ab.

»Es geht gleich wieder«, antwortete sie im Flüsterton.

»Das mag sein, aber das heißt nicht, dass es in zwei Stunden immer noch geht«, erwiderte Lana. »Also, wer verschreibt dir das Teil?«

»Doktor Balanescu«, antwortete Rebecca leise. »Aber der hat heute zu.«

»Weil Sonntag ist, richtig. Aber er wird bestimmt eine Bandansage haben, die uns verrät, an wen wir uns wenden können«, sagte Lana zuversichtlich. »Das Telefon?«

»Im Flur.«

Lana lächelte sie aufmunternd an und tätschelte kurz ihr Knie. »Wir kriegen das schon hin.« Sie ging in den Flur, entdeckte das Telefon auf einem kleinen Beistelltisch, und wie erwartet lag gleich neben dem gar nicht mal so alten Tastentelefon ein Register, ganz so, wie es bei ihren Eltern auch noch war. Gleich auf der ersten Seite rechts entdeckte sie unter der Überschrift »Notfall« den Namen Balanescu. Sie nahm den Hörer ab, wobei sich die geringelte Schnur sofort verdrehte.

Sie tippte die Nummer ein und zog den Bleistift aus der Halterung im Register, um auf dem eingeschobenen Notizblock aufschreiben zu können, was der Arzt ihr zu sagen hatte. Die Ansage war verblüffend kurz und kompakt geraten, aber immerhin hatte sie gleich beim ersten Anlauf die Telefonnummer richtig notiert, an die man sich wenden sollte, bis man wieder in die Sprechstunde bei Dr. Balanescu gehen konnte.

Als Nächstes tippte sie die neue notierte Nummer ein, und nach längerem Klingeln meldete sich dort tatsächlich eine Männerstimme: »Notdienst der Praxis Angermund, was kann ich für Sie tun?«

Sie schilderte die Lage und sagte ihm, welches Medikament sie benötigten.

»Da reicht jeder ganz normale Spray mit Salbutamol«, sagte er. »Suchen Sie sich eine Apotheke, so was bekommen Sie auch ohne Rezept.«

»Einen Moment«, sagte sie und gab an Rebecca weiter, was er ihr gesagt hatte.

»Nein«, widersprach die sofort so aufgeregt, dass sie gleich wieder kurzatmig wurde. »Es muss dieser eine sein, kein Ersatz!«

»Haben Sie gehört, Herr Doktor?«, fragte Lana.

»Ja, und das können Sie gleich vergessen«, sagte er. »Diese Masche zieht nicht mehr.«

»Welche Masche?«

»Sie wissen genau, welche Masche ich meine.«

»Nein«, gab sie zurück und wurde mit jedem Wort noch etwas energischer. »Das weiß ich nicht. Ich weiß nur, dass hier ein Mädchen sitzt, das kaum Luft bekommt. Und wenn Sie nicht wollen, dass ich Ihnen einen Anwalt auf den Hals hetze, der Sie wegen unterlassener Hilfeleistung anzeigt, dann sollten Sie mir gefälligst sagen, was das mit dieser angeblichen ›Masche‹ auf sich haben soll.«

Es folgte ein Moment Stille, da der Arzt abzuwägen schien, ob er das Risiko eingehen sollte. Schließlich sagte er: »Der Hausarzt weigert sich, auf dem Rezept das Kreuz zu setzen, damit die Apotheke nur das verschriebene Medikament herausgibt. Er setzt das Kreuz nicht, weil es andere Hersteller gibt, die wesentlich günstiger sind. Weil der Patient nicht bekommt, was er will, wartet er bis zum Notdienst und lässt sich von einem anderen Arzt sein Wunschmedikament verschreiben. Weil die Krankenkasse anschließend feststellt, dass es dafür keine Notwendigkeit gab, muss der Arzt im Notdienst die entstandenen Mehrkosten aus der eigenen Tasche bezahlen. So. Das ist es, was ich Masche nenne.«

»Hm«, machte Lana. Das ergab tatsächlich einen Sinn, allerdings nicht den, der Rebecca weiterhelfen würde.

»Es tut mir leid«, redete der Arzt weiter. »Aber ich kenne die Akte dieser jungen Dame nicht, und ich kann mich nicht auf ihr Wort verlassen, dass das so alles seine Richtigkeit hat.«

»Und was sollen wir jetzt machen?«

»Ich kann Ihnen ein Privatrezept ausstellen«, schlug er vor.

»Aber das werden Sie sicher nicht wollen. Diese Inhalatoren sind zum Teil ziemlich teuer, und der, den Sie brauchen, ist sozusagen die Königsklasse.«

»Egal, ich will das so«, erwiderte Lana, ohne lange darüber nachzudenken. Sie konnte doch nicht zusehen, wie dieses Mädchen dasaß und nach Luft schnappte! Zwar hatte Rebecca sich inzwischen ein wenig erholt, aber womöglich reichte schon die Auskunft, dass es vor Montagmorgen keinen Nachschub geben würde, um die nächste Panikattacke auszulösen.

»Ihre Entscheidung«, sagte der Arzt. »Aber ich will das Mädchen auf jeden Fall erst noch sehen.«

»Ja, natürlich«, versicherte Lana ihm. Sie hätte ohnehin darauf bestanden, dass Rebecca und Timo mitkamen. »Und ich brauche noch Ihre Adresse, weil die bei der Bandansage von Doktor Balanescu fehlte.« Sie notierte die Anschrift, bedankte sich und legte auf. Dann kehrte sie in die Küche zurück. »Musst du dich noch umziehen, Rebecca?«, fragte sie.

»Wieso?«

»Weil wir jetzt zum Arzt fahren, um für dich ein Rezept zu besorgen«, antwortete sie.

»Nein, nein, nein, das ist nicht nötig, Lana«, beteuerte Rebecca und hob abwehrend die Hände. »Ich komme schon klar.«

»Das kann schon sein, aber ich will es darauf nicht ankommen lassen«, machte Lana ihr klar. »Können wir eigentlich deinen Vater irgendwie erreichen, damit er Bescheid weiß, wohin wir fahren?«

Rebecca schüttelte den Kopf. »Wenn er auf der Weide bei den Tieren ist, haben wir keine Chance.«

»Dann musst du ihm einen Zettel schreiben, damit er weiß, wieso wir alle zusammen weggefahren sind«, sagte Lana und kehrte noch einmal in den Flur zurück, um aus dem Telefonregister einen Notizzettel abzureißen, den sie zusammen mit dem Bleistift zu Rebecca an den Tisch brachte.

»Oh, gute Idee, danke«, sagte Rebecca, nahm Zettel und Stift an sich und begann zu schreiben.

Keine fünf Minuten später waren sie bereits auf dem Weg zu Lanas Auto, um Rebecca zum Arzt zu bringen, damit der ihr den neuen Inhalator verschrieb.

»Hier ist das Rezept«, sagte der Arzt, ein freundlicher Mann Anfang sechzig, der sein weißes Haar als wallende Mähne trug und dadurch wie ein Dirigent wirkte, der gerade eben ein aufwühlendes Konzert hinter sich gebracht hatte.

»Wie gesagt, ich kann da nur ein Privatrezept ausstellen«, sagte er zu Lana.

»Ja, das hatten wir ja schon besprochen, Herr Angermund. Ich nehme an, dass wir das immer noch bei der Kasse abrechnen können.«

Der Arzt hob abwehrend die Hände. »Selbst wenn das heute noch möglich sein sollte, kann es am Montag schon wieder komplett anders sein. Ich habe viele ältere Patienten, die schon jahrelang drei oder vier Medikamente nehmen müssen und die es gewöhnt sind, dass die Cholesterintabletten schmal und blassrosa sind. Was meinen Sie, was hier und in der Apotheke am Markt los ist, wenn auf einmal ein anderer Hersteller am Zug ist, der das Mittel nicht in schmale blassrosa Tabletten packt, sondern in weiße runde! Den Kassen ist das egal, weil wir die Patienten am Hals haben, die davon überzeugt sind, dass das nicht die richtigen Tabletten sind.«

»Ja, das habe ich bei uns in der Apotheke auch schon mitbekommen«, sagte sie und fügte mitfühlend hinzu: »Mir tun dann immer beide Seiten leid, weil die Mitarbeiter in der Apotheke nichts dafürkönnen und weil es gerade für ältere Menschen oft schwer ist, mit solchen unnötigen Veränderungen klarzukommen.«

»Ich sag immer, da sollten sich die Politiker mal hinter die Theke stellen und das nur einen Tag lang über sich ergehen lassen«, meinte Angermund grinsend. »Diese Vorschriften würden schneller gestrichen, als man hinsehen kann, das sag ich Ihnen.«

»Das glaube ich Ihnen«, erwiderte Lana und reichte ihm die Hand. »Vielen Dank noch mal, Herr Angermund.«

»Nichts zu danken, schönen Tag noch«, sagte er und ging zur Tür, um sie aufzuschließen und nach ihr gleich wieder abzuschließen.

Timo und Rebecca hatten sich auf die Hollywoodschaukel auf der Terrasse gesetzt und unterhielten sich. Lana winkte ihnen zu und wollte die zwei Stufen runtergehen, hielt dann aber inne und machte gleich wieder kehrt.

Sie klingelte und klopfte, dennoch dauerte es ein paar Minuten, bis der Arzt ihr noch einmal öffnete. Genau genommen öffnete er nur die kleine Klappe in der Tür, durch die man sich auf Augenhöhe miteinander unterhalten konnte. Angermund hatte beim ersten Anlauf erklärt, dass er zuerst immer nur die Klappe öffnete, um sich ein Bild von dem Patienten zu machen und um einzuschätzen, ob es wirklich ratsam war, einen Besucher eintreten zu lassen.

»Haben Sie irgendwas vergessen?«, fragte er und sah sich um, ob er im Empfangsbereich etwas entdecken konnte, was dort nicht hingehörte.

»Ja, ich habe vergessen, Sie zu fragen, wo wir eine Apotheke finden, die heute Notdienst hat.«

»Nicht hier in Weyhe«, sagte Angermund. »Da müssen Sie schon nach Bremen reinfahren, fürchte ich. Haben Sie ein Smartphone?«

Sie nickte.

»Gut, dann suchen Sie über Google nach einer offenen Apotheke«, riet ihr der Arzt. »In den letzten Monaten haben so viele alte Apotheken zugemacht, und es sind so viele neue eröffnet worden, dass ich nicht mal weiß, ob die drei oder vier noch existieren, die ich kenne.«

»Das werden wir schon hinbekommen«, sagte Lana zuversichtlich und drehte sich weg, während Angermund die Klappe in der Haustür wieder schloss. »Kommt ihr?«, rief sie den beiden zu.

»Hat es geklappt?«, fragte Rebecca aufgeregt.

»Schritt eins, ja«, antwortete Lana und zwinkerte ihr zu. »Jetzt müssen wir nur noch eine Apotheke finden, die heute Notdienst hat.«

»Hm, und wo erfahren wir das?«, wollte Rebecca wissen, während sie Lana zum Wagen folgte. Timo trottete mit gut zwei Metern Abstand hinter ihnen her, als würde es ihn langweilen, dass die anfängliche Action mittlerweile wieder abgeflacht war.

»Wir googeln«, erwiderte Lana. »Hier hat mein Handy wieder Empfang, hier geht so was.«

»Wir haben hier Empfang?«, fragte Timo erstaunt. »Echt?«

»Ja, sogar fünf pralle Balken«, sagte sie zu ihrem Sohn und stutzte, als sie seine entsetzte Miene sah, die zu bedeuten schien, dass soeben die größte nur denkbare Katastrophe über den Jungen hereingebrochen war. »Stimmt was nicht?«

Er presste die Lippen zusammen und verengte die Augen zu schmalen Schlitzen. »Ich habe mein Handy in meinem Zimmer liegen lassen. Ich hätte endlich nachsehen können, wer mir was geschrieben hat, und dann lasse ich das Ding im Zimmer liegen!«

»Na ja, du konntest ja nicht wissen, dass wir weit genug fahren, um wieder Empfang zu haben«, beschwichtigte Lana ihn.

»Wenn du dich noch ein bisschen mehr ärgerst, läufst du vielleicht noch grün an und wirst zum Hulk«, merkte Rebecca grinsend an. »Du solltest dich besser vorsehen.«

»Hulk? Woher weißt du, wer der Hulk ist?«, fragte er ungläubig.

Rebecca begann demonstrativ ihr Kinn zu reiben, als würde sie angestrengt nachdenken. »Lass mich mal überlegen. Ein paar Dörfer weiter haben sie vor einiger Zeit eine große Halle gebaut, ganz viele Stühle reingestellt und ein großes weißes Laken an die Wand gehängt. Dann haben die Bäuerinnen aus der Umgebung angefangen zu tanzen und zu singen, und auf einmal waren auf diesem weißen Laken Bilder zu sehen, die sich auch bewegt haben.« Sie warf ihm einen gespielt ahnungslosen Blick zu und fragte: »Habt ihr so was bei euch zu Hause in Düsseldorf auch?«

Timo zog die Augenbrauen zusammen. »Hä? Redest du von einem Kino oder was?«

»Ja-haaa!«, rief sie und gab ihm einen Klaps auf den Hinterkopf. »Denkst du echt, du bist hier im Nirgendwo gelandet, wo die Zeit stehen geblieben ist? Wir haben sogar DVDs.«

»DVDs sind überh…«, begann Timo, aber Lana warf ihm einen warnenden Blick zu.

»Wenn du gleich zwei Frauen gegen dich aufbringen willst, dann sag, was du gerade sagen wolltest.«

Ihr Sohn seufzte und sah kurz zum Himmel, dann fragte er in interessiertem Tonfall an Rebecca gewandt: »Du findest also den Hulk gut?«

»Nein«, antwortete sie und ließ ein freches Grinsen aufblitzen, so als würde es ihr ein diebisches Vergnügen bereiten, das Gegenteil von dem zu sagen, was er allem Anschein nach erwartete oder erhoffte.

»Aber Tony Stark finde ich von allen am besten«, fügte sie an.

»Also bist du Fan von Iron Man«, folgerte er und wollte anerkennend nicken, da kam der nächste Widerspruch.

»Nein, von Tony Stark«, beharrte sie.

»Aber Tony Stark *ist* Iron Man«, konterte er.

»Tony Stark ist *manchmal* Iron Man, aber manchmal ist er auch nur Tony Stark«, machte sie ihm klar. »Und den mag ich.«

»Ja, aber … das gehört doch alles zusammen«, hielt Timo dagegen. »Du kannst nicht einfach Tony von Iron Man trennen.«

»Kann ich wohl«, sagte sie mit einem triumphierenden Blick. »Oder kommt die Polizei, wenn ich das mache?«

Timo seufzte und verdrehte die Augen. »Du kannst nicht …«

»Jetzt hört schon auf, ihr zwei«, ging Lana dazwischen, ohne für einen von ihnen Partei zu ergreifen. »Sonst halte ich an der nächsten Tankstelle, kauf euch eine Peppa-Wutz-DVD, und dann müsst ihr euch die den ganzen Tag ansehen.«

»Frieden?«, fragte Rebecca schnell. Von Timo kam ein nachdrückliches Nicken. »Frieden!«, sagte er hastig. »Alles, nur nicht Peppa Wutz.«

Lana lächelte die beiden triumphierend an und machte beide Türen auf der Beifahrerseite auf, damit die zwei einsteigen konnten. Zu ihrem Erstaunen stieg ihr Sohn ganz ohne Aufforderung hinten ein, sodass Rebecca vorn sitzen konnte.

Die blieb an der Tür stehen. »Du hast mit Peppa Wutz nur Glück gehabt, Lana«, verkündete sie mit einem Augenzwinkern. »Spongebob Schwammkopf liebe ich nämlich über alles. Selbst die nicht so guten Episoden kann ich mir zehnmal ansehen, und das ist nie eine Strafe.«

»Gut zu wissen«, sagte Lana amüsiert und schloss die Beifahrertür, ging um den Wagen herum, stieg ein und fuhr los. Nach einer Notdienstapotheke würde sie erst suchen, wenn sie Bremen erreicht hatten.

»Sag mal, Rebecca«, meldete sich Timo zu Wort, kurz nachdem sie losgefahren waren. »Wie ist das, wenn man nicht richtig Luft bekommt?«

»Wenn du das wirklich wissen willst, kann ich dich ja für zwei Minuten in den Würgegriff nehmen«, schlug sie vor.

»So hab ich das nicht gemeint, sorry«, erklärte er hastig. »Ich meine, ich kann mir vorstellen, wie das ist, wenn man von jemandem gewürgt wird. Aber dir drückt ja keiner die Kehle zu.«

Lana sah kurz zu Rebecca und deutete ein Lächeln an, um sie zu ermutigen, ernsthaft auf die Frage zu antworten, die zumindest im ersten Anlauf wenig einfühlsam geklungen hatte.

»Na ja, wie soll ich das beschreiben?«, entgegnete Rebecca. »Wenn du im Stadion die vierhundert Meter läufst und so schnell wie möglich sein willst, dann bist du doch anschließend außer Puste und schnappst nach Luft, richtig?«

»Ja, aber das ist ja normal.«

»Richtig, *das* ist normal«, antwortete sie. »Aber es ist nicht normal, wenn dir so was passiert, sobald du zwei Etagen raufgehst, ohne dabei zu rennen. Oder wenn du gar nichts machst und trotzdem auf einmal nach Luft schnappen musst.«

»Hm, das ist wirklich nicht normal«, musste er ihr zustimmen. »Und das passiert dir dauernd?«

»Nicht dauernd. Richtig schlimm ist es im Sommer, wenn es geregnet hat und die Luftfeuchtigkeit hoch ist. Oder wenn es sehr kalt ist und ich eisige Luft einatme. Und immer dann, wenn ich mich zu sehr anstrenge.«

»Und du kannst gar nichts dagegen tun?«

»Doch, dafür ist der Inhalator da, der weitet die Bronchien, und ich kann wieder besser atmen«, erklärte Rebecca. »Nicht perfekt, aber gleich wieder viel besser.«

»Und sonst kannst du nichts tun?«, erkundigte sich Lana. »Ich habe mal gelesen, dass Sport gut sein soll. Radfahren, Laufen, Schwimmen. Wie ist das bei dir?«

Rebecca zuckte mit den Schultern. »Kann sein, dass das anderen Leuten hilft, aber mir nicht. Wenn ich das Rad nehme, bin ich meinen Freundinnen immer zu langsam, und wenn ich versuche, mit den anderen mitzuhalten, muss ich nach ein paar Minuten anhalten. Und Schwimmen ist von all dem die größte Katastrophe«, ergänzte sie. »Ich muss nur daran denken, wie ich mit dem Kopf unter Wasser gerate und dann nicht einatmen kann, dann ist bei mir schon alles aus.«

»Das ist doof«, fand Timo. »Dann kannst du im Sommer nie ins Wasser gehen, wenn du mit den anderen irgendwo zu einem See fährst.«

»Ich fahre gar nicht erst mit«, sagte sie.

»Wieso nicht?«, warf Lana ein. »Am See zu sitzen kann dir doch eigentlich nichts ausmachen.«

Rebecca seufzte leise. »Mir nicht, aber den anderen. Ich hab keinen Bock darauf, den anderen immer wieder erklären zu müssen, warum ich nicht ins Wasser will. Und ich hab überhaupt keinen Bock auf irgendwelche Spinner, die das nicht kapieren und meinen, sie müssten mich packen und ins Wasser werfen.« Sie winkte ab, bevor Lana etwas dazu sagen konnte. »Hab ich alles schon erlebt, und ich kann wirklich drauf verzichten.«

Eine Weile herrschte einvernehmliches Schweigen, dann tauchte am Fahrbahnrand das Ortsschild Bremen auf. Lana fuhr rechts ran und nahm ihr Smartphone zur Hand. Die Suche nach einer Apotheke ergab vier Treffer, von denen einer fast um die Ecke lag.

»Na, bitte«, sagte sie zufrieden. »Das geht ja schneller als erwartet.« Sie setzte den Blinker, warf einen Blick in den Spiegel und fuhr los.

»Und für dich auch noch ein Sack Kartoffeln«, sagte Lukas und lud den Sack in den Anhänger von Biggis Fahrrad. »Danke noch mal, und grüß deine Eltern.«

»Werd ich machen, Lukas«, rief die junge Frau ihm über die Schulter zu, während sie losfuhr. Sie war eine von etwas über einem Dutzend Jugendlichen aus der Umgebung, die regelmäßig freiwillig auf seinem Hof mithalfen, die Tiere betreuten und im Hofladen die Regale auffüllten. Als Gegenleistung konnten sie sich dann etwas aus dem Angebot seines Ladens mitnehmen, was Lukas für einen fairen Tausch hielt – und die Jungs und Mädchen ebenfalls, sonst hätten sie längst anderswo angeheuert. Zugegeben, das war leichter gesagt als getan, denn bezahlte Jobs waren in der Gegend dünn gesät. Aber die Tatsache, dass sie immer wieder herkamen und ihm halfen, war ein klares Zeichen, dass es ihnen nicht darum ging, Geld zu verdienen, sondern sich um Tiere zu kümmern, die sonst niemanden mehr interessierten.

Gerade hielten zwei weitere Autos auf dem staubigen Parkplatz vor dem Hofladen, den Lukas gezielt an dieser Durchgangsstraße hingesetzt hatte, um Autofahrer auf der Durchreise auf sich aufmerksam zu machen. Der Hof selbst lag zu allen Seiten zu weit vom fließenden Verkehr entfernt, um Kundschaft anzulocken, da praktisch kein Mensch bereit war, auf Verdacht einen langen Feldweg entlangzufahren, wenn man nicht wusste, ob der Hofladen womöglich nur aus einer Schubkarre mit ein paar Beuteln Gemüsezwiebeln darin bestand.

Fast kein Mensch, korrigierte er sich. Dieser Lana war es nicht zu weit gewesen, allerdings war sie auch nicht hergekommen, um eine Kiste Obst zu kaufen, sondern um auf seinem Hof zu übernachten. Und alles nur, weil sie auf diese alte Werbetafel aufmerksam geworden war, die er längst vergessen hatte.

Hätte sie sie doch nicht gesehen! Oder wäre sie zumindest wieder umgekehrt, nachdem sie abgebogen war, weil von seinem Hof nichts zu sehen war. Hätte sie nicht wenigstens kehrtmachen können, als sie auf dem Hof angekommen war und gesehen hatte, welchen heruntergekommenen Eindruck alles machte? Eine Hühnerphobie, ausgelöst durch den Anblick des störrischen Leopold, wäre auch hilfreich gewesen.

Er fragte sich, ob sie wohl noch immer da war oder ob sie endlich ihren Jungen in den Wagen gesetzt hatte und abgefahren war. Ein Blick auf die Uhr verriet ihm zwar, dass es kurz nach eins war, aber das half ihm nicht weiter. Sie hatten schon früher Gäste gehabt, die morgens bis um elf oder halb zwölf schliefen und sich dann zum Frühstück an den Tisch setzten, wenn normale Menschen bereits auf das Mittagessen warteten. Um zwei würden sie sich hoffentlich auf den Weg machen, denn dann wurde Rebecca von den Eltern einer Schulfreundin abgeholt, und sie würde beim Hinausgehen die Haustür abschließen wollen, was natürlich nicht möglich sein würde, wenn Madame Urlauberin und ihr Sohn noch nicht das Weite gesucht hatten.

Er könnte sich auf seinen Traktor setzen, rüberfahren und den beiden Beine machen, aber ihm war es lieber, wenn er diese Frau nicht noch einmal zu sehen bekam. Er bekam sie schon jetzt kaum noch aus dem Kopf, da vor seinem geistigen Auge immer wieder dieses Gesicht auftauchte, das von feuerroten Haaren umrahmt wurde, so als wäre sie von einer lodernden Flamme umgeben. Diese Flamme war vermutlich auch die Erklärung dafür, warum ihm so heiß wurde, wenn er an sie denken mu…

»Verdammt!«, fluchte er und zuckte zusammen, als ihm klar wurde, dass er in seinem Hofladen stand und ein älteres Pärchen und eine fünf- oder sechsköpfige Familie damit beschäftigt waren, einen Großeinkauf zu erledigen. Beide kannte er vom Sehen, sie waren schon ein paar Mal zum Einkaufen hergekommen. Nur war die Familie bei den ersten Besuchen noch dreiköpfig gewesen.

»Entschuldigen Sie«, sagte er hastig und sah zwischen dem Paar und der Familie hin und her. »Mir ist nur gerade eingefallen, dass morgen eine wichtige Frist abläuft und ich noch einen Berg Unterlagen sortieren muss.«

Der ältere Mann lachte mitfühlend. »Ich weiß nur zu gut, wie sich das anfühlt. Sie sollten sich lieber gleich an die Arbeit machen. Je länger Sie das hinauszögern, desto mehr müssen Sie sich dann abhetzen.«

Lukas nickte zustimmend. »Sie haben völlig recht«, erwiderte Lukas und lief zu Henning Pawlitzki, einem seiner in Vollzeit beschäftigten Helfer, der heute für die Kasse eingeteilt war. Seine füllige Statur, der dunkelbraune Rauschebart und die langen, bis zu den Schultern reichenden Haare verliehen Henning etwas von der Gemütlichkeit eines gesättigten Bären, der sich rundum wohlfühlte.

»Henning, ich gehe mal rüber zum …«, begann Lukas, unterbrach sich dann aber, weil die Kunden nicht mitbekommen sollten, dass er sich auf den Weg in die Dorfkneipe machte, wenn er doch angeblich so viel tun musste, um die behauptete Abgabefrist einhalten zu können. »Na, du weißt schon, wohin.«

»Klar, Chef«, gab Henning zurück und fügte leise genug an, um von niemandem gehört zu werden: »Kannst du mir 'ne Bockwurst mitbringen? Bis ich hier fertig bin, ist alles weg.«

»Kein Problem«, versicherte er ihm. »Sonst noch was?«

»Ich will nicht unverschämt sein«, beteuerte Henning.

»Bist du nicht. Also?«

»Katja macht heute ihren Nudelsalat mit Champignons, da nehme ich immer 'ne große Portion, weil die für zwei Tage reichen soll«, sagte sein Angestellter zögernd.

»Also einen Eimer voll«, gab Lukas im Spaß zurück.

»Aber einen großen«, rief Henning ihm hinterher, als Lukas den Hofladen verließ und zu seinem Traktor ging.

Als Lukas zehn Minuten später den Ratskeller erreichte, war der Parkplatz vor dem Lokal bereits gut ausgelastet. Katja Walther hatte vor Jahren der alten Dorfkneipe neues Leben eingehaucht, die schon kurz nach dem Zweiten Weltkrieg in einem von seinen damaligen Eigentümern aufgegebenen Herrenhaus eröffnet worden war. Die Kneipe hatte sich mehr schlecht als recht immer wieder von einem Jahr ins nächste gerettet, da der Wirt sich gern allzu großzügig bei den Einnahmen bedient hatte. Um die Jahrtausendwende hatten dann seine Nachfolger endgültig die Segel gestrichen, nachdem im Dorf auch noch die letzten Geschäfte – ein Bäcker und ein kleiner Supermarkt – zugemacht hatten. Jahrelang hatte das ehemalige Herrenhaus danach leer gestanden, bis Katja den kühnen Plan gefasst hatte, ein Ausflugslokal zu eröffnen. »Ein Ausflugslokal?«, hatten sich so gut wie alle im Dorf gefragt. »Wer soll denn in unser Dorf einen Ausflug machen wollen?«

Dabei war in Katjas »Vision« – wie sie es selbst gern genannt hatte – gar nicht das Dorf das Ausflugsziel, sondern das Lokal selbst. Und es funktionierte. Vor allem, seit sie das Stück Acker hinter dem Haus so hergerichtet hatte, dass es als Biergarten dienen konnte, der von dichtem Grün umgeben war, das den Blick auf Weiden und anderes Flachland versperrte, sodass man das Gefühl hatte, mitten im Wald zu sitzen. Es wunderte Lukas nicht, dass das Lokal zu einem Erfolg geworden war, den er Katja auch von Herzen gönnte. Sein Hofladen profitierte mit von den Gästen, die auf dem Heimweg noch etwas direkt vom Erzeuger kaufen wollten, und sein Betrieb an sich machte gute Geschäfte mit Katja, da die möglichst viel regional einkaufte.

Da nahm er auch in Kauf, dass er an den Wochenenden seinen Traktor nicht auf dem Gästeparkplatz abstellen durfte und in der Seitenstraße parken musste.

Er betrat das Gebäude und bog in den ersten Saal auf der linken Seite ein, der wie eine traditionelle Kneipe eingerichtet war, also recht karg, aber zweckmäßig. Über der Theke hingen alte Leuchtreklamen längst vergessener Biermarken, die Wand dahinter war mit antiken Blechschildern aus aller Welt dekoriert. Als Lukas eintrat, war von allen Seiten ein Hallo zu hören, da hier nur die Leute aus dem Dorf saßen, während sich die Ausflügler im Biergarten tummelten, in den man durch einen separaten Eingang gelangte. Von diesen Besuchern verirrte sich nur selten einmal einer in die Kneipe, und wenn doch, suchte er in aller Regel schon bald wieder das Weite, weil keiner von ihm Notiz nahm. Anfangs hatte es Lukas nicht gefallen, wie sich seine Nachbarn und Freunde den Fremden gegenüber verhielten, doch letztlich waren nur zwei oder drei nähere Kontakte mit diesen seltsamen Wesen aus einer scheinbar anderen Welt nötig gewesen, um ihn zum Umdenken zu bewegen.

»Sie sehen gar nicht so aus, wie ich mir einen Bauern immer vorgestellt habe«, waren die ersten Worte gewesen, die er von einem dieser Gäste zu hören bekommen hatte – und das in einem Tonfall, als hätte er einen Eingeborenen vor sich, der ihm zu seiner Belustigung hingestellt worden war. Lukas' Hoffnung, vielleicht auch mal eine intelligente Frage gestellt zu bekommen, hatte sich danach schnell verflüchtigt, und spätestens nach der »Feststellung«, bei so vielen staatlichen Subvention für die Landwirtschaft müsse er ja bestimmt keinen Finger mehr krumm machen, war seine Geduld am Ende gewesen.

»Lukas! Was machst du denn hier?«, rief eine vertraute Stimme von einem der Tische links am Fenster.

»Börsenkurse studieren und das Sonntagsgebet sprechen«, gab er zurück. »Weißt du doch, Dieter.«

Dieter Wallinek war einer seiner ältesten Freunde im Dorf, mit ihm war er schon zur Grundschule gegangen, und obwohl Lukas nur ein halbes Jahr älter war als Dieter, sah der in ihm von klein auf eine Art großen Bruder – obwohl er einen echten großen Bruder hatte, genauer gesagt einen Halbbruder, der bei der ersten Frau von Dieters Vater lebte.

»Na, ich dachte, du bist anderweitig beschäftigt«, fuhr Dieter fort.

»Ich muss ja auch mal Pause auf dem Hof machen, und warum

soll ich die nicht hier verbringen? Mache ich doch fast immer so«, meinte Lukas achselzuckend.

»Solltest du aber nicht, wenn du Damenbesuch hast. Dann solltest du dich um den kümmern«, sagte Dieter und strich sich die Haare aus dem Gesicht, die er eigentlich schon immer ein Stück zu lang getragen hatte und die ihm schon immer ins Gesicht gefallen waren. Vermutlich würde er diese Geste auch dann noch machen, wenn er bereits eine Glatze hatte.

»Ich habe keinen Damenbesuch.«

»Nicht? Na, für einen Kerl sieht er aber verdammt gut aus«, konterte Dieter und musste lachen. »Und er hat so schöne lange rote Haare.«

»Woher weißt du, dass wir einen Übernachtungsgast haben?«, fragte Lukas irritiert. »Die Frau war nirgendwo unterwegs, also kann sie auch keiner gesehen haben.«

»Frau Ohrem offenbar schon«, sagte Dieter. »Du weißt, ihr entgeht nichts, jedenfalls so gut wie nichts.«

Lukas schüttelte den Kopf. »Ihr entgeht vielleicht nichts, aber was sie aus dem macht, was sie beobachtet, hat nicht zwangsläufig etwas mit der Realität zu tun. Ich wünschte, sie würde endlich mal aufhören, jeden auszuspionieren, der ihr über den Weg läuft.« Er hob mahnend den Zeigefinger. »Ich sag dir, irgendwann gerät sie mal an den Falschen, und dann wird sie es bereuen, jemals den Mund aufgemacht zu haben.«

»Wieso eigentlich Übernachtungsgast?«, hakte Dieter nach, dem erst mit einiger Verspätung auffiel, was er selbst gesagt hatte. »Du vermietest doch gar nicht mehr.«

»Richtig«, gab Lukas mürrisch zurück. »Ich hab den Fehler gemacht, mich erweichen zu lassen.«

»Dann muss sie ja richtig viel Geld für eine Übernachtung geboten haben.«

»Damit hatte das nichts zu tun«, sagte Lukas. »Sie war mit ihrem Jungen schon den ganzen Tag unterwegs gewesen, weil sie eigentlich in diesen Ferienpark wollten. Holi… irgendwas, ich hab mir den Namen nicht gemerkt, ist auch egal. Dann haben sie auf der Rückfahrt die alte Werbetafel gesehen und …«

»Welche alte Werbetafel?«, warf Dieter ein.

Lukas verzog den Mund. »Beruhigend, dass du dich auch nicht daran erinnern kannst. Ich hatte die nämlich völlig vergessen, und Kurt lässt das Ding auf seiner Weide rumstehen, ohne mich mal zu fragen, ob ich den Anhänger nicht abholen will.«

»Aaaah«, machte sein Freund. »Jetzt weiß ich, welche Werbetafel du meinst. Ach, und auf die ist die Rothaarige aufmerksam geworden?«

»Leider ja«, seufzte Lukas. »Es gab eine längere Diskussion …«

»Hast du 'ne neue Freundin?«, ertönte auf einmal eine Frauenstimme.

Lukas stöhnte gequält auf und drehte den Kopf nach rechts. »Katja, meine allerliebste Katja«, gab er leise schnaubend zurück. »Zu deiner Information: Nein, ich habe keine Freundin, weder eine neue, noch eine alte. Ich habe eine Frau mit ihrem Sohn als Übernachtungsgast bei mir. Genau genommen *hatte* ich sie als …«

»Übernachtungsgast? Ich dachte, du vermietest nicht mehr an Urlauber«, redete Katja los, ehe er zu Ende erklärt hatte.

»Sie hat die alte Werbetafel gesehen«, warf Dieter erklärend ein.

»Welche alte Werbetafel?«

»Ich …«, begann Lukas.

»Die bei Kurt auf der Weide steht«, antwortete Dieter.

Katja schüttelte den Kopf so nachdrücklich, dass ihre blonden Locken umherwirbelten. »Ist mir noch nie aufgefallen.« Sie wandte sich an Lukas. »Warum stellst du denn eine Werbetafel auf, wenn du nicht mehr vermietest?«

»Er hat sie ja nicht erst jetzt aufgestellt«, machte Dieter ihr klar. »Die stand früher schon, als er noch vermietet hat.«

»Dann hätte ich die inzwischen aber mal da weggeholt«, meinte Katja an Dieter gewandt, während Lukas nur noch zwischen den beiden hin und her sah.

Schließlich lehnte er sich auf seinem Stuhl nach hinten, verschränkte locker die Arme vor der Brust und verfolgte die Diskussion, die sich zwischen den beiden abspielte, so als wäre er gar nicht betroffen. Was im ersten Moment noch ärgerlich gewesen war, entwickelte sich nach und nach zu etwas ziemlich Unterhaltsamem, das dazu angetan war, seine Laune zu verbessern, die sich wegen dieser aufdringlichen Frau auf seinem Hof zwischenzeitlich auf einem Tiefpunkt befunden hatte.

Nach einer Weile fragte er. »Darf ich meine Bestellung aufgeben?«

»Augenblick, wir sind hier in eine Unterhaltung vertieft«, erwiderte Katja.

»Muss ja sehr interessant«, meinte er grinsend, »wenn du darüber deine Gäste vergisst.«

»Entschuldige bitte«, gab Dieter zurück, »aber es geht hier …«

»Um mich«, unterbrach Lukas ihn und kommentierte den ungläubigen Blick mit lautem Gelächter, das nun auch Katja aufmerksam werden ließ. Ihre irritierte Miene war Gold wert. »Ich hätte gern ein Glas Wasser«, sagte er, als von ihr noch immer kein Wort kam. »Und was kannst du mir heute zum Mittagessen empfehlen?« Grinsend fügte er dann noch hinzu: »Sofern die Frage nicht ungelegen kommt, weil ihr euch lieber noch ein oder zwei Stunden über mich unterhalten wollt.«

Sie und Dieter schauten betreten drein. »Das war nicht so gemeint«, beteuerte Dieter. »Irgendwie haben wir dich wohl vergessen, aber nicht mit Absicht.«

»Dachte ich mir schon«, konterte Lukas mit einem flüchtigen Schulterzucken. »Schwamm drüber. Diese Frau in meinem Haus hat mich schon genug geärgert. Also, Katja, was kannst du mir Leckeres empfehlen?«

»Heute ist Kartoffelsonntag«, sagte Katja und schaltete gleich wieder auf Wirtin um. »Auflauf, in Folie, Bratkartoffeln – alles, was das Herz begehrt. Notfalls auch Fritten oder Kroketten, wenn es um die Beilagen geht.«

»Und wenn ich Kroketten als Hauptgericht haben möchte?«

Sie zuckte gelassen mit den Schultern. »Lässt sich alles machen, Schätzchen. Mit Ketchup und Majo und Zwiebeln?«

»Hm, da weiß aber jemand, was dein Herz begehrt«, ließ Dieter verlauten.

»Und was mein Arzt mir garantiert verbieten würde, weil meine Cholesterinwerte einen Luftsprung machen werden«, fügte Lukas hinzu. »Aber von Zeit zu Zeit muss das auch mal sein.«

Katja nickte bestätigend und sah Dieter an. »Und was willst du essen?«

»Sorry, aber ich kann mich nur an meinem Bier festhalten, weil meine Jenny in ner halben Stunde mit einem wundervollen Schweinebraten auf mich wartet.«

Die Wirtin ging weg und brachte zwei Minuten später das Glas Wasser für Lukas und ein zweites Glas Bier für Dieter an den Tisch. »Bisschen Geduld wegen der Kroketten«, sagte sie. »Heute stapeln sich die Sonderwünsche, und mein lieber Ehemann und Chefkoch kommt gerade etwas ins Trudeln. Kann sich aber nur um Stunden handeln«, fügte sie augenzwinkernd an.

»Soll mir recht sein«, erwiderte Lukas. »Rebecca wird ohnehin in der nächsten Stunde oder so von den Eltern einer Klassenkameradin abgeholt und übernachtet da. Und je später ich heimkomme, desto besser stehen die Chancen, dass diese Frau mit ihrem Sohn auch tatsächlich abgereist ist. Ein zweites Mal funktioniert die Mitleidsmasche nicht.«

»Dann müsstest du dir doch eigentlich gar keine Gedanken machen«, fand Dieter. »Wenn ihre Masche nicht noch mal funktioniert, muss sie sich doch so oder so auf den Heimweg machen. Also könntest du auch jetzt gleich nach Hause gehen und es ihr sagen.«

Vor Lukas' geistigem Auge tauchte in diesem Moment Lana auf, die vor ihm stand, in einen Hauch von Nichts gehüllt, und die ihn mit Engelsstimme fragte, ob sie ihm etwas angetan hatte, dass er sie nicht schnell genug loswerden konnte. »Das ist ein guter Vorschlag, Lukas«, hauchte Lana. »Wenn ich weiß, wann du wieder zu Hause bist, dann werde ich hier auf dich warten, bis du zur Tür hereinkommst.« Sie lächelte ihn auf eine Weise an, die er nur als berechnend und triumphierend bezeichnen konnte. »Wenn du erst mal hier bist, werde ich nie wieder weggehen … nie wieder weggehen … nie wieder … nie wieder …«, flüsterte sie ihm zu und schlang die Arme um ihn. Doch aus einem unerfindlichen Grund fühlte es sich so an, als würde sie mit Dutzenden Armen nach ihm greifen.

»Nein!«, rief er und wollte die rothaarige Frau wegstoßen. Zu spät wurde ihm klar, dass ihm sein Verstand einen Streich gespielt hatte, denn was er tatsächlich wegstieß, war Katjas Arm. Den hatte sie ausgestreckt, um ihm vorab schon Besteck und Serviette hinzulegen. Durch den Stoß glitt ihr das Besteck aus den Fingern.

»Wenn du lieber mit den Fingern essen willst, musst du das nur sagen«, merkte sie lakonisch an, nachdem Messer und Gabel ein paar Meter weiter klirrend auf dem Boden gelandet waren.

»Das … das tut mir leid«, entgegnete er betreten. »Ich war wohl gerade völlig in Gedanken versunken.«

»Müssen aber ziemlich üble Gedanken sein«, kommentierte Dieter, während Katja das Besteck aufhob und mit den Worten »Bin gleich wieder da« zurück in Richtung Küche ging.

Lukas zog die Schultern hoch, so als könnte er sich an nichts erinnern. In Wahrheit war ihm das Bild dieser Frau noch viel zu deutlich im Gedächtnis. Aber nicht als etwas Erschreckendes oder Abstoßendes, sondern als wunderschön – und genau das war das Erschreckende!

»Tut mir leid, diesen Inhalator haben wir nicht«, lautete die Antwort, die Lana auch in der vierten Apotheke erhielt, an der sie mit Rebecca und Timo auf ihrer Kreuz-und-quer-Fahrt durch Bremen angehalten hatte. »Und bestellen kann ich den heute nicht, erst morgen früh … sofern unser Großhändler den überhaupt im Programm hat. Sonst muss ich erst noch andere Großhändler anrufen.« Die Apothekerin mit der altmodischen Frisur, die sie wie aus den Fünfzigerjahren entsprungen wirken ließ, legte ihr das Privatrezept wieder hin. »Den Standard-Inhalator, der bei den meisten Leuten funktioniert, kann ich Ihnen geben, das ist kein Thema. Aber der da …« Sie tippte auf das Rezept. »… der ist nicht so einfach zu bekommen.«

»Und was soll ich jetzt machen?«, fragte Lana und deutete auf Rebecca, die sich mit Timo draußen auf die Fensterbank der Apotheke gesetzt hatte. »Die Kleine bekam heute Morgen schon eine Panikattacke, als der Inhalator zu Bruch ging. Wenn ich ihr jetzt erzählen muss, dass sie vor morgen Mittag keinen Ersatz bekommt, fürchte ich fast, dass ich mit ihr ins nächste Krankenhaus fahren muss. Wie finde ich heraus, in welcher Apotheke, die heute geöffnet hat, genau dieses Modell vorrätig ist?«

»Hm, wie mobil sind Sie denn?«, wollte die Apothekerin wissen und schob mit einem Finger die Brille ein kleines Stück nach oben.

»Wir sind mit dem Auto hier, wenn Sie das meinen«, sagte Lana. »Ich bin auch gern bereit, noch ein paar Kilometer weiter zu fahren.«

»Gut, also Sie sind nicht auf Bremen und die unmittelbare Umgebung beschränkt«, sagte die Apothekerin. »Dann stelle ich die Anfrage mal in der Gruppe für Niedersachsen.«

»Gruppe?«

»Ja, ein Großteil der Apotheker gehört WhatsApp-Gruppen an, die genau für Fälle wie diesen gegründet worden sind«, erklärte die ältere Frau. »Ein dringend benötigtes Medikament kann vom Großhandel gerade nicht geliefert werden, aber zwanzig Kilometer weiter hat ein Apotheker noch zwei Packungen im Schrank stehen und kann aushelfen. Das ist einfacher, als einen nach dem anderen anzurufen. Und es reagieren auch die, die gerade keinen Notdienst haben, aber gleich über ihrer Apotheke wohnen und sofort nachsehen können.« Sie begann auf ihrem Smartphone den Namen des Medikaments einzugeben. »Dann wollen wir mal sehen, ob Ihnen jemand helfen kann.«

Es verging nicht mal eine Minute, da meldete ein Signalton den Eingang der ersten Antwort.

Lanas Augen leuchteten auf. »Das ging aber schnell.«

Doch die Apothekerin schüttelte den Kopf. »Da muss ich Sie leider enttäuschen. Man kann es hundertmal in der Gruppe posten, die Hälfte der Leute sieht trotzdem nicht richtig hin. Die Gruppenregel besagt, dass sich nur diejenigen melden sollen, die ein Medikament haben. Wer sich nicht meldet, hat es nicht, oder er hat die Nachricht nicht gesehen, oder er kann gerade nicht in seinem Bestand nachschauen. Und wissen Sie was?«, fragte sie, während weitere Antworten eingingen.

»Lassen Sie mich raten: Ein Dutzend Meldungen mit dem Inhalt ›Habe ich nicht.‹ Richtig?«

»Fast«, seufzte die Frau. »Das Dutzend haben wir schon lange hinter uns. Wir sind schon bei der achtunddreißigsten Absage. Und da wird sich immer beklagt, dass unsere Kinder bei PISA so schlecht abschneiden, was Textverständnis angeht. Offenbar sind diese Kollegen nicht mal in der Lage, einen Zweizeiler zu lesen und zu verstehen, und bei allen ist es schon eine ganze Weile her, seit die Kind waren.«

»Ob die sich als Kind im Unterricht auch gemeldet haben, um zu verkünden, dass sie die Antwort auf eine Frage nicht wissen«, scherzte Lana und brachte die Apothekerin damit zum Grinsen.

»Guter Vergleich«, sagte sie. »Haben Sie was dagegen, wenn ich Ihnen das klaue?«

»Wie wollen Sie mir den Vergleich klauen?«, fragte Lana verwundert.

»Ich würde das gern als Nachricht hinterherschicken, bevor die Nein-Sager dreistellig werden.«

»Von mir aus gern«, sagte sie.

Die Apothekerin tippte den Text ein und schickte ihn los, und Augenblicke später ebbte der Strom der eingehenden Antworten gleich deutlich ab. »So ist das schon besser«, murmelte sie, dann musste sie auf einmal lachen. »War ja klar, dass jetzt so was kommt.«

»Und was?«

»Die ersten Beschwerden über meinen Umgangston, schließlich will man mir ja nur behilflich sein.« Wieder schüttelte sie den Kopf. Plötzlich machte sie: »Oh!«

»›Oh‹ klingt gut«, meinte Lana.

»Jubeln Sie nicht zu früh«, warnte die Apothekerin sie. »Die Apotheke ist in Hannover.«

Lana kniff kurz die Augen zusammen und rief sich die Landkarte ins Gedächtnis, dann nickte sie bedächtig und sah die Frau wieder an. »Gut, die nehmen wir. Könnten Sie da anrufen und den Inhalator reservieren lassen, damit ihn uns niemand wegschnappt?«

Die Apothekerin nickte und zwinkerte ihr zu. »Es ist zwar höchst unwahrscheinlich, dass in der Zwischenzeit jemand diese Apotheke aufsucht, aber wenn der Zufall es will …«

»Genau, und wenn die nächste Apotheke dann in Offenbach ist, sind wir aufgeschmissen.«

Wieder nickte die ältere Frau. »Fahren Sie ruhig los, ich sage da Bescheid, und ich habe ja das Foto von Ihrem Rezept. Das schicke ich dann gleich hinterher.«

»Vielen Dank«, sagte Lana, verabschiedete sich und verließ die Apotheke.

»Und?«, fragte Rebecca, die sofort aufgesprungen war, als sie Lana nach draußen kommen sah.

»Die nächste Apotheke, die deinen Inhalator vorrätig hat, ist in Hannover«, verkündete sie.

Rebecca riss erschrocken die Augen auf, so wie Lana es auch vermutet hatte. »O nein!«, flüsterte sie.

»O doch«, gab Lana zurück, setzte aber gleich beschwichtigend fort: »Wir fahren jetzt da hin, der Inhalator wird in diesem Augenblick für dich reserviert.« Durch das Schaufenster sah sie, dass die Apothekerin einen Telefonhörer ans Ohr hielt. Als sie Lanas Blick bemerkte, hielt sie den Daumen ihrer freien Hand nach oben gestreckt.

»Nein, Lana, das geht nicht«, protestierte Rebecca. »Das kannst du nicht machen.«

»Ich werde dir sagen, was ich nicht machen kann«, erwiderte Lana ruhig, aber entschieden. »Ich kann dich nicht einfach zu Hause sitzen lassen und mich mit Timo auf den Heimweg machen, wenn ich weiß, dass du jeden Moment einen Asthmaanfall bekommen kannst und niemand da ist, weil dein Vater sich um den Hof kümmert.«

»Aber das ist doch viel zu weit«, wandte Rebecca ein.

»Vergiss es«, sagte Timo. »Wenn meine Mom sich was in den Kopf gesetzt hat, kannst du sie nicht mehr davon abbringen.«

»Ehrlich?«

»Ganz ehrlich.«

»Dann ist sie ja wie mein Pa.« Rebecca verdrehte die Augen, dann zuckte sie mit den Schultern. »Okay, Lana, wenn du das wirklich für mich tun willst, dann kann ich nur Danke sagen.«

»Na, dann ist doch alles geregelt«, meinte Lana und zwinkerte ihr zu. »Und jetzt ab ins Auto, wir haben noch ein paar Kilometer vor uns.«

Es war bereits kurz vor acht Uhr am Abend, als sie auf den Hof zurückkehrten. Lanas ursprüngliche Absicht war es gewesen, durch einen kleinen Umweg letztlich viel Zeit zu sparen, weil der sie über die Autobahn A27 auf die A7 brachte, die wiederum geradewegs nach Hannover führte. Das war auch so, zumindest an normalen Tagen, aber nicht an den Tagen, an denen Lana es eilig hatte. Wie sich schon bald herausstellte, war es wegen einer Baustelle nicht möglich, in Richtung Hannover abzubiegen, sondern nur nach Norden in Richtung Hamburg. Das an sich wäre nicht weiter schlimm gewesen, da sie an der nächsten Ausfahrt die Autobahn hätten verlassen können, um auf der Gegenseite wieder aufzufahren. Dort gerieten sie allerdings sofort in einen Stau von zwölf Kilometern Länge, wie die Radiomoderatorin um fünf nach drei mit betretener Stimme verkündete, nur um dann ein aufmunterndes »Halten Sie durch, wir sind bei Ihnen« folgen zu lassen.

»Seid froh, dass ihr *nicht* bei mir seid, sonst würde ich euch schon eure gute Laune vertreiben«, zischte Lana das Radio an. »Und von wegen elf Minuten mehr Zeit für die Strecke! Wir stehen jetzt schon seit sechs Minuten hier und sind noch keine fünfzig Meter weit gekommen.«

Plötzlich musste Rebecca lachen, worüber Lana trotz dieser Situation froh war. Sie hatte beim Anblick der bis zum Horizont reichenden Schlange schon befürchtet, dass die Kleine wieder in Panik geraten würde, weil klar war, dass sie diesen Stau so schnell nicht hinter sich bringen würden. Zum Glück war ihre Befürchtung offenbar unbegründet, was womöglich daran lag, dass der neue Inhalator zum Greifen nah war und Rebecca sich gar keine Gedanken darüber machte, von einem Asthmaanfall heimgesucht zu werden.

»Lass uns mitlachen«, sagte sie und lächelte Rebecca an.

»Ach, ich habe mir nur gerade vorgestellt, dass die Leute im Radio das gehört hätten und darauf antworten würden«, erklärte sie.

»Mensch, Mom, du kannst denen doch eine Sprachnachricht schicken«, schlug Timo vor, der wieder ohne zu murren auf der Rückbank Platz genommen hatte.

»Ja, genau«, stimmte Rebecca ihm zu. »Das wäre bestimmt witzig.«

Lana schüttelte demonstrativ den Kopf. »Oh, auf gar keinen Fall. Erstens senden die das sowieso nicht …«

»Das weißt du ja nicht, Mom«, wandte ihr Sohn ein.

»… und außerdem werden die höchstens mit irgendeinem dummen Spruch reagieren, über den ich mich dann noch mehr ärgern werde.«

»Oder sie wünschen dir, was mich immer nervt«, ergänzte Rebecca. »Eine gute und vor allem sichere Fahrt.«

»Wieso nervt dich das?«, fragte Lana.

»Na ja, kann eine Fahrt denn gut, aber unsicher sein?«, fragte sie. »Oder schlecht und sicher? Ich kann nur eine gute Fahrt haben, wenn sie auch sicher ist. Und umgekehrt genauso.«

»Darüber habe ich noch nie nachgedacht«, murmelte Lana. »Aber das stimmt, das ist völlig unsinnig.«

»Und trotzdem übernimmt es jeder, weil er meint, das sagt man so«, erwiderte Rebecca. »Zum Beispiel ein paar von unseren Lehrern, die mit dem Spruch kommen, wenn Schluss ist und wir zum Schulbus gehen.«

»Sag ihnen doch mal, was sie für 'nen Blödsinn reden«, schlug Timo halb im Spaß vor.

»Würde ich ja, aber die sagen das, wenn der Unterricht zu Ende ist und wir alle nur noch raus wollen«, hielt Rebecca dagegen. »Wenn ich dann so einen Satz raushaue, werden wir bestimmt eine Stunde oder länger festgehalten, weil der Lehrer das geklärt haben will.«

»Nee, dann würde ich auch nichts mehr sagen«, fand er.

Nachdem sie den Stau fast bewältigt hatten und die Autobahn verlassen konnten, hatte sich in der Zwischenzeit in der Gegenrichtung ein Unfall ereignet, sodass dort der nächste Stau drohte. Kurz entschlossen war Lana daraufhin auf die Landstraße ausgewichen, doch obwohl sie dort weitgehend freie Fahrt hatten, waren sie durch Tempo-30-Zonen in den Dörfern ebenso aufgehalten worden wie von nicht nachvollziehbaren Tempolimits auf den Abschnitten zwischen zwei Dörfern. Als sie endlich Hannover erreicht hatten, war alles reibungslos verlaufen. Sie hatten die Apotheke gleich im ersten Anlauf gefunden, der richtige Inhalator war wie versprochen für Rebecca zurückgelegt worden.

Als sie dann die Rückfahrt angetreten hatten, mussten sie an einer roten Ampel warten, die genau vor einem China-Restaurant stand. »Ich könnte jetzt einen riesigen Teller gebratene Nudeln verputzen«, sagte Rebecca, ohne sich etwas dabei zu denken.

Der Satz genügte, um Lana erkennen zu lassen, dass sie alle drei seit dem Frühstück nichts mehr gegessen hatten. Sie sahen sich an, verstanden sich wortlos, und schon bog Lana auf den Parkplatz neben dem Lokal ein. Keine Viertelstunde später wurde ihnen eine große Reisplatte mit Dutzenden Beilagen und Saucen serviert, außerdem die Portion Nudeln, auf die Rebecca so großen Appetit gehabt hatte.

Irgendwann waren sie dann weitergefahren, und nun war es fünf vor acht, und sie waren zurück auf dem Hof. Als Lana den Wagen ausrollen ließ, sodass er vor der Haustür zum Stehen kam, sah Rebecca sie fragend an. »Was ist? Warum parkst du nicht um die Ecke?«

»Weil wir nur kurz mit reingehen, um unsere Sachen zu holen«, sagte Lana.

»Was wollt ihr denn mit euren Sachen?«

»Nach Hause fahren«, erwiderte Lana. »Dein Vater hat ausdrücklich gesagt, dass wir für eine Nacht bleiben können, aber eben nur für eine Nacht.«

»Mein Pa sagt eine ganze Menge, aber nicht alles davon darf man glauben«, beharrte Rebecca. »Natürlich hat er das gesagt, weil er dachte, ihr fahrt heute ganz früh ab«, hielt sie dagegen. »Da konnte ja keiner wissen, dass mein Inhalator kaputtgeht und ihr euch so um mich kümmern würdet.«

»Dann müssen wir ihn zumindest fragen, ob …«, begann sie, aber Rebecca schüttelte den Kopf.

»Er schläft jetzt schon, und wenn wir ihn wecken, um zu fragen, ob ihr noch eine Nacht bleiben könnt, dann kann ich mir die Antwort gut vorstellen«, meinte sie und zwinkerte Lana zu.

»Dann sollen wir uns ins Haus schleichen und ihn morgen früh vor vollendete Tatsachen stellen?«

»Klar. Dann kann er ja nichts mehr dagegen machen«, sagte Rebecca und grinste triumphierend.

»Mom, komm schon«, begann Timo auf der Rückbank zu quengeln. »Wir haben den ganzen Tag im Auto verbracht, ich will nicht noch länger rumsitzen.«

Seufzend gab Lana nach und fuhr weiter, um den Wagen da abzustellen, wo er schon die letzte Nacht zugebracht hatte. So ganz wohl war ihr nicht bei dem Gedanken, gegen Lukas' Willen noch einmal auf seinem Hof zu übernachten, auf der anderen Seite hatte sie selbst auch keine große Lust auf die Heimfahrt. Sie würden sich so leise verhalten, dass er nicht aufwachte, und sollte er am Morgen bereits wieder so früh aus dem Haus gehen wie heute, dann würden sie am Vormittag abfahren können, ohne ihm noch Rede und Antwort stehen zu müssen.

Mit einem Mal war Lukas wach. Okay, richtig wach war er noch nicht, aber er schlief nicht mehr. Etwas hatte ihn aus dem Schlaf geholt, irgendwelche Geräusche, die nicht ins Haus gehörten – jedenfalls nicht in ein Haus, in dem sich außer ihm niemand aufhielt. Leise stand er auf und griff nach der alten Schrotflinte, die seit Jahren in einer Ecke neben dem Schrank stand und schon seinem Großvater gehört hatte.

Er selbst hatte sie noch nie angerührt, aber es hatte auch noch nie eine solche Situation gegeben. Genau genommen war er sich nicht mal sicher, ob er überhaupt einen Schuss damit abgeben könnte. Nicht, dass er das gewollt hätte, er hoffte nur darauf, einen möglichen Eindringling mit der Flinte so in Angst und Schrecken zu versetzen, dass der umgehend die Flucht ergreifen würde, wenn er das Ding nur sah.

Er schlich zur Tür und öffnete sie vorsichtig, während er aufmerksam lauschte. Ja, da waren Geräusche zu hören, ganz leise, so als wollte der Unbekannte ihn auf keinen Fall wecken. Aber da der Hof weit von jeder Durchgangsstraße entfernt lag, gab es keinen permanent vorhandenen Geräuschpegel, der von der Umgebung erzeugt wurde. Hier herrschte einfach völlige Stille, in der jedes noch so leise Geräusch wahrgenommen werden konnte.

Er schlich die Treppe hinunter, wobei er zwei Stufen überspringen und bei zwei anderen ganz am Rand auftreten musste, um sich nicht durch ein Knarren zu verraten. Dann hatte er durch den langen Flur freie Sicht in Richtung Küche. Dort war ein schwacher Lichtschein zu sehen.

Also hatte er sich nicht geirrt!

Entschlossen ging er los, erst kurz vor der Küchentür blieb er stehen, um sich ein Bild von der Lage zu machen. Der Lichtschein rührte daher, dass jemand den oberen Teil des Kühlschranks geöffnet hatte. Wer es war, konnte Lukas nicht sehen, da die Kühlschranktür ihm die Sicht versperrte. Was er erkennen konnte, sah nach zwei sehr wohlgeformten Frauenbeinen aus, aber das musste eine Täuschung sein. Es musste am schwachen Lichtschein liegen und wohl auch an der Kleidung des Einbrechers. Vermutlich war die Hose schwarz-weiß gestreift, und das Schwarz wurde vom Dunkel der Nacht verschluckt, während das Weiß wie ein schlankes Bein aussah.

Also gut, dachte er, *dann wollen wir mal.*

»Keine Bewegung!«, brüllte er. »Sonst drü…«

Weiter kam er nicht, da ein spitzer Schrei durch die Küche schallte und gleichzeitig eine fast volle Milchflasche mit einem ungeheuren Knall auf dem Steinboden aufschlug und zerbrach. Der Schrei und der Knall bewirkten, dass irgendetwas Kleineres aufgescheucht wurde und mit solcher Wucht mit seinem rechten Bein zusammenstieß, dass er das Gleichgewicht verlor und nach vorn kippte. Dann löste sich ein Schuss …

6

Lana glaubte, sterben zu müssen, als der Schuss fiel, aber dann hörte sie, wie eine Scheibe zerbrach und es tausend Scherben oder mehr regnete. Ohne sich von der Stelle zu rühren, drehte sie den Kopf nach rechts, sodass sie an der Kühlschranktür vorbei zum Fenster sehen konnte. Von dem blau karierten Vorhang, der beim Hereinkommen noch den Blick nach draußen verhindert hatte, waren nur noch ein paar Fetzen übrig.

Dann folgte sekundenlang gespenstische Stille, die Lana vor die Frage stellte, was sie nun tun sollte. Sie hätte sich gern bewegt, allerdings war es nicht allein Lukas' Aufforderung »Keine Bewegung«, die sie davon abhielt. Nach der Geräuschkulisse musste der nämlich hingefallen sein, bevor er geschossen hatte – oder bevor sich der Schuss von selbst gelöst hatte, was sie für wahrscheinlicher hielt. Vermutlich war er mit dem Kopf aufgeschlagen und jetzt bewusstlos, was sein Schweigen erklärte. Dennoch gab es keine Gewissheit, dass er keinen zweiten Schuss abfeuern würde.

Ein anderes Problem, mit dem sie konfrontiert wurde, war die Milchflasche, die ihr vor Schreck aus der Hand gerutscht war, als er sie völlig unerwartet angebrüllt hatte. Sie hatte ihn nicht kommen gehört, sonst wäre sie ja vorgewarnt gewesen. Und nun stand sie da in einer Milchlache, die sich in alle Richtungen ausbreitete und in der zahllose kleine und große Scherben nur darauf warteten, sich in ihre nackte Fußsohle zu bohren. Der Lichtschein aus dem Kühlschrank genügte nicht, um die Scherben sehen zu können, sodass sie nicht mal gefahrlos zur Tür gelangen konnte, um die Deckenlampe einzuschalten.

All diese Gedanken schienen eine Ewigkeit zu brauchen, doch tatsächlich benötigte sie dafür nur Sekundenbruchteile, denn Augenblicke später hörte sie jemanden die Treppe runterstürmen, eine Tür ging auf, dann drangen aufgeregte Stimmen durch den Flur bis zu ihr. Es wurde etwas heller, da die Kinder daran gedacht hatten, die Flurbeleuchtung einzuschalten. Trotzdem rührte sie sich nicht und versuchte auch nicht, die Kühlschranktür zu schließen, weil sie nicht wusste, ob sie womöglich das Gleichgewicht verlieren würde. Als sie sich leicht gegen die Tür lehnte, ging die auf einmal weiter auf. Anscheinend war sie genau im rechten Winkel eingerastet und ließ sich wider Erwarten doch ganz öffnen. Und so wurde Lana der Blick freigegeben auf das rätselhafte Geschehen am Eingang zur Küche, das sie verdutzt dastehen ließ.

Im Durchgang lag Lukas der Länge nach auf dem Bauch und rührte sich nicht. Ein kleiner Hocker gleich neben der Tür war umgekippt. Nach seiner und nach Lukas' Lage zu urteilen, war der Hausherr wohl beim Hinfallen mit dem Kopf gegen den Hocker geschlagen. Das Gewehr, vermutlich eine Schrotflinte, lag mit dem breiten Doppellauf auf einem der Stühle, während sich zwei Finger am Abzug eingeklemmt haben mussten. Womöglich war das der Grund, warum sich überhaupt ein Schuss gelöst hatte, als Lukas den Halt verloren hatte. Es war offensichtlich purer Zufall, dass die Schrotladung »nur« die Fensterscheibe und den Vorhang zerstört hatte.

Dass Lukas nur eine Boxershorts trug, war nicht ungewöhnlich, schließlich musste er in der Annahme hergekommen sein, dass sich ein Einbrecher Zutritt zu seinem Haus verschafft hatte. Was ihr allerdings sehr, sehr merkwürdig vorkam, war der Umstand, dass der Hahn Leopold sich so auf Lukas' Rücken gesetzt hatte, als hätte er den Mann zu Fall gebracht. Die spitzen Krallen des Vogels drückten Lukas in den Rücken, und das seltsame Tier pickte an Lukas' zerzausten Haaren.

»Pa, was ist denn hier los?«, fragte Rebecca und kniete sich neben ihrem Vater hin.

»Mom? Ist dir was passiert?«, wollte Timo wissen, der mit zerzausten Haaren und verkniffenem Gesicht dastand und wegen der hellen Küchenlampe blinzeln musste.

»Bleibt bloß da hinten«, rief sie hastig. »Ich habe vor Schreck eine Flasche Milch fallen lassen, und jetzt kann ich mich nicht von der Stelle rühren, weil alles voller Scherben ist, die man wegen der Milch gar nicht alle sehen kann.«

»Ich komme rüber«, rief Timo.

»Nein!«, rief Lana energisch. »Ihr seid beide genauso barfuß wie ich. Ich habe keine Lust, mit irgendeinem von euch wegen einer Scherbe im Fuß ins Krankenhaus fahren zu müssen. Vorausgesetzt, ich kann dann überhaupt noch selbst fahren.«

»Mein Vater ist bewusstlos!«, rief Rebecca aufgeregt dazwischen. »Wir müssen ihm helfen!«

Timo drehte sich zu ihr um und schüttelte den Kopf. »Wir zwei kriegen ihn nicht getragen, Rebecca!«

»Lana!«, rief sie aufgebracht und schnappte nach Luft.

»Timo, hol den Inhalator!«, forderte Lana ihren Sohn auf, als sie sah, dass Lukas' Tochter in Panik zu geraten drohte.

»Wo ist der denn?«, wollte er wissen.

»Der liegt noch im Flur auf der kleinen Kommode«, antwortete sie. Zum Glück hatte Lana die kleine Schachtel dort liegen sehen, als sie vorhin in die Küche gegangen war, um einen Schluck kalte Milch zu trinken. Rebecca hatte sie dort hingelegt, als sie von ihrer Irrfahrt zurückgekehrt waren, und sie dann vergessen, weil sie den Inhalator nicht sofort gebraucht hatte.

Timo verschwand um die Ecke und kehrte gleich darauf mit der Packung zurück, die er Rebecca hinhielt. Die flüsterte »Danke« und packte den Inhalator aus. Währenddessen wandte sich Timo wieder seiner Mutter zu.

»Wie willst du von da wegkommen?«, fragte er und schaute hilflos zwischen ihr und dem ohnmächtigen Lukas hin und her.

»Frag mich was Leichteres«, sagte sie, während sie sich umsah. Die Milch hatte sich inzwischen noch weiter ausgebreitet, sodass sie auch nicht mit einem kraftvollen Sprung überwunden werden konnte. Und selbst wenn das machbar gewesen wäre, lauerten jenseits der Milchlache unzählige Scherben und Splitter, die nun gut zu erkennen waren, da sich das Licht in ihnen brach.

»Hey, draußen liegen doch diese langen Bretter«, sagte er an Rebecca gerichtet. »Von einem Gerüst oder so.«

»Ääh … ja, stimmt. Was ist damit?«

»Wenn wir zwei davon nach drinnen bringen und sie in der Küche auf den Boden legen, dann kann meine Mom rüberkommen, ohne in eine Scherbe zu treten. Dann kann sie uns mit deinem Dad helfen, und anschließend können wir zusammen die Küche aufräumen.«

Rebecca nickte und lief vor ihm her zur Haustür. Augenblicke später kamen sie mit dem ersten Brett zurück, das ihnen aber Schwierigkeiten bereitete, als sie damit um die Ecke biegen mussten. Schließlich war auch das zweite Brett im Haus, und als beide bis zum Kühlschrank geschoben worden waren, konnte sich Lana unter der Tür hindurchducken und auf den beiden Brettern unverletzt das Meer aus Scherben und Milch verlassen.

»Rebecca, du rufst den Rettungswagen«, sagte sie, nachdem sie den beiden einen dankbaren Blick für die Rettung aus ihrer misslichen Lage zugeworfen hatte. »Timo, du hilfst mir erst mal, ihn umzudrehen, dann packst du ihn an den Beinen, während ich unter seinen Armen hindurchgreife, und dann versuchen wir ihn zu tragen, okay?«

»Okay«, antwortete ihr Sohn, klang aber nicht sehr überzeugt.

»Das kriegen wir schon hin«, versicherte sie ihm. »Rebecca, wo ist sein Schlafzimmer?«

»Das ist … oh, das ist zu weit, und ihr müsst auch noch die Treppe rauf«, sagte Rebecca. »Ihr könnt ihn in das erste Zimmer rechts bringen. Das ist eins von den Gästezimmern, das Bett ist zwar nicht gemacht, aber ihr könnt ihn auf die Matratze legen.«

»Alles klar«, sagte Lana; dann schob sie Leopold zur Seite, der immer noch auf Lukas' Rücken saß. Er gab etwas von sich, was sich wie verärgertes Gackern anhörte, sprang aber dann doch hinunter. Jedoch wich er nicht von der Seite seines Herrn und beobachtete ganz genau, wie die beiden den Mann umdrehten.

»Blut«, murmelte Timo so leise, dass Rebecca ihn nicht hören konnte, während sie mit dem Rettungsdienst telefonierte und den Leuten ihr Anliegen erklärte.

Lana nickte. An der Stirn hatte Lukas eine Schramme abbekommen, die von dem umgekippten Hocker stammen musste. Es sah zwar nicht schlimm aus, aber es war auf jeden Fall besser, wenn sich ein Arzt das ansah.

»Auf drei«, sagte sie, dann zählte sie, und gemeinsam hoben sie Lukas an.

Timo schnaufte, hielt sich aber tapfer, als er sah, dass Lana ihn anlächelte, als würde es gar keine Anstrengung bedeuten, den Mann so hochzuhalten, dass sie ihn tragen konnten, anstatt ihn über den Boden zu schleifen. Es war kräftezehrend, doch sie hatte es sich schlimmer vorgestellt.

Nachdem sie Lukas auf die nackte Matratze gelegt hatten, sah sie sich die Kopfverletzung genauer an. »Das ist nur ein Kratzer, und es scheint auch schon wieder aufgehört haben zu bluten.«

»Soll ich ein Tuch bringen?«, fragte Timo.

Sie schüttelte den Kopf. »Nein, lass mal. Das soll sich der Notarzt ansehen, ich will da nicht drauf rumtupfen oder rumwischen.«

»Der Rettungswagen ist unterwegs«, rief Rebecca und schob Timo zur Seite, um ins Zimmer zu kommen. »Wie geht es ihm?«

»Noch immer bewusstlos, aber er wirkt ein wenig unruhig«, antwortete Lana. »Man könnte meinen, dass er jeden Moment aufwacht. Das dürfte ein gutes Zeichen sein.« Im nächsten Moment zuckte sie zusammen, da Leopold einen Satz machte und flatternd hinter ihr auf dem Bett landete. »Huch, was willst du denn hier«

Der Hahn stolzierte um sie herum und blieb auf der freien Betthälfte stehen, dann beobachtete er von dort aus das Geschehen.

»Was ist eigentlich passiert?«, wollte Rebecca wissen.

»Hm, so genau kann ich dir das nicht sagen«, antwortete Lana. »Ich bin vorhin aufgestanden, weil ich Durst hatte und etwas Kaltes trinken wollte. Im Kühlschrank habe ich dann eine Flasche Milch entdeckt, die gerade erst angebrochen war. Auf die hatte ich in dem Moment richtig Lust. Ich halte die Flasche in der Hand, da brüllt auf einmal jemand, dass ich mich nicht bewegen soll, und noch irgendetwas hinterher, aber das habe dann nicht mehr hören können, weil zu viel Lärm herrschte. Jedenfalls bekam ich einen solchen Schreck, weil davor kein Laut zu hören gewesen war, dass ich die Flasche losließ. Ich weiß, dass ich hinterhersah, wie sie runterfiel und dann direkt vor meinen Füßen auf dem Boden zerplatzte. Ich nehme an, es war dieser Knall, der den armen Leopold so erschreckt hat, dass er laut zeternd aus seinem Körbchen vor dem Backofen geflohen ist. Dann hörte ich noch einen seltsamen Laut, der von deinem Vater gekommen sein muss, als Leopold an ihm vorbei aus der Küche gestürmt ist. Danach kam dieser laute Rumms, das war dann offenbar dein Vater, der aus irgendeinem Grund zu Boden gegangen ist. Irgendwas flog gleichzeitig durch die Luft und landete mit viel Getöse. Na ja, und dann … dann fiel dieser Schuss.« Sie schüttelte den Kopf. »Es hörte sich an, als hätte jemand eine Kanone abgefeuert. Ich glaube, meine Ohren klingeln jetzt immer noch ein bisschen.«

»Das war die Schrotflinte meines Urgroßvaters«, erwiderte Rebecca.

»Dann lag ich mit der Kanone ja gar nicht so verkehrt«, meinte Lana. »Aber … auf wen hat er eigentlich schießen wollen? Auf mich?«

Lukas' Tochter verzog den Mund. »Auf dich schießen wollte er bestimmt nicht, aber ich vermute, dass er dich für einen Einbrecher gehalten hat. Wir haben ihm ja gestern Abend nicht mehr Bescheid sagen können, dass ihr noch eine Nacht bleibt. Also dachte er, dass niemand außer ihm zu Hause ist. Und dann hört er dich nachts rumoren und kommt in die Küche und sieht, da ist jemand.«

»Er hatte eine Schrotflinte dabei, und die war auch geladen. Ich kann ja froh sein, dass ich nicht so durchsiebt worden bin wie der Vorhang in der Küche«, wandte Lana ein.

»Das Gewehr hat meinem Uropa gehört, mein Vater wollte

einen Einbrecher damit nur erschrecken. Dass sich da überhaupt ein Schuss lösen würde, hat er bestimmt nicht erwartet«, sagte Rebecca betreten. »Wenn er gesehen hätte, dass du es bist, dann hätte er sich nur gewundert, wo du herkommst.«

»Ja, das denke ich auch«, stimmte Lana dem Mädchen zu. »Ach ja, und dann war noch zu hören, wie es draußen Glasscherben regnete.« Sie legte den Kopf in den Nacken und schaute nachdenklich drein. »Ja, ich glaube, das war die richtige Reihenfolge. Aber beschwören könnte ich es nicht, weil sich das alles so gut wie gleichzeitig abgespielt hat. Ich meine, wie lange hat das Ganze gedauert? Zwei, drei Sekunden vielleicht.«

»Als Comic wäre das schneller erzählt«, warf Timo ein.

»Als Comic?«, wiederholte Rebecca verwundert.

»Na ja. Brüll! Kreisch! Klatsch! Gaaagagack! Uff! Rumms! Peng! Schepper!«

Rebecca betrachtete ihn sekundenlang ohne eine Miene zu verziehen, dann sagte sie: »Patsch! Autsch!«

»Hä? Patsch! Autsch! Was?«

»Das Erste ist das Geräusch, wenn ich dir für den doofen Kommentar einen Klaps auf den Hinterkopf gebe …« – was sie im gleichen Moment auch machte.

»Autsch!«

»Und das war das zweite Geräusch«, sagte sie und grinste ihn triumphierend an. »Noch Fragen?«

»Du hast echt Ahnung«, entgegnete er. »Das gefällt mir.« Als er dann aber Rebeccas leicht irritierten Blick sah, den er mit seiner Bemerkung hervorgerufen hatte, drehte er schnell den Kopf weg, da seine Wangen sich zu röten begannen.

Lana musste sich ein Lächeln verkneifen, da sie von ihrem Sohn noch nie lobende Worte für ein Mädchen gehört hatte. Komplimente zu machen war eindeutig nicht seine Stärke, aber es schien nicht so, als hätte er Rebecca damit verärgert.

»Komm, wir ziehen uns erst mal um und ziehen vor allem vernünftige Schuhe an, und dann sammeln wir in der Küche die Scherben ein und machen sauber. Wenn die Milch anfängt zu trocknen, haben wir dreimal so viel Arbeit, um das klebrige Zeugs vom Boden abzukriegen«, sagte Lana kurz entschlossen zu Timo, um ihn aus dem Zimmer zu schaffen, bevor Rebecca noch seinen knallroten Kopf bemerken konnte. An sie gewandt ergänzte Lana: »Du passt auf deinen Vater auf. Und wenn er sich irgendwie seltsam verhält, rufst du uns, okay?«

»Okay und … danke«, entgegnete Rebecca und zog einen Stuhl heran, um sich neben das Bett zu setzen.

Tausend Stimmen schwirrten durch seinen Kopf, aber vielleicht war es auch nur eine einzige Stimme, die tausendmal im gleichen Moment die gleichen Worte sprach. Was genau sie sprach, konnte Lukas nicht verstehen. Es klang vertraut, aber es schien keinen Sinn zu ergeben.

Dazu gesellte sich das Gefühl, dass jemand versuchte, mit einer groben Feile an seiner Stirn die Haut bis auf den Knochen oder sogar noch weiter abzureiben. Er wollte etwas sagen, aber sein Mund gehorchte ihm nicht, und genauso verweigerten auch seine Augen ihm den Dienst. Aus einem unerfindlichen Grund war sein Körper noch nicht bereit, aus diesem Schlaf zu erwachen, der sogar jetzt noch ungewöhnlich tief war, auch wenn er meinte, dass der entscheidende Moment gekommen sein musste.

War er aber noch nicht, stattdessen sank er noch einmal in einen tieferen Schlaf. Es schien nur Sekunden zu dauern, doch vermutlich waren Stunden vergangen, als er endlich die Augen wieder aufschlug.

Das Erste, was er sah, war … Leopold, der dicht neben ihm stand und einen langen Hals machte, als wollte er ihn genauer betrachten.

»Was willst du von mir?«, murmelte er. »Und was machst du in meinem …« Er unterbrach sich und betrachtete die kahle Matratze. »Das ist nicht mein Bett«, stellte er fest und fragte den Hahn: »Was machst du in diesem Bett, das nicht meins ist?«

Leopold ging auf seiner Seite des Betts einmal im Kreis und sah wieder Lukas an.

»Sorry, Kumpel, aber ich werde keine Pirouetten drehen, nur weil dir das gefallen würde«, sagte er und sah nach links. Neben dem Bett stand ein Stuhl, aber niemand saß darauf. Noch während er sich wunderte, was hier eigentlich los war, kam Rebecca herein, in einer Hand zwei Gläser, in der anderen eine Flasche Mineralwasser, die aus dem Kühlschrank kommen musste, da sie beschlagen war.

»Hey, du bist aufgewacht«, sagte sie so erleichtert, als hätte es einen Grund gegeben, in Sorge um ihn zu sein.

»Was ist passiert?«, fragte er, da er nicht wusste, ob seine Erinnerung vielleicht nur etwas war, was er geträumt hatte.

Sie stellte die Gläser auf den Tisch, goss das Wasser ein und brachte ihm ein Glas. »Hier«, sagte sie, während er sich langsam aufsetzte, da er fürchtete, dass sich vielleicht alles vor seinen Augen zu drehen beginnen würde. Das war aber erfreulicherweise nicht der Fall. »Wieso bin ich hier in Zimmer …« Er sah um. »… in Zimmer zwei?«

»Wir haben dich hergebracht, weil du bewusstlos warst«, antwortete sie.

Durch seinen Kopf geisterte ein Bild, das zeigte, wie seine Tochter und Leopold ihn gemeinsam durch den Flur trugen, was aber keinen Sinn ergeben wollte. »Wieso war ich bewusstlos?«

»Woran kannst du dich denn erinnern?«, konterte sie.

»Man beantwortet eine Frage nicht mit einer Gegenfrage, junge Dame«, ermahnte er sie.

Rebecca zuckte mit den Schultern. »Wir müssen ja wissen, ob alles in Ordnung ist.«

Schon wieder sagte sie »wir«, stellte er fest, schob die Frage nach dem Grund aber zunächst in den Hintergrund und konzentrierte sich auf die Antwort. »Ich bin von Geräuschen aufgewacht … Schritte habe ich gehört. Dann bin ich bis zur Küche gegangen, wo jemand am Kühlschrank stand … die Tür war offen, das Licht kam aus dem Kühlschrank … darum konnte ich nichts Genaueres erkennen … aber da stand jemand … mit tollen Beinen.«

»Mit tollen Beinen?«, wiederholte Rebecca verdutzt.

»Ja, im ersten Moment dachte ich, da steht eine Frau mit wirklich tollen Beinen«, bestätigte er. »Aber das war natürlich eine Täuschung. Der Einbrecher muss eine gestreifte Hose getragen haben.« Er winkte ab. »Ist ja auch egal. Ich habe was gerufen. Stehen bleiben oder so. Und dann ging alles rasend schnell. Irgendwas aus Glas ging zu Bruch, und dann wurde ich von jemandem umgerannt … von jemandem?« Er hielt inne und dachte daran zurück, wo genau er getroffen worden war. »Moment mal, der hat mich … ja, der hat mich am Knie angerempelt. Das war … das warst du, Leopold«, stellte er verwundert fest. Er schüttelte ungläubig den Kopf. »Er muss der einzige Hahn der Welt sein, der lieber im Haus als bei seinem Harem schläft. Ich weiß, ich habe den Halt verloren und bin mit dem Kopf irgendwo aufgeschlagen. Ich weiß nicht, womit ich zusammengeprallt bin, auf jeden Fall hat das einen Höllenlärm verursacht. Es klang so, als würde jemand …«

»Als würde jemand eine uralte Schrotflinte abfeuern, Pa?«, half sie ihm auf die Sprünge.

Er überlegte kurz, dann nickte er. »Ja, so kann man das sagen. Hast du den Lärm denn auch gehört?«

»O ja, das habe ich, Pa«, gab sie zurück. »Weil du nämlich tatsächlich Uropas Schrotflinte abgefeuert hast.«

»Was? Ich? Aber das Ding kann doch gar nicht mehr funktionieren! Das ist unmöglich«, beharrte er.

Sie zog ironisch eine Augenbraue hoch. »Dann solltest du besser nach einer anderen Erklärung suchen, wieso das Küchenfenster zerstört wurde und vom Vorhang nur noch Fetzen übrig sind.«

»O Gott«, murmelte er. »Hab ich den Kerl etwa erwischt?«

»Da war kein Kerl, Pa«, sagte sie.

»O doch, Schatz«, beharrte Lukas. »Den habe ich genau gesehen. Na ja, zumindest so genau, wie das bei der schwachen Birne möglich war. Wie gesagt, so richtig konnte ich da gar nichts erkennen, aber ich weiß, dass da jemand war.« Erneut unterbrach er sich und drehte sich zur anderen Seite um, wo der Hahn gemütlich auf der Matratze lag und gelangweilt dreinschaute. »Was bist du bloß für ein Wachhuhn, Leopold? Da macht sich ein Einbrecher an unserem Kühlschrank zu schaffen, und du hast nichts Besseres zu tun, als davonzustürmen und mich über den Haufen zu rennen? Schämen solltest du dich.«

Leopold legte den Kopf ein wenig schräg, als wollte er völlig unbeeindruckt zurückgeben: »Reden Sie mit mir?«

Lukas strich ihm über den Hals, was dem Vogel gefiel, da er prompt den Kopf in den Nacken legte und sich gegen die Finger drückte. »Und jetzt einschmeicheln«, murmelte er amüsiert. »Du bist mir der Richtige, weißt du das?«

Da Lukas nichts weiter tun musste, als dem Hahn die ausgestreckte Hand hinzuhalten, damit der sich daran scheuern konnte, drehte er den Kopf wieder zu Rebecca um. »Also, habe ich den Kerl erwischt oder konnte der entkommen?«

»Pa, da war wirklich kein K…«

Weiter kam sie nicht, da er sich mit einem Mal gerader hinsetzte. »Augenblick mal, wieso bist du überhaupt hier?«, fragte er verdutzt. »Hast du nicht gesagt, dass du bei Vanessa übernachtest, weil ihr noch zusammen an einem Projekt arbeiten wolltet?«

»Ja, aber daraus ist nichts geworden«, sagte sie. »Weißt du …«

»Wann bist du denn zurückgekommen? Als ich nach Hause kam, warst du nicht da«, erklärte er und führte dann aus: »Ich musste nämlich erst noch zum alten Hamann auf den Hof, weil er mit seinem Traktor in den Graben gerutscht war und Hilfe brauchte. Ich dachte, das haben wir im Handumdrehen erledigt, aber dann musste ich noch Dieter und Achim dazuholen, weil wir in zwei Richtungen gleichzeitig ziehen und von der anderen Seite drücken mussten, um den Trecker wieder freizukriegen. Ich sag dir, ich war stehend k.o., als ich nach Hause kam. Ich glaube, du hättest sogar da sein können, und ich hätte nichts davon mitbekommen.«

»Ja, also, weißt du …«, unternahm Rebecca einen erneuten Anlauf, doch nach den ersten Worten verstummte sie ein weiteres Mal, als von draußen ein Martinshorn zu hören war, das sich schnell näherte.

»Was ist denn jetzt los?«, wunderte sich Lukas.

»Da kommt der Rettungswagen«, erklärte sie.

»Wieso kommt der Rettungswagen?« Er sah sie ratlos an.

»Weil du bewusstlos warst«, sagte sie. »Ich habe sofort den Notruf gewählt, damit die herkommen und dich untersuchen. Du hast schließlich eine Schramme am Kopf, und ich habe keine Ahnung, ob man da was tun muss.«

Er fasste nach seiner Stirn und zuckte zusammen, als er die besagte Schramme ertastete. Genau dort hatte es sich so angefühlt, als würde jemand mit einer groben Feile seinen Kopf bearbeiten. »Ah, wo habe ich mir denn da den Kopf gestoßen?«

»Vermutlich am Hocker rechts hinter der Küchentür«, antwortete sie. »Der lag nämlich auf der Seite.« Durch das Fenster des Zimmers gegenüber konnte sie das blitzende Blaulicht sehen. »Warte, ich bin gleich wieder da.«

»So, das Pflaster hält«, sagte der Notarzt. »Und Sie wollen wirklich nicht mitkommen und über Nacht zur Beobachtung im Krankenhaus bleiben?«

»Nein, wirklich nicht«, betonte Lukas und deutete auf seine Stirn. »Wenn Sie da was hätten nähen müssen, wäre es etwas anderes. Aber so werde ich mich jetzt hinlegen und am Morgen ausnahmsweise ausschlafen.«

»Und den Tag über müssen Sie sich auf jeden Fall schonen«, ermahnte ihn der Arzt. »Also nichts Schweres heben oder tragen, keine anderweitige körperliche Anstrengung.«

Lukas hob beschwichtigend eine Hand. »Ja, ich hab verstanden. Meine Tochter wird schon darauf achten, dass ich mich nicht übernehme.«

»Sehr lobenswert«, sagte der Arzt, der noch einen Stapel Formulare durchblätterte, hier und da etwas notierte oder abzeichnete und dann einige der Blätter Lukas in die Hand drückte. »Das sind Ihre Unterlagen über die erfolgte Behandlung. Legen

Sie das irgendwo griffbereit hin, falls sich Ihr Zustand verschlechtert. Dann wissen die Kollegen, was wir untersucht und festgestellt haben.«

»Ja, danke«, sagte Lukas, ließ sich von der Trage runtergleiten und kletterte durch die offen stehenden hinteren Türen nach draußen.

Rebecca wartete bereits auf ihn. »Und?«

»Eine ganz leichte Gehirnerschütterung«, sagte er in beschwichtigendem Tonfall. »Ich soll mich morgen schonen, mehr nicht. Und die Schramme ist wirklich nur eine Schramme.«

Sie seufzte erleichtert. »Na, wenigstens nichts Schlimmes. Muss ich auf irgendwas achten?«

»Nur darauf, dass ich morgen keine Bäume fälle oder von Hand den Acker umgrabe«, scherzte er.

»Ernsthaft, Pa!«, knurrte sie ihn an.

Er legte die freie Hand auf ihre Schulter und sah ihr in die Augen. »Auf etwas Bestimmtes musst du nicht achten. Höchstens wenn ich mich irgendwie eigenartig verhalte oder wirres Zeug rede.«

»Das wird schwierig werden.«

»Ah, du meinst, weil ich immer wirres Zeug rede?«, fragte er grinsend.

»Das hast du gesagt, Pa«, machte sie ihm klar und sprintete davon.

Er rieb sich das Kinn und rief ihr lachend hinterher: »Warte nur ab, wenn ich mich nicht mehr schonen muss.«

Während hinter ihm der Rettungswagen und der Notarzt abfuhren, folgte er seiner Tochter ins Haus, macht die Tür zu und wollte nach links in den Flur einbiegen, um in sein Schlafzimmer zurückzukehren.

»Und? Alles in Ordnung?«, fragte eine Frauenstimme, die nicht Rebecca gehörte. Die war nämlich schon vor ihm nach links abgebogen, während diese Stimme aus Richtung der Küche kam. Er blieb stehen und schaute nach rechts … und da stand sie! Die rothaarige Frau, die ihn fast um den Verstand geredet hatte, nur weil sie hier eine Nacht verbringen und nicht wahrheben wollte, dass er keine Zimmer mehr vermietete.

Nur hatte es sich dabei um die letzte Nacht gehandelt, nicht um diese. Und trotzdem war sie immer noch hier! Er spürte, wie sein Herz schneller zu schlagen begann, wie er nach Luft schnappte, wie seine Wut erwachte.

»Was machen Sie denn noch hier?«, zischte er ihr entgegen.

»Wir mussten um eine Nacht verlängern«, sagte sie.

»Was für ein Glück für Sie, dass Ihnen hier alles gehört«, begann er energisch auf die Rothaarige einzureden. »Da können Sie ja ganz nach Belieben kommen und gehen und so lange und so oft hier übernachten, wie es Ihnen gefällt, nicht wahr?«

»Es ist nicht so, wie Sie denken«, versuchte sie ihn zu beruhigen.

»Mir ist egal, ob es so ist, wie ich denke, oder ob es völlig anders ist!«, redete er weiter und wurde noch lauter. »Ihnen verdanke ich eine Beule am Kopf und eine leichte Gehirnerschütterung, ein kaputtes Fenster, einen zerfetzten Vorhang, und beinahe hätte ich auch noch ein Menschenleben auf dem Gewissen gehabt. Ich glaube, das sind genügend Gründe, warum ich Sie hier nicht mehr sehen will.«

»Aber wir …«, begann die Rothaarige, verstummte aber, als sie jemanden oder etwas irgendwo hinter ihm bemerkte. Zumindest tat sie so, aber es war auch möglich, dass sie ihn damit nur ablenken wollte, bis seine Wut verraucht war. Aber da konnte sie lange Zeit irgendwelche Tricks versuchen, er würde auf nichts davon reagieren.

»Und du hast Lana noch was zu verdanken«, warf Rebecca aufgebracht ein, die auf dem Weg zu ihrem Zimmer kehrtgemacht und sich ihm von hinten genähert hatte. Also hatte die Frau ihn gar nicht ablenken wollen.

»Und was soll das sein?«, fragte er.

»Dass ich noch lebe«, sagte sie und sah ihn mit ernster Miene an.

7

»Was?«, flüsterte er mit erstarrter Miene.

Lana sah, wie sich seine ganze Körpersprache von einem Moment zum nächsten völlig veränderte. War er eben noch der aufgebrachte Mann gewesen, der das Gefühl hatte, dass Lana ihm auf der Nase herumtanzte, wirkte er jetzt erschrocken und sogar ein wenig verängstigt. Alles Blut wich ihm vor Schreck aus dem Gesicht, sodass Lana schon befürchtete, er könnte abermals ohnmächtig werden.

Vorsichtshalber machte sie einen Schritt auf Lukas zu, um bei einem Zusammensacken zu verhindern, dass er sich noch einmal den Kopf anstieß. Sie würde ihn zwar nicht halten können, wenn er umfiel, aber sie würde zumindest dafür sorgen, dass er behutsam auf dem Boden landete.

»Was ist passiert?«, wollte er wissen.

Was Lana in diesem Moment wirklich tief beeindruckte, war der Umstand, dass er seiner Tochter ganz offensichtlich bedingungslos glaubte. Die meisten anderen Eltern hätten so eine Bemerkung zumindest mit zweifelnder Miene aufgenommen, und viele hätten eine maßlose Übertreibung dahinter vermutet. Doch Lukas schien zu wissen, wann seine Tochter die Wahrheit sagte.

»Mir ist mein Inhalator aus der Hand gerutscht und so auf den Boden gefallen, dass die Hülle zerbrochen ist«, berichtete sie mit leiser Stimme. »Er war nicht mehr zu gebrauchen, und ich … na ja, ich bekam Panik, weil ich nicht wusste, was ich tun soll, wenn ich keine Luft bekomme … und dann bekam ich natürlich auch sofort keine Luft.«

»Und dann?«, fragte er voller Sorge.

Sie deutete mit einer Kopfbewegung auf ihre Gäste. »Lana und Timo haben sich sofort um mich gekümmert und mich beruhigt.« Sie musste schlucken. »Das hat geholfen.« Nach einer kurzen Pause fügte sie hinzu: »Auch wenn *Mutter* immer behauptet hat, so was würde ja gar nicht gehen … nur weil sie dazu keine Lust hatte.«

»Ich weiß, Kleines, ich weiß«, erwiderte er und drückte sie an sich. Gleich darauf drehte er sich zu Lana um. »Und dann sind Sie mit ihr zum Arzt gefahren? Einfach so?«

Lana zuckte mit den Schultern. »Was hätten wir sonst tun sollen? Ich konnte mich doch nicht mit meinem Sohn ins Auto setzen und nach Hause fahren, wenn ich befürchten muss, dass Ihre Tochter noch einen Asthmaanfall bekommt und vor Panik vielleicht erstickt.«

»Aber … aber Dr. Balanescu hat doch heute zu, es ist Sonntag«, wandte er ein.

»Ja, das war natürlich unpraktisch«, räumte sie ein. »Aber seine Vertretung im Notdienst war sehr nett.«

»Wer ist denn seine Vertretung?«, wunderte sich Lukas und wollte die Stirn runzeln, zuckte aber zusammen, weil er damit auch das Pflaster bewegte, das die Schürfwunde bedeckte.

»Der Name fällt mir gerade nicht ein, aber er hat seine Praxis in der Nähe von Weyhe.«

Lukas riss die Augen. »Weyhe? Habe ich das richtig verstanden?«

»Und das war noch nicht alles«, warf seine Tochter ein. »Von da sind die beiden mit mir nach Bremen gefahren, um eine Apotheke zu suchen, die meinen Inhalator hat …«

»Wie haben Sie ihn dazu überreden können, ein Rezept für diesen teuren Inhalator auszustellen?«, warf er erstaunt ein. »Das ist ja selbst bei Dr. Balanescu jedes Mal ein Kampf.«

»Gar nicht«, antwortete Lana. »Rebecca hatte keine Versichertenkarte, und er hätte ohnehin nur den Standard verschreiben können, der ihr nicht hilft.«

»Und …?« Er sah sie verwirrt an.

»Privatrezept«, sagte sie.

»Mein Gott, das … wissen Sie, was das Ding kostet?«, fragte er.

Sie lächelte ihn ironisch an. »Nachdem wir eine Apotheke gefunden hatten, wusste ich es.«

»In Hannover«, warf Rebecca ein.

»Du hast doch eben gesagt, dass ihr nach Bremen gefahren seid«, gab er zurück. »Wieso dann in Hannover? Das ist doch die völlig andere Richtung.«

»Es war die einzige Apotheke, die zum einen Notdienst hatte und bei der zum anderen der gesuchte Inhalator vorrätig war.«

»Und dafür sind Sie mit Rebecca …« Er unterbrach sich, da er angestrengt schlucken musste, dann redete er mit erstickter Stimme weiter. »… dafür sind Sie von hier nach Weyhe, dann nach Bremen und dann auch noch nach Hannover gefahren?«

»Und weil überall Staus und Baustellen waren, mussten wir auch noch einen riesigen Umweg machen«, ergänzte seine Tochter.

Lukas nickte nachdenklich. »Davon habe ich im Radio gehört und noch gedacht: ›In dem Stau möchtest du nicht stehen.‹« Er sah wieder Lana an und schüttelte verständnislos den Kopf. »Wieso?«

»Wieso was?«, gab sie zurück.

»Wieso machen Sie so was?«, fragte er sichtlich gerührt. »Ich will sagen … vorgestern habe ich noch alles versucht, um Sie davon abzuhalten, auch nur eine Nacht hierbleiben zu wollen, und nur einen Tag später gehen Sie hin und tun so etwas … so etwas völlig Selbstloses.«

»Ehrlich gesagt, habe ich mir darüber keine Gedanken gemacht«, musste Lana zugeben. »Es war für mich das einzig Richtige, was ich in dem Moment tun konnte. Okay, ich habe natürlich eigenmächtig gehandelt, und vielleicht hätten Sie ja noch eine andere Lösung gewusst, aber ich fand nicht, dass wir uns erst noch die Zeit hätten nehmen müssen, nach Ihnen zu suchen und mit Ihnen abzusprechen, was Sie für richtig halten.«

»Nein, Frau Behring«, sagte er und wurde mit jedem Wort noch etwas leiser, bis er flüsterte. »Sie haben meiner Tochter das Leben gerettet, also haben Sie wirklich alles richtig gemacht. Ich weiß nicht, wie ich mich jemals dafür revanchieren kann. Danke! Wenn ich mir vorstelle, Sie wären abgefahren und niemand wäre da gewesen, um sich um Rebecca zu kümmern!«

»Stellen Sie sich das lieber nicht vor, Herr Brenner«, erwiderte sie leise.

»Doch, das muss ich. Ich muss es mir vorstellen, damit ich nicht vergesse, was Sie für Rebecca und für mich getan haben. Sie …« Dann versagte seine Stimme endgültig.

Ehe sie sich versah, hatte er die Arme um sie gelegt, drückte sie an sich und vergrub das Gesicht an ihrer Schulter. Ein leichtes Zittern durchfuhr seinen Körper, und sie war sich sicher, ein leises, nicht ganz unterdrücktes Schluchzen zu hören. Sie konnte sich gut vorstellen, was in diesem Mann vor sich ging, weil sie wusste, sie wäre genauso heilfroh und erleichtert, wenn jemand ihren Sohn aus einer lebensbedrohlichen Situation gerettet hätte.

Lana musste sich zusammenreißen, um nicht selbst auch noch in Tränen auszubrechen. Aus dem Augenwinkel bekam sie mit, wie Rebecca ihrem Sohn ein Zeichen gab, ihr aus der Küche zu folgen. Wie es schien, hatten beide verstanden, dass dies besser ein Moment unter vier Augen sein sollte, ganz ohne Zuschauer. Als Rebecca beim Hinausgehen noch einmal in ihre Richtung sah, lächelte Lana ihr dankbar zu.

Eine Weile standen sie beide eng umschlungen da, schließlich löste sich Lukas von ihr und wischte sich übers Gesicht.

»Entschuldigen Sie, es ist einfach über mich gekommen. Rebecca ist alles, was ich noch habe. Die Vorstellung, ich könnte sie verlieren, ist einfach unerträglich«, murmelte er mit belegter Stimme. »Das wird nicht wieder vorkommen, Frau Behring.«

»Vielleicht wäre jetzt eine gute Gelegenheit, um zum Du zu wechseln«, schlug sie vor. »Ich bin Lana.« Seltsamerweise machte es ihr gar nichts aus, von ihm so in den Armen gehalten zu werden. So unpassend es in diesem Moment auch war, konnte sie sich durchaus eine Wiederholung vorstellen, dann allerdings ohne die Tränen.

»Gern«, erwiderte er. »Lukas.« Er schaute ein wenig verlegen drein. »Das bleibt doch unter uns, oder?«

»Wem sollte ich davon erzählen?«, erwiderte sie augenzwinkernd. »Geht's dir jetzt wieder besser?«

Lukas nickte bedächtig. »Ja, danke.«

»War mir ein Vergnügen«, sagte sie und wurde sich erst Sekunden später bewusst, wie völlig verkehrt ihre Worte ankommen konnten. Sie überlegte, was sie sagen sollte, um ein Missverständnis aus der Welt zu räumen, bevor es Fuß fassen konnte, doch er lächelte sie nur an.

»Allerdings ein kostspieliges«, entgegnete er. »Du musst mir noch sagen, was der Inhalator gekostet hat. Und ich möchte dir wenigstens die Benzinkosten bezahlen, schließlich kann das ja nicht an dir hängen bleiben.«

»Ach, in dem Fall schon«, gab sie unbekümmert zurück. »Es war ja meine eigene Entscheidung. Und was den Inhalator angeht, kannst du das sicher mit der Krankenkasse regeln, dass die mir den Betrag überweisen, sobald das reguläre Rezept vorliegt.«

Lukas stand da und zuckte mit den Schultern. »Ich weiß wirklich nicht, wie ich das wiedergutmachen kann.«

»Indem du mich jetzt in mein Zimmer zurückkehren lässt«, sagte sie lächelnd. »Ich würde mich nämlich gern noch ein paar Stunden hinlegen, damit ich die Heimfahrt ausgeschlafen antreten kann.«

»Heimfahrt?«, wiederholte er erschrocken. »Ihr wollt abfahren?«

»Nun«, erwiderte sie mit ironischem Unterton, »wenn mich meine Erinnerung nicht trügt, warst du bislang derjenige, der uns gar nicht schnell genug wieder loswerden konnte. Oder habe ich da etwas falsch verstanden.«

Betreten sah er zu Boden. »Ja, ich weiß, das war nicht besonders nett von mir, aber ich … na ja, ich habe halt meine Gründe. Aber … also …«, druckste er herum und sah sie verlegen an. »Ehrlich gesagt, würde ich mich freuen, wenn du mit deinem Sohn für zwei oder drei Wochen bleiben würdest, je nachdem, wie lange ihr Urlaub machen wollt. Ich … ähm … ich … also, ich bin da ziemlich aus der Übung, wenn es um solche Dinge geht, aber eine Frau, die für meine Tochter das tut, was du getan hast, Lana, die würde ich gern näher kennenlernen.«

Sie sah ihn verdutzt an, weil sie mit allem gerechnet hätte, aber nicht damit. »Das … das kommt jetzt sehr plötzlich, Lukas, aber ich denke, das lässt sich arrangieren. Immerhin begegne ich auch nicht jeden Tag einem Mann, der mich mit seiner Schrotflinte beinahe erschießt, nur weil ich nachts einen Schluck kalte Milch trinken will.« Sie zwinkerte ihm zu, als sie seine erschrockene Miene bemerkte, die sich gleich darauf wieder beruhigte.

»Das Ding werde ich nachher so mit dem Vorschlaghammer traktieren«, versicherte er ihr, »dass niemand damit je wieder einen Schuss abgeben kann.« Entschlossen sah er sie an. »Und jetzt werde ich mich schlafen legen und den morgigen Tag in Ruhe angehen. Ich soll mich schließlich schonen.«

»Es ist vernünftig, dass du auf dich aufpassen willst«, sagte sie. »Rebecca braucht dich, schließlich hat sie sonst niemanden.«

»Ja, das ist wahr«, bestätigte Lukas, dann stutzte er. »Hat Rebecca etwas in der Art gesagt?«

»Indirekt. Wenn ich höre, welche Meinung sie von ihrer Mutter hat, dann musst du ihr noch wichtiger sein, als es ein Vater normalerweise für sein Kind ist. Aber lass uns später darüber reden, sonst setze ich mich an den Esstisch und schlafe da ein, weil ich für den Weg bis zu meinem Zimmer zu müde bin.«

»Gute Idee«, stimmte er ihr zu. »Wie heißt es es so schön: Morgen ist auch noch ein Tag.«

»Nur dass morgen bereits heute ist«, hielt sie dagegen. »Demnach wäre heute auch noch ein Tag.«

Er kniff die Augen zusammen. »Das wird mir zu schwierig, ich gehe ins Bett. Gute Nacht, Lana.«

»Gute Nacht, Lukas.«

Beide blieben dann aber noch in der Küche stehen und schauten sich um. Als sich ihre Blicke trafen, musste Lana grinsen.

»Lass mich raten«, sagte sie. »Du wartest darauf, dass aus dem Off jemand ›Gute Nacht, John-Boy‹ sagt, richtig?«

»Das wollte ich eigentlich dich fragen«, entgegnete Lukas. »Ist ja unheimlich.«

»Da kann ich dir nicht widersprechen«, antwortete sie amüsiert, folgte ihm aus der Küche und machte das Licht aus.

Zurück in ihrem Zimmer, lag sie eine Weile im Bett, ohne einschlafen zu können. Sie fragte sich, was genau sich in dieser Nacht abgespielt hatte. Auf jeden Fall hatte Lukas seine Haltung um hundertachtzig Grad gedreht, als er erklärt hatte, dass sie doch bleiben sollte, weil er sie besser kennenlernen wollte. Geschah das nur aus Höflichkeit, weil sie seiner Tochter das Leben gerettet hatte? Obwohl … genau genommen konnte niemand sagen, ob sie ihr tatsächlich das Leben gerettet hatte. Vielleicht hätte Rebecca den ganzen Tag über keinen Asthmaanfall mehr bekommen, und sie hätte ebenso gut mit ihrem Vater am Montagmorgen zu diesem Dr. Balanescu fahren können, um da ein entsprechendes Rezept zu holen, das sie dann in ihrer Stammapotheke hätten abgeben können.

Oder fand er sie wirklich so interessant? Hatte er ihr deswegen angeboten, den eigentlich längst geplatzten Urlaub doch noch zu genießen, und zwar hier auf seinem Hof? Sie war tatsächlich gespannt darauf, wie sie in ein paar Tagen ihre eigenen Fragen würde beantworten können.

»Ich fühle mich wie neu geboren«, verkündete Lukas, als er sich am Morgen zu Lana an den Esstisch setzte, um zu frühstücken.

»Wie kommt denn das?«, fragte sie.

»Sieh mal auf die Uhr«, sagte er.

»Fünf vor zehn. Und?«

»Hast du eine Ahnung, wann ich das letzte Mal um fünf vor zehn gefrühstückt habe?« Er verzog den Mund zu einem ironischen Lächeln. »Normalerweise bin ich schon verdammt spät dran, wenn ich um zehn vor fünf frühstücke. Um halb fünf muss ich eigentlich schon hier raus sein, um mich um die Tiere zu kümmern, die ihr Futter haben wollen oder die raus auf die Weide wollen.«

Lana zog die Augenbrauen hoch. »Und die protestieren nicht, dass du sie heute fünf Stunden warten lässt?«

»Keine Sorge«, beruhigte er sie. »Rebecca hat in weiser Voraussicht heute Nacht nicht nur den Rettungswagen angefordert, sondern gleich danach auch noch Jakobus angerufen, einen meiner Arbeiter, und ihm gesagt, dass ich vermutlich heute ausfallen werde. Er hat sich sofort auf den Weg gemacht, um für mich einzuspringen. Er war ja ohnehin schon so gut wie unterwegs, nur war er durch den Anruf vorgewarnt, dass er ein paar Arbeitsgänge mehr erledigen muss.« Er zuckte mit den Schultern. »Ansonsten hätte ich gleich vom Rettungswagen zum Stall rennen müssen. Das wäre vermutlich keine gute Idee gewesen, so kurz nach einer Ohnmacht.«

»Ganz sicher nicht«, stimmte sie ihm zu. »Dann hätten die Sanitäter vermutlich nur ein paar Minuten warten müssen, bis sie dich wieder hätten auflesen dürfen.«

»Ja, vermutlich«, murmelte er und trank einen Schluck Kaffee. »Und wie du heute Nacht ganz richtig gesagt hast: Ich muss auch an Rebecca denken. Der Hof kommt ein paar Tage ohne mich aus, ohne dass hier alles zusammenbricht, aber was sollte sie tun, wenn ich im Krankenhaus lande?«

Lana nickte bedächtig und betrachtete ihn nachdenklich. Es tat gut, jemanden vor sich zu haben, der nicht nur an sich selbst dachte, so wie es ja offenbar die Mutter seiner Tochter getan hatte … ähnlich wie Timos Vater.

Sie frühstückten in friedlichem Schweigen, dann räumten sie das benutzte Geschirr zusammen und stellten es auf die Spüle. »Und? Lust auf eine Führung über den Hof?«, fragte er.

»Aber natürlich«, stimmte sie ihm erfreut zu. »Das ist schließlich was ganz Neues für mich. Aber … was machen wir mit den Kindern?«

»Die lassen wir ausschlafen«, schlug er vor. »Rebecca kann

Timo den Hof genauso gut zeigen wie ich, und Timo hat den Vorteil, dass sie ihm die Sachen erklärt, die für Dreizehn- und Vierzehnjährige interessant sind, während ein älterer Herr wie ich ganz andere Schwerpunkte setzt, die ihn doch nur wieder einschlafen lassen würden.«

»Älterer Herr«, wiederholte sie amüsiert. »Klingt so, als wärst du ein ergrauter Lord.«

Lukas zuckte flüchtig mit den Schultern. »Für einen Dreizehnjährigen ist doch jeder steinalt, der mehr als doppelt so alt ist wie er selbst.«

Lana seufzte. »Anscheinend ja. Ich kann mich nur nicht daran erinnern, dass ich genauso gewesen bin, als ich dreizehn war.«

»Kein Wunder, das ist ja schließlich auch schon eine Eeeewigkeit her«, zog er sie mit einem Augenzwinkern auf und bekam dafür ihren Ellbogen in die Rippen. »Autsch.«

»Das mache ich jetzt jedes Mal so, wenn du Blödsinn redest«, warnte sie ihn, konnte sich aber ein verschmitztes Lächeln nicht verkneifen.

»Na, dann kann ich dir aber jetzt schon versprechen, dass du deinen Ellbogen heute Abend vor Überanstrengung nicht mehr bewegen kannst«, gab er lachend zurück.

»Sagt der Mann, der heute Abend ein paar gebrochene Rippen haben wird«, konterte Lana. »Du wirst schon sehen. Ich ziehe mich nur schnell um, dann können wir los.«

»Ich warte draußen auf dich«, sagte er und ließ einen letzten prüfenden Blick durch die Küche wandern, ob die Kaffeemaschine, der Herd und andere Elektrogeräte auch tatsächlich ausgeschaltet waren.

Als Lana zehn Minuten später aus dem Haus kam, stand Lukas da und unterhielt sich mit einem anderen Mann, der etwas älter und recht kräftig gebaut war, sodass das rot karierte Hemd über seinem Bauch spannte. Lukas bemerkte aus dem Augenwinkel eine Bewegung und drehte sich zu Lana um. Als er sie sah, musterte er sie von Kopf bis Fuß und zog eine Augenbraue hoch. Offenbar gefiel ihm, was er sah, und genauso offenbar schien es ihn nicht zu stören, dass sie es ihm ansehen konnte.

»Ja, mach das so, Jakobus«, sagte er, gab dem anderen Mann einen Klaps auf die Schulter und wandte sich ihr zu, während der Mann ihr zunickte und sich dann schnell zum Gehen wegdrehte.

»Können wir?«, fragte sie.

»Da bin ich mir nicht so sicher«, erwiderte er und schaute auf ihre Schuhe.

»Guck nicht so«, warnte sie ihn. »Ich bin nicht so naiv, dass ich glauben würde, ich könnte hier in High Heels rumlaufen. Ich hab überhaupt keine High Heels, wenn du es wissen willst.«

»Das ist sehr interessant«, sagte er, »und auch sehr lobenswert. High Heels sorgen für eine völlig unnatürliche Fußhaltung und damit auch für eine unnatürliche Körperhaltung, weil du fast nur auf den Zehenspitzen gehst. Das zieht Haltungsschäden nach sich, und damit sind orthopädische Probleme vorprogrammiert.«

Sie musste lachen. »Ich will nicht hoffen, Lukas, dass du aus eigener Erfahrung sprichst.«

»Wer weiß?«, gab er mit einem Augenzwinkern zurück. »Aber mal ernsthaft, Lana, ich muss dir davon abraten, Sandalen zu tragen. Wir sind auf unbefestigten Wegen unterwegs, und es wird dir sicher nicht gefallen, auf den tausend kleinen Steinchen herumzulaufen, die dir unweigerlich unter die Füße geraten werden.«

»Oh, stimmt«, musste sie einsehen. »In der Stadt ist das alles etwas einfacher, würde ich sagen.« Sie nickte knapp. »Dann warte bitte hier, ich ziehe mir nur schnell andere Schuhe an. Am besten meine Joggingschuhe«

»Ähm … das wird nicht genügen«, sagte er.

Lana zog die Augenbrauen zusammen und sah ihn irritiert an. »Das wird nicht genügen? Wir haben Sommer, ich hab keine Stiefel eingepackt.«

»Oh, das.« Er lachte kurz auf. »Nein, das meinte ich nicht. Aber dein Kleid …«

»Was ist daran auszusetzen? Gefällt es dir nicht?«, fragte sie verwundert.

»Doch, doch, das schon«, versicherte Lukas ihr. »Das Problem ist nur, dass es auch allen Bienen, Hummeln und dem ganzen fliegenden Rest gefällt, weil dich alle für eine große, wandelnde Blume halten werden. Man wird dich buchstäblich umschwärmen.« Dann fügte er hinzu: »Und wenn du zu nah am Zaun stehst, wird vielleicht die eine oder andere Kuh mal davon probieren wollen.«

»O mein Gott, daran habe ich ja gar nicht gedacht«, murmelte sie.

»Und das ist noch nicht alles«, ergänzte er.

»Noch nicht?«, wiederholte sie verunsichert. »Was denn no… autsch!«, schrie sie erschrocken auf. »Wer kneift mich denn da in den Hintern?« Sie sah über die Schulter hinter sich, konnte aber niemanden entdecken. »Hast du etwa einen Poltergeist im Hau… autsch! Schon wieder!« Sie wirbelte herum und sah … »Leopold? Warst du das etwa?«

Der Hahn musterte sie kurz, gab natürlich keine Antwort, sondern pickte sie ohne Vorwarnung in den Unterschenkel.

»Hey, hör auf damit. Was ist nur mit dir los?«

»Das wissen wir auch nicht«, warf Lukas ein. »Aber er ist in alles Gelbe vernarrt und will alles essen, was gelb ist.«

»Er will *mein Kleid* essen?«, fragte sie ungläubig und fuchtelte mit den Armen, um sich den Hahn vom Leib zu halten.

»Genau«, bestätigte er. »Wenn du das anbehältst, wird er keine Ruhe geben und dir auf Schritt und Tritt folgen.«

Sie streckte kapitulierend die Arme hoch, was Leopold lange genug irritierte, um sie vorbeilaufen und ins Haus zurückkehren zu lassen. »Bin gleich zurück.«

»Ach ja, noch was«, rief er hinter ihr her. »Zieh ein T-Shirt oder besser noch eine Bluse an, damit Schultern und Arme bedeckt sind. Du hast sonst schneller einen Sonnenbrand, als dir lieb ist.«

»Alles klar«, kam ihre Antwort, unmittelbar bevor die Tür hinter zufiel.

Nach weiteren zehn Minuten unternahm sie einen neuen Anlauf und verließ in grauem T-Shirt, verschossener Jeans und Joggingschuhen das Haus. »So besser?«, fragte sie, als sie sich vor Lukas hinstellte, damit er sie inspizieren konnte. Ihr entging nicht der enttäuschte Ausdruck, der über sein Gesicht huschte. Anscheinend bedauerte er, dass sie nicht mehr ihr gelbes Kleid trug, obwohl das keineswegs figurbetont, sondern weit geschnitten war, um in erster Linie bequem zu sein.

»Besser nicht«, antwortete er, was ihren Eindruck von seiner Reaktion unterstrich. »Aber zweckmäßiger.«

»Ich hoffe, alle Bienen, Kühe und verrückten Hähne, die ungenannt bleiben sollen, nehmen mich jetzt nur noch als wandelndes Stück Mauer wahr, das niemanden interessiert«, erklärte sie. Erst jetzt fiel ihr auf, dass Lukas wie am Vortag eine dunkelgrüne Latzhose und ein grau kariertes Hemd und dazu Arbeitsschuhe trug, die sich irgendwo zwischen klobig und unförmig bewegten. Daneben machte sie in ihrem Ich-bin-gar-nicht-da-Outfit sogar noch eine verdammt gute Figur.

»Bei Leopold funktioniert es auf jeden Fall schon«, stellte er fest und deutete auf den Hahn, der vor der Haustür stand und wohl darauf wartete, dass das gelbe Kleid wieder auftauchte. Auf Lana achtete er jedenfalls nur sehr beiläufig.

»Komm, Lana«, sagte Lukas und ging mit ihr zunächst zum Schuppen direkt gegenüber. »Das hier sind alte landwirtschaftliche Geräte, da drüben zum Beispiel ein alter Pflug, der hinter einen Ochsen gespannt wurde. Zum größten Teil sind es aber Geräte aus der Zeit der ersten Traktoren. Zwei von denen stehen in einer Garage gleich hinter dem Schuppen.«

»Sammelst du so was?«, wollte sie wissen.

»Nein, das hat sich im Lauf der Jahrzehnte angesammelt, seit mein Urgroßvater diesen Hof gegründet hat«, erklärte er. »Das alles ist vor hundert oder vor siebzig oder vor fünfzig Jahren angeschafft worden, um es für den Hof zu nutzen. Wie du siehst, sind meine Vorfahren mit den Dingen pfleglich umgegangen, darum sieht alles noch fast wie neu aus.«

»Bewahrst du das auf, um es einem Museum zu vermachen?«, hakte sie interessiert nach. »Oder willst du selbst ein Museum eröffnen?«

»Das wäre gar keine schlechte Idee«, musste er zugeben. »Aber momentan bringen die Sachen ganz ohne Arbeit Geld ein, weil solche alten Geräte immer wieder mal in Dokumentationen oder für historische Filme gebraucht werden. Die Produzenten holen sich, was sie brauchen, und ich bekomme auch noch Geld dafür.«

»Na, das ist doch praktisch. Leicht verdientes Geld, würde ich annehmen.«

»Zumal mich das alles keinen Cent gekostet hat«, fügte er hinzu. »Das ist von Generation zu Generation weitervererbt worden.«

»Vererbt? Dann … leben deine Eltern nicht mehr?«

»Mein Vater schon, der ist auch gesund und munter«, versicherte er ihr. »Meine Mutter starb vor ziemlich genau zehn Jahren, und mein Vater hat ein paar Jahre später eine Millionenerbin geheiratet und mir den Hof überlassen, weil er keine Lust mehr darauf hatte. Und mein älterer Bruder hat ›großzügig‹ verzichtet, weil er sich die Arbeit nicht aufhalsen wollte.«

»Und was macht er?«

»Arbeitet als Surflehrer auf Hawaii«, antwortet er. »Jedenfalls sagt er das.«

»Glaubst du es ihm nicht?«

Lukas lachte auf. »Ihm würde ich nicht mal die Uhrzeit glauben, wenn er sie mir sagen würde. Mein Bruder erzählt Lügen, seit ich alt genug bin, um das zu verstehen. Und wenn man ihn mal bei einer Lüge ertappt, weil sie einer anderen Lüge widerspricht, dann legt er einfach noch eine Lüge drauf.«

»Hast du ihn deswegen mal zur Rede gestellt?«, wollte Lana wissen.

Er schüttelte ein wenig betrübt den Kopf. »Dazu ist es leider nie gekommen. Als ich endlich alt genug war, um ihn widerlegen zu können, hatte er sich längst ins Ausland abgesetzt. Südfrankreich, Spanien, Griechenland und so weiter. Immer weit genug weg, damit ihm niemand einen Überraschungsbesuch abstatten kann, bei dem herauskäme, dass er sich in Wahrheit irgendwo als Kellner durchschlägt.« Er winkte ab. »Aber letztlich ist es mir egal. Er ist derjenige, der irgendwann mal auf sein Leben zurückblickt und dabei erkennen muss, dass er außer Lügen über Lügen nichts geleistet hat.«

Lana seufzte leise. »Hm, das sind diese Momente, in denen ich froh bin, ein Einzelkind zu sein.«

»Ich beneide dich darum, ganz ehrlich«, erwiderte er und fasste sie am Arm, um sie aus dem Schuppen hinauszudirigieren.

Es war nur eine leichte Berührung, aber für Lana hatte sie etwas fast Vertrautes, auch wenn sie sich nicht erklären konnte, warum sie das so empfand.

»Jetzt hast du die Wahl, ob du Schweine füttern oder Kühe streicheln willst«, erklärte er, als sie am Wohnhaus vorbeigingen, wo Lana ihren Wagen geparkt hatte.

Sie gingen am Zaun der Weide entlang, auf der es sich gut zwei Dutzend Kühe in einer Ecke gemütlich gemacht hatten und im Gras liegend die Sonne genossen, während ein Stück von ihnen entfernt die Schafherde graste. Ganz am anderen Ende der eingezäunten Fläche, hinter der ein Waldstück begann, tummelten sich die Pferde, die untereinander Nachlaufen zu spielen schienen.

»Ich weiß nicht so recht«, antwortete sie, als sie an einem abgeteilten Bereich gleich hinter der Weide ankamen, der zur Hälfte aus Morast bestand und in dem sich gerade zwei kapitale Schweine suhlten, während mindestens zehn weitere Tiere in der Sonne dösten.

»Was weißt du nicht?«, fragte Lukas nach, während er aus einem Korb vor dem Zaun ein paar Äpfel nahm und ihr zwei davon hinhielt.

»Ich weiß nicht, ob ich das übers Herz bringe, diesen Tieren in die Augen zu sehen und ihnen das Gefühl zu geben, dass da jemand ist, dem sie wichtig sind, wenn ich weiß, dass sie vielleicht schon morgen früh geschlachtet werden, nur weil sich irgendwer unbedingt eine Scheibe Wurst aufs Brot legen will. Ich glaube nicht, dass ich so was kann.«

»Na, mach dir da mal keine Sorgen«, sagte er und winkte ab. »Die Schweine machen sich über so was schließlich auch keine Gedanken.«

Sie schnaubte aufgebracht. »Entschuldige, wenn ich das so sage, aber ich finde es herzlos, so zu denken«, erwiderte sie. »Ich weiß, du verdienst damit deinen Lebensunterhalt. Trotzdem ist das kein Grund, sich keine Gedanken darüber zu machen, was Tiere empfinden. Schweine gehören zusammen mit Ratten zu den intelligentesten Tieren, aber das zählt nicht, wenn es darum geht, eine ach so leckere Schweinshaxe serviert zu bekommen, wie?«

»Liegen dir die Tiere so sehr am Herzen?«, fragte er in einem Tonfall, den sie nicht zu deuten wusste. Wollte er das wirklich wissen? Oder wollte er sich nur über sie lustig machen?

»Mehr als es dir vermutlich recht sein kann«, fauchte sie ihn an. »Wenn du so denkst, sehe ich für uns keine Zukunft!«

8

Lana riss entsetzt die Augen auf. Fast hätte sie sich noch mit beiden Händen den Mund zugehalten, aber sie hielt sich gerade eben davon ab, weil es längst zu spät war – aber auch, weil es albern ausgesehen hätte. Die Worte waren ihr über die Lippen gekommen, ehe sie überhaupt wusste, was sie da redete. *Ich sehe für uns keine Zukunft!* Wie bitte? Was um alles in der Welt war denn nur in sie gefahren? Wie konnte sie nur so etwas sagen? Womit zum Teufel war ihr Unterbewusstsein bloß beschäftigt gewesen, dass es solche Gedanken zugelassen hatte … und dass es zugelassen hatte, diesen Gedanken auch noch freien Lauf zu lassen?

»Du siehst für uns keine Zukunft?«, wiederholte er und legte den Kopf schräg, um sie interessiert zu betrachten.

»Für diesen Urlaub, meine ich«, behauptete sie hastig, hatte aber nicht das Gefühl, auch nur halbwegs überzeugend zu klingen. »Ich werde keine zwei Wochen hierbleiben, wenn ich weiß, dass es dir nichts ausmacht, dieses arme Schwein umzubringen und mir morgen Abend als Braten auf den Tisch zu stellen. Genau genommen werde ich nicht mal den Rest des Tages hier verbringen, wenn du so wenig Respekt vor Tieren hast.« Sie warf ihm einen Blick zu, der hoffentlich abweisend genug aussah, um ihn vergessen zu lassen, was sie gerade eben gesagt hatte.

»Ist das dein Ernst?«, fragte er nach. »Bist du so konsequent?«

Noch immer kam sie nicht dahinter, ob er das ernsthaft wissen wollte oder ob er nur nach einem Ansatzpunkt suchte, um sich nach allen Regeln der Kunst über sie lustig zu machen.

»Ja, das bin ich, Lukas«, sagte sie. »Ich bin keine militante Vegetarierin, und wenn jemand mal ein Steak oder ein Schnitzel isst, dann komme ich damit klar. Aber nur, solange derjenige sich nicht über die Tiere lustig macht, die seinetwegen geschlachtet werden. Und ich komme auch nicht mit Leuten klar, die in

Luxusfleischläden einkaufen, um vor anderen damit anzugeben, wie viel ihnen ihr Genuss wert ist. Diese Rinder werden nämlich auch nicht zu Tode gestreichelt, wenn ihr Ende gekommen ist.«

Lukas nickte und sah sie nachdenklich an.

»Ich nehme an«, redete sie weiter, »das war nicht das, was du gern von mir gehört hättest, richtig?«

Er zog eine Augenbraue hoch und machte den Eindruck, als würde er nach den richtigen Worten suchen.

»Jetzt sag es schon, Lukas«, forderte sie ihn auf. »Ich kann mir vorstellen, wie du jetzt über mich denkst, also brauchst du auch nicht zu überlegen, wie du vielleicht meine Gefühle schonen könntest.«

Er räusperte sich, dann atmete er einmal tief durch und sagte: »Was ich vorhin meinte, war, dass diese Schweine sich sowieso keine Gedanken machen, weil sie das nicht betrifft.«

Lana zog die Augenbrauen zusammen und sah ihn verständnislos an. »Weil sie *was* nicht betrifft?«

»Na ja, von diesen Schweinen und den Kühen und den Hühnern wird kein Tier geschlachtet und dann als Braten serviert. Das habe ich sofort abgestellt, nachdem ich den Hof von meinem Vater übernommen hatte. Deshalb habe ich ihn überhaupt übernehmen wollen, damit ich diesem Treiben ein Ende setzen kann«, sagte er.

Sie starrte ihn an, seine Worte kreisten durch ihren Kopf, ergaben aber noch immer keinen Sinn. »Was soll das heißen?«, murmelte sie.

»Das soll heißen, dass dieser Hof ein Gnadenhof ist«, erklärte er.

»Ein …«

»Das ist ein Hof, auf dem sogenannte Nutztiere den Rest ihres Lebens verbringen können, wenn sie den Punkt in ihrem Leben erreicht haben, an dem sie für ihren Eigentümer keinen Nutzen mehr haben«, sagte er.

»Ich weiß, was ein Gnadenhof ist«, gab sie betreten zurück. »Dann … dann waren meine Anschuldigungen und Unterstellungen völlig sinnlos?«

»Oh, die waren keineswegs sinnlos, Lana«, entgegnete er. »Ganz im Gegenteil, die waren sogar ausgesprochen aufschlussreich, weil sie mir eine Seite von dir gezeigt haben, die ich ohne dieses Missverständnis vielleicht gar nicht so schnell entdeckt hätte.«

»Na, dann ist es ja gut, dass ich uns beiden Zeit erspart habe und wir schon nach ein paar Minuten wissen, dass du mich nicht ausstehen kannst, weil ich so unverschämt zu dir war.«

»Unverschämt ehrlich«, erwiderte er und grinste sie an. »Das finde ich gut. Es macht dich umso anziehender.« Nach einer kurzen Pause fügte er hinzu: »Wobei ich nicht weiß, ob ich *das* auch gut finden soll.«

»Wie ist denn das gemeint?«, fragte sie irritiert.

»Weil das der Grund war, wieso ich wollte, dass du gleich wieder wegfährst, als du vorgestern hier aufgekreuzt bist«, sagte er.

»Weil du mich anziehend findest, wolltest du mich wegschicken?« Sie sah ihn verdutzt an.

»Ja«, seufzte er. »Weil ich eine Frau wie dich nicht in meiner Nähe haben wollte.«

Lana zog die Augenbrauen zusammen. »Hast du irgendein Gelübde abgelegt, dass du fürchtest, ich könnte dich in Versuchung führen?«

Er nahm einen der Äpfel und hielt ihn dem Schwein hin, das inzwischen auf sie beide aufmerksam geworden und an den Zaun gekommen war, um herauszufinden, ob es wohl etwas zu essen gab. Behutsam nahm es den Apfel aus seinen Fingern und begann zu mampfen.

Das war das Signal für den Rest der Meute, sich sofort auf den Weg zu ihnen zu machen und grunzend ihren Anteil zu fordern. Lukas gab Lana den Apfel und zeigte auf das Schwein, das sich ihr näherte, sie aber bei jedem Schritt aufmerksam beobachtete. Offenbar war dieser Bande nicht entgangen, dass ein ihnen unbekannter Mensch am Zaun stand.

Das Schwein machte einen langen Hals, nahm den Apfel ins Maul und fing an zu kauen.

»Streichel ihm mal über den Rücken«, schlug Lukas vor. »Das gefällt ihm.«

Lana strich vorsichtig über das Tier und erschrak. »Huch, das fühlt sich aber borstig an.«

»Ist ganz normal«, meinte er beiläufig. »Außerdem geht es darum, wie angenehm es für das Schwein ist. Für uns mag sich das zumindest am Anfang etwas grob und eigenartig anfühlen, aber da muss man durch.«

»Geht auch schon besser«, sagte sie und lauschte dem leisen Grunzen, das von Zufriedenheit zu zeugen schien. »Das gefällt mir.«

»Das war der Sinn der Sache«, lobte er sie und verteilte selbst weitere Äpfel. »Versuch im Auge zu behalten, wer schon einen Apfel hatte und wer noch nichts abgekriegt hat. Jedes Tier soll einen Apfel bekommen.«

»Leichter gesagt als getan«, konterte sie. »Die sehen doch alle gleich aus. Wie soll ich die auseinanderhalten?«

»Das kommt schon noch«, sagte er. »Du musst nur genau hinsehen, dann wirst du feststellen, dass jedes ein bisschen anders aussieht.«

»Du hast meine Frage nicht beantwortet«, sagte sie und legte den Kopf ein wenig schräg.

»Natürlich habe ich deine Frage beantwortet«, beteuerte er. »Du brauchst nur etwas Geduld.«

»*Die* Frage meine ich nicht«, stellte sie klar.

»Oh«, machte er und atmete seufzend durch. »Lass uns zu dem Wäldchen da hinten gehen, da können wir es uns auf der Wiese bequem machen. Da lässt es sich angenehmer reden als hier an der Schlammgrube.«

»Er meint das nicht persönlich«, sagte sie an die Schweine gerichtet, die auf mehr Futter warteten, dann folgte sie ihm auf den Trampelpfad, der zur benachbarten Wiese führte.

»Was ist mit den Schafen?«, fragte sie, während sie Seite an Seite in Richtung des Wäldchens schlenderten. »Die sehen nicht alle nach alten Tieren aus.«

»Die sind nur zwischengeparkt«, sagte er. »Der Schäfer hatte einen Arbeitsunfall und fällt für gut zwei Wochen aus, so lange darf sich die Meute hier tummeln und meinen Rasen kürzen.«

»Einen Arbeitsunfall?«, hakte sie nach und musste grinsen: »Wurde er von einem wilden Schaf gebissen?«

»Ist schon witzig, dass manche uralten Sprichwörter nicht aus der Mode kommen«, erwiderte er. »Du weißt schon: Wer den Schaden hat, braucht für den Spott nicht zu sorgen. Aber ernsthaft: Er wurde nicht vom wilden Schaf, sondern von einem seiner Hütehunde gebissen. Der wollte gerade nach einem störrischen Schaf schnappen, das sich nicht von der Stelle rühren wollte. Im gleichen Moment gab der Schäfer dem Tier einen Klaps, das daraufhin einen Satz nach vorn machte, gerade als der Hund zuschnappte. Das Schaf war bereits weg, aber die Hand war noch da.« Er zuckte mit den Schultern. »Die Hand wurde mit mehreren Stichen genäht, der Hund bekam ein Stück Fleischwurst.«

»Als Belohnung?«, fragte sie verwundert.

»Nein, zur Beruhigung. Er war völlig aufgewühlt, weil der Schäfer vor Schmerzen aufgeschrien hatte.«

»Ah, verstehe«, entgegnete Lana und blieb stehen, um sich die Pferde anzusehen, die eigentlich schon zu alt wirkten, um noch herumzutollen. Aber anscheinend freuten sie sich einfach, den lieben langen Tag ihre Ruhe zu haben.

»Darf ich dir eine indiskrete Frage stellen?«, fragte sie, kurz bevor sie den Wald erreichten.

»Das war jetzt schon eine indiskrete Frage«, sagte er und grinste sie frech an. »Ich höre.«

»Wie … wie finanzierst du den Gnadenhof? Ich meine, du musst doch Spenden sammeln und Freiwillige an der Hand haben, die dich bei allem unterstützen. Und du musst doch auch deine Arbeiter bezahlen. Das kann die Vermietung von den alten Geräten im Schuppen doch kaum einbringen.«

»Die Sache liegt etwas anders«, antwortete er. »Der Gnadenhof wird von einem Verein betrieben, der sich um Geldspenden und so weiter kümmert. Ich stelle die Flächen für die Tiere und die Ställe kostenlos zur Verfügung und bekomme dafür eine Spendenquittung. Über mich läuft auch der Futterkauf, weil ich das Futter zu besseren Konditionen bekomme als der Verein. Ein Teil des Futters kommt auch als Spende von mir, weil immer noch ein Teil des Tierbestands aus der Zeit stammt, als mein Vater den Hof hatte. Unter anderem auch Leopold«, fügte er lächelnd hinzu. »Es ist schon erstaunlich, wenn man miterlebt, welche Lebenserwartung all diese Tiere eigentlich haben, sofern sie nicht in jungen Jahren geschlachtet werden.«

»Das glaube ich dir gern«, sagte Lana. »Aber wenn du doch die Flächen und die Ställe kostenlos zur Verfügung stellst, dann … na ja, dann hast du doch überhaupt keine Einnahmen, wenn man mal von den Geräten drüben im Schuppen absieht.«

»Ich war ja noch nicht fertig«, erwiderte Lukas und lächelte sie an. »Die andere Hälfte ist Ackerfläche, auf der unter anderem alte Kartoffelsorten angebaut werden, die du im Supermarkt oder auf dem Wochenmarkt schon lange nicht mehr bekommst, weil sie nicht billig genug produziert werden können.«

»Lohnt sich das denn?«

»O ja, das kannst du mir glauben«, versicherte er ihr. »Alte Sorten haben eine Menge Freunde, und es werden immer mehr, weil die Leute entdecken, dass sie zwar etwas mehr Geld ausgeben, aber das Mehr an Geschmack weitaus größer ist. Siehst du die Halle da hinten?« Als Lana nickte, fuhr er fort: »Das ist der Hofladen, in dem diese Sorten gekauft werden können. Außerdem kauft das Restaurant im Dorf bei mir ein, und ein befreundeter Landwirt nimmt immer eine Auswahl mit auf die Wochenmärkte, auf denen er einen Stand hat. Das bringt mir konstant neue Kunden aus einem ziemlich großen Einzugsgebiet.«

»Wirklich beachtlich«, sagte Lana anerkennend. »Dann hast du ja so was wie eine Marktlücke entdeckt.«

»Glücklicherweise«, stimmte er ihr zu. »Und genauso ein Glücksfall war, dass mein Vater seinerzeit einen zweiten Hof gekauft hat, der gleich hinter dem Wald liegt. Eigentlich hatte er vorgehabt, zu expandieren und in richtig großem Stil Ackerbau und Viehzucht zu betreiben, deshalb der Zukauf. Aber dann lief ihm die Millionenerbin über den Weg, und alle Pläne waren vergessen.«

»Was ist denn aus dem anderen Hof geworden?«, wollte sie wissen.

»Auf den wurden ein paar Serienproduzenten aufmerksam, die für eine Telena… Telefo…«

»Telenovela?«, half sie ihm auf die Sprünge.

»Ja, richtig, danke. Ich kann mir das Wort einfach nicht merken. Telenovela. Jedenfalls haben die einen Bauernhof für eine neue Serie gesucht, und dann haben sie den zugekauften Hof entdeckt, und jetzt wird seit mittlerweile sechs … ja, fast schon sieben Jahren jeden Tag da gedreht. Die machen dort ihre Außendrehs, und in einem der Ställe haben sie die Kulissen für die Innenaufnahmen aufgebaut, damit alles an einem Standort erledigt werden kann. Da kommt einiges an Miete zusammen, ohne dass ich einen Finger rühren muss.«

»Welche Serie ist denn das?«, fragte sie.

»*Op'm platten Land*«, sagte er. »Intrigen, Affäre, Liebe, Hass, Mord, Lügen. Von allem ein bisschen.«

»Davon habe ich mal gehört, aber gesehen habe ich die noch nie«, musste sie gestehen.

»Wundert mich gar nicht, schließlich läuft die zu einer Uhrzeit, wenn anständige Leute arbeiten müssen«, entgegnete er. »Jeden Nachmittag um zwei Uhr.«

Lana winkte ab. »Dann ist es wirklich kein Wunder«, konnte sie ihm nur zustimmen.

Als sie sich dem Wäldchen näherten, führte der Weg an dem Bereich der Weide vorbei, auf dem sich die Pferde tummelten. Kaum hatten sie die beiden Menschen entdeckt, kamen sie an den Zaun und sahen die beiden Spaziergänger interessiert an.

»Sieht so aus, als wollten sie was von uns«, stellte Lana betrübt fest. »Jetzt haben wir nicht daran gedacht, ein paar von den Äpfeln für sie mitzubringen.« Sie sah zurück in Richtung Hof. »Soll ich noch mal rüberlaufen und Äpfel holen.«

»Nicht nötig«, sagte Lukas, der von einem Tier zum nächsten ging, jedem über den Kopf streichelte und leise mit ihm redete. Dabei drehte er sich so, dass sie den Stoffbeutel sehen konnte, den er über die Schulter gehängt trug und aus dem er einen Apfel hervorholte.

»Seit wann hast du den Beutel? Davon habe ich gar nichts mitbekommen«, sagte sie verwundert.

»Du hattest ja auch nur noch Augen für Egon, Erich und Erwin«, sagte er.

Sie schüttelte den Kopf. »Für wen?«

»Egon, Erich und Erwin. Die drei Schweine-Herrschaften, denen du es so angetan hast. Während du mit ihnen geflirtet hast, habe ich den Beutel mit Äpfeln für diese Bande hier gefüllt.« Er ließ den Beutel von der Schulter gleiten und hielt ihn ihr so hin, dass sie zugreifen konnte.

Sie nahm drei Äpfel heraus und verfütterte sie an die drei Pferde – einen dunkelbraunen großen Hengst und zwei Stuten, eine mittelbraun und schlank, die andere gräulich gescheckt und von kräftiger Statur. Sie streichelte die Tiere und unterhielt sich ebenfalls leise mit ihnen. Die drei waren ganz auf sie konzentriert, so wie zuvor die Schweine auch, was bei ihr die Vermutung aufkommen ließ, dass diese Tiere alle sofort spürten, wie sehr sie sich ihnen verbunden fühlte und wie wichtig sie ihr Wohlergehen nahm.

Sie war so darin vertieft, die Pferde zu streicheln, dass sie förmlich zusammenzuckte, als Lukas fragte: »Wollen wir weitergehen?«

Tatsächlich musste sie sekundenlang überlegen, wieso sie eigentlich mit Lukas hier unterwegs war. Dann fiel es ihr aber gleich wieder ein, schließlich war es ja auch etwas Wichtiges. Lächelnd nickte sie. »Ja, auch wenn ich den ganzen Tag hier zubringen könnte.«

»Typisch Touristen«, sagte er mit einem Augenzwinkern.

»Wie meinst du das?«, fragte sie, während er mit einer Kopfbewegung andeutete, dass sie losgehen sollte. Reflexartig hakte sie sich bei ihm ein, als er ihr den Ellbogen hinhielt. Erst nach ein paar Schritten wurde ihr bewusst, was sie da getan hatte, aber jetzt konnte sie nicht mehr zurück. Oder besser gesagt: Sie *wollte* nicht zurück. Es fühlte sich schön an, so als wäre es ganz natürlich, auf diese Weise mit ihm spazieren zu gehen.

»Ganz einfach«, antwortete er. »Alle Paare und Familien, die in den Jahren, in denen wir vermietet hatten, hier Urlaub gemacht haben, erzählten mir nach drei oder vier Tagen, wie sehr sie mich um meine Arbeit beneiden und wie wundervoll es doch ist, den ganzen Tag an der frischen Luft zu sein.«

»Das ist doch schön, wenn einem so etwas gesagt wird«, hielt sie dagegen. »Ich meine, es zeigt dir doch, dass es den Leuten hier gefällt … beziehungsweise gefallen hat. Wenn sie sagen würden, dass sie deinen Job schrecklich finden, dann wäre das doch eigentlich etwas, was dich deprimieren müsste.«

Er zuckte mit den Schultern. »Mag sein, aber die verklärte Version stimmt mich auch nicht gerade fröhlich. Die Leute kommen für zwei oder drei Wochen her, wenn meistens die Sonne scheint. Keiner von ihnen ist jemals im strömenden Regen mit dem Traktor unterwegs und muss den freischaufeln, weil er sich im Morast festgefahren hat. Keiner von ihnen muss jeden Tag um vier Uhr aufstehen, keiner muss die Ställe ausfegen oder Zäune reparieren und dabei aufpassen, dass er nicht von einer Horde Rinder niedergetrampelt wird.«

»Ah, ich verstehe«, sagte Lana. »Das ist so wie bei den Leuten, die in einem Strandlokal arbeiten und darum beneidet werden, dass sie den ganzen Tag die schöne Aussicht aufs Meer genießen können, obwohl sie in Wahrheit von Tisch zu Tisch rennen, um Bestellungen aufzunehmen und Speisen und Getränke zu servieren.«

Lukas nickte bekräftigend. »Fast alle Leute wollen ständig dort sein, wo sie nicht sein können. Aber das, was sie im Urlaub sehen, hat mit dem Alltag nichts zu tun. Im Alltag geht es um andere Dinge, als Museen und Kirchen zu besuchen, den Tag am Strand oder in Straßencafés zu verbringen.«

»Stimmt«, musste Lana ihm beipflichten. »Die wenigsten machen sich Gedanken darüber, ob sie da überhaupt eine Wohnung und einen Job finden und ob sie davon eine Wohnung bezahlen können. Und das sind nur die zwei wichtigsten Positionen auf einer langen Liste mit regelmäßigen Ausgaben.« Nach einer kurzen Pause fügte sie hinzu: »Tut mir leid, wenn ich so was Unüberlegtes gesagt habe.«

»Dir soll das nicht leidtun«, stellte er klar. »Was ich gerade eben gesagt habe, war nicht gegen dich gerichtet, sondern es bezog sich nur auf die typischen Touristen.«

»Und dazu zähle ich nicht?«

Lukas schüttelte den Kopf. »Du wolltest mit Timo in diesen Ferienpark und bist zufällig hier gelandet. Du wolltest dich nicht näher mit den Schweinen befassen, weil dir der Gedanke zu schaffen gemacht hat, dass das Tier, das du heute noch streichelst, morgen schon zum Hackbraten verarbeitet als Mittagessen auf dem Tisch landen könnte. Andere Urlauber zeigen dagegen ihren Kindern, wo genau sich beim Schwein die Schulterpartie befindet, die sie letzte Woche mit dieser köstlichen Portion Bratkartoffeln gegessen haben.«

»Igitt!«, reagierte sie reflexartig.

»Finde ich auch igitt, aber so sind die Leute nun mal«, sagte er und machte eine betretene Miene. »Aber es gibt auch immer wieder Menschen, die nach dem Kontakt mit ihrem … ›Essen‹ zu der Einstellung gelangt sind, auf Fleisch verzichten zu können. Man kann halt nie alle von einer Sache überzeugen, aber jeder Einzelne, der seine Haltung überdenkt, wird auf sein Umfeld einwirken und auch wieder auf aufgeschlossene Mitmenschen treffen, die zum Umdenken bereit sind.«

»Ja, und die Verbohrten lassen sich durch nichts von ihrer Überzeugung abbringen«, konnte sie ihm nur zustimmen.

Sie hatten das Ende der Weide erreicht und folgten zwischen Bäumen hindurch einem verschlungenen Pfad durch den Wald. Nach dem Sonnenschein taten der Schatten und die kühlere Luft unter dem Blätterdach gut. Hohe Büsche wuchsen links und rechts des Weges, die die Sicht auf die Umgebung zum großen Teil behinderten.

»Da müssen wir durch«, sagte er auf einmal, deutete nach links und drückte die Zweige eines Buschs zur Seite, sodass eine Art Durchgang entstand. An einigen Bäumen vorbei gelangten sie dann zu einer mit Gras bewachsenen kleinen Lichtung. Die Sonne stand so am Himmel, dass die eine Hälfte der Lichtung in wärmende Helligkeit getaucht war, während die andere im Schatten lag. Am Rand der Lichtung wuchsen ein paar Wildblumen.

»Wow, das ist ja … wunderschön«, murmelte sie. »Ich komme mir vor, als wäre ich in eine andere Welt geraten.«

»Freut mich, dass es dir gefällt«, sagte Lukas. »Dieses Fleckchen kennt hier niemand, weil es immer hinter Büschen verborgen ist.«

»Und woher weißt du davon?«

»Als Rebecca noch klein war, sind wir mit ihr hier durch den Wald gegangen, als sie auf einmal auf allen vieren unter dem Busch hindurchkrabbelte«, erzählte er. »Wir waren schon in Panik, weil wir dachten, sie gerät irgendwo ins Unterholz und wir bekommen sie ohne fremde Hilfe nicht wieder da raus. Aber dann haben wir so wie ich gerade eben die Zweige zur Seite geschoben und das da entdeckt.« Er legte die mittlerweile leere Stofftasche auf den Boden und sagte: »Wenn du Platz nehmen möchtest …«

»Gern, danke.«

Er setzte sich ihr gegenüber hin und legte den Kopf in den Nacken. »Das Schöne ist, dass die Bäume und Büsche alle Geräusche abhalten, die um den Wald herum zu hören sind. Gerade jetzt wird da hinten ein Traktor unterwegs sein, aber man bekommt davon nichts mit.« Er sah Lana wieder an. »Manchmal, wenn ich für eine Weile einfach nur meine Ruhe haben will, komme ich her, bleibe eine Viertelstunde hier, und wenn ich dann zum Hof zurückkehre, habe ich das Gefühl, dass ich mich stundenlang entspannt habe.«

Lana nickte verstehend. »Das kann ich gut nachvollziehen. Ich habe auch so einen Ort, allerdings ist der nicht so idyllisch wie dieser hier. Wenn ich Ruhe brauche, gehe ich runter ins Archiv, setze mich auf einen Hocker, mache die Augen zu und genieße es, dass niemand hereinkommen und mich etwas fragen kann, dass niemand mich anrufen oder mir eine Mail oder eine SMS oder was auch immer schicken kann.«

»Und wenn man dich dringend benötigt?«

»So dringend kann nichts sein«, sagte sie, »dass es nicht noch eine Viertelstunde warten kann. Außer natürlich, das Büro würde abbrennen. Aber dann würde der Feueralarm anspringen.«

»Den gibt es hier garantiert nicht«, versicherte er ihr. »Nur Vogelgezwitscher.«

Lana sah ihn an und wartete darauf, dass er endlich mit seiner Erklärung begann, doch ihm schien es zu genügen, sie anzusehen. Zugegeben, es war nicht unangenehm, von ihm so angesehen zu werden. Es war kein Anstarren irgendeines Fremden, der ihr im Bus gegenübersaß. Vielmehr betrachtete Lukas sie auf eine Weise, als würde er sich einfach darüber freuen, mit ihr auf dieser Lichtung zu sitzen.

»Also …«, sagte sie schließlich.

»Also?«

»Du wolltest mir etwas erklären. Deswegen sind wir hergekommen, erinnerst du dich?«

»Oh«, machte er und riss verdutzt die Augen auf. Wie es schien, hatte er tatsächlich vergessen, warum er sie auf diese Lichtung geführt hatte.

»Du hast gesagt«, half sie ihm auf die Sprünge, »dass du mich gleich nach unserer Ankunft wieder wegschicken wolltest, weil ich auf dich anziehend gewirkt habe. Und deswegen wollte ich wissen, ob du ein Gelübde abgelegt hast, dass du fürchtest, ich könnte dich in Versuchung führen.«

»Ja, richtig, das war deine Frage «, erwiderte er und seufzte leise. »Die Frage nach dem Gelübde kann ich sofort verneinen.

Aber nachdem mich meine Frau verlassen hatte, habe ich den Glauben an das Gute im Menschen größtenteils verloren. Nicht nur, dass sie von heute auf morgen einfach verschwunden ist, ohne etwas zu sagen, ohne wenigstens zu versuchen zu erklären, was in sie gefahren war.« Er zuckte mit den Schultern. »Ich weiß bis heute nicht, wieso sie nicht den Mut hatte, mir ins Gesicht zu sagen, dass sie weggeht. Ich meine, ich bin nicht der jähzornige Typ, mir rutscht nicht mal die Hand aus, wenn mich jemand so richtig ärgert. Ich werde laut und …« Er verzog den Mund und bewegte den Kopf abwägend hin und her. »Ja, ich kann auch beleidigend werden, aber das sind alles nur Dinge, die ich jemandem ins Gesicht brülle, weiter nichts.«

»Worte können auch verletzen«, wandte sie ein.

»Wenn sie grundlos gesprochen werden, dann sicher«, räumte er ein. »Aber wenn ich meine Ex als Lügnerin oder als falsche Schlange bezeichnet hätte, nachdem sie mir von ihrer jahrelangen Affäre erzählt hätte, dann wären sie wohl begründet.«

»Ja, da muss ich dir recht geben«, sagte Lana.

»Sie hätte also nichts zu befürchten gehabt«, redete er weiter, während sein Blick abzuschweifen begann und sich auf einen weit entfernten Punkt in der Vergangenheit richtete. »Trotzdem verschwand sie von einem Tag auf den anderen, weshalb ich im ersten Moment noch befürchtete, ihr könnte etwas zugestoßen sein. Die Polizei forschte nach und machte sie ausfindig – bei einem gewissen Harald Eckstein.«

»Eurem Steuerberater.«

»Richtig.« Lukas stutzte. »Du weißt das?«

Lana nickte bedächtig. »Rebecca hat in groben Zügen davon erzählt.«

»Sie kennt aber nur die halbe Wahrheit«, sagte er. »Vor sechs Jahren kam Eckstein her, um zwei Wochen Urlaub zu machen. Zwischen ihm und meiner Frau muss es sofort gefunkt haben, was mir aber nicht aufgefallen war. Ist ja auch kein Wunder, wenn man bedenkt, dass ich um halb fünf oder fünf auf dem Hof unterwegs bin und unsere Gäste vor acht Uhr nicht aufgestanden sind. Ob damals schon irgendwas gelaufen ist, weiß ich nicht, da meine einstige Herzallerliebste sich nie dazu geäußert hat. Vielleicht war da auch nur der Funke, denn wir hatten ja meistens um die drei Familien hier einquartiert. Bei Paaren ohne Kinder konnten es bis zu fünf sein, weil dann die Zimmer nicht für die Kinder benötigt wurden. Das heißt, meine Frau hatte auch nicht unbedingt die Zeit für das eine oder andere Schäferstündchen.«

»Geh einfach davon aus, dass es nicht so war«, riet Lana ihm. »Das macht es etwas leichter.«

Er nickte bedächtig. »Wenn nichts passiert ist, dann haben die beiden zumindest die Grundlage dafür geschaffen, wie sie es bei späteren Gelegenheiten nachholen konnten. Kurz bevor er abreiste, bot mir Eckstein an, die Steuererklärungen für den Hof zu übernehmen. Er machte mir ein Angebot, das ganz vernünftig klang. Bis dahin hatte meine Frau sich um diese Dinge gekümmert, und sie fand auch, dass er eine gute Wahl ist.« Er lachte spöttisch. »Hätte ich geahnt, dass meine Frau ihm einen Teil seines Honorars in Naturalien bezahlen würde …« Lukas machte eine wegwerfende Handbewegung. »Auf jeden Fall war ich einverstanden, und damit nahm das Unheil seinen Lauf. Eckstein kam immer wieder scheinbar unangekündigt vorbei, weil er was abgeben wollte, weil etwas zu unterschreiben war oder was auch immer. Wie der ›Zufall‹ es wollte, schaffte er es immer, so einzutreffen, dass ich mich gerade auf den Weg zum Großmarkt machte oder irgendwo einen Termin wahrnehmen musste. Natürlich war das für ihn nie ein Problem, und er bot mir jedes Mal an, auf mich zu warten, bis ich wieder da wäre, oder die Angelegenheiten schon mal mit meiner Frau zu besprechen. Mir ist nie der Gedanke gekommen, dass meine Frau ihm Bescheid gab, wann ich den Hof verlassen und wie lange ich unterwegs sein würde. Und genauso habe ich nie die Möglichkeit in Erwägung gezogen, sie könnten woanders als am Küchentisch die Dinge besprechen, die er besprechen wollte. Dass Rebecca in der Zeit auf ihr Zimmer geschickt wurde, damit sie in Ruhe alles bereden konnten, war auch nichts Ungewöhnliches, denn die Kleine war damals entsetzlich neugierig. Sie hätte zum einen nur gestört, weil sie die beiden bei einer echten Besprechung mit tausend Fragen bestürmt hätte, bei denen sich kein Mensch auf etwas konzentrieren konnte. Zum anderen hatte sie die Angewohnheit, Äußerungen, die sie irgendwo aufgeschnappt hatte, bei allen passenden und vor allem unpassenden Gelegenheiten wiederzugeben. Wenn ich zum Beispiel zu meiner Frau gesagt habe, dass unser Dispo ausgeschöpft ist, dann ist sie am nächsten Tag in der Schule hingegangen und hat verkündet, dass ›unsere Disco ausgeschöpft‹ ist. Man musste kein Genie sein, um dahinterzukommen, was sie tatsächlich meinte. Und dann hätte sich in Windeseile herumgesprochen, dass wir im Moment unsere Rechnungen vielleicht nicht bezahlen können.«

»Das wäre natürlich peinlich gewesen«, sagte Lana.

Lukas nickte. »Deshalb dachte ich mir nichts dabei, dass meine Frau nicht von ihr gestört oder belauscht werden wollte.« Er atmete seufzend durch. »Und das hat meine Frau natürlich auch gewusst, sodass sie die Gewissheit hatte, nicht aufzufliegen.«

»Das ist in groben Zügen das, was Rebecca uns ebenfalls erzählt hat«, erklärte Lana. »Aber das ist nicht alles, hast du vorhin gesagt.«

»Ja, richtig.« Er hielt kurz inne, dann fuhr er fort. »Nach einer Weile schienen den beiden die Treffen hier auf dem Hof nicht mehr zu genügen, und so fuhr meine Frau mindestens zweimal im Monat zu unserem Steuerberater, um ihm Belege und Kontoauszüge zu bringen. Meistens kam sie dann spät am Abend zurück, und wenn es besonders ›umfangreiche Buchungen‹ waren, wie sie es bezeichnete, hat sie angeblich im Hotel übernachtet.«

Lana zog die Augenbrauen hoch. »Und das hat dich nie stutzig gemacht?«

Er schüttelte den Kopf. »Ich bin eher so der Mann fürs Praktische, ich weiß, wie die Maschinen zu bedienen sind, wie man die Tiere behandeln muss, wann was auf einem Hof gemacht werden muss. Ich kann beurteilen, ob das Saatgut etwas taugt, das man mir verkaufen will. Belege und Kontoauszüge und Buchhaltung sind nicht meine Welt. Ich schätze, das habe ich von meinem Vater gelernt oder auch nicht gelernt. Er hatte immer irgendwelche Nachbarn oder Bekannte, die ihm dabei geholfen haben. Ich habe mal bei der Landwirtschaftskammer einen Einführungskurs zum Thema Buchhaltung mitgemacht, den ich mit ›Hat teilgenommen‹ abgeschlossen habe. Ich weiß nichts mit Soll und Haben anzufangen, das ist alles eine völlig fremde Materie für mich. Deshalb habe ich mir auch nichts dabei gedacht, wenn sie so lange weg war. Eher war ich erstaunt, wie schnell sie das alles hinbekam, weil ich eine Woche oder länger gebraucht hätte – vorausgesetzt, ich hätte überhaupt begriffen, was wozu gehört und warum der eine Beleg wichtig und der andere überflüssig ist.« Er bemerkte Lanas skeptischen Blick. »Okay, ich sehe, du bist nicht überzeugt, richtig?«

Sie machte eine unbestimmte Geste. »Nein, damit hat es nichts zu tun. Aber wenn man sich selbst in einer bestimmten Materie auskennt, dann ist es nicht immer leicht nachzuvollziehen, wo für einen anderen die Probleme liegen. Ich meine … nimm als Beispiel die Sache mit dem Saatgut, von dem du eben gesprochen hast. Woran genau erkennst du, ob es etwas taugt?«

Lukas zuckte flüchtig mit den Schultern. »Na ja, das … das sieht man einfach.«

»Woran sieht man das?«

Er zog die Augenbrauen hoch. »So was hat man im Gefühl, das weiß man einfach. Ich kann dir nicht sagen, ob es am Farbton liegt oder am Geruch oder … aber wenn ich davon eine Handvoll hochnehme, dann spüre ich das einfach.«

»Dann könntest du mir nicht sagen, worauf ich achten muss, wenn ich für mich Saatgut kaufen will?«

»Doch, natürlich. Du musst darauf achten, dass es gute Ware ist.«

Sie grinste ihn breit an.

»Was ist? Hab ich was Verkehrtes gesagt?«

»Du hast genau das Richtige gesagt, Lukas«, machte sie ihm klar. »So wie du nicht einsehen kannst, dass ich keine Ahnung habe, was gutes Saatgut ist und was nicht, so kann ich nicht verstehen, was so schwer an Buchhaltung, am Sortieren und Kontieren von Belegen sein soll.«

»Oh«, machte er, überlegte kurz und legte den Kopf schräg. »Das ist ein guter Vergleich. Das heißt, du verstehst, dass Buchhaltung nichts für mich ist, aber du kannst dir nicht erklären, was daran so schwierig sein soll.«

»Richtig. Und genauso weißt du nicht, was daran so schwer sein soll, das richtige Saatgut auszuwählen«, ergänzte sie und strahlte ihn an. »Na, bitte, Unklarheit beseitigt, weiter im Text.«

»Wo waren wir stehen geblieben?«, fragte er.

»Deine Frau hatte angefangen, zu eurem Steuerberater zu fahren«, half sie ihm auf die Sprünge. »Und ich wollte wissen, ob dich das nicht stutzig gemacht hat. Und du hast gesagt, dass das nicht der Fall war.«

»Ja, genau«, sagte er. »Und das ist im Grunde auch schon alles. Das lief so ungefähr zwei Jahre lang, und dann war sie von heute auf morgen weg. Einfach so.«

»Du weißt aber auch, dass es immer heißt, dass zum Scheitern einer Beziehung zwei gehören, nicht?«, fragte sie.

»Habe ich schon mal gehört«, erwiderte er. »Ich schätze, ich habe in dem Punkt versagt, dass mir nicht aufgefallen ist, was da hinter meinem Rücken läuft. Ich habe alle ihre Argumente akzeptiert, wieso sie plötzlich zweimal im Monat zu unserem Steuerberater fahren musste. Ich hätte es vielleicht meinem Kumpel gegenüber erwähnen sollen, der mir dann hätte sagen können, dass da was nicht stimmen kann. Aber …« Er schüttelte den Kopf. »Ich habe es schlichtweg nicht für möglich gehalten, dass sie so etwas tun könnte.« Er sah Lana eine Weile an.

»Hast du ihr das eigentlich verziehen?«, fragte sie leise.

Sein Kopfschütteln kam ohne ein Zögern. »Nein, und das werde ich auch niemals tun. Aber es ist nicht so, wie du jetzt vermutlich denkst. Ich könnte ihr verzeihen, wenn sie Rücksicht auf Rebecca genommen hätte. Doch ihre eigene Tochter war ihr völlig egal, obwohl die im Krankenhaus lag.«

»Im Krankenhaus? Was war denn passiert?«

»Meine Exfrau war passiert«, erklärte er. »Ich habe dir ja erzählt, dass sie ohne Vorwarnung gegangen ist. Abends hat sie meiner Tochter noch gute Nacht gesagt und sie ins Bett gebracht, und am Morgen war sie weg. Rebecca ist darüber so in Panik geraten, dass sie einen schweren Asthmaanfall bekam und fünf Tage im Krankenhaus verbringen musste. Und ihre Mutter hat es nicht gekümmert. Nicht mal nachträglich, als ich wusste, wo sie ist, und ich Eckstein angerufen und ihm gesagt habe, er soll ihr ausrichten, was sie ihrer Tochter angetan hat.« Er verzog verächtlich den Mund. »Kein Besuch, nicht mal ein Anruf. Kein Interesse daran, ob sie noch lebt oder nicht. Tja, und dann darf ich ein paar Jahre später erleben, wie eine wildfremde Frau auf meinen Hof kommt und mich dazu zwingt, ihr für eine Nacht ein Zimmer zu überlassen, und wie diese Frau am nächsten Tag für die Tochter eines völlig fremden Mannes durch die halbe Republik fährt, nur um zu verhindern, dass sie vielleicht einen Erstickungsanfall bekommt und nichts dagegen tun kann, weil ihr Inhalator kaputt ist.« Er schüttelte wieder den Kopf und fügte ungläubig an: »Weißt du eigentlich, wie absurd das ist? Der Unterschied zwischen meiner Ex und dir könnte nicht größer sein. Purer Egoismus gegen unendliches Mitgefühl.«

Lana lächelte ihn ein wenig verlegen an. »Ich habe nur getan, was jeder andere …«

»*Nicht* jeder andere«, warf er ein.

»… was viele …«

»Nicht mal viele«, korrigierte er sie.

»… was einige …«

»Noch zu viel.«

»Dann eben wenige«, schlug sie vor.

»Eine Handvoll, mehr nicht«, stellte er klar. »Nur eine Handvoll würde so etwas machen.«

»Danke für das Lob«, erwiderte sie. »Aber noch mal zurück zu deiner Frau. Vielleicht hatte sie ja eigentlich nie ein Kind haben wollen. Vielleicht hat sie Rebecca als Klotz am Bein wahrgenommen.«

»Willst du etwa ihr Verhalten rechtfertigen?« In seinen Worten schwang eine Spur von Entrüstung mit.

»Keineswegs, Lukas«, versicherte sie ihm. »Ich versuche nur zu verstehen, was in jemandem vorgehen muss, der zu seinem eigenen Kind keinerlei emotionale Bindung entwickeln kann. Ich meine, in gewisser Weise haben wir beide das Gleiche durchgemacht, nur dass Timos Vater sich bereits aus dem Staub machen konnte, als sein Sohn noch gar nicht auf der Welt war, während Rebecca zehn Jahre lang ein Teil des Lebens deiner Frau gewesen war. Irgendwie macht uns das zu Lebensgef… ähm, Leidensgefährten wollte ich sagen«, korrigierte sie sich hastig, doch Lukas schien ihren Versprecher nicht bemerkt zu haben.

»Es ist aber ein Unterschied, ob ein Vater verschwindet, ehe sein Sohn auf der Welt ist, oder ob eine Mutter zehn Jahre lang ihre Tochter großzieht und dann abhaut.«

Sie hob beschwichtigend die Hände. »Das ist in der Tat ein gewaltiger Unterschied, denn immerhin hat Timos Vater nie eine emotionale Bindung zu ihm aufbauen können, während deine Frau sich zehn Jahre lang um Rebecca gekümmert hat … das hat sie doch, oder?«

»Oh, sie hat sie umsorgt«, versicherte Lukas ihr. »Sie hat aufgepasst, dass Rebecca sich nicht übernimmt, sie hat Buch geführt, wie oft sie den Inhalator am Tag benutzte, um der Ärztin Bericht zu erstatten, damit die sich ein Bild von Rebeccas Zustand machen konnte – und damit sie immer wusste, wann die Ampulle leer ist und wann sie ein neues Rezept holen muss.« Er machte eine hilflose Geste. »Und das alles war mit einem Mal hinfällig.«

»Es ist gut möglich, dass die Begegnung mit diesem … Eckstein ihr ein Leben gezeigt hat, das ihr viel mehr zusagte, als ein Kind zu haben und auf einem Bauernhof zu leben«, sagte Lana nachdenklich.

»Das hätte sie sich überlegen sollen, bevor wir geheiratet haben und Rebecca zur Welt kam«, knurrte er.

»Das sagt sich so leicht«, machte sie ihm klar.

»Wie soll ich das verstehen?« Wieder klang er ein wenig gereizt, als fürchtete er erneut, sie könnte versuchen, das Verhalten seiner Frau zu rechtfertigen und vielleicht sogar mit ihr zu sympathisieren.

»Das ist ganz einfach«, sagte sie. »Wo ist deine Frau geboren?«

»Zwei Dörfer weiter.«

»Hat sie Reisen unternommen, bevor ihr geheiratet habt?«

»Sie musste auf dem Hof ihrer Eltern mithelfen«, antwortete er. »Da war weder Zeit noch Geld für Reisen.«

»Habt ihr beide Reisen unternommen?«, wollte sie wissen.

»Wir haben ein paar Mal einige Tage Urlaub in Bensersiel gemacht«, sagte Lukas irritiert.

»Seid ihr von da aus zum Beispiel mal nach Bremen gefahren?«

Er schüttelte den Kopf.

»Okay. Wo wohnt dieser Eckstein?«

»In Hannover, wieso?«

Lana zuckte mit den Schultern. »Ich möchte behaupten, dass er sie für sich gewinnen konnte, indem er ihr von den Vorzügen des Stadtlebens vorgeschwärmt hat. Das wird er so oft gemacht haben, bis sie es mit eigenen Augen sehen wollte. Deshalb ist sie hingefahren. Und dann wieder und wieder …«

»Weil sie gesehen hat, was es dort alles gibt, was hier auf dem Land fehlt?«

»Es wäre nicht das erste Mal, dass so etwas passiert«, sagte Lana. »Und das ist etwas, was sie sich nicht vorher überlegen konnte, also bevor ihr geheiratet habt. Sie hat es ja nie erlebt, nicht mal im Urlaub.«

»Aber deswegen wirft man doch nicht sein ganzes Leben einfach weg«, beharrte er.

»Wenn man gebunden ist und Familie hat, sollte man so etwas nicht machen«, stimmte sie ihm zu. »Und erst recht nicht ohne Vorwarnung. Sie hätte mit dir reden müssen, allein schon, damit du vorgewarnt bist und nicht denkst, sie ist einem Verbrechen zum Opfer gefallen. Und auch mit Rebecca hätte sie reden und es ihr erklären müssen. Eine Zehnjährige ist reif genug, um sich so etwas anzuhören.« Sie hielt kurz inne. »Nun, das sprichwörtliche Kind ist schon vor langer Zeit in den Brunnen gefallen, daran lässt sich nichts mehr ändern.«

»Normalerweise denke ich auch nicht mehr darüber nach«, erwiderte Lukas. »Das kommt jetzt alles wieder an die Oberfläche, weil ich mit dir darüber rede. Wärst du nicht auf den Hof gekommen, hätte es für mich keine Veranlassung gegeben, wieder an all das zu denken.«

»Apropos«, sagte sie, als sie ihn reden hörte. »Jetzt fällt mir ein, dass du mir noch immer nicht gesagt hast, wieso du mich am liebsten gepackt und von deinem Hof befördert hättest, als ich mit Timo herkam.«

Er nickte wie in sein Schicksal ergeben, so als hätte er bis zuletzt gehofft, ihr darauf nicht antworten zu müssen. »Okay, also … erstens wollte ich nicht, dass wieder jemand hier übernachtet, weil ich die Vermietung von Zimmern eingestellt hatte, als meine Frau gegangen war. Das hatte natürlich damit zu tun, dass ich keine Zeit hatte, mich neben allem, was auf dem Hof anfällt, auch noch darum zu kümmern, dass die Zimmer hergerichtet werden, wenn die einen Gäste abreisen und die neuen kommen. Ich hätte auch nicht die Planung erledigen können, welche Zimmer wann belegt sind. Und wie hätte ich morgens noch ein Frühstück für drei Familien mit Kindern vorbereiten sollen, wenn ich nicht gerade ganz auf Schlaf hätte verzichten wollen? Natürlich hätte ich eine Haushaltshilfe einstellen können, die sich um solche Dinge kümmert. Die Vermietung hätte sich auch dann noch rentiert.«

Er machte eine kurze Pause, um seine Gedanken zu ordnen. »Nein, vor allem wollte ich es nicht mehr, weil ich mir durch ebendiese Vermietung den einen Mann ins Haus geholt hatte, dem es gelungen war, mir meine Frau wegzunehmen.«

»Kann ich gut verstehen«, sagte sie mitfühlend. »Aber das ist alles immer noch ›erstens‹. Was war denn der zweite Grund? Warum wolltest du eine Frau wie mich nicht in deiner Nähe haben?«

Lukas rieb sich übers Gesicht. »Als meine Frau mich verlassen hatte, da war ich fest entschlossen, nie wieder eine Beziehung anzufangen, weil ich nicht das Risiko eingehen wollte, noch einmal so sitzen gelassen zu werden, wie sie es mit mir gemacht hatte. Indem ich nicht mehr vermietete, vermied ich es auch, mit Frauen in Kontakt zu kommen, die mit ihren Freundinnen einen gerade mal trendigen Urlaub auf dem Land machen. Ich habe mich praktisch nur in dem eng begrenzten Kreis meiner Nachbarn und Bekannten und engsten Freunde bewegt, um nur ja kein Risiko einzugehen. Tja, und dann ... dann standest du auf einmal da und wolltest unbedingt wenigstens eine Nacht auf meinem Hof verbringen. Als ich dich sah, da wusste ich, dass meine schlimmste Befürchtung Wirklichkeit werden könnte ...«

»Ich lasse dich mal weiterreden«, warf sie ein. »Aber ich weiß noch nicht, ob ich nicht vielleicht beleidigt sein sollte. Also Vorsicht«, warnte sie ihn.

Lukas musste auflachen, doch das klang eigentlich nur betrübt. »Meine schlimmste Befürchtung ist halt die, dass ich noch einmal einer Frau begegne, in die ich mich auf Anhieb verliebe, obwohl ich genau weiß, dass sie mir am Ende doch nur wehtun wird.«

»Und was hat das mit mir zu tun?«, hakte sie nach, da sie in diesem Augenblick tatsächlich keine Ahnung hatte, was Lukas eigentlich wollte.

»Na, du bist diese Frau«, erklärte Lukas mit leiser Stimme. »Die Frau, in die ich mich auf Anhieb verliebe ... oder besser gesagt ... in die ich mich bereits verliebt habe.« Nach einer winzigen Pause unterstrich er noch etwas eindringlicher als gerade eben seine Worte mit ausholenden Gesten: »Du bist diese Frau, Lana.«

9

Lana starrte ihn an und überlegte, ob sie das gerade eben tatsächlich gehört hatte oder ob seine Worte lediglich ihrer eigenen Fantasie entsprungen waren. »Lukas …«, begann sie, verstummte aber gleich wieder, da sie keine Ahnung hatte, was sie jetzt sagen oder tun sollte.

»Ich kann mir vorstellen, wie sich das in deinen Ohren anhören muss«, redete Lukas weiter. »Du denkst jetzt: Hat der Typ den Verstand verloren? Nein, habe ich nicht, das kannst du mir glauben. Das einzig Verrückte ist, dass ich froh darüber bin, dass es so gekommen ist. Ich habe mich davor gefürchtet, mich noch einmal zu verlieben, weil in meinem Hinterkopf immer die Angst lauerte, ich könnte ein zweites Mal eine Bruchlandung erleben, weil ich doch wieder auf eine Frau reinfalle, die mich nur so lange haben will, wie sich ihr nichts Besseres bietet. Und die mich dann so wie meine Ex einfach fallen lässt, ohne mir eine Chance zu geben, die Dinge zu verändern, die ihr nicht gefallen.« Er zuckte mit den Schultern. »Zugegeben, ein Leben in der Stadt hätte ich ihr nicht bieten können, weil mein Leben nun mal hier auf dem Hof stattfindet und nicht irgendwo anders. Und den dicken BMW hätte ich ihr auch nicht bieten können, weil der nicht nur viel zu teuer, sondern für einen Bauernhof auch total ungeeignet gewesen wäre. Was habe ich von einem Luxusauto, in dem nicht mal genug Platz ist, um ein paar Säcke Futter zu transportieren? Und in das ich mich nicht setzen kann, ohne mich vorher umzuziehen, weil ich mit meiner Arbeitskleidung das teure Polster versaue? Ein Auto, das ständig poliert werden muss, damit der wertvolle Lack von den Erdklumpen und allem anderen keinen Schaden nimmt?«

»Aber, Lukas, du weißt doch gar nicht genug über mich, um dich in mich zu verlieben«, wandte sie ein.

»Muss man das, Lana? Muss man den anderen erst näher kennenlernen, ehe man sich verlieben kann? Was ist mit Liebe auf den ersten Blick?«, wollte er wissen. »Glaubst du daran? Wie war es bei dir und Timos Vater?«

»Liebe war das überhaupt nicht«, gestand sie ihm. »Wir kannten uns durch einen gemeinsamen Freund … na ja, eher ein Bekannter, würde ich sagen. Er war scharf auf mich, ich war scharf auf ihn, wir waren allein, wir hatten nichts zu tun. Das Resultat daraus heißt Timo und ist heute dreizehn«, fügte sie schmunzelnd an. »Nichts mit großer Liebe oder Traumfrau trifft auf Traummann oder so. Alles ganz unromantisch.«

»Und danach?«, fragte er.

»Danach? Was meinst du mit ›danach‹?«

»Ich meine, ist dir danach noch dein Traummann über den Weg gelaufen? Oder warst du für jemanden die Traumfrau?«

Lana schüttelte betrübt lächelnd den Kopf. »Eine Frau mit Säugling oder Kleinkind ist wohl für die allerwenigsten Männer der Stoff, aus dem die Träume sind. Vielleicht gab es den einen oder anderen, aber angesprochen hat mich nie jemand. Allerdings habe ich auch nie den Eindruck erweckt, dass ich angesprochen werden wollte. Ich hatte weder Lust noch Zeit für eine Beziehung, und ich wollte schon gar nicht das Risiko eingehen, am Ende allein dazustehen, womöglich dann mit zwei Kindern. Darum habe ich seitdem auch nicht mehr Ausschau gehalten. Tja, und dann lande ich auf einem Bauernhof mitten im Nirgendwo …«

»Und da steht dieser hinreißend attraktive Landwirt mit dem gestählten Bodybuilder-Körper und lässt dich alles vergessen«, warf er scherzend ein.

»Ja, vor allem meine gute Erziehung«, gab sie zurück.

»Deine gute Erziehung?«, wiederholte er verdutzt.

Sie nickte. »Als du verlangt hast, dass wir sofort wieder abfahren sollen, war einer meiner ersten Gedanken: ›Was für ein Idiot, dass der so einen Aufstand macht!‹ Und dann dachte ich: ›Wie kann jemand, der so sehr nach einem netten Mann aussieht, sich so aufführen, als wollten wir seinen Bauernhof besetzen?‹«

Lukas biss sich auf die Unterlippe. »So viel zum Thema ›auf den ersten Eindruck kommt es an‹«, murmelte er betreten.

»Beinahe hätte es funktioniert«, sagte sie. »Du wolltest, dass wir gleich wieder fahren, weil wir uns auf deinem Hof garantiert nicht sicher fühlen sollten.«

»Bislang hat das immer funktioniert«, sagte Lukas. »Ich hatte allen Grund zu der Annahme, dass es mir bei euch auch gelingen würde.« Er grinste jetzt. »Ich bin froh, dass ich mich geirrt habe und dass du so beharrlich geblieben bist. Wissen konnte ich das schließlich nicht, als ich dich hier zum ersten Mal auf dem Hof stehen sah«, stellte er klar. »Und trotzdem habe ich gespürt, dass du anders bist als …«

»Als deine Ex«, ergänzte sie.

»Als meine Ex sowieso. Aber ich meine anders als all die Frauen, die nur nach dem Äußeren gehen. Für die ein Mann nur interessant ist, wenn er einen Designeranzug und handgearbeitete Schuhe aus Italien trägt. Und wenn er ein teures, schnelles Auto fährt. So bist du nicht.«

»Und woher willst du wissen, *wie* ich bin?«, fragte sie. »Oder besser gesagt: Woher wolltest du das wissen, als du mich zum ersten Mal gesehen hast?«

»Wie gesagt: Ich habe es gespürt. Nenn es eine Ahnung oder einen sechsten Sinn«, antwortete er. »Ich kann es nicht erklären. Aber inzwischen weiß ich eine ganze Menge über dich, und alles hat diesen ersten Eindruck bestätigt. Du kannst starrköpfig sein, wenn es darum geht, deinen Willen durchzusetzen. Sonst hättest du dich ohne ein Widerwort von meinem Hof jagen lassen. Du bist selbstlos, weil du Stunden deiner Zeit für meine Tochter geopfert hast, obwohl du nicht wissen konntest, ob ich dir dafür überhaupt danken würde. Ich hätte schließlich ebenso gut cholerisch reagieren und dich anbrüllen können, was dir einfällt, ohne Rücksprache mit meiner Tochter nach Bremen und dann auch noch nach Hannover zu fahren. Und du hast dich fast mit mir angelegt, als du dachtest, mir wären die Tiere auf meinem Hof völlig egal. Und sieh dir nur deinen Wagen an! Ein robuster alter

Mercedes-Kombi, der vermutlich schon ein H-Kennzeichen bekommen könnte. Ein zweckmäßiges Auto, aber nichts zum Angeben und Prahlen. Du bist keine Frau, für die ein elegant gekleideter Mann mit teurem Auto das Maß aller Dinge ist. Ich wüsste nicht, welche Eigenschaften es noch geben sollte, damit ich sagen kann: ›Das ist eine Frau, die ich näher kennenlernen möchte.‹« Nach einer kurzen Pause fügte er hinzu: »Außer natürlich, dass sie mich nicht so hintergeht wie meine erste Frau. Dass sie nichts hinter meinem Rücken macht und mich nicht plötzlich vor vollendete Tatsachen stellt.«

»Das ist ja nur zu verständlich, Lukas«, sagte sie. »Eigentlich sollte das in einer Beziehung immer selbstverständlich sein, dass man offen und ehrlich miteinander umgeht.«

Lukas nickte. »Betonung auf ›sollte‹, denn ich habe ja das abschreckende Beispiel mitgemacht, wenn man sich nicht zur Wahrheit bekennen will oder kann.« Er lehnte sich zurück und stützte sich mit beiden Händen auf der Wiese ab, dann betrachtete er Lana eine Weile. »Hat dir schon mal jemand gesagt, dass du faszinierende Haare hast? Ein so intensives Orangerot habe ich noch nie gesehen. Es schimmert in tausend Schattierungen, wenn du mitten im Sonnenschein stehst.«

Sie sah ein wenig verlegen zu Boden. »Danke, das hast du schön gesagt.«

»Ich mag überhaupt alles an dir«, redete er in einem Tonfall weiter, als würde er vor einem Gemälde eines alten Meisters stehen und ehrfürchtig jeden Pinselstrich bewundern, der zur Perfektion des Werks beigetragen hat.

»Ich befürchte, dass ich etwas weiß, das dir nicht gefallen wird«, sagte sie und rechnete fest damit, dass seine Begeisterung in den nächsten Sekunden auf den Nullpunkt sinken würde. Aber es wäre sinnlos gewesen, diesen einen Punkt jetzt zu verschweigen. Wenn das, was sich hier zwischen ihnen anbahnte, etwas Dauerhaftes werden wollte, dann durfte sie ihm die Wahrheit nicht verschweigen, von der sie sich sicher war, dass sie ihn abschrecken würde.

»Solange du keiner seltsamen Sekte angehörst«, gab er milde lächelnd zurück.

»Keine Sekte. Aber ich bin … Steuerberaterin.«

Sein Lächeln wurde wider Erwarten noch breiter. »Ist das wahr?«

Sie nickte bedauernd. »So gern ich den Job mache, würde ich mir in diesem Moment wünschen, es wäre nicht wahr.« Sie schaute ihn ernst an. »Ich schätze, das war es dann. Eine Steuerberaterin dürfte wohl so ziemlich die letzte Person sein, mit der du was zu tun haben willst.«

»Lana, du ahnst gar nicht«, begann er eine Erwiderung, die nur unheilvoll enden konnte, »wie wenig mich das kümmert.«

Sie stutzte. »Aber es war doch euer Steuerberater, der sich an deine Frau rangemacht hatte.«

Er zuckte mit den Schultern. »Das ist zwar richtig, aber sein Verhalten hatte ja mit seinem Beruf nichts zu tun. Er hat seinen Beruf benutzt … nein, er hat den Beruf missbraucht, um ein ganz anderes Ziel zu erreichen, nämlich mir meine Frau wegzunehmen. Leider ist das nur moralisch verwerflich, aber nicht beruflich, denn sonst hätte ich ganz sicher alles unternommen, damit er seine Zulassung verliert.«

»Das kann ich gut verstehen«, sagte Lana. »Damit das passiert, müsste er aber schon ein paar krumme Dinger gedreht haben, mit denen er dir wirtschaftlich geschadet hätte.«

Lukas verdrehte die Augen. »Bei meinen Buchhaltungskenntnissen könnte er das gemacht haben, ohne dass es mir aufgefallen wäre.« Dann stutzte er. »Meinst du, er könnte das gemeinsam mit meiner Frau gemacht haben? Ich meine, sie hat bei der Scheidung auf alles verzichtet, auf das Sorgerecht genauso wie auf den Versorgungsausgleich.«

»Nein, das denke ich nicht«, beruhigte ihn Lana. »So wie du es geschildert hast, wollte sie ja einfach nur weg von hier … und von dir und Rebecca. Ich kann mir nicht vorstellen, dass sie dich auch noch um einen Teil deines Vermögens gebracht hat. Das hätte sie ja doch nur mit einer Vergangenheit verbunden, mit der sie nichts mehr zu tun haben wollte.« Während sie das sagte, nagte im Hinterkopf der Zweifel an ihrer Überzeugung. Wenn Lukas tatsächlich so wenig Ahnung von Buchhaltung hatte, wie er sagte, wäre es ein Leichtes gewesen, ihm viele kleine Beträge aus der Tasche zu ziehen oder vom Bankkonto auf ein Unterkonto zu überweisen, von dessen Existenz er nichts wusste.

Da sie seine Exfrau nicht kennengelernt hatte, konnte und wollte sie aber keinen pauschalen Verdacht in die Welt setzen. Um den zu erhärten, hätte sie sich in die komplette Buchhaltung jener zwei Jahre vertiefen müssen, in denen er von seiner Frau hintergangen worden war. Das würde sie aber nicht tun, denn das würde seine Wut auf seine Ex nur noch steigern. Oder der Schuss ging nach hinten los, und er begann sich Vorwürfe zu machen, dass sie ihm etliche Tausend Euro gestohlen hatte und ihm nur deshalb nichts aufgefallen war, weil Buchhaltung sein wunder Punkt war.

»Außerdem hätte so was ja deinem neuen Steuerberater auffallen müssen«, sagte sie schließlich, um Lukas noch weiter von dem Gedanken abzubringen, dass seine Frau ihn in mehr als einer Hinsicht betrogen haben könnte. »Schließlich sieht man sich bei einem neuen Mandanten immer erst die Vorjahre an, ehe man irgendetwas umstellt.«

Er schüttelte den Kopf. »Ich habe keinen neuen Steuerberater«, erwiderte er.

»Nicht?« Sie sah ihn verdutzt an. »Aber … wie machst du dann deine Steuererklärungen?«

Er grinste sie an. »Nach dem Prinzip Pi mal Daumen, wie mein Vater immer sagt.«

»Ah«, machte Lana, ging aber nicht näher darauf ein, da sie nicht wusste, was sie von seinen Worten halten sollte. War das nur ein Scherz gewesen, weil er ihr nicht sagen wollte, dass er bei seinem bisherigen Berater bleiben wollte, auch wenn sie beide womöglich ein Paar werden sollten? Vielleicht wollte er ihr ja keinen Korb geben.

Sollte es aber kein Scherz gewesen sein, dann … dann wollte

sie lieber gar nicht darüber nachdenken, wie das aussah, was er als Steuererklärungen beim Finanzamt einreichte. Andererseits … ganz sooo schlimm konnte es nun auch wieder nicht sein, schließlich lief das schon seit vier Jahren so, und das Finanzamt hätte ihm zweifellos längst auf die Finger geklopft, wenn er keine ordentlichen Unterlagen eingereicht hätte.

»Und …«, setzte sie schließlich zu einer Erwiderung an, doch in dem Moment ertönte hinter ihnen aus dem Wald ein fast schon klägliches »Moooom?«, gefolgt von einem gedehnten »Pahaaaa?«

»Oh, ich glaube, man vermisst uns«, flüsterte er.

»Wir sollten uns wohl mal wieder blicken lassen«, schlug sie vor und stand auf.

»Nicht da entlang«, sagte er und fasste sie an der Schulter, um sie zurückzuhalten, als sie auf dem Weg die Lichtung verlassen wollte, auf dem sie hergekommen war. »Lass uns einen Umweg gehen.«

»Okay, aber warum?«, fragte sie im gleichen Flüsterton, in dem er mit ihr redete.

»Weil außer mir niemand diese Lichtung kennt«, sagte er. »Rebecca war zu klein, um sich daran zu erinnern, und wenn sie jetzt diese Ecke entdeckt, wird sie die für ihre Clique aus der Schule beanspruchen. Ich bin sonst nicht so egoistisch, aber das hier ist mein Rückzugsort.« Nach einer kurzen Pause fügte er hinzu: »Und deiner ebenfalls, wenn du das möchtest.«

»Klingt gut«, erwiderte sie und folgte ihm zur anderen Seite, während Timo und Rebecca weiter nach ihnen riefen.

Lukas führte sie zielstrebig durch das Gewirr aus Bäumen, bis sie den Waldrand erreicht hatten. Der Trampelpfad, auf dem sie hergekommen waren, lag links von ihnen, und dorthin gingen sie auch weiter. Als sie zurück auf dem alten Weg waren, blieb er stehen und rief: »Rebecca? Timo? Wo seid ihr denn?«

Aus dem Wald kamen verdutzte Reaktionen, Minuten später tauchten die Kinder auf. »Wo wart ihr denn?«, fragte Rebecca. »Wir haben schon überall nach euch gesucht!«

»Bestimmt nicht überall«, gab er skeptisch zurück.

»Doch, ganz sicher!«, beharrte seine Tochter.

»Auch im Hofladen?«

»Da wollten wir gleich noch hin«, sagte sie.

»Also doch nicht überall.« Er schmunzelte vergnügt. »Wir waren nämlich auf dem Weg dorthin, als wir euch gehört haben. Was ist denn los? Ist irgendwas passiert?«

»Nein, passiert ist nichts«, antwortete Timo. »Aber als wir in die Küche kamen, war keiner da, und bei den Ställen wart ihr auch nicht, und niemand wusste, wo ihr seid, weil euch niemand gesehen hatte.«

»Na, jetzt wisst ihr ja, wo wir sind«, warf Lana ein. »Alles wieder gut?«

Die Kinder nickten, dann sagte Rebecca zu Timo: »Komm mit, ich zeige dir, wo die ihre Serie drehen. Falls die heute Pause machen, können wir uns alles angucken.«

»Viel …«, begann Lana, doch noch bevor sie »… Spaß« folgen lassen konnte, jagten die zwei bereits durch den Wald davon.

»Waren wir früher eigentlich auch so, als wir noch jung waren?«, fragte sie an Lukas gewandt.

»Nein.«

»Wieso sagst du das so voller Überzeugung?«, gab sie verwundert zurück.

»Na, ganz einfach, Lana«, erklärte er. »Wir waren nie so, weil wir immer noch jung sind. Oder sehe ich das falsch?«

»Nein«, murmelte sie. »Nein, das siehst du ganz und gar nicht falsch.« Dann beugte sie sich spontan vor, gab ihm einen Kuss auf den Mund und rannte davon.

»Hey, was sollte das denn?«, rief er ihr verdutzt hinterher.

»Fang mich doch, wenn du kannst«, forderte sie ihn heraus und lief noch etwas schneller.

»Du hast *was* gemacht? Ihn einfach geküsst und bist dann weggelaufen?«, fragte Christina verwundert.

»Und er ist mir nachgelaufen«, bestätigte Lana, während sie

den Hörer von der rechten in die linke Hand nahm, um ihn ans andere Ohr zu halten. Sie war so sehr Freisprecheinrichtungen und leichte Smartphones gewöhnt, dass ihr der Festnetzhörer entsetzlich schwer vorkam, obwohl der fast nichts wog im Vergleich zu dem klobigen alten grauen Telefon, das ihre Großeltern auch nach gut fünfzig Jahren immer noch benutzten. Dass selbst das simpelste Mobiltelefon unendlich mehr konnte als der alte Apparat, war ihnen schlicht egal.

»Und er hat dich eingeholt?«

»Nein, er hat mich reingelegt«, musste sie zugeben.

»Wie denn das?«

»Er ist einfach über den Zaun gesprungen und über die Weide gelaufen«, erklärte sie. »Dadurch konnte er mich unbemerkt überholen. Als ich mich irgendwann wieder umdrehte, war er nirgends zu sehen. Ich blieb stehen und suchte den Weg ab, aber er war verschwunden. Als ich weiterlaufen wollte, stieß ich mit ihm zusammen, weil er sich hinter mich gestellt hatte. Die Kollision war so heftig, dass ich buchstäblich von ihm abprallte.«

»Bist du etwa hingefallen?«, fragte Christina erschrocken.

»Ja, aber ich habe Lukas mit zu Boden gezogen«, berichtete sie. »Dann meinte er ›Hab dich‹ und hat mich ebenfalls geküsst … aber *sooo* gut, sag ich dir.«

»Echt? Wie kann so was sein? Wo lernen diese Männer so gut küssen? Denen fehlen doch überall Frauen.« Christina gab ein leicht frustriertes Schnauben von sich. »Nicht, dass sie an ihren Kühen üben.«

»Chrissy!«, rief Lana mit einer Mischung aus Entrüstung und Belustigung. »Hör auf!«

»Ich könnte noch ganz andere Dinge sagen«, gab Christina zurück. Dabei war das freche Grinsen aus ihrer Stimme herauszuhören.

»Das glaube ich dir aufs Wort«, sagte Lana.

»Und was soll jetzt aus euch werden?«, wollte ihre Freundin wissen. »Ich meine, du hast hier in Düsseldorf deinen Job und deine Wohnung und deine Freunde. Wie willst du das mit einem

Bauernhof am Rande des bekannten Universums unter einen Hut bringen?«

Lana seufzte gedehnt. »Ich glaube, darüber kann ich mir immer noch Gedanken machen, wenn ich weiß, ob wir überhaupt zusammenpassen. Zwei oder drei Küsse sind ja noch keine Grundlage für eine Beziehung.«

»Schlaf mit ihm«, forderte Christina sie auf.

»Was?«

»Du sollst mit ihm ins Bett gehen, bevor du dir irgendwelche weiteren Gedanken machst«, führte sie aus. »Wenn der Sex nichts taugt, dann kannst du den Rest getrost vergessen.«

»Ist das nicht ein bisschen sehr vereinfacht?«, fragte Lana.

»Herzilein, du bist nicht achtundsiebzig«, machte Christina ihr klar. »Du bist noch frisch und knackig genug, um jede Menge Spaß zu haben, und wenn du dich mit ihm im Bett zu Tode langweilst, dann wird das auf Dauer nichts werden.«

»Hmm«, machte Lana.

»Hmm ist schon mal eine gute Antwort, Lana. Ich habe dich zum Grübeln gebracht«, redete ihre Freundin weiter. »Natürlich musst du ein paar Mal mit ihm schlafen, einmal reicht da nicht. Außerdem darfst du nicht vergessen, dass du meines Wissens das letzte Mal vor ungefähr dreizehn Jahren und neun Monaten Spaß gehabt hast. Lass dich also nicht vom ersten Eindruck täuschen.«

Lana stöhnte leise auf. »Wieso habe ich bloß das Gefühl, dass ich mit Dr. Sommer von der Bravo telefoniere?«

»Der würde dir das Gleiche erzählen, was du von mir zu hören bekommst«, erwiderte Christina unbeeindruckt. »Glaub mir, Lana, leg dich auf nichts fest und mach ihm keine Versprechungen, bevor du mit ihm im Bett warst.«

»Du hast Nerven, Chrissy«, sagte Lana kopfschüttelnd. »Länger als zwei Wochen kann ich nicht bleiben, und drei Tage von den zwei Wochen sind schon weg. Wenn Lukas normal auf dem Hof arbeitet, ist er morgens um halb fünf aus dem Haus, und abends um neun legt er sich schlafen. Und dann schläft er auch.

Weil er die Stunden braucht, um am nächsten Morgen fit zu sein. Dazu kommt, dass Timo und seine Tochter Rebecca die ganze Zeit da sind.«

»Schick sie zum Einkaufen«, schlug ihre Freundin ihr vor. »Dann sind sie mal für zwei Stunden aus dem Haus und ihr habt eure Ruhe.«

»Sehr witzig«, konterte Lana. »Damit sie das tun können, muss Lukas sie mit dem Traktor erst mal bis zur Dorfmitte zur einzigen Haltestelle weit und breit bringen, dann müssen sie den Bus erwischen, für den Pünktlichkeit ein Fremdwort ist. Der setzt sie an irgendeinem Bahnhof ab, von da müssen sie mit einem Regionalzug in die nächste größere Stadt fahren, um Einkäufe zu erledigen, wobei es schon an Luxus grenzt, wenn sie unterwegs nicht noch mindestens einmal umsteigen müssen. Da dauert eine Fahrt locker drei Stunden …«

»Umso besser!«, kommentierte ihre Freundin unbekümmert. »Hin und zurück sind das mindestens sechs Stunden, da habt ihr noch mehr Zeit für euch.«

»Damit wir unseren Spaß haben, sollen die beiden eine halbe Weltreise unternehmen?«, sagte Lana. »Da käme ich mir egoistisch vor.«

»Dann nehmt euch irgendwo ein Hotelzimmer.«

Lana überlegte kurz, schüttelte dann aber den Kopf und sagte: »Nein, da käme ich mir vor, als hätte ich eine heimliche Affäre. Und das wäre mir auch nicht romantisch genug.«

»Himmel, auf dem riesigen Grundstück mit tausend Gebäuden muss es doch irgendwo eine Ecke geben, wo ihr ungestört seid. Irgendwo in einem Schuppen, auf dem Heuboden oder wo auch immer.«

»Ja, so ein Fleckchen gibt es hier«, bestätigte sie. »Das kennt außer Lukas niemand. Da waren wir heute auch, aber wir haben nur dagesessen und geredet, und trotzdem wären wir da fast von Timo und Rebecca erwischt worden, weil sie fieberhaft nach uns gesucht haben. Ich meine, was sollen wir den beiden sagen? ›Wir sind mal kurz weg, aber wir sagen euch nicht, wohin wir wollen. Kommt ja nicht auf die Idee, uns zu suchen‹? Da kann ich mich ja genauso gut nachts in sein Zimmer schleichen und darauf hoffen, dass niemand etwas davon mitbekommt.« Noch während sie das sagte, begann sie zu grübeln, ob das nicht tatsächlich die einfachste Lösung war.

»Süße, ich versuche dir nach zu helfen, wo und wie ich nur kann«, sagte Christina. »Aber wenn das alles mit so großen Umständen verbunden ist, könnte es ja vielleicht auch ein Zeichen sein, dass ihr zwei nicht füreinander bestimmt seid.«

»Ach, komm, Chrissy«, wies Lana den Gedanken von sich. »Du weißt, was ich von Zeichen und Vorahnungen halte.«

»Nicht viel, ich weiß«, gab ihre Freundin zurück. »Vielleicht solltest du es einfach auf dich zukommen lassen, und wenn die Gelegenheit günstig ist, müsst ihr sie eben nutzen.«

»Ja, ich glaube, das ist der beste Weg«, stimmte Lana ihrer Freundin zu und beschloss, das Thema zu wechseln. »So, Chrissy, jetzt haben wir aber genug über mich geredet. Was gibt es bei dir Neues?«

»O Gott, Lana, wo soll ich denn bloß anfangen?«, erwiderte sie. »Mich ereilt hier ein Schicksalsschlag nach dem anderen. Du kennst doch Franco, meinen Friseur.«

»Ja, sicher.«

»Stell dir vor, er will nach Spanien zurückkehren! Und dann hat mir Jenny aus der Parfümabteilung auch noch die Hiobsbotschaft überbracht, dass mein Lippenstift bald nicht mehr in meinem Lieblingsfarbton hergestellt wird. Und …«

Schmunzelnd lehnte sich Lana zurück und ließ sich von Katastrophen berichten, von denen die kleine Welt erschüttert wurde, in der sich alles um ihre Freundin drehte. Es gab Tage, da beneidete sie Christina wirklich darum, dass sich in ihrem Leben keine echten Dramen ereigneten …

Zur gleichen Zeit, nur ein paar Kilometer vom Hof entfernt

»Lass mal fühlen«, sagte Dieter und legte den Handrücken an Lukas' Stirn. »Nö, Fieber hast du nicht. Dann hast du wohl ganz offiziell den Verstand verloren.«

»Nur weil ich mich zu Lana hingezogen fühle, habe ich nicht den Verstand verloren«, widersprach Lukas.

»Doch, hast du wohl. Weil du nämlich vergessen hast, was die letzte Frau dir angetan hat, die dir gefallen hat.«

Lukas schüttelte nachdrücklich den Kopf. »Das habe ich nicht vergessen, Dieter. Sonst wäre ich ja nicht seit Jahren jeder Frau aus dem Weg gegangen.«

»Eben«, sagte sein Freund und griff nach der Flasche Bier, die neben ihm auf der Bank stand. Sie saßen im Schatten vor Dieters Bauernhof und hatten darauf angestoßen, dass sie gemeinsam die drei neuen Apfelbäume eingepflanzt hatten, um den Obstgarten zu erweitern. »Und dann schaffst du es einmal nicht, einer Frau aus dem Weg zu gehen, und schon hast du dich Hals über Kopf in sie verliebt. Nee, mein Lieber, da redest du dir was ein.«

Lukas winkte ab. »Es ist ja nicht so, als wäre ich sofort weggelaufen, sobald irgendwo eine Frau aufgetaucht ist. Im Hofladen habe ich Dutzende Frauen bedient, von denen bestimmt die Hälfte so gut aussah, dass ich zweimal hingeguckt habe. Und bestimmt die Hälfte von denen hat mit mir geflirtet …«

»… damit du ihnen einen Rabatt gibst«, warf Dieter grinsend ein.

»… und ein paar von ihnen«, fuhr Lukas unbeirrt fort, »haben mir sogar ihre Telefonnummer gegeben. Aber keine von diesen Frauen hat das bei mir ausgelöst, was Lana geschafft hat.«

Dieter zuckte mit den Schultern. »Dabei stehst du doch gar nicht auf Rothaarige.«

»Sondern auf?«, hakte Lukas prompt nach.

»Na ja, auf … ähm … Blonde … Hellblonde … Mittelblonde?«, fragte er, als Lukas ihm bedeutete weiterzumachen.

»Dunkelblonde? Schwarzhaarige? Kahlköpfige? Mensch, ich hab keine Ahnung, auf welche Haarfarbe du stehst.«

»Ich hab da auch keine Vorliebe«, erwiderte Lukas. »Ist dir das noch nie aufgefallen? Seit ich alt genug bin, um mich für Mädchen zu interessieren, habe ich nie eine Vorliebe für eine bestimmte Haarfarbe entwickelt. Ich schätze, ich hielt das immer schon für unsinnig, eine Blondine für interessanter zu halten als eine Schwarzhaarige.«

»Da bist du eine ziemliche Ausnahme, würde ich mal sagen«, gab Dieter zurück. »Die Kerle, die ich sonst so kenne, schwören auf Platinblonde oder Dunkelhaarige. Da ist keiner so unentschieden wie du.«

Lukas trank einen Schluck aus seiner Bierflasche. »In der Schule hatten wir mal zwei richtig hellblonde Mädchen, die Birgit und die Susanne. Die Birgit war der netteste Mensch, den du dir vorstellen konntest. Susanne war ein absolutes Biest, die hat jeden nach ihrer Pfeife tanzen lassen und ihre Mitschüler ausgenutzt, wo sie nur konnte. Kann sein, dass ich da schon verstanden habe, dass die Haarfarbe mit dem Charakter nichts zu tun hat.«

»Aber du hast doch über Lanas Charakter gar nichts gewusst, als sie bei dir vor der Tür aus dem Auto ausgestiegen ist«, wandte Dieter ein und rieb sich nachdenklich übers Kinn. »Also muss es doch was Äußerliches gewesen sein, und da fällt mir eigentlich nur die Haarfarbe ein.«

Wieder schüttelte Lukas den Kopf. »Nein, das war es nicht. Es war wie … wie eine Art Schwingung, ihre Ausstrahlung … ich kann das nicht richtig in Worte fassen. Es fühlte sich einfach so an, dass sie die Richtige für mich ist. Verstehst du, was ich meine?«

»Hmm«, machte Dieter. »Nicht so richtig.«

»Okay … lass mich das anders erklären«, schlug er vor. »Wenn du Saatgut kaufst, wie entscheidest du dich für eine Sorte?«

Dieter ließ den Kopf gegen die Hauswand sinken. »So wie du. Ich verlasse mich auf mein Gespür. So was weiß man als guter Bauer eben. Das kann einem keiner beibringen, und das kann einem auch keiner erklären, das weiß man einfach. Oder machst du das inzwischen nicht mehr so?«

»Doch, doch, natürlich«, versicherte ihm Lukas. »Aber das ist genau das Gleiche, was mir bei Lana widerfahren ist. Sie hatte noch kein Wort gesagt, ich wusste nicht, wer sie ist, woher sie kommt und was sie von mir will. Aber ich wusste ganz genau, dass sie was Besonderes ist.«

Dieter musterte ihn skeptisch. »Hättest du mich nicht mit der Frage nach dem Saatgut in die Falle gelockt, dann könnte ich jetzt immer noch reinen Gewissens behaupten, dass du dir was einredest, weil du auf diese Frau scharf bist. Aber den Spaß hast du mir jetzt gründlich verdorben«, fügte er übertrieben seufzend hinzu.

Lukas musste unwillkürlich lachen. »Du wirst bestimmt in nächster Zeit eine Gelegenheit finden, um dich zu revanchieren.«

»Das will ich dich hoffen«, sagte sein Freund und sah auf die Uhr. »Schon fünf. Jetzt sieh zu, dass du nach Hause kommst, damit du für deine Traumfrau ein Festmahl auf den Tisch zaubern kannst. Du weißt ja, Liebe geht durch den Magen.« Er verzog den Mund und fügte hinzu: »Den Spruch habe ich zwar nie verstanden, aber er klingt immer gut.« Er gab Lukas einen Klaps auf die Schulter. »Und jetzt verzieh dich schon.«

»Hm, also, verstanden habe ich den Schluss jetzt nicht«, sagte Timo, als der Nachspann gelaufen war und der Player zum Hauptmenü zurückkehrte. »Was ist mit diesem Dave passiert? Ist der zum Schluss zum Kind geworden?«

»Man könnte das als Wiedergeburt interpretieren«, meinte Rebecca. »Ich glaube, mit dem Film könnte ich unseren Deutschlehrer irre machen, weil er nicht wüsste, was er dazu sagen soll.«

»Und ich glaube, ich würde meine ganze Klasse irre machen, wenn ich denen den Film zeige«, erwiderte Timo. »So lange, wie da manchmal gar nichts passiert, werden die meisten ganz bestimmt vor Langeweile einschlafen.«

»Mich freut es«, sagte Lana, »dass ihr beide nicht eingeschlafen seid, obwohl nicht alle fünfzehn Sekunden etwas explodiert ist. Ehrlich gesagt, habt ihr mich damit überrascht.«

»Mich auch«, stimmte Lukas ihr zu. »Ich dachte wirklich, dass ihr spätestens nach einer Viertelstunde sagt, ich soll den Film anhalten und die *Avengers*-DVD einlegen. Wer hätte gedacht, dass ihr bei *2001* zwei Stunden lang durchhalten würdet?«

»Okay, da war nicht viel Action«, musste Rebecca einräumen. »Aber es war schon so spannend, dass ich doch wissen wollte, wie es ausgeht.« Sie verzog den Mund. »Auch wenn ich noch immer nicht kapiere, was der Schluss soll.«

»Über den Schluss sind ganze Abhandlungen und Doktorarbeiten verfasst worden, soweit ich weiß«, antwortete Lukas. »Jeder deutet den Film anders, und ich kann euch nicht mal sagen, ob der Regisseur oder der Autor jemals klipp und klar gesagt haben, was oder wen der Embryo am Ende darstellt.« Er sah zu Lana. »Hast du da was mitbekommen?«

Sie schüttelte den Kopf. »Ich habe mich auch noch nie bemüht, das herauszufinden«, musste sie zugeben. »Ich finde *2001* einfach nur klasse, und ich muss auch gar nicht immer wissen, was mit einem Film oder einem Lied ausgesagt werden soll. Wenn es mir gefällt, dann ist es gut, wenn nicht, dann eben nicht.« Sie überlegte kurz und fügte dann hinzu: »Ich kann mich nicht daran erinnern, dass ich einen schlechten Film plötzlich für einen tollen Film gehalten habe, nur weil die Botschaft so bedeutsam war. Ich will mich einfach nur unterhalten lassen.«

Sie konnte es noch immer nicht fassen, dass Lukas ausgerechnet ihren Lieblingsfilm im Regal stehen hatte, als sie auf der Suche nach etwas Passendem für den gemeinsamen Filmabend gewesen war, den sie verabredet hatten, nachdem Lukas zum Hof zurückgekehrt war. Insgeheim hatte sie sich ja gewünscht, dass die Kinder den Film als so langweilig empfinden würden, dass sie nach zehn Minuten die Lust verlieren und sich irgendwo auf dem Hof anderweitig die Zeit vertreiben würden. Dann wäre sie mit Lukas allein gewesen, und sie hätten herausfinden können, was für Lukas interessanter war: das Schicksal zweier Astronauten in der Gewalt eines Supercomputers oder die Frau, die neben ihm auf der Couch saß.

So hatte er sich damit begnügen müssen, einen Arm um sie zu legen, während sie den Kopf an seine Schulter gelegt hatte. Aber selbst das hatte sich wunderbar natürlich angefühlt, als würden sie beide schon seit Jahren so Seite an Seite sitzen und den Abend genießen. Die Frage war nur, was nun passieren würde.

Timo warf ihr einen seltsamen Blick zu, dann sagte er: »Noch einen Film will ich mir heute Abend nicht mehr antun. Ich muss den erst mal verstehen.« Er nahm die DVD aus dem Player, legte sie in die Hülle, machte das Gerät aus und stellte die DVD zurück ins Regal.

»Geht mir auch so«, verkündete Rebecca, schaltete den Fernseher aus und legte die beiden Fernbedienungen auf das Sideboard, auf dem der Fernseher stand. »Außerdem bist du bestimmt hundemüde, Pa«, fügte sie an ihren Vater gerichtet hinzu. »Um die Zeit hast du sonst ja schon den ersten Schlaf hinter dir.«

»M-hm«, machte Lukas unschlüssig.

Lana fragte sich, ob es ihm genauso erging wie ihr. Einerseits kam es ihr so vor, als wollten die Kinder sich zurückziehen, damit sie beide ungestört waren. Andererseits wirkte Rebeccas Bemerkung so, als wollte sie ihren Vater – allein! – ins Bett schicken, damit der nicht auf dumme Gedanken kam.

Ihr entging nicht, dass Timo nun Rebecca einen Blick zuwarf, der wie eine Mischung aus Ratlosigkeit und Verärgerung wirkte. So als hätten die beiden zuvor irgendeine Vorgehensweise verabredet, an die sie sich nun nicht hielt.

Um die aufkommende peinliche Stille nicht zu lange anhalten zu lassen, sagte Lana: »Dann sollten wir den Abend jetzt auch ausklingen lassen. Du sollst ja schließlich nicht aus deinem gewohnten Rhythmus kommen, Lukas. Nicht, dass du morgen auf deinem Traktor einschläfst und einfach drauflosfährst.«

»Nein, natürlich nicht«, stimmte er ihr zu, doch sein Lächeln wirkte seltsam betrübt.

Sie brachten noch die benutzten Gläser und die halb volle Tüte Chips nach unten, an die sich keiner von ihnen gewagt hatte, um nicht die Ruhe zu stören, die der Film ausgestrahlt hatte. Aus der Küche kommend, verschwand jeder von ihnen in sein Zimmer.

Eine Stunde später lag Lana immer noch wach im Bett und fragte sich, ob sie zum Ende des Filmabends irgendetwas hätte anders machen sollen. Hätte sie sagen sollen, dass sie mit Lukas noch unter vier Augen reden müsse? Hätte sie auf einen weiteren Film bestehen sollen? Ihr waren ein paar Liebesfilme im Regal aufgefallen, mit denen sie zumindest Timo zum Rückzug hätte bewegen können, da der solche Filme scheute wie der Teufel das Weihwasser. Aber … vielleicht wäre das auch nach hinten losgegangen, weil Rebecca ihn bestimmt herausgefordert hätte, dass er einen solchen Film nicht aushalten würde. Und dann hätte er ihn ausgehalten, nur um sie zu widerlegen. Da wäre es dann fast Mitternacht gewesen, und sie hätte selbst nicht mehr die Energie für irgendetwas anderes aufbringen können als dafür, sich schlafen zu legen.

Sie musste wieder an sein betrübtes Lächeln denken, als er den Filmabend für beendet erklärt hatte. War er davon ausgegangen, dass sie die Initiative ergriff? Vielleicht fürchtete er, sie könnte Nein sagen. Aber wie sollte sie das, wenn sie ja nicht einmal die Frage kannte?

Seufzend drehte sie sich auf die Seite, aber einschlafen konnte sie noch immer nicht. Kurz entschlossen stand sie auf, verließ leise ihr Zimmer und schlich nach oben. Doch vor seiner Schlafzimmertür angekommen, verging ihr mit einem Mal der Mut. Was, wenn sie zu hastig vorpreschte? Wenn er sich von ihr bedrängt fühlte? Sie würde vor Scham im Erdboden versinken, wenn sie sich irrte und sein Lächeln gar nichts bedeutet hatte. Sie sollte in ihr Zimmer zurückkehren und abwarten. Aber kaum hatte sie sich halb zum Gehen gewandt, drehte sie sich wieder zur Tür um. Sie hob die Hand, um anzuklopfen, ließ sie aber sofort wieder sinken, weil sie keine Ahnung hatte, was sie sagen sollte. Und was er sagen würde. Würde ihm überhaupt klar sein, wieso sie hier stand? Oder würde er denken, dass in ihrem Zimmer irgendetwas nicht in Ordnung war? Dass das Fenster klemmte oder der Wasserhahn sich nicht zudrehen ließ? »Nein, nein, es ist alles bestens. Ich würde nur gern mit dir schlafen.« Sie schüttelte den Kopf, aber nicht nur, weil das ein unmöglicher Einstieg in eine Unterhaltung war, sondern auch, weil ihr völlig unklar war, wie sie überhaupt auf einen solchen Spruch kommen konnte.

Nein, sie sollte weggehen und abwarten.

Nein, sie sollte klopfen und ihm klipp und klar sagen, was sie wollte.

Und wenn es nicht das war, was er wollte?

O Gott, das wäre so peinlich! Sie müsste noch in der Nacht ihre Sachen packen, Timo aus dem Bett holen, ihn ins Auto verfrachten und davonrasen, nur um Lukas nicht noch einmal unter die Augen treten zu müssen. Sie …

»Kannst du dich mal entscheiden?«

Sie fuhr herum, als sie die Männerstimme hörte, und entdeckte Lukas, der mit einer Flasche Wein und zwei Gläsern in der Hand lässig gegen die Flurwand gelehnt dastand.

»Stehst du schon lange da?«, fragte sie.

»Nein. Die meiste Zeit habe ich damit verbracht, vergeblich an deiner Tür anzuklopfen«, antwortete er grinsend. »Jetzt weiß ich wenigstens, dass du mich nicht ignoriert hast.«

»Du wolltest zu mir?« Sie sah ihn erstaunt an.

»Äh, ja«, sagte er und machte einen Schritt auf sie zu.

»Wieso?«

»Weil ich was vergessen hatte.«

»Vergessen? Was denn?«, wollte sie wissen.

»Na, das.« Mehr sagte er nicht, weil er sich im gleichen Moment vorbeugte und sie zu küssen begann. Während sie die Arme um seinen Nacken schlang, drückte er die Tür auf, und dann zog sie ihn hinter sich her in sein Zimmer.

10

Dienstag

Als Lana am nächsten Morgen aufwachte, hatte sie zunächst keine Ahnung, wo sie sich befand. Dieses Zimmer war nicht ihr Zimmer auf dem Bauernhof, sondern ein Raum, den sie noch nie gesehen hatte. Wie war sie hierhergekommen? Und wo war dieses »hier« überhaupt?

Ihr wurde bewusst, dass sich ihr Rücken ungewöhnlich anfühlte, etwa so, als würde sich gleich hinter ihr ein Heizkörper befinden. Das war eigenartig, fand sie und wollte sich umdrehen, was ihr nicht gelang, weil sich hinter ihr ein Hindernis befand. Ein Hindernis, das … leise schnarchte?

Hastig drehte sie sich um – und entdeckte einen Mann, der mit dem Rücken zu ihr lag.

»Ein Mann?«, murmelte sie und kam sich einen Moment so vor wie die Figuren aus diesem Film, in den Chrissy sie vor ein paar Jahren geschleift hatte, weil sie den für rasend komisch hielt. Ein paar Männer, die nach einer durchzechten Nacht nicht wussten, was sich in den letzten Stunden abgespielt hatte – nicht gerade der Humor, auf den Lana stand, auch wenn der Streifen ein paar witzige Szenen zu bieten gehabt hatte. Ansonsten fiel er für sie in die Kategorie »belanglos«, weshalb sie den Titel des Films schon längst wieder vergessen hatte.

Sie stützte sich auf einen Ellbogen auf und spähte über die Schulter des Mannes. Lukas! Natürlich! Die Erinnerung an die letzte Nacht kehrte schlagartig zurück. Die *vollständige* Erinnerung, wie sie erkennen musste. So vollständig und detailliert, dass sie prompt einen roten Kopf bekam. Lieber Himmel, sie erkannte sich bei diesen Erinnerungen selbst nicht wieder. Allerdings hatte sie ja auch einiges nachzuholen gehabt.

Jetzt war es also passiert. Und sie hatte es so gewollt, daran gab es nichts zu rütteln. Immerhin hatte sie sich in der Nacht zu seinem Schlafzimmer begeben – und dabei nur Unterwäsche und Nachthemd getragen, wie ein Blick auf die sehr wenigen auf dem Boden verteilten Kleidungsstücke bewies. Aber wenigstens war sie nicht die treibende Kraft gewesen, sondern sie hatten es beide gewollt. Sonst hätte Lukas nicht Wein aus der Küche geholt und bei ihr angeklopft. Seine Absichten waren genauso eindeutig gewesen wie ihre, sodass sich wenigstens keiner von ihnen Vorwürfe machen musste, den anderen zu etwas verleitet zu haben, was der gar nicht gewollt hatte.

Allerdings stellte sich die Frage, wie es jetzt weitergehen sollte. War es das gewesen? Eine Nacht voll stürmischer Leidenschaft? Oder waren sie beide bereit für mehr? Und wie würden die Kinder reagieren, wenn …

Die Kinder!

O Gott! Was sollte Timo von ihr denken, wenn herauskam, wo sie die Nacht verbracht hatte? Sie musste zurück in ihr Zimmer, bevor Timo aufwachte und … o nein! Halb zehn? Es war bereits halb zehn? Timo war alles, aber kein Langschläfer! Wie sollte sie noch unbemerkt nach unten kommen? Sie schlug die Decke zur Seite und hob ihre Sachen vom Boden auf, da ertönte hinter ihr eine Stimme.

»Willst du mich etwa verlassen, Lana?«

Sie hielt das Nachthemd vor sich und drehte sich halb zu ihm um. »Bist du auch gerade aufgewacht?«

Er nickte und grinste sie lässig an. »Und gerade noch rechtzeitig, wie es aussieht.« Er zog sie zu sich heran und küsste sie. »Denkst du, ich lasse dich einfach die Flucht ergreifen?«

»Es ist keine Flucht, Lukas«, stellte sie klar und wand sich aus seiner Umarmung. »Ich finde nur, dass wir meinen Sohn und deine Tochter nicht vor vollendete Tatsachen stellen sollten.«

»Sondern?«

»Na ja, wir sollten die Stimmung sondieren, wie die beiden darüber denken, wenn sich zwischen dir und mir etwas anbahnen sollte«, erklärte sie.

»Was bereits geschehen ist«, erwiderte Lukas. »Das mit dem Anbahnen, meine ich. Findest du nicht, dass es etwas zu spät dafür ist, jetzt noch die Stimmung zu sondieren? Wir können die letzte Nacht schließlich nicht ungeschehen machen und … warte mal … wir könnten so tun, als wäre nichts gewesen, und dann können wir kommende Nacht die letzte Nacht wiederholen. Wenn wir das jeden Tag so handhaben, dann …«

»Hör schon auf, so einen Unsinn zu reden«, unterbrach sie ihn lachend und gab ihm einen Klaps auf den Arm. »Wir behalten für uns, was geschehen ist, und dann tasten wir uns bei den Kindern vor, was sie davon halten, wenn wir uns näherkommen.«

»Und was machst du, wenn Timo sich dagegen sträubt?«, wollte er wissen. »Wenn er sagt, er will nicht, dass du mit mir etwas anfängst? Willst du ihm dann sagen: ›Ätschibätsch, da hast du jetzt aber schlechte Karten, mein Junge.‹? Oder willst du ihm dann tagelang vorspielen, dass zwischen uns noch nichts läuft, während du beharrlich auf ihn einredest, dass er sich doch mit dem Gedanken anfreunden soll?«

Lana schaut missmutig drein. »Hm, das wäre natürlich ein Problem. Aber ich denke auch daran, dass es keinen Mann in meinem Leben gegeben hat, seit Timo auf der Welt ist. Er kennt das nicht anders, und wenn da auf einmal jemand auftaucht, mit dem er mich teilen soll, dann weiß ich nicht, wie er reagieren wird.«

»Aber er ist doch auch schon dreizehn«, hielt er dagegen. »Wäre er sechs oder sieben, dann würde ich deine Bedenken sicher teilen. Aber wenn du vernünftig mit ihm redest …«

»Mag sein«, räumte sie ein. »Ich sehe ihn irgendwie immer noch als mein Baby, aber dreizehn ist sicher ein Alter, in dem er das schon etwas lockerer sieht. Es wäre mir nur eben lieber, wenn er mich nicht dabei erwischt, wie ich im Nachthemd dein Schlafzimmer verlasse, bevor ich überhaupt etwas erklären konnte.«

»Das leuchtet mir ein«, sagte Lukas und nickte zustimmend. Er überlegte kurz. »Was hältst du von folgender Idee: Ich ziehe mich an und gehe runter, du wartest hier. Ich gehe mit den Kindern raus zur Weide, irgendein Vorwand wird mir schon einfallen. Dann kannst du zurück in dein Zimmer und dich anziehen, und wenn wir wieder ins Haus kommen, sitzt du am Esstisch, als wärst du eben erst aufgestanden und in die Küche gegangen, um zu frühstücken.«

Lana zog begeistert die Augenbrauen hoch. »Das ist eine hervorragende Id…«

Weiter kam sie nicht, da in diesem Moment die Tür aufgerissen wurde und Rebecca hereingestürmt kam. »Pa! Timos Mutter ist spurlos verschwu…« Sie verstummte mitten im Satz und verzog die Mundwinkel nach unten, während sich Lana noch eben unter die Bettdecke retten konnte.

Rebecca drehte den Kopf in Richtung Flur und rief: »Ich weiß, wo sie ist, Timo!«

»Wo?«, kam Timos Frage.

»Das willst du nicht wissen.«

Was dann von unten ertönte, klang nach lautem Jubel, was Lana mehr irritierte als alles andere. Rebeccas Miene verfinsterte sich noch mehr.

»Rebecca, wir können das erklären«, sagte Lana hastig. »Du musst nicht enttäuscht sein, dass …«

»Ich bin doch nicht enttäuscht«, unterbrach Rebecca sie. »Ich bin sauer, weil ich fünfzig Euro an Timo verloren habe.«

Lukas setzte sich auf und sah seine Tochter verdutzt an. »Wieso hast du fünfzig Euro an ihn verloren?«

»Weil ihr beide die Finger nicht wenigstens noch einen Tag länger bei euch behalten konntet«, knurrte sie. »Einen Tag länger, und ich hätte von ihm den Fünfziger bekommen, nicht umgekehrt.«

»Soll das heißen, ihr beide habt darauf gewettet, wann seine Mutter und ich …«, begann Lukas und klang so ungläubig, wie Lana sich fühlte. Er geriet ins Stocken, da er sich wohl nicht sicher war, wie er diesen Satz am besten zu Ende führen sollte.

»Wann ihr beide zusammen im Bett landet, richtig«, führte seine Tochter den Satz mit einer Selbstverständlichkeit zu Ende, die Lana sprachlos machte. »Herzlichen Dank, dass ihr mich so enttäuscht habt.« Dann lief sie wieder aus dem Zimmer und schmiss die Tür hinter sich zu.

Lana setzte sich wieder hin und schüttelte den Kopf. »Ich kann es nicht fassen. Da zerbrechen wir uns den Kopf, wie wir den Kindern wohl am schonendsten beibringen können, dass zwischen uns was läuft, und die zwei haben längst eine Wette am Start, wann wir denn nun im Bett landen.«

Lukas seufzte leise. »Das hätte ich nun wirklich nicht erwartet. Wir müssen ja ziemlich leicht zu durchschauen sein, wenn die zwei ohne einen Anlass auf eine solche Idee kommen. Dabei war mir bis gestern nach dem Film noch nicht klar, dass wir die Nacht gemeinsam verbringen würden.«

»Mir auch nicht, Lukas«, pflichtete sie ihm bei. »Ich war mir ja nicht mal sicher, ob ich wirklich anklopfen sollte.«

»Genau genommen hast du ja auch gar nicht angeklopft«, stellte er amüsiert fest. »Du warst zwar kurz davor, und das gleich ein paar Mal, aber angeklopft hast du nicht.«

Sie zwinkerte ihm zu. »Fein, dann kann ich mich immer noch rausreden, dass *ich* ja gar nichts gemacht habe.«

»Netter Versuch, aber du hast mich aus dem Flur in mein eigenes Schlafzimmer geschleppt, und dann hast du …«

»Schon gut, schon gut, schon gut!«, rief sie und hielt ihm den Mund zu, damit sie sich nicht auch noch von ihm anhören musste, was sie »dann« alles getan hatte. Vor ihrem geistigen Auge drängte sich eine Szene an die andere. »Ich weiß genau, was ich getan habe. Du musst mich nicht auch noch daran erinnern.«

»Na, dann lasse ich mir das eben schweigend durch den Kopf gehen und habe ohne dich den Spaß«, meinte er scheinbar unbekümmert.

»Das könnte dir so passen«, sagte sie.

»Dann tu was dagegen.« Lukas grinste so frech, dass ihr der Atem stockte.

»Jetzt tue ich überhaupt nichts, bis auf eine einzige Sache: Ich gehe jetzt nach unten, ziehe mich an und frühstücke.«

»Also, ehrlich gesagt habe ich ein bisschen das Gefühl, dass ich einen Kater von heute Nacht habe«, verkündete er amüsiert. »Sagt man nicht immer, dass es gegen einen Kater hilft, wenn man mit dem weitermacht, womit man am Abend zuvor aufgehört hat?«

»Lukas!«, ermahnte sie ihn, wobei sie Mühe hatte, eine ernste Miene zu wahren. »Was sollen denn die Kinder denken!« Kaum hatte sie ausgesprochen, wurde ihr klar, was sie da gerade gesagt hatte.

»Die Kinder denken bereits das Richtige«, sagte Lukas, nahm ihr Nachthemd, das inzwischen im Bett lag, und warf es in hohem Bogen in Richtung Tür, sodass es erneut auf dem Boden landete. »Also sollten wir sie nicht enttäuschen, oder siehst du das anders?«

Wieder schüttelte Lana den Kopf und konnte nichts anderes tun, als ihm zuzustimmen. »Vermutlich würden wir sie wirklich enttäuschen, wenn wir jetzt schon auftauchen würden. Gönnen wir ihnen den Triumph.«

»Eine gute Entscheidung, meine Liebste«, lobte er sie mit einem zufriedenen Lächeln auf den Lippen und zog sie zurück zu sich ins Bett.

Gegen Mittag zog sich Lukas an, ging nach unten und holte Lanas Jeans und T-Shirt, brachte beides nach oben und gab es ihr, damit sie nach dem Duschen mehr als nur ihr Nachthemd trug, wenn sie mit ihm in die Küche ging, um das Frühstück nachzuholen.

»Fertig?«, fragte er, als sie angezogen aus dem Badezimmer kam.

Sie nickte und schüttelte den Kopf. »Ich kann noch immer nicht fassen, was da heute Morgen passiert ist. Dass wir so in flagranti erwischt wurden, und dann auch noch von deiner Tochter …«

Lukas zuckte mit den Schultern. »Nimm's leicht. Sie hätte ja auch in einem noch unpassenderen Moment reinkommen können.«

»Da hast du allerdings recht. Wir hätten abschließen sollen.«

Er schüttelte den Kopf. »Das hätte nichts gebracht. Rebecca kann jederzeit reinkommen, wenn sie etwas auf dem Herzen hat, und genauso kann ich bei ihr reinschneien, wenn ich sie etwas fragen muss. Das ist in diesem Haus einfach so.« Er deutete auf die Tür. »Hätte ich abgeschlossen, dann wäre sie zwar nicht reingekommen, aber sie hätte genauso wie jetzt sofort gewusst, dass hier irgendwas läuft. Sie hätte gefragt, warum ich die Tür abschließe, die ich noch nie abgeschlossen habe? Und wenn ich mich so hingestellt hätte, dass sie nicht ins Zimmer sehen kann, dann hätte sie erst recht gewusst, dass ich ihr etwas verheimliche.«

»Das heißt, sie hätte sich irgendwo im Flur auf die Lauer gelegt, um herauszufinden, was hier los ist«, folgerte Lana.

»Richtig. Wäre es dir lieber gewesen, von ihr auf dem Weg nach unten überrascht und zur Rede gestellt zu werden?«

Lana seufzte leise. »Eher nicht«, gab sie schließlich zu. »Das wäre wohl unangenehmer geworden.«

»Ganz sicher sogar, denn anschließend wäre sie zu mir gekommen, um mir die gleichen Fragen zu stellen wie dir«, sagte Lukas. »Und dann hätte ich natürlich keine Ahnung gehabt, was du gesagt hast, und hätte unter Umständen komplett andere Antworten gegeben.«

»Das wäre peinlich geworden«, kommentierte Lana seine Ausführungen.

»Das kannst du laut sagen«, bekräftigte er und deutete mit einer Kopfbewegung zur Tür. »Und jetzt lass uns runtergehen, sonst denken die Kinder noch, dass wir unersättlich sind.«

Sie lächelte verhalten, kniff leicht die Augen zusammen und fragte: »Würden sie damit wirklich so falsch liegen?«

Er ging zur Tür und öffnete sie. »Wenn ich anfange, über die Antwort darauf nachzudenken, dann kommen wir gar nicht mehr hier raus.«

»Ja, das fürchte ich auch«, sagte sie versonnen und ging an ihm vorbei nach draußen in den Flur, hielt aber lange genug inne, um ihm noch einen leidenschaftlichen Kuss auf den Mund zu geben.

Auf dem Weg zur Küche schlug ihnen ein himmlischer Duft entgegen, der ihnen beiden das Wasser im Mund zusammenlaufen ließ.

»Das riecht ja herrlich«, sagte Lana, als sie eintrat. Rebecca stand am Herd und hantierte mit einem Pfannenwender, um den Inhalt der überquellenden Bratpfanne von unten nach oben umzuverteilen. Timo hatte es sich am Esstisch bequem gemacht und war in ein Disney-Taschenbuch vertieft.

»Bratkartoffeln, damit ihr zwei wieder zu Kräften kommt«, verkündete Rebecca und grinste sie frech an. »Nur noch ein paar Minuten, dann sind sie fertig.«

»Ich fürchte, das wird uns jetzt eine Weile verfolgen«, murmelte Lana.

»Damit werden wir wohl leben müssen«, meinte Lukas achselzuckend. »Das geht auch wieder vorbei.«

Lana sah zu Timo und betrachtete ihn forschend. »Willst du nicht auch noch einen Kommentar loswerden, Timo? Oder bewahrst du dir den für später auf, damit er eine bessere Wirkung entfaltet?«, fragte sie ihn mit einem Augenzwinkern.

Ihr Sohn hob den Kopf und sah sie mit strahlendem Lächeln an. »Ich kann nur sagen, dass ich mich total freue.«

Lana zog erfreut die Augenbrauen hoch. »Ganz ehrlich?«

Sofort nickte er nachdrücklich. »Ehrlich, Mom. Ich bin total happy.« Er hob flüchtig die Schultern an. »Schließlich verdanke ich euch doch die fünfzig Euro, die Rebecca an mich abdrücken musste. Da kann ich mich doch nur freuen.«

Lana verzog den Mund und drehte sich zu Lukas um. »Zählt seine Freude dann überhaupt?«, überlegte sie ironisch.

»Schwer zu sagen, aber meine Tochter können wir wohl nicht fragen«, erwiderte er. »Die ist ja bekanntlich sauer, weil sie jetzt um fünfzig Euro ärmer ist.« Er drehte sich zu Rebecca um. »Ist doch so, oder?«

»Wäre ich sauer, würde ich euch dann Bratkartoffeln machen?«, gab sie zurück.

»Hm, gute Frage«, fand Lukas und hakte nach: »Und wieso bist du jetzt nicht mehr sauer?«

»Weil ich etwas beschlossen habe«, antwortete Rebecca und wälzte noch einmal den Berg Bratkartoffeln um. »So, das war's«, sagte sie zufrieden und drehte sich zu ihnen um. »So, Timo, hopp-hopp, Essen verteilen!«

»Hm?«, machte er und sah von seinem Taschenbuch auf. »Was ist?«

»Essen ist fertig. Du weißt, was ich dir gesagt habe.«

»Oh! Ja, ja, ich komme schon.« Hastig legte er seine Lektüre zur Seite und sprang auf. Er nahm zwei Teller vom Tisch und sagte zu Lana und Lukas: »Setzt euch hin, ich bringe euch eine Portion.«

Lana sah ihm verdutzt hinterher. »Hat jemand meinen Sohn durch einen Doppelgänger ersetzt? Liegen hier irgendwo riesige Schoten herum, aus denen dieser falsche Timo geschlüpft ist?«

Lukas nickte verstehend. »*Die Körperfresser kommen*, richtig? Klasse Film.«

Lana grinste ihn an, dann setzten sie beide sich an den Tisch.

Rebecca sah über die Schulter zu ihnen. »Timo war heute Morgen schon ganz fleißig«, verkündete sie, was er mit einem ungehaltenen Knurren kommentierte. »Was denn, Timo? Ich lobe dich doch. Sag deiner Mutter, was du alles getan hast.«

Frustriert verdrehte er die Augen, während sie noch mehr Bratkartoffeln auf die Teller schaufelte. Als er mit den vollen Tellern an den Tisch kam und sie ihnen hinstellte, leierte er runter: »Ich *durfte* die Kartoffeln schälen und in Scheiben schneiden, Zwiebeln schneiden, Speck in kleine Stücke schneiden, Schnittlauch hacken, den Tisch decken …« Er hielt kurz inne, dann nickte er. »Das war schon alles.«

Lana reagierte mit erstaunter Miene und sah dann Lukas an. »Was habe ich in der Erziehung bloß verkehrt gemacht? Zu mehr als zum Tischdecken habe ich ihn noch nie bekommen.« Sie schaute zu Rebecca. »Wie hast du das geschafft?«

»Reingelegt hat sie mich«, antwortete Timo an ihrer Stelle. »Als ich ihr gesagt habe, dass ich nie Kartoffeln schäle, hat sie behauptet, ich wäre ja offenbar zu dumm zum Kartoffelschälen.

Das wollte ich nicht auf mir sitzen lassen und … na ja, ich bin voll reingefallen auf den Trick.«

»Das war wirklich geschickt von dir, Rebecca«, musste Lana zugeben.

»Danke, Lana«, erwiderte Rebecca vergnügt.

»Hey«, protestierte Timo. »Hat eigentlich niemand Mitleid mit mir? Ich bin hier das Opfer, das schamlos ausgenutzt wurde.«

Lana wandte sich ihm seufzend zu. »Timo, du bist zwar mein Fleisch und Blut, und du bist für mich das Wichtigste auf der Welt. Aber das hier …« Sie schüttelte bedächtig den Kopf. »Das hier hast du dir wirklich ganz allein eingebrockt. Aber nimm es gelassen. Du hast daraus immerhin gelernt, dass du besser erst zweimal überlegst, ob du dich auf die Weise herausfordern lassen sollst oder nicht.«

Timo ließ den Kopf sinken. »Toller Trost«, murmelte er und kehrte mit den beiden anderen Tellern zum Herd zurück, damit Rebecca noch zwei Portionen Bratkartoffeln verteilen konnte.

Als sie alle am Tisch saßen und noch einen Moment warten mussten, weil das Essen viel zu heiß war, fragte Lukas: »Du wolltest uns doch erzählen, was du beschlossen hast, Rebecca.«

»O ja«, sagte sie und schnippte mit den Fingern. »Das hätte ich fast vergessen. Ich habe beschlossen, dass ich mir die fünfzig Euro von euch zurückgeben lasse, denn ihr seid überhaupt schuld, dass ich die Wette verloren habe.«

»Moment mal, Rebecca«, meldete sich der völlig verdutzte Lukas amüsiert zu Wort. »Du verwettest dein eigenes Geld und beschließt, dass wir dir den verlorenen Betrag zurückgeben müssen, weil es unsere Schuld ist, dass du das Geld verloren hast?«

Sie nickte bestätigend. »Genau so, Pa. Also?«

»Das riecht verdammt nach irgendeiner Art von Erpressung«, sagte er an Lana gewandt, aber laut genug, um auch von seiner Tochter gehört zu werden. »Ich wüsste nur nicht, was sie gegen uns in der Hand haben sollte.«

»Das kann mir auch nicht erklären, aber es muss etwas Schwerwiegendes sein«, erwiderte Lana und musste sich so wie Lukas ein Grinsen verkneifen. Sie betrachtete seine Tochter grübelnd. »Was ist, wenn wir dir das Geld nicht geben?«

»Dann rufe ich Steffis Eltern an und sage ihnen, dass wir doch nicht mitkommen.«

»Was haben Steffis Eltern mit den fünfzig Euro zu tun?«, wollte Lukas wissen. »Und wen meinst du genau, wenn du von ›wir‹ redest?«

»Steffi hat heute Morgen angerufen«, erklärte Rebecca. »Sie will wissen, ob Timo und ich Lust haben, mit ihr und ihren Eltern mitzufahren. Sie machen zehn Tage Camping in Heiligenhafen, und da die beiden Nachbarskinder jetzt doch nicht können, hat sie an uns gedacht.« Nach einer dramatischen Pause fügte sie verschwörerisch lächelnd hinzu: »Heute Nachmittag würden sie uns abholen. Dann habt ihr *zehn Tage* sturmfreie Bude. Wie klingt das?«

Lukas drehte sich zu Lana um und ließ erkennen, dass ihm die Worte fehlten. Ihr erging es nicht anders. Zehn Tage nur für sie beide, das war … das war einfach perfekt.

Er nickte anerkennend. »Das hast du wirklich gut ausgeheckt, Rebecca.«

»Haben wir uns zusammen überlegt«, verkündete sie stolz.

»Sieh an, ihr betätigt euch gemeinsam als Erpresser«, warf Lana amüsiert ein. »Ich sollte jetzt eigentlich enttäuscht sein, aber … na ja, das kann ich noch immer sein. Später, wenn ihr wieder da seid.«

Rebeccas und Timos Augen leuchteten gleichzeitig auf. »Dann seid ihr einverstanden?«

Lana und Lukas nickten gleichzeitig, obwohl sie genau genommen noch gar nicht darüber gesprochen hatten, ob das wirklich so eine gute Idee war. Aber warum sollten sie noch diskutieren und debattieren? Es *war* eine gute Idee.

»Und ihr gebt mir meine fünfzig Euro zurück?«, fragte Rebecca nach, als wollte sie sichergehen, dass dieser Teil der Abmachung nicht in Vergessenheit geriet.

»Die sollst du bekommen«, versprach ihr Lukas und zwinkerte

Lana zu, ohne dass die Kinder es mitbekamen. Er hatte irgendwas vor, aber sie hatte keine Ahnung, was das sein mochte.

»Yes!«, riefen Timo und Rebecca gleichzeitig und klatschten sich gegenseitig voller Begeisterung über den Sieg auf ganzer Linie ab. »Jetzt haben wir wenigstens jeder fünfzig Euro!«

»Dann möchte ich mich auch im Namen von Lana bei euch bedanken«, sagte Lukas, als der Jubel wieder abgeebbt war.

»Du meinst, weil wir wegfahren und ihr eure Ruhe habt?«, fragte seine Tochter, um sich zu vergewissern.

»Das sowieso, aber auch, weil ihr nicht auf Idee gekommen seid, uns schamlos auszunehmen«, erklärte er mit schelmischem Grinsen. »Du hättest genauso gut zweihundertfünfzig oder dreihundert Euro verlangen können – für zehn Tage Ruhe hätten wir alles gegeben. Da sind wir mit fünfzig noch richtig günstig davongekommen.«

Die beiden sahen ungläubig zwischen ihm und Lana hin und her. »Das kann doch nicht wahr sein!«, flüsterte Timo ungläubig.

Lukas zuckte flüchtig mit den Schultern. »Na, wir konnten euch doch nicht so sehr über uns triumphieren lassen«, sagte er und zwinkerte ihnen zu. »Aber wir sind ja nicht nachtragend. Jeder von euch bekommt noch einen Fünfziger obendrauf, einverstanden?«

Eines musste Lana ihm lassen: Er hatte die Sache gut gelöst, indem er den beiden erst einen Dämpfer versetzt hatte, weil sie ihre Karten nicht richtig ausgespielt hatten, und ihnen dann doch mehr Geld mitgab, als sie eigentlich von ihr und Lukas erpresst hatten.

Sie lächelte ihm anerkennend zu, während die Kinder ihr Mittagessen vergaßen und fast fluchtartig die Küche verließen, um eine Tasche für den Campingurlaub zu packen.

»Deine Tochter kann gut kochen«, stellte sie fest, nachdem sie von den Bratkartoffeln probiert hatte.

»M-hm«, machte er zustimmend. »Hat sie von mir gelernt.«

»Gut zu wissen«, sagte Lana und lehnte sich zurück. »Dann muss ich mir ja keine Sorgen machen, dass ich nach zehn Tagen völlig entkräftet im Bett liege, weil uns niemand was zu essen bringen kann.«

»Klingt so, als hättest du in den nächsten Tagen vor, dich sehr zu verausgaben«, gab er zurück und ließ dabei vielsagend seine Augenbrauen spielen.

»Kann schon sein«, erwiderte sie. »Du nicht?«

»Ich wüsste nicht, womit«, sagte er mit gespielt ahnungsloser Miene.

»Ich werde es dir zeigen, wenn die Kinder abgefahren sind«, versprach sie ihm.

»Ja? Gut, dann werde ich jetzt mal Steffis Eltern anrufen«, verkündete er und legte die Gabel zur Seite.

»Warum denn?«, wunderte sie sich.

»Ich werde ihnen sagen, dass sie unsere Kinder gefälligst in den nächsten zehn Minuten abholen sollen«, erklärte Lukas entschieden. »Länger kann ich nämlich nicht warten, bis du es mir zeigst.«

11

Mittwoch

»Hörst du das?«, fragte Lukas, als er mit dem Tablett ins Schlafzimmer kam und es auf dem Nachttisch abstellte.

Lana setzte sich auf und nahm den dampfenden Kaffeebecher an sich, der griffbereit an der vorderen Ecke des Tabletts stand. »Danke«, sagte sie und trank vorsichtig einen kleinen Schluck, dann sah sie sich im Zimmer um. »Was soll ich hören?«

»Horch mal ganz genau hin«, sagte er grinsend und setzte sich zu ihr auf die Bettkante. »Kannst du es hören?«

Sie schüttelte den Kopf. »Ich höre nichts, tut mir leid.«

»Ganz genau«, sagte er und lächelte sie an. »Wir sind ganz allein, es ist niemand außer uns im Hau…«

In diesem Augenblick wurde er von einem ohrenbetäubenden »Kikerikiii!« unterbrochen. Leopold hatte den Kopf durch den Türspalt ins Zimmer gesteckt und sah sie beide interessiert an.

»Ich glaube, es gefällt ihm nicht, dass du ihn als ›Niemand‹ bezeichnet hast«, gab Lana zu bedenken und zwinkerte dem Hahn zu, der sich daraufhin durch den Spalt zwängte und die Tür noch etwas weiter aufdrückte.

»Okay, es ist niemand sonst zu Hause, lautstarke Hähne ausgenommen«, korrigierte er sich an den Vogel gewandt. »So besser?«

Leopold machte einen Satz, landete auf der Bettkante neben Lukas und spazierte dann über Lanas Beine hinweg bis zur Bettmitte, wo er sich niederließ und sehr zufrieden dreinschaute.

»Er scheint der Meinung zu sein, dass wir jetzt genug Zeit im Bett verbracht haben«, sagte sie und begann, dem Vogel den Hals zu kraulen, was dieser sichtlich genoss. »Wärst du eine Katze, würdest du jetzt garantiert ganz laut schnurren, wie?«

»Ich bin zwar gar nicht seiner Meinung«, erwiderte Lukas betrübt, »aber ich schätze, es zählt mehr, was Leopold will.«

Lana musste lachen, als sie seinen Dackelblick bemerkte. »Na, komm schon, die Kinder sind ja noch eine Weile weg. Außerdem will ich heute auf deinem Traktor mitfahren, wie du es mir versprochen hast.«

Lukas fasste nach ihrer Hand und zog sie an sich, dann küsste er sie. Es hätte ein langer, inniger Kuss sein sollen, doch Leopold war offenbar der Ansicht, diese Aktion mit einem weiteren lauten Krähen kommentieren zu müssen. Lana konnte nicht anders, als den Kuss zu unterbrechen, da sie schallend lachen musste.

»Lass uns runtergehen«, schlug sie vor und verließ das Bett. »Ich habe einen Bärenhunger«, redete sie weiter, während sie sich anzog.

»Wenn das so ist, hätte ich eine Idee«, sagte Lukas. »Lass uns zum Ratskeller fahren, da gibt es ein Bauernfrühstück, das reicht fast für drei Tage.«

»Ist das weit bis dahin?«, wollte sie wissen.

»Zu Fuß ja, aber wir nehmen den Traktor«, erklärte er. »Auf die Weise können wir buchstäblich querfeldein fahren und sparen sogar noch ein paar Minuten ein.«

Lana nickte, da ihr der Gedanke zusagte. An Leopold gewandt sagte sie: »Und du passt in der Zwischenzeit auf das Haus auf und machst nicht auf, wenn jemand klingelt. Verstanden?«

Der Blick, den der Hahn ihr zuwarf, konnte alles Mögliche bedeuten, aber mit ziemlicher Sicherheit war ein bestätigendes »Verstanden« nicht darunter zu finden.

»Wow, das ist ja ein irres Gefühl«, sagte Lana, als sie keine zehn Minuten später mit dem Traktor unterwegs waren. Sie saß auf dem Sitz, der in den rechten Kotflügel integriert war, und klammerte sich an einem Haltegriff gleich über ihr am Dach fest. Da sie auf ziemlich unebenem Gelände unterwegs waren, wurde sie auf ihrem Platz ganz ordentlich hin und her geschaukelt.

Lukas drehte kurz den Kopf zu ihr herum und lächelte sie an. »Wenn es dir zu wild wird, sag Bescheid, dann halte ich an.«

»Das geht schon«, versicherte sie ihm. »Es erinnert mich ein bisschen an diesen mechanischen Bullen, aber das hier ist noch heftiger.«

»Wann bist du denn auf einem mechanischen Bullen geritten?«, fragte er völlig erstaunt.

»Letztes Jahr auf dem Sommerfest unserer Kanzlei«, antwortete sie. »Du hättest mich sehen müssen, wie ich die ganze männliche Belegschaft blamiert habe.«

»Oh«, machte er erstaunt. »Warst du etwa so gut?«

»Zwei Minuten und siebzehn Sekunden«, sagte sie. »Das hört sich vielleicht nicht nach einer grandiosen Leistung an, aber das Beste, was die Männer zu bieten hatten, waren neunundzwanzig Sekunden.«

»Gratuliere«, sagte Lukas und bremste, da sie sich der Zufahrt zur Landstraße näherten. »Ich wette, deine Kollegen waren beeindruckt.«

»Nicht alle.«

»Nicht alle? Das ist doch eine Leistung!«, fand er.

»Der alte Kramer sah das etwas anders«, erklärte sie. »Er hat in den Siebzigern die Kanzlei gegründet und ist noch vom alten Schlag. Er war immer dagegen, Frauen die Beratung seiner Mandanten zu überlassen. Er fand, sie sollten sich aufs Kontieren, Buchen und so weiter konzentrieren, also nur die leichteren Tätigkeiten, für die man keine Steuerberaterin sein muss …«

»… und die schlechter bezahlt werden«, fügte Lukas mit fragendem Blick an.

»Richtig. Geändert hat sich das erst, als er sich aus der Geschäftsführung zurückzog und nur noch als stiller Teilhaber an Bord war«, sagte Lana. »Als ich das Bullenreiten gewonnen hatte, kam er zu mir und sagte, ich könne froh sein, dass er nicht mehr das Sagen habe, sonst hätte er mich gefeuert.«

»Weil du die Männer blamiert hast? Allen Ernstes?«

Sie nickte bekräftigend. »Als ich das hörte, wurde mir auch klar, was seine Bemerkung bedeuten sollte, die er vor dem Bullenreiten zu mir gemacht hatte. ›Ich hoffe, wir sind uns einig, dass Sie nach spätestens zwanzig Sekunden aufgeben‹, hatte er gesagt. Ich konnte damit erst nichts anfangen, aber anschließend begriff ich, dass ich einem der Männer den Sieg hätte überlassen sollen, damit Kramers Weltbild nicht aus den Fugen gerät.«

»Und genau dieses Weltbild hast du dann völlig auf den Kopf gestellt«, murmelte er. »Kein Wunder, dass ihm dein Sieg nicht gefallen hat.« Er schüttelte ungläubig den Kopf. »Vor zwanzig Jahren hätte er dich dafür bestimmt rausgeschmissen, aber ich nehme an, es wäre dir dann ein Vergnügen gewesen, vors Arbeitsgericht zu gehen.«

»Das, und an die Öffentlichkeit, um ein solches Verhalten publik zu machen«, fügte sie an. »Aber ich bin froh, dass es nicht zu einer solchen Situation gekommen ist. Es ist ja schön und gut, dass ein Arbeitsgericht ihm mit Sicherheit auf die Finger geklopft hätte. Aber das Arbeitsklima wäre danach vergiftet gewesen. Und ich hätte lange nach einer neuen Kanzlei suchen müssen, die mich hätte nehmen wollen.«

»Du bist doch gut in deinem Job, wenn ich das mal so sagen darf, auch wenn der für mich ein Buch mit sieben Siegeln ist«, erwiderte Lukas. »Dich hätte doch bestimmt jeder haben wollen.«

Lana verzog den Mund. »Sag das nicht. Kramer war zu der Zeit Chef der Steuerberaterkammer, und ich weiß nicht, wer tatsächlich bereit gewesen wäre, ihn zu verärgern, indem er mich einstellt. Immerhin hatte ich mich ja mit dem Mann da ganz oben angelegt, und es hätte ihm ganz sicher nicht gefallen, wenn ich bei der Konkurrenz untergekommen wäre.« Sie zuckte flüchtig mit den Schultern. »Aber zum Glück ist es ja dazu nie gekommen. In mancher Hinsicht ist es schon gut, dass ich in der heutigen Zeit lebe, wo man Frauen nicht mehr so leicht unterdrücken kann.«

»In mancher Hinsicht?«, hakte er nach und zog neugierig eine Augenbraue hoch. »Und in welcher Hinsicht nicht?«

»Hmm, manchmal würde ich gerne in einer Zeit leben, als noch nicht jeder ein Handy und ein Tablet hatte und als es das Internet noch nicht gab.«

Lukas musste unwillkürlich lachen. »Falls du es noch nicht gemerkt hast, Lana, in genau der Zeit bist du hier gelandet. Mein Hof ist so sehr von gestern, wie du es gern erleben würdest.«

Sie stutzte und sah ihn nachdenklich an. Nach einer Weile nickte sie. »Du hast recht. Auf deinem Hof gibt es kein Netz, und damit sind all die Geräte nutzlos, die einen den ganzen Tag auf Trab halten.«

»Von denen du dich auf Trab halten *lässt*«, korrigierte er sie in sanftem Tonfall, um es nicht wie einen Vorwurf klingen zu lassen.

»Wie meinst du das?«

»Na, überleg mal«, sagte er. »Du hast doch nur ein Smartphone, weil andere auch eins haben und weil du es brauchst, damit du zum Beispiel für deine Kanzlei erreichbar bist. Du brauchst es, weil Timos Schule dir per SMS und sonst was mitteilt, dass morgen die erste Unterrichtsstunde ausfällt oder dass der Unterricht statt um neun doch schon um acht Uhr anfängt. Du brauchst es, weil deine Freunde und Bekannten alle diesen Facebook-Kram mitmachen, von dem ich nicht mal weiß, was das eigentlich genau ist. Wenn du nicht erreichbar bist, wenn du dir nicht die Fotos ansehen kannst, die der Nachbar von seinem Mittagessen ins Internet geladen hat, dann bist du doch für die anderen gar nicht mehr existent.«

»Ich bin sehr wohl auch ohne Smartphone existent«, widersprach sie.

»Was glaubst du, wie lange deine Kollegen es mitmachen würden, wenn du kein Smartphone hättest?«, fragte er. »Was glaubst du, wie oft die Lust haben, durchs ganze Haus zu rennen und nach dir zu suchen, nur um dann erfahren zu müssen, dass du einen Außentermin hast? Oder wenn du nicht erfährst, dass der mögliche neue Mandant eine Stunde früher als geplant zum Termin ins Haus kommt? Wenn er dasitzt und alle warten darauf, dass du dazukommst, weil du die Spezialistin für seine Art von Unternehmen bist?«

Lana seufzte leise. »Verdammt noch mal, Lukas, du hast recht. In meinem Job bin ich tatsächlich ohne das Ding verloren … und in der übrigen Zeit ebenfalls.« Sie kniff die Augen leicht zusammen. »Das ist irgendwie deprimierend, nicht wahr?«

Er griff nach ihrer Hand und drückte sie leicht. »Ich wollte dich nicht deprimieren, Lana. Ich wollte dir nur vor Augen führen, was du hier hast: nämlich Ruhe vor dieser anderen Welt. Hier bist du für niemanden erreichbar, weil es einfach nicht geht. Hier kann dir keiner einen Vorwurf machen, dass er dir keine E-Mail schicken kann. Dass du hier in einem absoluten Funkloch sitzt, ist ja nicht deine Schuld.«

Lana grinste ihn an. »Verfolgst du irgendeine Absicht damit, dass du mir die Argumente lieferst, die ich anderswo anbringen kann?«

Er setzte diese Unschuldsmiene auf, die sie inzwischen kannte. Da war wieder dieser Gesichtsausdruck, der ein spitzbübisches Lächeln zu überspielen schien. Ein Lächeln, von dem sie glaubte, dass es nur dann seine Mundwinkel umspielte, wenn sie ihm in die Augen sah. Sobald ihr Blick weiter nach unten wanderte, erwies sich seine Miene jedes Mal als todernst. Und trotzdem war sie sich sicher, dass da etwas war.

»Ich will nur, dass du dich wohlfühlst und kein schlechtes Gewissen bekommst, weil vielleicht schon achtundneunzig SMS eingegangen sind«, beteuerte er. »Du machst Urlaub, und im Urlaub bist du für deine Kanzlei eben nicht zu erreichen. So wie früher auch, als niemand ein Handy hatte.«

Wieder musste sie seufzen. »Wenn es so einfach wäre«, sagte sie leise. »Sobald ich irgendwo ein Netz habe, werde ich nachsehen müssen.«

Er sah sie ernst an. »Versprich mir eines, Lana.«

»Was?«, fragte sie zögerlich. Seine Bemerkung gehörte zu denen, die sie gar nicht leiden konnte, weil üblicherweise etwas folgte, was sie nicht hören wollte. Irgendein Geheimnis, das sie für sich behalten sollte. Irgendeine Enthüllung, die sie nicht publik machen konnte, weil sie dann auch denjenigen ans Messer lieferte, der ihr die Informationen zugespielt hatte.

»Wenn wir gleich im Ratskeller sitzen, dann schalt dein Handy erst ein, wenn wir gegessen haben«, redete er weiter. »Sonst wirst du nicht dazu kommen, dein Essen zu genießen.«

»Ich habe nicht vor, während des Essens auf SMS und Mails und so weiter zu reagieren«, machte sie ihm klar. »Ernsthaft!«

»Das weiß ich«, versicherte er ihr. »Aber ich möchte wetten, wenn du erst mal die Liste deiner Mails gesehen hast und weißt, wer alles was von dir will, wirst du in Gedanken schon beim Antworten sein, aber nicht mehr beim Essen und …«

»… und nicht bei dir«, ergänzte sie, was er ihrer Meinung nach eigentlich hatte sagen wollen. Sie nickte bedächtig. »Ja, du hast recht. Dann würde ich wissen wollen, warum meine Freundin angerufen hat, was meine Nachbarin mitteilen will und welche Frage mein Kollege hat.« Sie atmete tief durch. »Also, ich verspreche, das Handy bleibt aus, bis wir gegessen haben. Aber dann brauche ich unter Umständen etwas Zeit, weil es sein kann, dass ich den einen oder anderen zurückrufen muss.«

»Kein Problem, Lana«, sagte er und lächelte sie an. »Falls du einverstanden bist, fahren wir jetzt weiter.«

Verdutzt sah sie sich um und sagte: »Oh, da fällt mir auf, dass wir jetzt schon mindestens eine Viertelstunde hier rumstehen und reden, und es ist noch immer niemand hinter uns aufgetaucht, der uns weiterscheucht.«

»So was kann in der Stadt wohl nicht passieren«, kommentierte er ihre Feststellung. »Oder doch?«

»Wo denkst du hin?«, erwiderte sie lachend. »In der Stadt wäre schon längst ein Abschleppwagen eingetroffen, um deinen Traktor aus dem Weg zu schaffen.«

Er seufzte leise und drehte sich nach vorn, startete erneut den Motor und fuhr dann los. Auf dem Asphalt machten die monströsen Reifen des Traktors einen Höllenlärm, zumal Lukas jetzt auch noch Gas gab und mit 70 km/h förmlich über die Landstraße schoss.

»Das ist ja richtig idyllisch«, stellte Lana fest, als sie gut eine Viertelstunde später im Biergarten des Ratskellers saßen und sie sich die Speisekarte ansah. »Und das«, fügte sie hinzu und tippte auf die Karte, die vor ihr auf dem Tisch lag, »ist die schönste Speisekarte, die ich mir vorstellen kann.«

Lukas legte den Kopf schräg. »Ich hätte eher gedacht, dass du alles vermisst, was du sonst so isst.«

Sie reagierte mit einer vagen Handbewegung. »Oh, weißt du, wenn du überall nur noch Tapas und Wraps und Bowls zu essen bekommst, dann sehnst du dich richtig nach etwas ganz Einfachem, das dich satt, aber nicht arm macht. Diese Preise hier sind unschlagbar.« Sie musste den Blick von der Karte lösen, was ihre Augen gar nicht so gern hatten, weil die weiter das Angebot studieren wollten, das sich ihnen hier bot.

»Das erklärt auch die Massen von Ausflüglern, die ständig herkommen«, sagte Lukas. »Katja, die Wirtin, hat diesen abgehalfterten Laden übernommen und auf Vordermann gebracht.«

»Katja hat offenbar ein Gespür dafür, was man Gästen Besonderes anbieten kann, damit sie zahlreich und immer wieder kommen«, meinte Lana, gerade als sie neben sich eine Bewegung bemerkte.

»Stimmt ganz genau, junge Frau«, sagte die Blondine, die einen unglaublichen Wust an Locken auf ihrem Kopf mit sich herumtrug. »Trendforscher können mir erzählen, was sie wollen: Hausmannskost ist nicht tot, sondern beliebter denn je. Zumindest bei mir im Laden.«

»Finde ich auch«, pflichtete Lana ihr bei. »Ich kann Sushi und Co. im Moment überhaupt nicht mehr sehen. Ich weiß schon gar nicht mehr, wann das letzte Mal auf einer Speisekarte eine Linsensuppe aufgelistet war.«

»Dafür muss man eben in den Ratskeller kommen«, erwiderte Katja mit einem Augenzwinkern. »Also, ihr zwei Hübschen, was darf's denn sein?«

Lukas sah zu Lana. »Hast du gehört? Sie hat uns hübsch genannt«, sagte er schmunzelnd.

»Herzchen, du darfst nicht alles wörtlich nehmen, was ich sage«, warnte ihn die Wirtin.

Lukas grinste schief. »Bring uns bitte ein Bauernfrühstück …«

Lana stutzte. »Wieso? Isst du nichts?«

»… mit zwei Tellern«, fuhr er fort. »Ich war noch nicht fertig.«

»Und zwei Bier?«

»Ein Wasser. Ich muss noch Trecker fahren.« Dabei hielt er eine Hand hoch.

»Und ich muss auf dem Trecker mitfahren«, ergänzte Lana lächelnd. »Das erfordert volle Konzentration. In meinem Fall zumindest. Also für mich auch ein Wasser.«

»Interessant«, sagte Katja.

»Was … ist interessant?«, fragte Lana ein wenig irritiert.

»Dass Sie bei ihm mitfahren dürfen. Das darf außer der Kleinen sonst niemand.«

Lana sah von Katja zu Lukas. »Ist das wahr?«

»M-hm«, machte er beiläufig, so als gäbe es nichts Langweiligeres als dieses Thema.

»Da müssen Sie bei ihm schon einen ordentlichen Stein im Brett haben«, sagte Katja in verschwörerischem Tonfall.

»Ich glaube, in deiner Küche brennt irgendwas an, Katja«, warf Lukas ironisch ein.

»Schon verstanden«, sagte die Wirtin in einem gespielt beleidigten Tonfall. »Ich merke auch so, wenn ich unerwünscht bin.«

»Glaub ihr kein Wort«, wandte sich Lukas an Lana. »Die Frau merkt überhaupt nichts.«

Lana begann zu lachen. »O Mann, Leute. Wenn euch beiden mal der Falsche zuhört, wird der bestimmt nicht wieder herkommen, sondern alle seine Freunde vor dem herrschenden Umgangston warnen.«

»So jemand kann gar nicht viele Freunde haben«, meinte die Wirtin unbekümmert. »Und selbst wenn, wäre es um die nicht schade, wenn sie einen großen Bogen um mein Lokal machen. Meine Gäste sollen mit guter Laune herkommen und mit noch besserer Laune wieder nach Hause fahren.«

Lana nickte zustimmend. »Eine gute Einstellung«, fand sie, woraufhin die Wirtin ihr zuzwinkerte und sie dann wieder verließ.

»Ist das denn in Ordnung, wenn man nur eine Portion für zwei Personen bestellt?«, wollte sie von Lukas wissen.

Er winkte ab. »Unter Nachbarn geht so was immer. Bei den Urlaubsgästen natürlich nicht, weil die ihre Reste mitnehmen können.«

»Hätten wir doch auch machen können«, meinte sie.

»Hätten wir«, stimmte er ihr zu. »Und am nächsten Tag schmeckt es aufgewärmt sogar noch besser. Aber bei zwei Portionen nehmen wir so viel mit nach Hause, dass wir noch die nächsten drei Tage davon essen müssen, und irgendwann ist es zu viel. Alle zwei bis drei Wochen eine Portion und am nächsten Tag die Reste – das ist mehr als genug.«

Sie sah ihn skeptisch an. »Bin mal gespannt, ob du nicht nur maßlos übertreibst.«

»Wart's ab«, gab er selbstsicher zurück.

»Ich bekomme keinen Bissen mehr runter«, stöhnte eine rundum gesättigte Lana, als sie nach ihrem verspäteten Frühstück gegen ein Uhr das Lokal verließen.

»Und? Habe ich zu viel versprochen?«, fragte Lukas amüsiert.

»Eher zu wenig«, hauchte sie, da sie nach ein paar Schritten nach Luft schnappen musste. »Mein Gott, wie kann man solche Portionen servieren und dabei noch Gewinn machen?«

»Katja hat das ganze Haus mitsamt Acker gekauft«, sagte er. »Sie muss niemandem einen Cent Miete oder Pacht bezahlen.«

»Oh, das macht eine Menge aus«, musste sie zugeben. »Aber sag mal, wieso heißt das Lokal Ratskeller?«, erkundigte sie sich.

»Üblicherweise befindet sich ein solches Restaurant doch in einem Kellergewölbe.«

»Keine Ahnung«, erwiderte Lukas. »Das Lokal hieß schon immer so, so weit ich zurückdenken kann. Da gab es nie ein Kellergewölbe, und ein Rat hat sich da mit Sicherheit auch nie getroffen. Vermutlich das Gleiche wie ›Die kleine Kneipe‹, obwohl die manchmal alles andere als klein ist.« Er sah sich um. »Vermutlich ist ›Ratskeller‹ aber immer noch besser als ›Zur schönen Aussicht‹«, fügte er amüsiert an.

Lana ließ den Blick ebenfalls schweifen und stellte fest: »Sieht doch nicht schlecht aus.« Die Landschaft war der Region entsprechend flach, und zu sehen gab es Wiesen und Weiden, Zäune, Büsche und Baumgruppen, die mal mehr, mal weniger groß ausfielen, Bauernhöfe, Ställe, Silos, Schuppen und zwischendrin Kühe, Schafe, Pferde, Schweine und überall landwirtschaftliches Gerät, dazu hohe schmale Alleebäume, die die Landstraße säumten, die vor dem Lokal verlief.

»Aber auch nicht berauschend«, fand er.

»Ich sehe aber zum Beispiel kein Heizkraftwerk, das mit seinen Kühltürmen die Landschaft verschandelt, oder andere Großbauten, die mit ihren Abgasen die Luft verpesten«, betonte sie. »Für einen Stadtmenschen wie mich ist allein das schon eine willkommene Abwechslung.«

»Na ja, wenn man es so sieht, dann hast du sicher recht«, räumte Lukas ein. »Aber ich stelle mir unter einer schönen Aussicht eher das Meer vor, auch wenn es lange her ist, dass ich das zu Gesicht bekommen habe.«

»Du könntest doch mal ein paar Tage freinehmen, oder nicht?«, fragte sie.

»Könnte ich, aber Rebecca wird sich am Meer vermutlich langweilen, wenn sie mit mir da hinmuss.«

»Wieso? Sie hätte doch Timo«, sagte Lana grinsend.

»Ja, stimmt«, murmelte er, stutzte dann aber und sah sie irritiert an. »Timo? Wieso Timo?«

»Wieso nicht? Ich dachte, du wolltest mich mitnehmen.«

Er schüttelte den Kopf. »Entschuldige, aber habe ich gerade eben irgendwas verpasst?«

Lana beugte sich vor und gab ihm einen Kuss auf den Mund. »Keine Sorge, du hast nichts verpasst. Ich finde nur, dass ein gemeinsamer Urlaub die beste Methode ist, um sich richtig kennenzulernen und um zu merken, wie gut zwei Menschen zusammenpassen.«

»Interessante Theorie«, erwiderte Lukas. »Wann hast du vor, sie in die Praxis umzusetzen?«

»Immer mit der Ruhe, Lukas«, sagte sie und lächelte ihn an. »Wir kennen uns erst seit ein paar Tagen, und ich werde nichts überstürzen.«

Lukas nickte zustimmend. »Da können wir uns die Hand reichen, weil ich auch nichts überstürzen will. Einmal ausgemustert zu werden, ist mehr als genug. Ein zweites Mal will ich so was nicht durchmachen.«

»Kann ich gut verstehen, wobei es dich ja noch um einiges härter getroffen hat als mich«, sagte sie. »Zehn Jahre verheiratet zu sein und dann verlassen zu werden, ist wirklich etwas ganz anderes, als nach einer unüberlegten Nacht erfahren zu müssen, dass der Vater deines Kindes alles will, nur keine Verantwortung übernehmen.«

Gemeinsam schlenderten sie zum Parkplatz, während Lana redete. Dann blieb sie stehen und legte die Stirn in Falten. »Wie soll ich denn mit meinem vollen Magen auf den Traktor raufkommen?«, murmelte sie, als sie neben dem Ungetüm stand, dessen Hinterreifen sie ein Stück weit überragte.

»Was hältst du von einem kleinen Verdauungsspaziergang?«, schlug Lukas vor.

»Mit Betonung auf ›klein‹?«

»Ganz wie du möchtest«, sagte er gelassen. »Ich kann dir ja die Dorfmitte zeigen.«

»Gern. Tobt da das pulsierende Leben?«, fragte sie unüberhörbar skeptisch.

»Es wird dir zweifellos die Sprache verschlagen«, antwortete er grinsend. »Dagegen ist dein hektisches Düsseldorf Provinz.«

Unwillkürlich musste sie lachen, weil diese Äußerung so absolut staubtrocken über seine Lippen kam. »Ich kann es kaum erwarten.«

Sie gingen gemächlich um das Restaurant herum und am Biergarten vorbei, dabei folgten sie dem Verlauf der Straße, die in einer Doppelkurve um einen kleinen Wald herumführte. Gleich dahinter mündete dieser Weg in eine quer dazu verlaufende Straße ein. Auf der gegenüberliegenden Seite befand sich ein halbkreisförmiger Platz, dessen Mitte von einer Verkehrsinsel mit einer verfallenen Bushaltestelle eingenommen wurde. Zwei Scheiben waren herausgeschlagen worden, die übrigen mussten aus Kunststoff sein, der im Lauf der Jahre matt und blind geworden war. An einer Platte an der Rückwand war noch der Metallrahmen befestigt, in dem früher der Fahrplan gehangen hatte.

Um den Halbkreis mit der alten Haltestelle in der Mitte herum stand ein halbes Dutzend Einfamilienhäuser, die alle so angelegt waren, dass jeweils im Parterre ein Ladenlokal zur Verfügung stand. Der Haken an der Sache war, dass die weitgehend im gleichen Stil gebauten Häuser aus den Fünfziger- oder Sechzigerjahren stammen mussten, was bedeutete, dass dort früher einmal Geschäfte gewesen sein mussten, die wohl schon vor langer Zeit zugemacht haben mussten. In zwei Geschäften hingen Gardinen im Schaufenster und an der Tür, da sie offenbar mittlerweile als Wohnungen genutzt wurden. Die übrigen vier Ladenlokale standen einfach leer, und zwar nicht erst seit ein paar Wochen, so viel war sicher.

Auf der Seite, auf der die Straße einmündete, standen rechts und links je ein paar Wohnhäuser, die vermutlich nie einen Laden beherbergt hatten. Falls doch, hatte man die Fassade schon vor langer Zeit umgestaltet, da nichts auf eine frühere gewerbliche Nutzung hindeutete.

Lukas fasste sie an der Hand und zog sie hinter sich her zur Verkehrsinsel. Dort angekommen, breitete er die Arme aus, als wollte er die ganze Welt umarmen. »Lana, ich präsentiere dir …

die Dorfmitte von Aldenhofen. Denk dir jetzt einen Trommelwirbel dazu, während dein Blick von einem wohlhabenden Einzelhändler zum nächsten wandert. Alle diese Händler locken mit ihrer reichhaltigen Auswahl Heerscharen von Kunden an, die sich vor Begeisterung kaum noch beherrschen können.«

Sie atmete tief durch und schaute sich betrübt um. »Nicht mehr viel von übrig, würde ich sagen.«

»Gut beobachtet«, sagte er. »Was du hier siehst, sind die Überreste eines ehrgeizigen Projekts aus den frühen Fünfzigern, das aus Aldenhofen etwas Großes werden lassen wollte. Etwas wirklich Großes«, betonte er. »Ich habe mal die Pläne gesehen, die in beide Richtungen eine lange Einkaufsstraße vorgesehen hatten. Links und rechts sollte alles bebaut werden. Da hinten, wo du den Wegweiser siehst, sollte ein Kaufhaus entstehen. Da drüben ein Kino und gleich daneben ein Theater. Und natürlich hätte Aldenhofen wachsen sollen, ganz massiv sogar.«

»Und was ist passiert, dass es dazu nicht gekommen ist?«

»Dummheit und Kurzsichtigkeit sind passiert«, antwortete er und machte eine ausholende Geste. »Der Plan war auf Jahrzehnte angelegt, weil Aldenhofen trotz allem natürlich wachsen und nicht mit Gewalt aus dem Boden gestampft werden sollte. In den Sechzigerjahren war hier wirklich oft die Hölle los, weil die Hauptstraße von immer mehr Pendlern benutzt wurde. Den Anwohnern wurde das zu viel, sie begannen zu protestieren und fanden einen Landrat, der sich ihrer Sache annahm. Mit dem Ergebnis, dass der Bau einer Umgehungsstraße beschlossen wurde.«

Lana nickte. »Eigentlich eine vernünftige Idee«, sagte sie.

»Eigentlich ja«, pflichtete Lukas ihr bei. »Allerdings völlig unüberlegt, denn neunzig Prozent der Umsätze hatten die Geschäfte den Pendlern zu verdanken. Da war ein Bäcker, daneben ein Metzger, dort eine Imbissbude, daneben ein Schreibwarengeschäft mit Buchhandlung, und da an der Ecke gab es ein Café und ein Haushaltswarengeschäft. Die Investoren und Unternehmer waren klug genug, zu erkennen, dass eine Umgehungsstraße die potenzielle Kundschaft genau von der Straße fernhält, auf der sie durch den Ort hätte fahren müssen, um zum Anhalten und Einkaufen verleitet zu werden. Die Neubauten blieben aus, die geplanten Häuser wurden nicht gebaut, und damit kam auch keines der Geschäfte nach Aldenhofen, die man sich erhofft hatte.«

Lana verzog den Mund. »Das war tatsächlich nicht sehr weitsichtig gedacht. Ich weiß das von mir selbst, dass ich auf der Landstraße immer der Umgehungsstrecke folge und von den Ortschaften links und rechts gar nichts mitbekomme.«

»Eben«, bestätigte Lukas. »Wer früher schon mal im Ort war, fährt vielleicht wieder hin, aber wer nur die Umgehungsstraße kennt, der saust an allem vorbei. Die Umgehung hier wurde zwar erst Ende der Achtziger gebaut, aber das war damals nicht absehbar. Tja, und als die Straße endlich fertig war, begann der Niedergang dieser Geschäfte. Wie gesagt, neunzig Prozent der Kundschaft bestanden aus Pendlern, die morgens auf dem Weg zur Arbeit ein paar belegte Brötchen mitgenommen und abends auf dem Heimweg noch ein paar Einkäufe erledigt haben. Die fielen so gut wie komplett weg, und Aldenhofen wurde ziemlich schnell zur Geisterstadt, weil klar war, dass man nichts zu bieten hatte, wodurch der Trend hätte umgekehrt werden können.«

»Ein richtiges Trauerspiel«, sagte Lana. »Wenn ich mir das so ansehe, kann ich mir gut vorstellen, was hier früher mal los gewesen ist.«

»Ein selbst gemachtes Trauerspiel«, betonte Lukas. »Das macht das Ganze nur noch trauriger. Das einzig Gute – jedenfalls für mich persönlich – ist die Tatsache, dass durch die Umgehungsstraße die Autofahrer alle an meinem Hofladen vorbeikommen und wirklich viele von ihnen anhalten, um bei mir einzukaufen.«

»Das klingt so, als ob du deinen Erfolg der Dummheit der anderen Leute verdankst«, gab sie zu bedenken.

Lukas winkte amüsiert ab. »Das klingt nicht nur so, das ist tatsächlich so. Ohne diese Straße würden die Leute auf der anderen Strecke nur ein Schild mit Hinweis ›Obst und Gemüse‹ am Straßenrand sehen, wobei der Zusatz ›nur 1,5 Kilometer entfernt‹

viele von ihnen davon abhalten würde, mir einen Besuch abzustatten.«

»Stimmt«, konnte sie ihm nur beipflichten. »Schon witzig, wie das Leben manchmal spielt. Hier könnte tatsächlich Hochbetrieb herrschen, aber du könntest in deinem Hofladen nur einen Bruchteil verkaufen.«

»Tja, wenn bürokratische Prozesse erst mal in Gang gesetzt worden sind, kann sie nichts mehr aufhalten, auch wenn es zwanzig Jahre oder länger dauert, bis tatsächlich etwas passiert«, sagte er. »Apropos Bürokratie: Irgendwer bei der Post muss damals notiert haben, dass sich hier mal was in Sachen Geschäfte tun soll, aber man hat sich nie darum gekümmert, ob aus den Plänen irgendwas geworden ist. Als hier alles bereits lange geschlossen war, kam die Post und begann, Kabel zu verlegen, damit Aldenhofen ans Internet angeschlossen werden konnte, allen voran die Geschäftsinhaber. Die Leute von der Post haben den Fußweg aufgerissen, Kabel verlegt und Anschlüsse an jedes Haus gelegt, obwohl da schon alle Ladenlokale leer waren. Die haben einfach stur nach Plan gearbeitet, obwohl da kein Geschäftsmann mehr war, der den Anschluss hätte gebrauchen können.«

Lana horchte auf. »Das heißt, die Geschäfte können alle ans Internet angeschlossen werden?«

»So habe ich das jedenfalls verstanden«, sagte er und nickte bestätigend.

»Interessant«, meinte sie.

»Interessant für wen?«, wollte er wissen.

»Ach, nur so«, erwiderte sie bewusst beiläufig, um sich nichts weiter anmerken zu lassen. Ihr war ein verwegener Gedanke durch den Kopf gegangen – zu verwegen, um ihn jetzt schon anzusprechen. Er war sogar so kühn, dass sie gar nicht darüber nachdenken wollte, weil es noch viel zu früh war. Viel zu früh! Aber das war kein Problem, entschied sie. Keines dieser Ladenlokale würde in absehbarer Zeit einen neuen Mieter bekommen. Sie konnte sich so viel Zeit lassen, wie sie brauchte.

»Hm«, machte Lukas, der nicht wusste, was er von ihrer Bemerkung halten sollte. Bevor er aber noch etwas dazu sagen konnte, deutete Lana auf die Haltestelle.

»Was ist mit dem Bus passiert?«, wollte sie wissen.

»Der fährt auch über die Umgehungsstraße, und wer Bus fahren will, der muss jetzt erst mal laufen«, erklärte er. »Aldenhofen hat sich sozusagen selbst wegrationalisiert.«

»Irgendwie traurig«, sagte sie.

»Ja, aber noch trauriger ist, dass die Verursacher dieser Misere heute auf die Umgehungsstraße schimpfen, die sie selbst haben wollten.«

»Hm, aber irgendwie müsste man die Ladenlokale doch nutzen können«, überlegte sie, vermied es aber, den Gedanken auszusprechen, der ihr ursprünglich in den Sinn gekommen war. Stattdessen sagte sie: »Eine Arztpraxis wäre hier sicher eine gute Idee. Dieser Arzt, zu dem Rebecca eigentlich hätte gehen müssen, ist mit seiner Praxis doch auch weit weg von hier.«

»Kein Arzt will auf dem Land arbeiten, und Dr. Balanescu hat ja seine Praxis am Stadtrand. Damit hat er genug Patienten aus der Stadt, da macht es nichts aus, dass nur ein paar Leute vom Land zu ihm kommen.«

»Ich denke da eher an eine Art Teilzeitmodell«, sagte Lana mehr zu sich selbst und nahm sich vor, über diese Sache später in Ruhe nachzudenken.

Lukas fragte sich, was sie damit wohl meinte, wollte sie aber nicht darauf ansprechen, weil ein solches Thema nicht geeignet war, sie einander näherzubringen. Eher das Gegenteil würde der Fall sein, denn früher oder später würde er ihren Enthusiasmus bremsen müssen, der noch vor sich hin schlummerte, aber jeden Moment Fahrt aufnehmen konnte. Und dann müsste er sie unterbrechen und ihr klarmachen, dass sie sich ihre Überlegungen sparen konnte, weil niemand dazu bereit war, sich in diesem gottverlassenen Dorf niederzulassen. So etwas würde ihrer guten Laune wahrscheinlich einigen Abbruch tun, doch genau das durfte nicht geschehen.

Sie schien auf eine Reaktion zu warten, doch zum Glück kam in diesem Moment aus einem der Häuser eine ältere Frau, die zu ihrem in der Einfahrt geparkten Wagen ging. Als sie Lukas bemerkte, winkte sie ihm zu. »Hallo, Lukas«, rief sie und kam näher, wobei sie Lana eindringlich musterte. »Sie müssen neu hier sein, ich hab Sie noch nie gesehen.«

»Oh, ich zeige meiner … Urlauberin unsere wundervolle Dorfmitte«, antwortete Lukas hastig und wollte die beiden miteinander bekannt machen.

»Na, das dürfte aber eigentlich ein kurzes Vergnügen sein«, kommentierte die Frau ironisch und lächelte Lana freundlich an. Dann hielt sie ihr die Hand hin. »Ich bin Dorothee Kampmann.«

»Freut mich. Lana Behring«, entgegnete Lana.

»Wir haben hier früher eine Bäckerei gehabt, aber das war lange vor Ihrer Zeit.«

»Und was haben Sie danach gemacht, als Sie die Bäckerei nicht mehr hatten? Einen ausgedehnten Urlaub?«

»Schön wär's«, sagte die Frau in einem wehmütigen Tonfall. »Dass das Geschäft nicht mehr rentabel sein würde, war schon lange absehbar gewesen, darum hatten wir frühzeitig nach anderen Objekten Ausschau gehalten und dann eine im Bau befindliche Tankstelle entdeckt. Wir wurden uns schnell mit dem Verpächter einig, dass wir eine Hälfte des Ladenlokals in eine Bäckerei mit Café verwandeln. Tja, was soll ich sagen? Es war ein voller Erfolg. Erst vor gut zwei Jahren haben wir Bäckerei und Café aufgegeben und an eine Kette verkauft.«

»Das freut mich für Sie, Frau Kampmann«, sagte Lana.

»Lassen Sie uns nicht so förmlich sein«, gab die ältere Frau zurück. »Für meine Nachbarn war ich immer schon die Doro, und wer bei Lukas Urlaub macht, der ist in der Zeit auch mein Nachbar. Wissen Sie, Lana, …«

Ein Klingeln unterbrach sie, dann zog Doro ein Handy aus der Tasche, das wohl schon einige Jahre auf dem Buckel hatte und definitiv kein Smartphone war, da es viel zu klein und schmal war. »Da muss ich rangehen, tut mir leid«, sagte sie mit einem Schulterzucken. Als die Frau das Gerät ans Ohr hielt, konnte Lana sehen, dass es nur ein winziges Display und darunter eine Tastatur hatte. So was hatte sie schon seit einer halben Ewigkeit nicht mehr gesehen.

Aber das war egal, denn wichtig war ihr etwas ganz anderes. »Weißt du, dass ich mich wirklich wie im Urlaub fühle?«, fragte sie Lukas.

»Weil du im Urlaub bist?«, gab er zurück und dirigierte sie weg von Doro, die ihnen den Rücken zugewandt hatte. Entweder wusste er, dass Doro Dauergespräche führte, und wollte einem langwierigen Warten entgehen, oder aber er wollte seine Zeit mit Lana verbringen, ohne dabei einer Frau gegenüberzustehen, die jede Regung und jedes Mienenspiel genau verfolgte, um es dann zu analysieren und ihre Erkenntnisse den anderen im Dorf mitzuteilen.

»Nein, weil ich im Ratskeller völlig vergessen habe, dass ich nach dem Essen doch mal mein Telefon einschalten wollte, um nach Mails und so zu sehen«, erklärte sie. »Das will schon was heißen.«

»Schön, dass es mir gelingt, dich so gut von deinem Alltag abzulenken«, fand Lukas und lächelte zufrieden. »Trotzdem würde ich dir jetzt raten, dein Handy einzuschalten. Ich weiß nämlich nicht, wie weit wir noch gehen können, bis du wieder keinen Empfang hast.«

»Ja, du hast recht«, stimmte sie ihm zu, auch wenn sie mit einem Mal nicht mehr ganz so begeistert davon war, sich mit der Welt da draußen zu befassen. Das war Zeit, die sie nicht mit Lukas verbringen konnte, doch er selbst hatte sie ja daran erinnert. Außerdem war es nach so vielen Tagen durchaus angebracht, mal die Werbung zu löschen, die unnötig Speicherplatz fraß. Und es wusste ja kaum jemand, wo man sie überhaupt hätte finden können. Ein Anruf im Ferienpark hätte nur ergeben, dass der wegen eines Streiks geschlossen war, womit jedem klar war, dass er sie dort nicht erreichen konnte. Aber außer ihrer Freundin hatte sie niemandem gesagt, wohin es sie stattdessen verschlagen hatte – und nicht jeder kannte die Telefonnummer ihrer Freundin, schon gar nicht ihre Kollegen im Büro.

Sie holte das Handy aus der Tasche und wollte es gerade einschalten, da sagte Lukas: »Setzen wir uns doch auf die Mauer da drüben. Das ist bequemer als im Gehen deine Post durchzusehen. Sonst landest du noch irgendwo im Graben, wenn ich für einen Moment woanders hinsehe.«

»Keine Angst«, sagte sie und winkte unbekümmert ab. »Ich gehöre nicht zu den Leuten, die sich darauf verlassen, dass andere für sie aufpassen. Ich würde beim Gehen nicht unentwegt auf das Display gucken. Weder in der Stadt noch hier.«

»Dann bin ich beruhigt«, erwiderte er fasste sie ohne Vorwarnung an den Hüften, hob sie hoch und setzte sie auf der Mauer ab. Sie umgab ein Grundstück, auf dem ein verfallenes Gebäude stand, das nach der Größe zu urteilen ein Herrenhaus vom Anfang des 20. Jahrhunderts war, wahrscheinlich aber noch viel älter.

»War das mal eine herrschaftliche Villa?«, fragte sie.

»Danach sieht es aus«, sagte er. »Aber um das Haus ranken sich so viele Gerüchte und Geschichten, dass man nur schwer sagen kann, was wahr ist und was nicht. Angeblich spukt es im Haus, weil der erste Hausherr seit hundertfünfzig Jahren dort sein Unwesen treibt. Und angeblich ist das Haus auf einem alten Kirchfriedhof errichtet worden, weshalb die Toten nicht zur Ruhe kommen.« Er zuckte mit den Schultern. »Das ist natürlich alles Unsinn. Das einzige Gerücht, dem ich Glauben schenken kann, ist ein Streit der Erben, von denen jeder mit dem Grundstück und dem Haus etwas anderes anfangen will.«

Lana nickte nachdenklich. »Das klingt wirklich plausibel. Und es wäre nicht das erste Mal, dass die Erben etwas Gutes den Bach runtergehen lassen, nur weil sie sich nicht einigen können …«

»… oder weil sie so untereinander zerstritten sind, dass keiner dem anderen etwas gönnt«, ergänzte er.

»Und am Ende sind sie alle nur Verlierer«, sagte Lana kopfschüttelnd, während sie ihr Handy einschaltete.

Kaum war das Menü auf dem Display erschienen, folgte eine regelrechte Kakophonie aus Signaltönen, die den Eingang Dutzender Mails, Kurznachrichten und anderer Mitteilungen alle gleichzeitig verkündeten. »Du lieber Himmel«, flüsterte sie, als sie ein Programm nach dem anderen öffnete. »Ich fürchte, das dauert ein paar Minuten. Ein paar sehr viele Minuten. Falls du schon vorgehen willst, dann komme ich hinterher.«

»Wenn du ungestört sein möchtest«, sagte er, »dann kann ich das machen.«

»Oh, nein, nein, ich will nicht ungestört sein«, beteuerte sie hastig. »Ich schätze, das Wenigste von dem ganzen Wust ist wirklich dringend, und das, was dringend ist, werde ich als Mail beantworten, ohne jemanden anrufen zu müssen. Und falls der eine oder andere Anruf trotzdem nötig ist, dann ist das kein Problem, wenn du bei mir bist. Wenn es um Mandanten geht, kannst du nicht wissen, wer gemeint ist, und dann ist es auch egal, was du gerade mit anhörst.«

»Gut, dann sitze ich einfach hier und genieße die schöne Aussicht«, sagte er zufrieden.

Verdutzt hob sie den Kopf und sah sich um. »Ich sehe zwei Stoppelfelder, Weiden mit ein paar Kühen, ein verrostetes Autowrack, das jemand nach einem Unfall nicht mehr aus dem Straßengraben geholt hat. Was genau ist hier eine schöne Aussi…?« Sie verstummte, da sie sich soeben zu ihm umdrehte und sah, dass sein Blick nur auf sie gerichtet war, während er sie anlächelte. »Redest du von mir?«

Statt zu antworten, wurde sein Lächeln nur noch etwas breiter, dann nickte er so minimal, dass man es fast hätte übersehen können.

»Bekomme ich gerade ein rotes Gesicht?«, fragte sie.

Er beugte sich vor und gab ihr einen Kuss. »Nein, aber das kann man ändern«, raunte er ihr zu und zog die Augenbrauen hoch.

Lana kniff die Augen leicht zusammen. »Untersteh dich«, warnte sie ihn grinsend.

Lukas setzte sich wieder gerade hin. »Wir werden sehen. Und ab jetzt schweige und genieße ich, und du kannst dich deinen Mitteilungen aus aller Welt widmen.«

Tatsächlich verging fast eine Stunde, bis Lana ihre Mails und Benachrichtigungen gelesen und zum Teil beantwortet hatte, und dabei hatte sie sich nur auf die wirklich wichtigen Anfragen konzentriert, die laufende Fälle und Fristen angingen, die eingehalten werden mussten. Es war schon erstaunlich, wie sehr sich ein großer Teil ihrer Kollegen doch darauf verließ, dass sie jederzeit auf Zuruf wusste, welcher Vorgang bei welchem Sachbearbeiter auf dem Schreibtisch zu finden war, selbst wenn sie mit den jeweiligen Fällen gar nichts zu tun hatte. Im Büro stellte sie sich üblicherweise taub, was aber im Einzelfall davon abhing, wer sie fragte. Immerhin wusste sie sehr gut, wer im Büro einfach nur zu faul zum Suchen war, obwohl der Vorgang bereits bei ihm auf dem Tisch lag, wenn auch begraben unter einem Berg anderer Akten. Etwas anderes war es, wenn die geplagten Assistenten im Auftrag ihres jeweiligen Steuerberaters auf die Suche geschickt wurden, um das zu suchen, wofür ihre Vorgesetzten einfach zu faul waren. Dann gab Lana gern einen Tipp, wo die Suche am ehesten Erfolg versprechen würde oder wo genau die benötigte Akte lag.

Es war kaum zu fassen, wie viele von den eingegangenen Mails und Kurznachrichten sich auf Fragen in der Art von »Weißt du zufällig, wo …?« beschränkten – ohne Anrede, ohne ein Danke, ohne einen freundlichen Handschlag. So als wäre sie das zentrale Gedächtnis der Kanzlei.

Private Nachrichten hielten sich im Rahmen und beschränkten sich in den meisten Fällen auf die Frage, ob sie und Timo sich gut erholten. Außerdem hatte Timo ein paar Schnappschüsse von seinem Urlaub im Urlaub geschickt und etliche mehr auf Instagram gepostet. Nicht nur ihr fiel auf, dass auf recht vielen Fotos Rebecca einen zentralen Platz einnahm.

»Da scheint aber jemandem meine Tochter zu gefallen«, sagte Lukas, als sie ihm kommentarlos die Fotos zeigte.

»Mein Sohn hat eben Geschmack«, erwiderte sie mit gespielter Hochnäsigkeit und lehnte sich ein wenig zur Seite, um Lukas dazu passend von oben herab anzusehen.

»Da kommt er ganz nach seiner Mutter«, sagte Lukas und grinste triumphierend. »Ich bin dafür der beste Beweis.«

Bei seinen Worten musste sie ausgelassen lachen. »Komm, lass uns zum Wagen … zum Traktor zurückgehen«, korrigierte sie sich gut gelaunt.

12

Montag

Die nächsten Tage vergingen eigentlich viel zu schnell, da sie spürte, dass sie sich ernsthaft in Lukas zu verlieben begann. Wenn sie sein Verhalten richtig deutete, erging es ihm nicht anders, dennoch vermieden sie beide, über tiefergehende Gefühle zu reden. Das war auch besser so, denn auf diese Weise konnten sie die gemeinsame Zeit unbeschwerter genießen. Lukas zeigte ihr die wenigen Sehenswürdigkeiten rund um Aldenhofen, wobei nicht nur das »wenige« eine leichte Untertreibung, sondern die Bezeichnung »Sehenswürdigkeit« an sich eine maßlose Übertreibung war. Eigentlich war alles hier Mittelmaß, aber gerade das machte den Charme dieser Gegend aus.

Eine der Attraktionen war ein kleiner Badesee, der mit dem Auto gerade einmal zehn Minuten von Lukas' Hof entfernt war. Tatsächlich hätte sich der See gut als Ausflugsziel für die Leute geeignet, die den Weg nach Aldenhofen auf sich nahmen, um im Ratskeller zu essen. Allerdings war er von so viel Grün umgeben, dass es keine Parkgelegenheiten für mehr als drei Autos gab, es sei denn, man hätte eine größere Fläche abgeholzt und auch am Ufer etliche Bäume gefällt, um mehr Platz für Sonnenhungrige zu schaffen. Glücklicherweise gehörte das Land einem wohlhabenden Künstler, der die unberührte Natur liebte und gar kein Interesse daran hatte, Badegäste an den See zu locken, die ja doch nur Lärm machten und ihren Abfall zurückließen.

Eine andere Attraktion wäre theoretisch die Windmühle aus dem 19. Jahrhundert gewesen, wenn sich denn jemand die Mühe gemacht hätte, sie in Schuss zu halten. Doch sie galt als Denkmal, was auch der Grund dafür war, dass es viele Interessenten für die Mühle gab, aber niemand sie letztlich kaufte. Die Schätzungen für die Kosten einer kompletten Restaurierung bewegten sich im Millionenbereich, und ein Umbau des Innenlebens war dabei auch noch ausgeschlossen.

Dabei hatte Lana früher einmal davon geträumt, in einer alten Windmühle zu leben, die aber komplett modern eingerichtet sein sollte – mit Fußbodenheizung, Klimaanlage und tausend Dingen mehr, die das Leben angenehm machten. Ein mehrere Zentimeter dickes Handbuch mit dem Regelwerk zum Thema Denkmalschutz gehörte allerdings nicht zu diesen angenehmen Dingen.

Außerdem war es nur ein Traum gewesen, und geträumt hatte sie viel, doch nicht alles musste wirklich sein. Sie war auch so glücklich und zufrieden, vor allem, wenn sie ihre Zeit mit Lukas verbringen konnte.

Immer wieder meldete sich aber auch eine mahnende Stimme zu Wort, die sie aufforderte, vorsichtig zu sein und sich nicht davon blenden zu lassen, dass Lukas so ein netter und zuvorkommender Mann war. Zwar nicht jeder, aber viele Menschen besaßen eine dunkle Seite, vor der Lana sich – so die mahnende Stimme – in Acht nehmen sollte. Die Frage war nur, ob Lukas einer von denen war, die eine solche dunkle Seite besaßen. Und wie sollte sie das herausfinden? Womit sollte sie ihn herausfordern, damit er sein wahres Gesicht zeigte? Sie konnte ihn schließlich nicht geradeheraus fragen, ob er eine dunkle Seite hatte oder nicht. Und selbst wenn sie das tun würde, was sollte sie dann mit seiner Antwort anfangen?

Wenn er verneinte, konnte es sein, dass er die Wahrheit sagte, aber es konnte ebenso gut auch eine Lüge sein. Wenn er zum Beispiel zugab, früher mal spielsüchtig gewesen zu sein, half ihr das ebenfalls nicht weiter, weil sie nicht ausschließen konnte, dass es immer noch so war und er sie lediglich in einer trügerischen Sicherheit wiegen wollte.

Es war eine elende Zwickmühle, in der sie sich befand, aber genau genommen war sie damit nicht allein, denn zweifellos war

Lukas noch vorsichtiger als sie, da er seine Frau geliebt hatte, während Lana in ihrer Beziehung zu Timos Vater einfach nur ihren Spaß hatte haben wollen.

Ganz und gar nicht hilfreich war das Telefonat mit Christina, das sie am Montagmorgen führte, während sich Lukas um die Tiere kümmerte. Vor allem an Sonntagen tat er noch mehr auf dem Hof als üblich, da er fand, dass möglichst viele seiner Angestellten diesen Tag im Kreis ihrer Familie verbringen sollten – noch eine Eigenschaft, die gegen das Vorhandensein einer dunklen Seite sprach; ein Menschenschinder war er schon mal nicht.

»Die beiden Mitarbeiterinnen im Hofladen hatten auch nur lobende Worte für ihn übrig«, berichtete Lana. »Während wir da verkauft haben, konnte ich immer wieder mal beiläufig eine Frage in den Raum werfen, die genauso beiläufig beantwortet wurde. Ich hatte nie das Gefühl, dass die beiden irgendetwas runterleierten, was ihnen über ihren Chef eingetrichtert worden war. Ich meine, wie hätte das auch bewerkstelligt werden sollen. Dass ich mithelfe, war meine eigene spontane Idee gewesen.«

»Moment mal«, warf Christina ein. »Du machst Urlaub auf dem Bauernhof, und dann stellst du dich auch noch in den Hofladen, um zu arbeiten?«

»Warum denn nicht?«, gab sie arglos zurück.

»Merkst du denn nicht, dass du jetzt schon von ihm ausgenutzt wirst?«, fragte ihre Freundin ungläubig. »Was soll das denn erst geben, wenn das mit euch ernster wird? Schickt er dich dann morgens raus auf den Acker, während er noch ein Stündchen Schlaf dranhängt?«

»Ach, Unsinn, Chrissy«, sagte Lana lachend. »Er hat mir nicht gesagt, dass ich für ihn arbeiten soll. Es ist nur so, dass die Autobahn von und nach Hannover voll gesperrt war, und da wälzte sich alles über die Umgehungsstrecken, und weil die auch alle überlastet sind, weichen die Leute immer weiter aus, und eine von diesen Schlangen zog sich gestern genau hier am Hofladen vorbei. Ich glaube, mindestens jeder dritte Wagen ist auf den Parkplatz abgebogen, weil die Leute etwas kaufen wollten.« Sie verdrehte die Augen, als sie an den Trubel zurückdachte, der im Hofladen und davor geherrscht hatte. »Lukas musste raus, um den Frauen Nachschub zu bringen, sonst wäre kurz nach Mittag schon alles leer gekauft gewesen. Na ja, und ich hatte eben keine Lust, den ganzen Tag allein im Haus herumzusitzen.«

»Und da hast du dir gedacht, du spielst mal ein bisschen Kaufladen, wie?«, zog ihre Freundin sie gut gelaunt auf.

»Kann man so sagen«, stimmte sie Christina zu. »Aber die beiden konnten auch dringend Hilfe gebrauchen. Allein hätten die den Ansturm gar nicht bewältigt.«

»Hat dein Traummann sich anschließend wenigstens bedankt?«, fragte Christina.

»Das kann man so sagen«, antwortete sie mit einem Grinsen, das ihr selbst die Schamesröte ins Gesicht trieb.

»O mein Gott!«, rief ihre Freundin. »Habt ihr beide wirklich nur das eine im Kopf?«

»Was denn, Chrissy?«, entgegnete Lana. »Du hast doch selbst gesagt, dass wir erst mal herausfinden sollen, ob wir im Bett kompatibel sind.« Nach einer kurzen Pause fügte sie hinzu: »Und zu deiner Information: Wir sind es.«

»Na, das ist wenigstens schon mal etwas«, sagte Christina amüsiert. »Aber lass dich nicht von ihm blenden, hörst du? Du musst herausfinden, ob er dir was verheimlicht.«

»Himmel, Chrissy, wie soll ich das denn anstellen? Ich kann ihn ja nicht fragen, ob er mir was verschweigt.«

»Nicht, solange du nichts Belastendes gefunden hast.«

»Hast du gerade ›gefunden‹ gesagt?«, hakte Lana nach. »Ich kann doch nicht das Haus auf den Kopf stellen, bis ich was *gefunden* habe.«

»Du musst ja nicht alles durchwühlen, aber du kannst dir doch zum Beispiel mal unauffällig die Kontoauszüge ansehen. Wenn du da seltsame Zahlungen siehst, weißt du doch schnell, dass mit ihm was nicht stimmt.«

Lana seufzte. »Dafür reicht es nicht, mal eben auf ein paar Kontoauszüge zu schauen. Da muss ich mich ein paar Stunden lang reinknien. Und selbst dann kann ich mir kein Urteil erlauben, wenn ich mir nicht von ihm erklären lasse, was es mit bestimmten Buchungen auf sich hat.« Nach einer kurzen Pause fügte sie hinzu: »Unauffällig geht da gar nichts. Ganz zu schweigen davon, dass ich nicht mal weiß, wo er die Kontoauszüge aufbewahrt.«

»Die wirst du schon finden«, beharrte ihre Freundin.

»Chrissy, ich hab dir doch gesagt, dass Lukas' größtes Problem darin besteht, einer Frau wieder vertrauen zu können«, betonte Lana. »Was glaubst du, was er davon hält, wenn ich zu ihm gehe und sage: ›Übrigens, Lukas, ich hab mal ein bisschen im Schrank gewühlt und deine Kontoauszüge gefunden. Wer ist eigentlich diese Steffi, der du jeden Monat fünfhundert Euro überweist?‹«

Christina schwieg einen Moment lang, dann seufzte sie frustriert. »Stimmt, das würde wohl nicht so gut bei ihm ankommen. Tja, dann weiß ich auch keinen Rat. Wenn du … warte mal, wie wär's denn damit? Du vertraust ihm dein finsterstes Geheimnis an, die schlimmste Sache, die du jemals getan hast, und forderst ihn auf, das Gleiche zu tun.«

»Hm«, machte Lana. »Das *könnte* klappen, aber womöglich macht ihm am meisten zu schaffen, dass er in der Grundschule dem schwächsten Jungen in der Klasse das Taschengeld abgenommen hat. Du weißt doch, böse Menschen sehen sich selbst nicht als böse. Da kann etwas wirklich Schlimmes aus seiner Sicht eine ganz harmlose Sache sein.«

»Du kannst es ja wenigstens mal versuchen«, schlug Christina vor. »Und wenn dir die Antwort nicht reicht, legst du von dir was nach, und wenn du es nur erfindest, bis er endlich das gesteht, was du wissen musst.«

Lana seufzte gedehnt. »Ich weiß nicht, Christina, ich muss mir das in Ruhe durch den Kopf gehen lassen.«

»Tu das, Süße«, sagte ihre Freundin. »Und wenn du einen Rat brauchst, ruf mich einfach an.«

»Werd ich machen, Chrissy«, versprach Lana und beendete das Gespräch.

Kaum hatte sie aufgelegt, klingelte es auch schon an der Haustür. Sie verließ ihr Zimmer, ging zur Tür und öffnete. Draußen stand der Postbote mit einem Stapel Briefe in der Hand. »Ah, guten Morgen, Herr Gotthart«, begrüßte sie ihn und scherzte: »Wenn Sie keine Rechnungen haben, sind Sie immer willkommen.«

»Dann würde ich ein einsames Leben führen«, gab er mit gespielt betrübter Miene zurück und drückte ihr einige Umschläge und eine Zeitschrift irgendeines regionalen Bauernverbandes in die Hand. »Die kann ich Ihnen so geben, für die hier«, er hob die Hand hoch, in der er einen Stapel prall gefüllte, mittelblaue Briefumschläge hielt, »brauche ich die Unterschrift des großen Meisters.«

»Oh, Lukas ist irgendwo auf der Weide unterwegs, und ich weiß nicht, wie lange er wegbleiben wird.« Sie deutete auf die Briefe. »Sind das alles Einschreiben?«

»Nein, Postzustellungsurkunden«, sagte der Postbote und klang dabei ungewohnt ernst. Kein Wunder, der Mann hatte sicher in regelmäßigen Abständen solche Post abzuliefern. Er wusste, dass eine Postzustellungsurkunde selten eine gute Nachricht enthielt. »Die muss er schon selbst unterschr…«

In diesem Moment war das Motorengeräusch von Lukas' Traktor zu hören, das recht zügig näher kam.

»Scheint so, als hätte er mich gehört«, witzelte der Postbote.

Lana lächelte, obwohl ihr nicht danach zumute war. Der Traktor kam um die Ecke, der Postbote winkte, und Lukas ließ das Fahrzeug auf den letzten Metern ausrollen, bis es genau vor dem Haus zum Stehen kam. Er stellte den Motor ab, stieg ab und kam auf den Postboten zu, um ihn gut gelaunt und mit Handschlag zu begrüßen. Dann unterschrieb er für insgesamt neun Umschläge, der Postbote bedankte und verabschiedete sich. Lukas kam mit dem Briefstapel zur Tür, Lana hielt ihm die übrige Post hin, die er mit einem Danke und einem Kuss entgegennahm, dann ging er an ihr vorbei ins Haus.

Sie blieb noch vor der Tür stehen und schaute ihm hinterher. Seine gute Laune kam von Herzen, das konnte sie ihm anmerken, und die neun Umschläge konnten ihm offenbar die Laune nicht verderben.

Für Lana dagegen war der Tag bereits so gut wie gelaufen, denn diese Umschläge würden womöglich enthüllen, welche düstere Seite er ihr verschwiegen hatte …

13

Lana folgte Lukas ins Haus und weiter in die Küche, wo er am Esstisch stehen blieb und den Stapel Briefe ablegte. Er griff nach dem Messer, das auf dem Tisch lag, und benutzte es als Brieföffner. Er zog den ersten Brief aus dem Umschlag, überflog ihn und legte ihn zur Seite, dann nahm er den nächsten Brief.

»Und? Irgendwas anderes außer Rechnungen?«, fragte sie ironisch.

»Das ist, glaube ich, das einzige Beständige auf der Welt«, sagte er und schüttelte den Kopf. »Jeder andere Brief kann verloren gehen, aber Rechnungen erreichen immer ihren Empfänger.«

»Geht mir nicht anders«, stimmte sie ihm zu und beobachtete ihn weiter, während er sich den nächsten Umschlag vornahm, einen Blick auf das Schreiben warf und es dann in kleine Stücke riss, die in einem Karton neben dem Kühlschrank landeten.

Noch drei Briefe, von denen der erste mitsamt einer mitgeschickten Broschüre ebenfalls beim Altpapier landete. Der zweite enthielt ein Anschreiben und ein Formular, das ausgefüllt werden musste.

»Das hat noch Zeit«, murmelte Lukas und legte diesen Brief zu den anderen, die nicht für den Abfall bestimmt waren. Beim dritten stutzte er. »Hey, der ist ja gar nicht für mich. Da war unser Postbote etwas zu eifrig. Na, den muss er morgen wieder mitnehmen.« Diesen Brief legte er gesondert von den anderen zur Seite. Dann endlich war er bei den neun Briefen angelangt, die mit Postzustellungsurkunde geschickt worden waren. Er sah sich die oberste Zeile im Fenster der vielen Briefe an, nickte nur knapp und nahm den Stapel, um ihn dann in das Regal neben der Tür zu legen.

»Willst du dir diese Briefe nicht etwas genauer ansehen?«, fragte sie irritiert. »Ich meine, so ein Brief enthält doch normalerweise etwas Wichtiges, wenn er mit Zustellungsurkunde verschickt wird.«

»Ich weiß«, gab er unbekümmert zu. »Aber die kommen alle vom Finanzamt, und die schicken mir alle Briefe so.«

»Das Finanzamt schickt dir alles per Postzustellungsurkunde?«, fragte sie ungläubig. »Warum denn das?«

»Da ist mal ein Brief abhandengekommen«, sagte er, »und weil ich zusammen mit unserem Postboten nachweisen konnte, dass ich den nie erhalten hatte, musste das Finanzamt mir einige Tausend Euro zahlen. Danach sind sie vorsichtig geworden.«

»Wow«, machte Lana erstaunt. »Das ist das erste Mal, dass ich so was höre. Trotzdem musst du dir diese Briefe ansehen, ob da nicht irgendein Bescheid ergangen ist, gegen den du Widerspruch einlegen musst.«

Er winkte unbekümmert. »Das sind wieder mal Erinnerungen, dass ich dies und jenes bezahlen muss, weil das Quartal um ist. Kein Grund zur Sorge. Ich habe dir doch gesagt, dass ich alles so weitergemacht habe wie meine werte Ex, und da ist ja schließlich alles ordentlich gelaufen.«

»Aber …«, setzte sie zu einem weiteren Widerwort an.

Lukas fiel ihr prompt ins Wort. »Lana, wenn du meine Steuerberaterin wärst, würde ich sofort alles tun und machen, was du sagst. Aber du *bist* nicht meine Steuerberaterin, und das wirst du auch nicht sein, weil ich das nicht will. Ich habe ja gesehen, was passiert, wenn Arbeit und Privates zu eng miteinander verbunden sind. Okay?«

»Lukas …«

»Okay?«, wiederholte er. Offenbar war er entschlossen, sich von ihr keinen Rat auf dem Gebiet geben zu lassen, für das sie Expertin war.

Lana verzog den Mund. »Okay. Aber wenn es schiefgeht, sag mir dann nicht, ich hätte dich warnen sollen. Ich habe dich hiermit gewarnt, dass du dich auf ein riskantes Spiel einlässt, wenn du diese Briefe ignorierst. So dick, wie die sich anfühlen, ist da nicht bloß ein Blatt mit einer Umbuchungsmitteilung drin, sondern vier oder fünf Blätter.«

»Okay, ich nehme deine Warnung zur Kenntnis«, sagte er.

»Und weiter kümmert sie dich nicht«, fügte sie hinzu.

»Ich mache das jetzt schon seit vier Jahren so, wie ich es bei meiner Ex beobachtet habe, und das Finanzamt hat sich noch nie beklagt«, führte er geduldig aus. »Wenn mir das Finanzamt etwas anderes als den hundertsten Bescheid schickt, dann kann das nur eine Belobigung sein, dass ich ganz ohne fremde Hilfe diese schwierige Materie bewältigt bekomme.«

Unwillkürlich musste Lana lachen. »Das wäre allerdings auch das erste Mal, dass ich so was als Post vom Finanzamt mitbekomme.«

»Du weißt ja«, sagte er lächelnd und legte den Stapel Briefe auf den vorgebauten unteren Teil des Küchenschranks. »Es gibt für alles ein erstes Mal.« Sein Blick wanderte zur Wanduhr. »Zum Beispiel gibt es gleich zum ersten Mal an diesem Tag Mittagessen.«

»Und sehr wahrscheinlich auch zum letzten Mal«, fügte sie an.

»Was hältst du von Spiegeleiern, Spinat und Spüree?«

»Was ist Spüree?«, fragte sie verständnislos.

»Das Gleiche wie Püree. Aber als Rebecca vier oder fünf war, hat sie immer gesagt, dass sie Hunger hat auf Spiegelei, Spinat und Spüree. Das hat sich seitdem bei uns eingebürgert.«

Lana musste lachen. »Das ist wirklich witzig. Als Timo in dem Alter war, kam er mit dem ›Sp‹ nicht zurecht. Bei Püree war das kein Problem, aber dazu gab es dann Pinat.«

»Pinat«, wiederholte Lukas. »Auch nicht schlecht. Also? Wäre das was?«

»Kann ich dir behilflich sein?«, wollte sie wissen.

»Ja, aber nur beim Essen«, scherzte er. »Und du kannst mal den guten Leopold vor die Tür setzen.«

Sie sah sich um und entdeckte den Hahn auf einem der Stühle am Esstisch, wo er den Kopf ins Gefieder gesteckt hatte und fest schlief. »Der sitzt aber ganz friedlich da und lässt sich von uns nicht stören.«

»Bring ihn trotzdem bitte raus«, sagte Lukas. »Ich kann dir nicht erklären, was genau es ist, aber ich kann keine Eier zubereiten, wenn er in der Küche ist. Sonst macht mir das so wenig aus wie jedem anderen, der ein Ei aufschlägt, um daraus Spiegelei oder Rührei zu machen. Aber wenn Leopold dabei ist, dann …«

»Das ist ja total süß«, rief Lana und machte einen Schritt auf ihn zu, um die Arme um seinen Nacken zu schlingen und seinen Kopf zu sich heranzuziehen, damit sie ihn küssen konnte. »Du nimmst Rücksicht auf die Gefühle des armen Leopold.«

Er seufzte und legte die Arme um sie. »Nicht nur auf seine. Ich könnte auch niemals da draußen einen Grill aufbauen und vor den Rindern und den Schweinen Steaks und Koteletts grillen.«

Sie sah ihn weiter voller Begeisterung an. »Du bist genau der Richtige für diese Meute da draußen, weißt du das?«

»Ich gebe mir Mühe«, antwortete er. »Ich versuche ja auch, meinen Fleischkonsum zu reduzieren. Rebecca liegt mir damit ständig in den Ohren. Was wäre ich schon für ein Vorbild, wenn ich zu meiner Tochter sagen würde, dass ich jeden Tag Fleisch essen muss?«

Sie nickte bestätigend. »Allein schon so etwas zu denken ist ein gewaltiger Schritt hin zu einer gesünderen Ernährung. Und die Tiere werden es dir danken.«

»Ich hoffe, sie wissen, welche Opfer ich bringe«, erwiderte er amüsiert.

»Sie wissen auf jeden Fall, welche Opfer sie bringen müssten, wenn du jeden Tag ein Steak essen wolltest«, betonte sie.

»Vermutlich ja«, stimmte er ihr zu, nahm eine Hand weg und hob warnend den Zeigefinger. »Aber zum Veganer macht mich keiner.«

»Außer, Leopold weigert sich, die Küche zu verlassen, und du bringst es nicht fertig, vier Eier in die Pfanne zu hauen«, erwiderte sie, grinste ihn an und nahm dann die Arme runter, um sich aus seiner Umarmung lösen zu können. Dann ging sie um den Esstisch herum und tippte den Hahn an, der verschlafen den Kopf aus dem Gefieder zog und sie verdutzt ansah. »Tut mir leid, mein Kleiner, aber bis zum Nachtisch solltest du dich besser nach draußen begeben.« Sie hob das Tier vorsichtig hoch, trug es in den Flur und von dort nach draußen. Auf der Sitzbank, die links von der Haustür stand, setzte sie den Hahn auf das alte Sofakissen, auf dem sie Leopold schon ein paar Mal hatte liegen sehen. Der Hahn nahm die Aktion zur Kenntnis und blieb auf dem Kissen sitzen, während Lana wieder nach drinnen ging.

»Leopold hat sich nicht beklagt«, ließ sie Lukas wissen und stellte sich zu ihm, während er den Spinat in einem Sieb unter Wasser hielt. »Soll ich dir mal was Peinliches gestehen?«, fragte sie nach einer Weile.

»Peinlich für dich oder für mich?«, gab er zurück und zwinkerte ihr zu.

»Für mich natürlich«, sagte Lana und zog die Mundwinkel nach unten. »Ich habe in meinem ganzen Leben noch nie frischen Spinat gegessen, ich kenne den nur als gefrorenen Block aus dem Eisfach, der morgens früh in einen Topf gelegt wird, um bis zum Abendessen in aller Ruhe aufzutauen. Das ist doch peinlich.«

Er schüttelte den Kopf. »Na und? Ich habe in meinem ganzen Leben noch nie Spinat aus der Tiefkühltruhe gegessen.«

»Daran ist nichts peinlich«, widersprach sie. »Es ist doch schön, wenn man sein Essen von Grund auf selbst zubereiten kann. Da weiß man wenigstens, was drin ist.«

»Das ist richtig. Aber es könnte auch sein, dass der tiefgekühlte Spinat so zubereitet ist, dass er mir viel besser schmeckt«, gab er zu bedenken.

»Dann sollten wir das bei Gelegenheit doch mal nachholen, oder was meinst du?«

Er nickte zustimmend. »Auf jeden Fall.« Während der Spinat auf kleiner Flamme erhitzt wurde, begann Lukas die Kartoffeln zu stampfen.

»Wenigstens dabei hätte ich dir helfen können«, warf sie ein.

»Wenn du immer nur Tiefkühlspinat gegessen hast, dann gab es bei euch doch bestimmt auch Tiefkühlpüree«, sagte er.

Lana musste lachen. »Ich muss mit dir wirklich mal einen Ausflug in einen richtig großen Supermarkt unternehmen. Tiefkühlpüree gibt es nämlich nicht«, erwiderte sie fröhlich.

»Na, sieh an, und schon habe ich eine Marktlücke entdeckt«, meinte er. »Wenn du willst, kannst du vier Eier aus dem Vorratsschrank nehmen. Oder sechs, falls du mehr Hunger hast.«

»Theoretisch müssten wir uns ein Ei teilen«, gab sie zurück, »wenn ich sehe, welche Menge Spinat du aufgesetzt hast und wie viele Kartoffeln du erst noch stampfen musst.«

»Tja, das sind halt Mengen, die der Körper braucht, wenn man schwere Arbeit leistet«, sagte er. »Aber das verbrennt man ja auch alles wieder.«

»Du ja«, entgegnete sie. »Aber ich muss nicht körperlich arbeiten, ich verbrenne nichts. Wenn ich nicht aufpasse, komme ich nicht mehr durch die Tür.«

Lukas lachte auf. »Da wirst du aber sehr viel essen müssen. Selbst unser dickster Gast ist immer noch durch alle Türen gekommen.«

»Wie hast du so schön gesagt? Es gibt für alles ein erstes Mal?«

»Der Punkt geht an dich«, sagte er amüsiert. »Ich werde deine Portion etwas kleiner ausfallen lassen, okay? Dann kannst du immer noch einen Nachschlag haben, wenn du willst. Aber ich möchte auf keinen Fall, dass du das Gefühl hast, eine viel zu große Portion aufessen zu müssen, nur damit ich nicht denke, es hätte dir vielleicht nicht geschmeckt.«

Sie lächelte ihn an. »Danke, das ist lieb von dir.«

Dann machte sie sich daran, den Tisch zu decken und ihnen beiden etwas zu trinken einzuschenken. Sie redeten über dies und jenes, tauschten sich in Sachen Rezepte aus und mussten wiederholt feststellen, dass Stadt- und Landleben zu grundverschiedenen Essgewohnheiten führten. Sie war schon gespannt darauf, mit Lukas einen Spaziergang durch Düsseldorf in den Vierteln zu unternehmen, in denen sich eine Dönerbude an die andere reihte.

Während sie am Tisch saßen und sich das Mittagessen schmecken ließen, klingelte auf einmal das Telefon. Lukas stand auf und ging rüber, nahm das Gespräch an, unterhielt sich kurz und kehrte dann an den Tisch zurück.

»Das war Dieter«, sagte er. »Sein Trecker will nicht. Ich muss gleich mal rüberfahren.«

»Das finde ich toll«, merkte sie an.

»Was meinst du?«

»Na, dass einer dem anderen hilft.«

»Ist doch eigentlich ganz normal, oder nicht?«

»Hier bei euch mag das normal sein«, räumte sie ein. »Aber mein Wagen ist mal mitten im Tunnel am Rheinufer einfach stehen geblieben, und zwar im Berufsverkehr. Ich war von einer Haltebucht noch gut zwanzig Meter entfernt, und der Wagen rührte sich nicht mehr von der Stelle.«

»Was hast du gemacht?«

Sie zuckte mit den Schultern. »Den Pannendienst gerufen und einen Stau verursacht, der zwei Stunden lang Thema im Lokalradio war, weil niemand, aber auch wirklich niemand auf die Idee kam, mir zu helfen. Alle waren sie damit beschäftigt, sich links einzuordnen und mir wütende Blicke zuzuwerfen. Der eine oder andere wollte mir dann auch beweisen, dass seine Hupe immer noch funktioniert.«

»Lieber Himmel, mit zwei oder drei Leuten hätte man deinen Wagen doch bis zu der Haltebucht schieben können«, sagte er.

»Natürlich hätte man«, stimmte sie ihm zu. »Aber dafür muss man erst mal wissen, was Hilfsbereitschaft bedeutet. Was soll man auch anderes von Leuten erwarten, die einem die Tür vor der Nase zufallen lassen, obwohl sie sehen, dass man dort reingehen will, wo sie gerade rauskommen?«

»Das ist hier ganz anders«, sagte er. »Obwohl wir zum Teil Konkurrenten sind, weil Dieter seine Kartoffeln genauso verkaufen will wie ich, überlasse ich ihm eine Ecke im Hofladen, weil er keine Möglichkeit für den Verkauf am Straßenrand hat. Und wenn Werners Trecker nicht mehr mitmacht, dann kriegt er reihum unsere Traktoren geliehen. Ich meine, wenn gesät werden muss oder wenn die Ernte ansteht, kann er doch nicht vierzehn Tage warten, bis sein Traktor wieder läuft. Der muss raus auf den Acker und was tun.«

»Kann ich gut verstehen«, sagte Lana. »In der Stadt kannst du so was größtenteils vergessen.«

»Ist schon traurig«, musste er feststellen.

»Apropos helfen«, begann sie kurz darauf, als er aufgegessen hatte und seinen Teller in die Spüle stellte. »Ich sehe mir gern mal an, was das Finanzamt von dir will. Immerhin ist das was, wobei ich dir hel…«

»Lana, wir waren uns vorhin einig, dass du nicht meine Steuerberaterin bist und dass du dich nicht um meine steuerlichen Angelegenheiten kümmerst«, unterbrach er sie nachdrücklich.

»Aber ihr helft euch doch auch gegenseitig, wenn dem einen was fehlt«, wandte sie ein.

»Mir fehlt aber nichts«, beharrte Lukas.

»Von Fachkenntnissen in Sachen Steuerrecht einmal abgesehen«, konterte sie bissiger als beabsichtigt.

Lukas zog eine Augenbraue hoch. »Wir waren uns einig, und ich vertraue darauf, dass du Wort hältst.« Nach einer kurzen Pause, in der von ihr kein Widerwort kam, nickte er und ging in den Flur. »Ich hoffe, ich bin in einer Stunde wieder da.«

»Viel Erfolg«, rief sie ihm hinterher.

Kaum war er gegangen, kehrte ihr Blick zurück zu dem Stapel Briefe, der neben der Tür lag und förmlich darum bettelte, geöffnet zu werden. Sie hatte Lukas zugesichert, dass er ihr vertrauen konnte, und trotzdem wollte sie nichts lieber, als sich diese Schreiben vom Finanzamt anzusehen. Sie konnten nichts Gutes bedeuten, davon war sie überzeugt. Wenn sie ihn vor einer Katastrophe bewahren konnte, indem sie die Briefe öffnete, dann konnte er ihr das nicht verübeln. So dumm würde er nicht sein.

Zumindest war es extrem unwahrscheinlich.

Allerdings war da auch noch die Möglichkeit – die minimale und dennoch existierende Möglichkeit –, dass es sich tatsächlich um völlig belanglose Umbuchungs- oder Abbuchungsmitteilungen handelte. Wenn sich das herausstellen sollte, konnte sie auch gleich ihre Sachen packen und losfahren, um ihren Sohn abzuholen. War es das wert? War es das wirklich wert, alles aufs Spiel zu setzen, was aus ihr und Lukas noch werden konnte?

Was aber, wenn diese Briefe etwas enthielten, das ihm finanziell das Genick brechen würde? Setzte sie nicht vielmehr alles aufs Spiel, wenn sie sich an ihr Versprechen hielt, obwohl sie spürte, dass das verkehrt war?

Sie stand auf, räumte den Tisch ab und stellte alles zur Seite, um es später zu spülen. Im Flur hatte sie das Gefühl, ein leises Klopfen an der Haustür zu hören. Sie öffnete die Tür und entdeckte Leopold, der draußen stand und zurück ins Haus wollte.

Der Hahn eilte an ihr vorbei in die Küche und stellte sich vor den Kühlschrank, wo er ungeduldig von einem Bein aufs andere trat. Lana stutzte und sah auf die Uhr. »Ach, es ist ein Uhr«, murmelte sie und wandte sich wieder Leopold zu. »Du wartest schon auf deine Tablette, wie?« Dann lächelte sie und redete weiter: »Was für ein Glück, dass du nicht weißt, was eine Tablette ist.«

Sie öffnete den Kühlschrank und holte das Schälchen feine Leberwurst heraus, formte mit einem Teelöffel eine kleine Kugel und griff nach der Tablettenpackung, drückte eine der kleinen roten Pillen heraus und schob sie mit der Fingerspitze in die Leberwurstkugel und strich die entstandene Kuhle zu. Durch Leopold war ihr zum ersten Mal bewusst geworden, dass Tiere die gleichen Erkrankungen haben konnten wie Menschen – eine Tatsache, über die sie sich zuvor nie Gedanken gemacht hatte. Ob Kopfschmerzen oder Bluthochdruck, alles war möglich, und in Leopolds Fall war es eben eine Überfunktion der Schilddrüse. Dreimal am Tag musste ihm eine Tablette verabreicht werden, die er selbst nicht aufpickte. Natürlich hätte man den Hahn packen, ihm den Schnabel öffnen und die Tablette in den Hals drücken können, aber das hätte für das Tier dreimal am Tag Stress bedeutet, und spätestens nach einer Woche hätte Leopold vor jedem Menschen Reißaus genommen. Also hatte Lukas tagelang die verschiedensten Methoden ausprobiert, wie er ihm die Tablette geben konnte, bis Rebecca auf die eigentlich abwegige Idee gekommen war, sie in etwas Leberwurst zu verstecken. Zum allgemeinen Erstaunen hatte sich dieser Versuch als Volltreffer erwiesen, da der Hahn aus unerfindlichen Gründen mit Begeisterung Leberwurst aß.

Sie legte die Leberwurstkugel auf ihre flache Hand und hielt sie Leopold hin, der keinen Moment zögerte und die Leckerei runterschlang. »Das hast du gut gemacht«, sagte sie und strich ihm übers Gefieder. »Heute Abend um neun Uhr sehen wir uns hier wieder, abgemacht?«

Der Hahn stolzierte um den Tisch herum, sprang auf »seinen« Stuhl und kauerte sich wieder zusammen, um weiterzuschlafen.

Lana spülte Hände ab und ging zum Telefon, dann wählte sie die Nummer ihrer Freundin.

»An die Nummer muss ich mich erst noch gewöhnen«, meldete sich Christina nach dem dritten Klingeln.

»Vielleicht musst du das gar nicht«, sagte Lana mit ernster Stimme.

»Was ist los? Gibt es Ärger?«, fragte ihre Freundin besorgt.

»Noch nicht.«

»Noch nicht?«, wiederholte Christina. »Wann denn dann?«

»Sobald ich eine große Dummheit begangen habe.«

Ihre Freundin stutzte. »Das heißt ... du hast sie noch nicht begangen?«

»Richtig.«

»Und warum willst du sie dann begehen?«, fragte Christina ein wenig ungehalten, fügte aber sofort an: »Warte, warte, lass mich raten. Du steckst in einem moralischen Dilemma. Du willst irgendwas tun, was du nicht tun sollst, weil du weißt, du musst dann dafür büßen, obwohl du das Richtige getan hast ... oder so was in der Art, richtig?«

»Ja, richtig«, seufzte Lana. »So was in der Art.« Dann berichtete sie von der Angelegenheit mit den Briefen vom Finanzamt und von ihrer Sorge, was den Inhalt dieser Briefe anging.

»Puuh«, machte Christina. »Das ist ein Hammer.«

»Finde ich auch«, stimmte Lana ihr zu. »Was würdest du machen?«

Nach einer langen Pause antwortete Christina: »Ich würde die Briefe nicht öffnen.«

»Wieso nicht?«

»Ich weiß nicht. Es sind seine Briefe, es ist seine Sache.«

»Es sind seine Briefe, da hast du recht«, sagte Lana. »Aber ihm ist nicht klar, was sie enthalten könnten … und mit ziemlich Sicherheit auch enthalten werden. Es wäre zwar das genaue Gegenteil, aber von der Problematik her das Gleiche, wenn die Briefe von einer Lottogesellschaft kämen und er würde sich nicht um sie kümmern, obwohl er ein paar Millionen Euro gewonnen hat, die er nur bekommt, wenn er sich in den nächsten drei Tagen meldet.«

»Es ist trotzdem seine Sache«, beharrte Christina, und als Lana frustriert schnaubte, ergänzte sie: »Ich weiß schon, was du von mir hören willst, aber ich kann dir nur das antworten, was ich auch meine.«

»Ja, ich weiß.«

»Ich sage natürlich nicht, dass du das Gleiche tun musst wie ich. Nur weil ich die Finger von den Briefen lassen würde, kann ich dir nicht verbieten, sie zu öffnen. Aber ich kann es dir auch nicht erlauben.«

»Sehr hilfreich bist du nicht«, murmelte Dana missmutig.

»Frag doch mal bei dir im Büro nach, wie deine Kollegen dazu stehen«, schlug Christina vor.

»Chrissy, das ist eine gute Idee«, rief Lana begeistert, verabschiedete sich von ihr und rief ihren Kollegen Andreas Decker an.

Kaum hatte der sich gemeldet, überfiel sie ihn auch schon mit einer ausführlichen Schilderung ihrer Situation. Decker hörte sich alles geduldig an, dann erwiderte er: »Wenn er zuvor gesagt hätte, dass du dich im Auftrag unserer Kanzlei um seine Steuererklärungen kümmern sollst, könntest du dich darauf berufen, auch wenn er zwischenzeitlich anderer Meinung ist.«

»Hat er nicht«, musste sie kleinlaut zugeben. »Er hat mindestens zweimal gesagt, dass ich nicht seine Steuerberaterin bin.«

»Hm, dann hast du schlechte Karten«, sagte ihr Kollege. »Sollte er dich deswegen anzeigen, könntest du wohl nur damit argumentieren, dass du dich in einer Ausnahmesituation befunden hast, weil es sehr wahrscheinlich keine guten Neuigkeiten sein dürften. Wie du dich letztlich aus der Nummer rauswinden kannst, ist allerdings eine ganz andere Frage.«

Lana atmete frustriert durch, dann fiel ihr noch ein möglicher Ausweg ein. »Sag mal, Andreas, haben wir nicht irgendeinen Mandanten, der beim Finanzamt Minden geführt wird?«, fragte sie nach einem Blick auf die Absenderangabe über dem Adressfeld.

»Muss ich mal suchen«, sagte er. »Einen Moment.«

Sie hörte ihn tippen.

»Ja, zwei sogar. Wieso fragst du?«, wollte er wissen.

»Könntest du mir einen Gefallen tun?«

Er schwieg einen Moment lang, dann stöhnte er leise auf. »Das ist jetzt nicht dein Ernst.«

»Du weißt, dass ich das nicht von hier aus machen kann«, murmelte sie. »Du hast dann auch was gut bei mir.«

»Gib mir den Namen und die Adresse, die Steuernummer wirst du ja wohl nicht sehen können. Ich rufe dich in ein paar Minuten wieder an«, sagte er. »Unter der Festnetznummer, die mir hier angezeigt wird?«

»Richtig«, antwortete sie. »Danke, Andreas.«

»Schon gut«, sagte er und legte auf.

Es vergingen insgesamt zehn Minuten, bis ihr Kollege zurückrief. »Claudia hat jetzt auch was bei dir gut, Lana. Das sind nämlich ihre beiden Mandanten.«

»Alles klar. Und?«

»Was genau an diesen Lukas Brenner rausgegangen ist, konnte die Sachbearbeiterin ihr natürlich nicht sagen«, antwortete er. »Aber ihr genauer Wortlaut war: ›Es ist nichts Gutes, und es wird teuer. *Sehr* teuer.‹ Genügt dir das?«

»Ja, das genügt mir«, sagte Lana. »Und es ist genau das, was ich befürchtet habe.«

»Das freut mich. So wie ich dich kenne, weiß ich schon, was du gleich machen wirst. Aber sei so gut und sag es mir nicht.«

»Ich habe keine Ahnung, wovon du redest, Andreas«, gab sie grinsend zurück und bedankte sich. »Ihr zwei habt wirklich was gut bei mir.«

Nachdem sie aufgelegt hatte, kehrte sie in die Küche zurück, zögerte kurz und nahm den Stapel Briefe an sich. Sie ging zum Tresen, griff nach dem Messer und öffnete die Umschläge. Dann setzte sie sich an den Tisch, zog das erste Schreiben heraus und erschrak. »O mein Gott«, flüsterte sie entsetzt. Diese Worte sollten ihr noch insgesamt acht Mal über die Lippen kommen.

»Versuch's noch mal«, sagte Lukas und lächelte zufrieden, als der Motor des Traktors ansprang. »Dieses eine Kabel muss gebrochen sein. Darum geht er immer wieder aus.«

»Aber mit dieser behelfsmäßigen Schiene kann es wenigstens nicht wieder umknicken«, entgegnete Dieter. »Da muss ich zusehen, dass ich dafür Ersatz bekomme. Aber danke noch mal.«

»Kein Problem«, sagte Lukas. »Das weißt du doch.« Er sah auf die Uhr. Kurz vor zwei.

»Okay, dann saus lieber zu deiner Freundin zurück, bevor sie noch ungeduldig wird.«

»Oh, im Moment darf sie das ruhig«, erwiderte Lukas.

»Wieso? Willst du sie zappeln lassen? Oder habt ihr euch etwa gestritten?«, fragte Dieter besorgt. »Die Kleine passt gut zu dir. Verscherz es dir nicht mit ihr, hörst du?«

Lukas winkte ab. »Wenn, dann kann sie es sich nur mit mir verscherzen.«

Dieter sah ihn skeptisch an. »Wie soll ich das verstehen?«

»Na ja, im Moment ist sie einer Bewährungsprobe ausgesetzt.«

»Was hast du denn mit ihr gemacht?«, rief Dieter erschrocken. »Du kannst doch nicht …«

»Gar nicht«, sagte er und machte eine wegwerfende Handbewegung. »Das hat sie sich selbst eingebrockt. Heute Morgen haben die staatlichen Strauchdiebe mir Post geschickt.«

»Das Finanzamt?«

»Ja, wer sonst verdient so einen Titel?«, gab Lukas zurück.

»Zum Beispiel das Ordnungsamt, weil du ohne Gurt und mit Handy am Ohr zu schnell über eine rote Ampel gefahren bist.«

»Bin ich nicht«, antwortete Lukas.

»Dein Glück. Jetzt sag schon, was das Finanzamt von dir will.«

»Keine Ahnung, wieder irgendwelche Mitteilungen, dass sie zehn Euro von da nach dort umgebucht haben. Ich mache die nur alle Jubeljahre mal auf, weil nie was Wichtiges drin ist. Aber Lana ist völlig außer sich. Sie meint, die Briefe seien was ganz Übles. Sie wollte unbedingt, dass ich die Umschläge aufmache. Aber ich habe es nicht getan, und jetzt liegen die geschlossenen Umschläge da.«

Dieter sah ihn einen Moment lang nachdenklich an. »Meinst du, sie macht sie auf?«

Lukas presste die Lippen zusammen und atmete tief durch. »Ich will es nicht hoffen. Wenn ja, dann …«

»Dann war's das?«, fragte sein Freund.

Lukas nickte zögerlich. »Ja, dann war's das. Wenn sie nicht mal in der Lage sein sollte, meine Entscheidung zu respektieren, dass ich diese Briefe öffne, wann ich es für richtig halte, dann kann es keine Zukunft für uns geben.«

Dieter wiegte den Kopf leicht hin und her. »Findest du nicht, dass du etwas übertreibst?«

»Nein, finde ich nicht. Wir kennen uns noch keine zwei Wochen, und wenn sie mich jetzt schon hintergeht, was soll dann erst in einem Jahr sein? Wenn ich das mit mir machen lasse, wird sie sich immer mehr herausnehmen. Und wohin das führt, das habe ich ja aus erster Hand miterlebt. Das hat mir einmal gereicht, das brauche ich kein zweites Mal.«

Sein Freund zuckte mit den Schultern. »Auf mich macht sie einen netten und vernünftigen Eindruck. Bestimmt hat sie verstanden, wie wichtig es ist, dass du ihr vertrauen kannst.«

»Ich will es hoffen, Dieter«, erwiderte Lukas leise. »Ich will es wirklich hoffen.«

Lana hatte alle neun Briefe auseinandergefaltet und auf dem Küchentisch nebeneinander hingelegt, damit Lukas sich nach seiner Rückkehr auf einen Blick einen Eindruck davon verschaffen konnte, was das Finanzamt von ihm wollte. Sie konnte nur hoffen, dass er nicht in Ohnmacht fiel, wenn er die Zahlen sah. Aber vermutlich war diese Sorge unbegründet, vielmehr war davon auszugehen, dass sie ihm erst erklären musste, was ihn erwartete.

Als sie draußen den Traktor vorfahren hörte, verkrampfte sie sich unwillkürlich. Was würde Lukas dazu sagen, dass sie nicht Wort gehalten hatte? Klar, gefallen würde es ihm bestimmt nicht, aber sicher würde diese Frage in dem Moment hinfällig, wenn er sah, was auf dem Spiel stand.

Dann ging die Haustür auf, und sie sah ihn von ihrem Platz am Esstisch hereinkommen.

Er kam in die Küche und blieb nach zwei Schritten stehen, als er die nebeneinander angeordneten Briefe entdeckte.

»Du hast meine Briefe geöffnet?«, fragte er leise, nachdem er die Briefe durchgezählt und bei neun angekommen war.

»Ja«, sagte sie nur.

»Obwohl du mir versichert hast, es nicht zu tun?«

»Ja.«

»So.« Er stand noch immer gut zwei Meter vom Tisch entfernt und betrachtete die Briefe, ohne jedoch Lana anzusehen.

»Willst du dich nicht entschuldigen, dass du mein Vertrauen missbraucht hast?«

Sie schüttelte den Kopf. »Ich habe richtig gelegen. Du kannst die finstere Miene aufgeben, Lukas. Ich weiß, dir gefällt nicht, dass ich die Briefe geöffnet habe. Aber wenn du dir ansiehst, was dein Finanzamt von dir will, dann wirst du dankbar sein, dass ich was unternommen habe. Uns bleibt nicht viel Zeit, um das …«

»Uns bleibt gar keine Zeit mehr«, unterbrach er sie verärgert. »Du hast mir bewiesen, dass ich dir nicht vertrauen kann.«

»Würdest du dir bitte die Mühe machen, erst mal einen Blick

auf diese Bescheide zu werfen?«, sagte sie, ohne auf seine Äußerung einzugehen.

»Das kann ich immer noch machen«, gab er in frostigem Tonfall zurück. »Wenn du weg bist.«

»Weg?«

»Wenn du meinen Hof verlassen hast.«

Sie wollte ihren Ohren nicht trauen. »Du setzt mich vor die Tür?«

»Ja«, sagte er tonlos. »Ich komme in einer Stunde wieder, und dann will ich dich hier nicht mehr sehen. Niemals wieder. Wo du deinen Sohn abholen kannst, weißt du ja.«

Dann drehte er sich weg und verließ die Küche. Im Flur blieb er stehen, nahm den Telefonhörer ab und wählte eine Nummer. »Ich bin's. Im Ratskeller? … Viertelstunde? … Bis gleich.« Er legte auf, verließ das Haus und zog die Tür leise hinter sich zu.

Lana saß da und zog ungläubig die Augenbrauen hoch. Dann drehte sie sich zu Leopold um, der verschlafen dreinschaute. »Gut, dass du das nicht mitgekriegt hast«, sagte sie zu ihm. »Was für ein unmögliches Auftreten.« Sie hörte, wie der Motor des Traktors ansprang, dann entfernte sich das Geräusch zügig.

Kopfschüttelnd stand sie auf und seufzte leise. Jetzt blieb für sie nur noch eines zu tun …

Lukas saß da und starrte in sein halb volles Bierglas. »Wie konnte ich nur so dumm sein, schon wieder auf ein nettes Lächeln und ein hübsches Gesicht reinzufallen?« Er schüttelte den Kopf. »Und sie hat sich nicht mal entschuldigt, Dieter. Nicht mal das. So als hätte sie jedes Recht, ihr Versprechen zu brechen und mein Vertrauen zu hintergehen, indem sie die verdammten Briefe aufmacht.«

»Hat sie dir denn nicht mal erklärt, warum sie das gemacht hat?«, wollte sein Kumpel wissen.

»Meinst du, ich will mir auch noch erklären lassen, wieso sie mich hintergangen hat?« Wieder schüttelte Lukas den Kopf. »Es ist mir egal, warum und wieso sie das getan hat. Es geht darum, dass ich ihr vertraut habe, und sie hat mein Vertrauen schamlos missbraucht.«

»Du hättest sie schon nach dem Grund fragen sollen«, fand Dieter.

»Bist du auf meiner Seite oder auf ihrer?«, knurrte Lukas ihn an. »Als ob das irgendetwas ändern würde.«

Dieter schien mit den Gedanken woanders zu sein, da sein Blick abschweifte. »Wie heißt das noch mal?«, fragte er. »Die Rechnung ohne den Wirt machen?«

»Ja, richtig. Wieso fragst du?«

Dieter zuckte mit den Schultern. »Weil ich wissen wollte, ob das richtig formuliert ist, wenn ich jetzt zu dir sage, dass du die Rechnung ohne den Wirt gemacht hast.«

Lukas kniff verständnislos die Augen zusammen. »Muss ich das jetzt verstehen?«, fragte er irritiert.

»Nein, noch nicht, aber gleich«, redete Dieter weiter, ohne dass es nun mehr Sinn ergab als noch vor zwei Minuten. »Und zwar … jetzt.«

Im gleichen Moment wurde etwas vor Lukas auf den Tisch geknallt. Er zuckte zusammen und riss den Kopf herum. Neben ihm stand Lana, den Stapel Briefe in der Hand, von denen sie ihm einen nach dem anderen hinklatschte.

»Schätzung für das letzte Jahr wegen nicht abgegebener Steuererklärungen«, verkündete sie so laut, dass es jeder in der Schänke des Ratskellers hätte hören können, doch der war um diese Tageszeit zum Glück verwaist. Lediglich Katja, die Wirtin, stand hinter der Theke und beobachtete interessiert das Geschehen. »Einkommensteuer fünfzigtausend Euro, Umsatzsteuer zwanzigtausend Euro. Das Gleiche für das Jahr davor und das Jahr *davor* und das Jahr *davor*. Zusammen mit Kirchensteuer, Solidaritätszuschlag, Säumniszuschlägen und Verzugszinsen sind das für die letzten vier Jahre insgesamt über dreihunderttausend Euro, die dir in genau vier Wochen vom Konto abgebucht werden.« Sie ließ eine kurze Pause folgen, dann redete sie weiter: »Und der neunte der neun Briefe ist die Ankündigung einer Betriebsprüfung für die fünf Jahre davor, als noch Steuererklärungen abgegeben wurden.«

Lukas wollte etwas einwerfen, doch sie ging über den Versuch hinweg und redete weiter: »Wenn du in vier Wochen keine dreihunderttausend Euro auf dem Konto haben solltest, kommt das Finanzamt und pfändet alles, auch dein vorletztes Hemd. Das letzte müssen sie dir lassen, aber das hilft dir jetzt auch nicht. Ich will gar nicht darüber nachdenken, was aus den Tieren wird, die dann ja nur noch Kosten verursachen. Und mit Blick darauf, dass du vier Jahre lang wild drauflos irgendwelche Zahlen ans Finanzamt gemeldet hast, wird diese Betriebsprüfung so brutal ausfallen, dass du wünschen wirst, du wärst einer Horde Inquisitoren in die Finger gefallen, weil die noch harmlos wären im Gegensatz zu den Prüfern. Die werden nach jedem noch so kleinen Mangel bei deinen Belegen suchen, damit du für diese Jahre noch mal einige Zehntausend Euro nachzahlen darfst. Und das ist nur das harmloseste Szenario. Wenn bei deinen Einnahmen irgendwelche Unregelmäßigkeiten auftreten, wird man die echten Einnahmen schätzen, und das so großzügig, dass du nicht mehr weißt, ob du Männlein oder Weiblein bist.«

Lukas hatte das Gefühl, dass die ganze Welt um ihn herum in sich zusammenstürzte und dass ihm der Boden unter den Füßen weggerissen wurde. Er wollte Lana stoppen, weil er nicht ertrug, was ihre Worte bei ihm auslösten, doch er bekam keinen Ton heraus.

»Und das ist noch nicht mal das Schlimmste«, fuhr sie fort. »Weißt du das eigentlich, Lukas? Soll ich dir sagen, was dir noch blüht? Eine Haftstrafe! Wenn sich bei der Prüfung Anhaltspunkte dafür ergeben, dass du systematisch Einnahmen ›vergessen‹ hast, wird man dich wegen Steuerhinterziehung vor Gericht stellen. Was dann mit Rebecca geschehen wird? Hm, frag einfach den Richter, der weiß sicher, wo man deine Tochter unterbringen wird. Du wirst alles verlieren, Lukas. Alles!« Sie schüttelte den Kopf. »Ich hatte bereits einen Zeitplan erstellt, wie wir vorgehen müssen, damit wir das noch alles verhindern können. Ich hatte mir überlegt, vier oder sechs Wochen unbezahlten Urlaub zu nehmen, um dich davor zu bewahren, dass dir alles weggenommen wird, was dir wichtig ist. Ja, ich weiß, du fühlst dich von mir hintergangen, aber ich habe deine verdammte Post nicht geöffnet, um mit dem Briefträger durchzubrennen, sondern weil ich wusste, dass diese Briefe nichts Gutes bedeuten konnten. Ich wollte dir helfen, den Kopf aus der Schlinge zu ziehen. Schade, dass du vorhin nur meinen scheinbaren Verrat sehen konntest und dir nichts Besseres eingefallen ist, als mich zum Teufel zu jagen. Ich wünsche dir viel Spaß bei der Suche nach einem anderen Steuerberater, der bereit ist, so kurzfristig einzuspringen und sich diese Arbeit aufzuhalsen. Falls du einen findest, kannst du dich ja schon mal auf seine Rechnung freuen, denn er wird dir für jede Kopie und jedes Telefonat den Höchstsatz berechnen, den die Gebührenordnung hergibt.«

Sie wandte sich zum Gehen, hielt dann aber noch einmal kurz inne, sodass Lukas den Hauch einer Hoffnung schöpfte, sie könnte ihm doch noch vergeben, dass er so kurzsichtig gewesen war. Ihre nächsten Worte machten den Gedanken jedoch gleich wieder zunichte.

»Vielleicht wirst du eines Tages erkennen, dass nicht alle Frauen gegen dich sind. Aber wenn der Tag gekommen ist, lass es mich bitte nicht wissen, denn ich möchte von dir nie wieder hören«, warf sie ihm abschließend an den Kopf. Dann stürmte sie hinaus.

Wie aus weiter Ferne hörte er Katja applaudieren, während sein Blick über die Zahlen auf den Bescheiden wanderte, die vor ihm auf dem Tisch lagen. »Ich bin … erledigt«, flüsterte er.

14

Lukas saß da, starrte immer noch auf die Bescheide und legte den Kopf in die Hände. Sein Blick wanderte über die Briefe und blieb jeweils an der Zahl hängen, die hinter »Zu zahlen sind« stand. Jede Zahl für sich war schon erschreckend, aber wenn er sie erst einmal zu addieren begann, dann verkrampfte sich vor Entsetzen sein Magen. »Die sind doch verrückt!«, murmelte er. »Die sind doch völlig verrückt. Wie können die mir so viel Geld abnehmen wollen?«

»Du weißt genau, dass die das können«, sagte Dieter. »Außerdem hab ich dir mehr als einmal gesagt, dass das auf die Dauer nicht gut gehen kann, wenn du alles ganz allein machst.«

»Aber ich habe doch die Vorlage von meiner Ex, an die ich mich halten kann«, wehrte Lukas ab.

»Vorausgesetzt, sie hat das überhaupt richtig gemacht.«

Lukas setzte sein Bierglas ab, da er sich bei diesen Worten verschluckt hatte und husten musste. »Was redest du da?«

»Na, dafür gibt's doch Prüfungen, ob du auch alles richtig gemacht hast«, erklärte Dieter. »Wenn du in das Formular einträgst, dass du zwanzigtausend Euro Einnahmen hattest, dann geht das Finanzamt davon aus, das du weißt, was du schreibst. Die rechnen ja nicht deine Kontoauszüge nach, wenn du deine Erklärungen abgibst. Aber möglicherweise kommen sie nach ein paar Jahren vorbei und gucken, ob das alles so richtig ist.«

»Und wenn es nicht richtig ist?«, fragte Lukas besorgt.

»Dann sagt das Finanzamt dir, was du wirklich eingenommen hast«, fuhr Dieter fort. »Wenn es mehr ist, musst du unter Umständen noch was nachzahlen. Wenn es weniger ist, bekommst du was raus.«

»Warte mal … und wenn meine Ex …«, begann Lukas.

»Wenn deine Ex keine Ahnung hatte und da irgendwelchen Mist hingeschrieben hat«, führte sein Freund den Satz für ihn fort, »dann kopierst du seit vier Jahren genau diesen Mist, und der könnte dir jetzt um die Ohren fliegen.«

»Ja, aber die können mich doch nicht einfach in den Ruin treiben«, wandte Lukas ein. »Dagegen muss man doch was unternehmen können.«

»Dagegen kann man was unternehmen: vorbeugen«, sagte sein Freund. »Und zwar mit einem Steuerberater, so wie ich das seit Jahren mache.«

»Du kennst meine Einstellung zu diesem Berufsstand«, knurrte Lukas.

»Ich weiß, dass deine Ex mit eurem Steuerberater durchgebrannt ist«, sagte Dieter. »Aber das ist bestimmt kein Argument, um zu sagen, dass du nie wieder was mit Steuerberatern zu tun haben willst. Stell dir vor, sie wäre mit einem Internisten durchgebrannt. Würdest du deswegen nie wieder zum Arzt gehen?«

Lukas legte den Kopf in den Nacken.

»Und komm mir nicht wieder mit dem Argument, dass die einen auch ausnehmen«, legte Dieter nach. »Auch wenn die natürlich nicht kostenlos arbeiten, hätten sie dir keine dreihunderttausend Euro abgenommen.«

»Ich weiß, ich weiß«, murmelte Lukas. »Ich hab's verbockt, aber du musst mir das nicht auch noch so beharrlich unter die Nase reiben.«

Dieter zog eine Augenbraue hoch. »Mitleid kannst du nicht erwarten, mein Lieber. Mitleid bekommt von mir jeder, der ungerecht behandelt wird. Aber das wirst du nicht, und darum sag ich dir nur, was Sache ist.«

»Das hilft mir jetzt bloß nicht weiter«, argumentierte Lukas. »Ich brauche eine Lös…«

»Lukas, ich muss mal eben kassieren«, sagte plötzlich Katja, die von ihm unbemerkt an den Tisch gekommen war.

»Was?«, fragte er irritiert, griff aber dann in seine Hosentasche, um eine Handvoll Münzen hervorzuholen. »Was kriegst du von mir? Drei Euro noch was?«

»Nix da, Lukas, ich krieg von dir vierundsiebzig fünfzig«, erwiderte sie.

Er sah sie verwundert an. »Für zwei Bier?«

»Auch für zwei Bier. Aber du hast die ganze letzte Woche anschreiben lassen, und wenn ich höre, dass dir das Finanzamt alles abnehmen will, was du besitzt, dann werde ich nicht auf das Geld verzichten, das mir zusteht.«

»Du bekommst dein Geld doch«, beteuerte er. »Im Moment ...«

»Weißt du, Lukas, dem Finanzamt ist es egal, ob du die vierundsiebzig fünfzig noch in der Tasche hast oder nicht. Aber mir ist das nicht egal. Für mich ist das 'ne Menge Geld, auf das ich nicht einfach so verzichten kann. Also.« Ihr Ton war deutlich ungehaltener geworden, was jeden Einwand und jedes Widerwort hinfällig machte.

»Schon gut, schon gut«, meinte Lukas mürrisch, obwohl er nur zu gut wusste, dass er gar keine Veranlassung hatte, mürrisch zu sein. Er kramte die Brieftasche hervor und zog einen Fünfziger, einen Zwanziger und einen Fünfer heraus, dann legte er die Scheine auf den Tisch. »Hier, damit du Ruhe gibst.«

Katja öffnete die große schwarze Kellnergeldbörse und verteilte die Scheine auf die verschiedenen Fächer, dann legte sie Lukas fünfzig Cent hin. »Dein Wechselgeld.«

»Lass mal gut sein, Katja«, sagte er und schob ihr die Münze zu.

»Nee, nee, Lukas«, wehrte sie sofort ab. »In vier Wochen wirst du froh sein, wenn du den Fünfziger noch in der Tasche hast.«

»Komikerin«, knurrte er, dann wandte er sich wieder seinem Freund zu. »Als ob der ganze Saal mitbekommen müsste, was mich erwartet! Es war ja bestimmt nicht nötig, das vor allen Leuten hinauszuposaunen.«

Dieter rieb sich übers Kinn. »Hat sie denn davon nichts gesagt, als du nach Hause gekommen bist und gesehen hast, dass sie deine Post geöffnet hatte?«

Er zuckte mit den Schultern. »Natürlich wollte sie es mir erklären und sich rechtfertigen. Aber meinst du, ich hatte Lust, mir ihre Ausflüchte anzuhören? Darum hab ich dich doch angerufen.«

»Hm«, machte Dieter nachdenklich. »Das heißt, wenn du sie hättest ausreden lassen, anstatt aus dem Haus zu stürmen, dann hätte sie dir unter vier Augen sagen können, dass das Finanzamt in einem Monat dreihunderttausend Euro von dir haben will, richtig? Sie hätte dann nicht hier reinstürmen müssen, um dir die Bescheide auf den Tisch zu knallen, richtig?«

»Ja, das wäre wohl der Fall gewesen«, räumte er seufzend ein. »Ich hab mir den Auftritt hier wohl selbst eingebrockt.«

»Ja, hast du«, stimmte Dieter ihm zu. »Bist du eigentlich immer noch davon überzeugt, dass es richtig war, Lana in die Wüste zu schicken?«

»Du scheinst zu vergessen, dass sie mein Vertrau…«

»Ja, ja, Lukas«, spottete Dieter. »Sie hat auf schändliche Weise dein Vertrauen missbraucht. Sie hat dich ganz, ganz böse hintergangen. Mensch, Lukas! Nur weil deine Ex so eine dumme Pute war, kannst du nicht jeder Frau das Gleiche unterstellen.« Er trank einen Schluck Bier. »Du könntest sauer sein, wenn dir das Finanzamt fünf Millionen Euro zurückzahlen wollte und sie hätte es rausgekriegt und dem Finanzamt ihre Kontonummer mitgeteilt, um das Geld einzustecken und dann spurlos zu verschwinden«, redete er auf Lukas ein. »Aber hast du überhaupt gehört, was sie gesagt hat? Sie wollte unbezahlten Urlaub nehmen und versuchen, dich vor dem Schlimmsten zu bewahren. Das klingt für mich nicht nach Hinterlist.«

Lukas verzog missbilligend den Mund. »Ja, ja, ich hab's inzwischen begriffen. Es ist alles meine Schuld, und ich hab alles verbockt. Ich habe Lana vergrault, und in vier Wochen kommt das Finanzamt und kassiert meinen Hof ein.«

»Wenn nicht noch ein Wunder geschieht«, merkte Dieter an.

»Ja, in der Form, dass sich nachts die Erde auftut und das Finanzamt verschlingt«, gab Lukas zurück und schaute verzückt drein.

»Och, so wild muss das nicht unbedingt sein«, meinte sein Freund. »Ich dachte eher an eine Nummer kleiner.«

Lukas schüttelte verständnislos den Kopf.

»Ich dachte daran, dass ein bisschen Hirn vom Himmel fällt und dich trifft«, erklärte Dieter ihm. »Damit du Verstand annimmst *und dich bei Lana entschuldigst, du Ochse*!«

»Die will doch nichts mehr von mir wissen«, gab Lukas wehleidig zurück. »Was ich ihr an den Kopf geworfen habe, wird sie mir niemals verzeihen.«

»Vielleicht nicht so schnell, aber ›niemals‹ halte ich für übertrieben.«

Lukas zuckte mit den Schultern. »Was habe ich noch davon, wenn sie mir in einem halben Jahr verzeiht? Dann ist alles zu spät.«

»Hmm, da wäre ich mir nicht so sicher«, wandte Dieter ein. »Ich meine, wenn du ihr gesagt hast, sie soll verschwinden, warum kommt sie dann her und macht dir noch eine solche Szene?«

»Um mich öffentlich zu demütigen, damit jeder weiß, was für ein Versager ich bin«, meinte Lukas achselzuckend. »Und damit hat sie ja auch noch recht.«

»Dann verstehe ich eines nicht«, sagte Dieter daraufhin.

»Und das wäre?«

»Dass sie immer noch gegen ihren Wagen gelehnt da draußen wartet.«

Erst jetzt begriff Lukas, wieso Dieter die ganze Zeit an ihm vorbeigeschaut hatte, während er mit ihm redete. Er drehte sich um und sah durch die bunten Butzenscheiben den roten Mercedes Kombi, der vor dem Ratskeller parkte. Und Lana stand gegen den vorderen Kotflügel gelehnt da, hatte die Arme verschränkt und sah auf ihre Uhr.

»Entschuldige mich bitte«, sagte Lukas hastig und sprang so eilig von seinem Platz auf, dass sein Stuhl nach hinten geworfen wurde und mit viel Lärm auf dem Boden landete. Bis er die Tür erreicht hatte, waren noch zwei Stühle umgekippt.

Katja sah ihm von der Theke aus hinterher, dann sagte sie zu Dieter: »Was für ein Glück, dass ich eben noch meine Außenstände von ihm eingetrieben habe.«

»Du bist ja noch da!«, hörte Lana Lukas rufen und hob den Kopf, um ihn anzusehen.

»Weißt du, wie weit ich in zwanzig Minuten gekommen wäre, wenn ich sofort abgefahren wäre, wie es jede andere Frau in dieser Situation gemacht hätte?«, fragte sie in unterkühltem Tonfall.

»Zu weit, um dich mit dem Trecker noch einzuholen«, erwiderte er und näherte sich ihr vorsichtig, immer darauf bedacht, genug Abstand zu halten, da sie nach wie vor mit verschränkten Armen dastand. »Tut mir leid, dass ich erst jetzt auftauche, aber offenbar brauche ich manchmal etwas länger, um etwas zu begreifen.«

»Die Frage ist, *was* du begriffen hast«, sagte sie. »Wenn es das Richtige ist, dann ist es okay.«

»Ich habe mich wie ein Idiot benommen«, räumte er zerknirscht ein.

»Weiter«, forderte sie ihn auf.

»Ich hätte mir erst mal anhören sollen, was du mir sagen wolltest«, fuhr er fort. »Das tut mir leid.«

Sie sah ihn mit ernster Miene an. »Schon besser.«

Betreten schaute er zu Boden. »Kannst du mir verzeihen?«

»Das weiß ich noch nicht«, sagte sie. »Es kommt nicht oft vor, dass ich jemanden vor dem finanziellen Ruin bewahren will und zum Dank vor die Tür gesetzt werde.«

»Lana, es tut mir wirklich leid«, wiederholte er. »Aber du wusstest, dass ich nicht will, dass du diese Umschläge öffnest, weil sie dich eigentlich nichts angehen. Als ich nach Hause kam, und da lagen die Briefe auf dem Tisch, da konnte ich an nichts anderes denken als dass du mich hintergangen hattest. Jetzt wissen wir beide, dass es eine gute Entscheidung von dir war.«

Sie musterte ihn eindringlich. »Du denkst, ich habe mir einfach gesagt: ›Was kümmert es mich, was der Typ redet? Ich will jetzt wissen, was in den Umschlägen steckt.‹ Sehe ich das richtig?«

Lukas sah sie unschlüssig an, so als schwanke er zwischen einer ehrlichen Antwort und der Antwort, die sie beschwichtigen würde.

»So würde ich es nicht formulieren …«

»Sondern?«

Er stutzte. »Was?«

»Wenn du es so nicht formulieren würdest, wie dann?«, wollte sie wissen.

Er hob die Schultern leicht an. »Ich weiß nicht … mehr so in die Richtung: ›Was weiß der blöde Bauer schon von Briefen, die vom Finanzamt kommen?‹ Ich meine, du bist die Spezialistin für so was, da ist es nur normal, wenn du so was denkst.«

Lana atmete tief durch. »Ich hatte dich nicht für einen blöden Bauern gehalten …«

»Betonung auf *hatte*?«, warf er ein.

»Zumindest, was diesen Rauswurf angeht«, bestätigte sie. »Auch wenn es für dich vielleicht keinen Unterschied ausmacht, aber ich habe deine Post nicht auf gut Glück aufgemacht.«

»Was heißt das?«

»Erst mal habe ich lange mit mir gerungen, ob ich mich einmischen soll oder nicht«, führte sie aus. »Sozusagen als Entscheidungshilfe habe ich Erkundigungen eingeholt, sodass ich in groben Zügen wusste, was in den Umschlägen ist.«

»Bei wem hast du dich erkundigt?«, fragte er verblüfft. »Du bekommst einfach so eine Auskunft?«

»Na ja, man kennt halt Leute, die andere Leute kennen, die beim richtigen Finanzamt arbeiten und denen man zumindest eine vage Antwort entlocken kann«, erklärte Lana. »Immerhin war ja zu sehen, von welchem Finanzamt die Briefe kamen.«

»Und wie lautete diese ›vage Antwort‹? *Lukas Brenner ist ein Idiot*?«

»Das wäre keine vage Antwort, sondern eine erwiesene Tatsache«, konterte sie. »Die vage Antwort lautete, dass es für dich *sehr teuer* wird. Das konnte nur Schätzung bedeuten, und zwar die von der üblen Art.«

»Das wusstest du?«

»Es war der einzige logische Schluss angesichts der Tatsache, dass du nach deiner eigenen Aussage dem Finanzamt immer nur irgendwelche Daten zuschickst, aber eben keine Erklärung.«

»Aber die wissen doch, dass ich nicht genug Gewinne gemacht habe, um so viel Steuer zahlen zu können!«, wandte er ein. »Das ist doch pure Willkür, um mich zu ruinieren!«

»Ganz im Gegenteil«, machte sie ihm klar. »Der Sinn ist, dass du unter Druck gesetzt wirst, endlich deine verdammte Steuererklärung abzugeben. Wenn du das Geld nicht aufbringen kannst, dann wirst du dich schon auf die Hinterbeine setzen müssen, um innerhalb von vier Wochen das zu liefern, was du bislang versäumt hast. Falls du das nicht machst und sie können dir die dreihunderttausend abbuchen, ohne dass es dir was ausmacht, dann werten sie das als sicheres Zeichen dafür, dass du noch viel mehr Gewinn gemacht hast. Einfach, weil dich der Betrag nicht stört.«

Lukas kratzte sich am Kopf. »Hm, tja, also wenn du das so erklärst, dann … dann ergibt das tatsächlich Sinn«, sagte er leise. »Und ich dachte, die wollen mich einfach ausnehmen wie eine Weihnachtsgans.«

»Grundlos machen Finanzämter so was eher selten«, erwiderte sie, »auch wenn die meisten Leute das denken und von dieser Meinung auch nicht abzubringen sind.«

»Puuh«, machte er und schüttelte den Kopf. »Das war nicht sehr schlau von mir, würde ich sagen.«

»Welchen Teil meinst du damit? Dass du seit Jahren vor dich hinwurschtelst? Oder dass du diese Briefe nicht aufmachen wolltest? Oder dass du mich rausgeworfen hast, ohne mir Gelegenheit zu geben, dir irgendwas zu erklären?«

»Ja, ja und ja«, sagte sie und zog die Augenbrauen zusammen.

Er nickte verstehend. »Du hast recht, Lana.« Er betrachtete sie forschend, schließlich fragte er zögerlich und sehr leise: »Und was passiert jetzt?«

»Das kommt drauf an.«

»Sag mir, worauf es ankommt, und ich verspreche dir, ich werde alles tun, was irgendwie in meiner Macht steht«, versprach er ihr.

»Es kommt allein darauf an, was du willst«, erklärte Lana in ihrem nach wie vor kühlen Tonfall, den sie auch so bald nicht ablegen wollte. »Willst du noch meine Hilfe bei diesen Steuererklärungen haben oder bin ich dir nicht vertrauenswürdig genug?«

»Du … würdest das immer noch machen?«, fragte er zögernd. »Das würdest du für mich tun?«

»Nicht für dich, Lukas«, stellte sie sofort klar, weil er sich gar keine Illusionen machen sollte. »Ich tue es für deine Tochter, damit sie nicht weiß Gott wo landet, und ich tue es für die Tiere.«

»Für die Tiere?«, wiederholte er erstaunt.

»Ja, für die Tiere«, betonte Lana. »Ich kann doch nicht zulassen, dass sie ihr Zuhause verlassen müssen. Du weißt so gut wie ich, was aus den Tieren wird, wenn das Finanzamt den Hof pfändet und sich niemand findet, der sie übernimmt.«

Er nickte betreten. »Ja, das kann ich mir nur zu gut vorstellen.« Nach einer kurzen Pause fügte er hinzu: »Du tust es also nicht für mich, sondern für die Rinder? Die Hühner? Die Schweine?«

»Richtig.«

»Und was ist mit dem Esel?«, fragte er.

»Da ist kein Esel«, gab sie zurück.

»Einer schon«, sagte er und versuchte ein Grinsen aufzusetzen, was ihm gründlich misslang.

»Lukas, dich mit einem Esel gleichzusetzen ist eine Beleidigung … für den Esel«, sagte sie.

Er nickte schwach. »Schon klar. Ich hab's verbockt.«

»Ja, das hast du«, erwiderte sie. »Immerhin siehst du es ein, und das ist ja schon mal was.«

Lukas zog die Augenbrauen hoch. »Genug, um mir Hoffnungen zu machen?«

»Übertreib es nicht«, warnte sie ihn. »Also, wenn du willst, dann fahren wir jetzt zurück zum Hof, damit ich mir deine Unterlagen ansehen und mir ein Bild davon machen kann, wie viel Arbeit uns erwartet.« Sie stieg in ihren Wagen ein. »Wir treffen uns gleich bei dir zu Hause, okay?«

»Okay«, sagte er und lief zu seinem Traktor, während sie losfuhr.

Lana konnte nur hoffen, dass sie ihre Entscheidung, ihm trotz allem zu helfen, nicht noch bereuen würde.

Eine halbe Stunde später kamen ihr bereits die ersten Zweifel, ob sie nicht doch besser ihre Sachen gepackt, ihren Sohn abgeholt und sich auf den Heimweg gemacht hätte. Aber dann dachte sie an die Tiere, deren Wohl davon abhing, dass es jemandem gelang, die drohende Katastrophe abzuwenden. Ob es ihr tatsächlich gelingen würde, war eine Frage, über die sie sich lieber keine Gedanken machen wollte. Allerdings war es ihrer Meinung nach ziemlich unwahrscheinlich, dass sich ein anderer Retter finden ließe, außer natürlich, ein Multimillionär hätte die Szene betreten, die geschätzten Steuern bezahlt und sich dann auf den Weg gemacht, um anderswo Gutes zu tun.

Wenn sich überhaupt ein Steuerberater gefunden hätte, der zu dieser Herkulesaufgabe bereit gewesen wäre, dann hätte niemand sagen können, ob es demjenigen auch um das Wohl der Tiere gehen würde, was eine unverzichtbare Voraussetzung dafür war, dass er mehr als nur hundert Prozent Einsatz zeigte.

Als Lukas ihr die erste Belegsammlung hinlegte, die Teil eines viel größeren Pakets war, das er in einer sehr großen Plastikbox deponiert hatte, begann sie sich zu fragen, ob hundertzehn oder hundertzwanzig Prozent Einsatz überhaupt ausreichen konnte, um hier Ordnung zu schaffen und rechtzeitig brauchbare Steuererklärungen abzuliefern.

»Was ist das?«, fragte sie, als sie einen Blick in den großen Umschlag warf, in dem Hunderte Zettel steckten.

»Meine Belege«, erklärte er stolz. »Das hat mir meine Ex erklärt, und dieser Steuerberater ebenfalls, dass Belege zu sammeln das A und O ist. Nichts wegschmeißen, lieber zehn Belege zu viel als einer zu wenig.«

Lana nickte zustimmend. »Gar nicht so verkehrt«, sagte sie. »Und hier drin ist was?«

»Gesammelte Belege«, antwortete er.

»Aha«, machte Lana. »Nur mal aus reiner Neugierde gefragt: Von Sortieren haben deine Ex und der Berater nichts gesagt, oder?«

»Sortieren?«, fragte er verwundert. »Wonach sortieren?«

»Zum Beispiel nach Kostenarten?« Seine rätselnde Miene verriet ihr sofort, dass er nicht wusste, was sie meinte. »Also beispielsweise alle Portobelege in einen Umschlag, Tankquittungen in einen anderen und so weiter.«

»Oh.«

»Verstehe«, murmelte sie. »Oder nach Datum?«

»Ähm …«

»Okay.« Lana atmete tief durch. »Aber das sind die Belege vom letzten Jahr?«

»Ja«, bestätigte er, fügte dann jedoch hinzu: »Genauso wie die hier.« Dabei deutete er auf die Plastikbox, die mit Umschlägen vollgestopft war.

Nun war es Lana, der ein »Oh« über die Lippen kam. »Also gut. Dann brauche ich die Ordner mit den Rechnungen und den Kontoauszügen …«, begann sie und unterbrach sich gleich wieder, als sie sah, wie er fast betreten dreinschaute, so wie ein Schulkind, das beim Abschreiben erwischt worden war.

»Die sind auch in den Umschlägen«, sagte er, als sie ihren Satz nicht weiterführte.

Frustriert stöhnte sie auf und rieb sich übers Gesicht. »O nein, ich werde jetzt nicht Dutzende Umschläge sichten und mir von überall Kontoauszüge zusammensuchen, nur um dann feststellen zu müssen, dass da drei oder vier fehlen.«

Lukas runzelte die Stirn. »Und was willst du stattdessen machen?«

»Ich werde *gar nichts* machen«, erwiderte sie entschlossen. »Ich werde morgen früh nach Hause fahren und … hey, hey, hey, keine Panik, okay?«, rief sie hastig, als sie sah, dass er entsetzt die Augen aufriss. »Ich bleibe da nicht, ich komme wieder.«

»O Gott«, keuchte Lukas und drückte eine Hand auf sein Herz. »Ich dachte schon, du schmeißt alles hin.«

»Ich muss ins Büro«, erklärte sie. »Weil ich erstens mit meinen Partnern über das reden muss, was ich vorhabe, und weil ich zweitens einen Laptop mit einem guten Buchhaltungsprogramm und einen Drucker brauche. Und Berge von Papier. Und ein paar Stempel, unter anderem für die Kontierung …« Ihr entging nicht sein rätselnder Blick, was bei ihr die Frage aufkommen ließ, wie er die letzten vier Jahre eigentlich überstanden hatte. Sie fürchtete sich schon jetzt vor der Antwort. »Damit man nachvollziehen kann, auf welches Konto ein Beleg gebucht wird.«

»Ach so«, sagte er verstehend, dennoch wurde sie das Gefühl nicht los, dass sie ebenso gut »Gloob-Baduuk-Schnickschnick« hätte sagen können und die gleiche Reaktion von ihm bekommen hätte.

»In der Zwischenzeit fährst du zu deiner Bank«, redete sie weiter, »und erteilst den Auftrag, dir Kopien sämtlicher Kontoauszüge der letzten vier Jahre zu geben.«

»Geht so was?«, fragte er überrascht.

»Natürlich geht so was«, versicherte sie ihm. »Dafür braucht man nicht mehr als ein paar Tastendrucke. Wichtig ist aber, dass du darauf drängst, dass das umgehend erledigt wird, weil ich sonst nicht anfangen kann zu buchen. Nimm am besten die Bescheide mit, damit man bei der Bank sieht, wie dringend die Angelegenheit ist. Ohne die Kontoauszüge kann ich nicht anfangen zu buchen, und damit muss ich so bald wie möglich anfangen.«

»Ich werde mein Bestes geben«, sagte er. »Zum Glück ist der Filialleiter ein guter Freund meines Vaters. Da kann ich hoffen, dass er mich ein bisschen bevorzugt behandelt.«

»Dann hoffe ich mit dir, Lukas«, erwiderte sie, dann stand sie vom Esstisch auf und betrachtete die große Plastikbox, die randvoll mit Umschlägen war. »Und davon gibt es für jedes der drei Jahre davor noch mal so eine Kiste?«

»Ich glaube, vorletztes Jahr und im Jahr davor kommt noch eine kleinere Box mit dazu«, sagte er. »Aber das können wir uns gleich in Ruhe ansehen.«

»Wenn ich mir vor Augen halte, dass wir nur vier Wochen Zeit haben«, hielt sie dagegen, »dann können wir gar nichts ›in Ruhe‹ machen, weil wir froh sein können, wenn wir fünf Minuten vor Abgabefrist fertig sind.« Sie fuhr sich durch die Haare und atmete schnaubend aus. »Bei der Masse an Belegen reicht kein Tisch im Haus«, überlegte sie laut. »Und es ist auch nicht machbar, abends alles zusammenzupacken, um es morgens wieder auszubreiten. Das kostet nur unnötig Zeit, und es ist eine Fehlerquelle, die wir von vornherein vermeiden können.«

»Wie wäre es, wenn wir das auf vier Gästezimmer aufteilen?«, schlug er vor. »In den vier Zimmer mit Doppelbetten ist genug Platz, um sich mit den Belegen auszubreiten. Das Bett, der Tisch, zwei Stühle … das sollte eigentlich reichen.«

»Gute Idee«, lobte sie ihn sofort und sah, wie Leopold in die Küche geschlendert kam und sich lang machte, um einen Blick in die Plastikbox zu werfen. »Die Türen müssen aber immer geschlossen bleiben, damit dieser Kampfhahn nicht reinspaziert, ein bisschen mit den Flügeln rudert und die Arbeit von drei Tagen zunichtemacht. Die Fenster bleiben zu, damit es keinen Durchzug gibt, und die Türen werden immer nur vorsichtig geöffnet, damit nichts durcheinandergewirbelt werden kann. Ist das klar?«

»Aye-aye, Captain«, sagte Lukas und lächelte sie an, aber dann wurde er gleich wieder ernst und nickte beflissen.

»Gut«, erwiderte sie zufrieden. Wie es schien, war ihm nicht nur der Ernst der Lage bewusst, sondern er sah auch ein, dass es ab jetzt so zu laufen hatte, wie sie es sagte. »Dann verteil schon mal die vier Jahrgänge auf vier Zimmer und … nein, warte. Ich brauche auf jeden Fall alle Unterlagen aus dem letzten Jahr, das noch ordentlich gebucht worden ist.«

»Auch noch?«

»Ja, ich muss mich damit vertraut machen, welche Ausgaben und Einnahmen typischerweise anfallen. Wenn ich einen Überblick habe, kann ich so viele Belege wie möglich bereits zuordnen, ohne dich ständig fragen zu müssen.«

»Gut, dann müssen wir rüber in den Schuppen mit den alten Traktoren«, erklärte Lukas. »Da sind die alten Unterlagen in wasserdichten und feuerfesten Truhen untergebracht, damit da nichts rankommt.«

»Dann lass uns erst mal rübergehen, so kann ich raussuchen, was ich davon brauche«, sagte sie und packte den einen Umschlag zurück in die Kiste, legte den Deckel darauf und verschloss die Box; zum großen Leidwesen von Leopold, der wohl gern in den Belegen gewühlt hätte und frustriert gegen den durchsichtigen Kunststoff pickte. Im Vorbeigehen strich ihm Lana sanft über den Rücken, doch davon schien er nichts mitzubekommen.

Es war kurz nach zehn am Abend, als Lana den Stift zur Seite legte und den x-ten Ordner zuklappte, den sie in den letzten fünf Stunden durchgeblättert hatte, um ein Gefühl dafür zu bekommen, welche Positionen regelmäßig anfielen und wie sie zu behandeln waren. Immer wieder wünschte sie, sie hätte einen Kopierer zur Hand oder zumindest einen Drucker, auch wenn der etwas langsamer war. Dann hätte sie sich einen Stapel Kopien machen können, um dort zu notieren, was ihr wichtig erschien, oder um Fragen aufzuschreiben, die sie Lukas stellen wollte. Der hatte sich um kurz nach acht in Richtung Bett begeben, unmittelbar nach einem Augenblick ziemlicher Verlegenheit, weil er nicht gewusst hatte, ob er sie fragen sollte, wo sie nach dem Streit am Nachmittag schlafen würde. Nachdem sie ihn fast eine Minute lang hatte zappeln lassen, hatte sie schließlich gesagt: »Wir sehen uns morgen früh, bevor ich zum Büro fahre.« Ihr Tonfall war der einer Steuerberaterin, die ihrem Mandanten eine gute Nacht wünschte, ohne dabei die Absicht zu haben, die Nacht in seinem Bett zu verbringen. Lukas hatte nur kurz betreten genickt und war dann nach oben verschwunden. Sosehr sie ihn auch mochte, musste sie ihn erst mal eine Weile spüren lassen, dass sie von einem Freund ein solches Verhalten nicht hinnahm.

Ihr Blick wanderte über die Liste, die mit Daten, Beträgen und Vermerken vollgepackt war – und das war erst das Ergebnis von einem Teil der Ordner des Vorjahrs. Zu den Belegen von der Sorte, die er für die letzten vier Jahre in tausend Umschlägen zusammengetragen hatte, war sie noch gar nicht gekommen, sodass sie auch noch nicht beurteilen konnte, welchen Aufwand diese Berge von Belegen bedeuteten. Und dabei war sie noch nicht mal davon überzeugt, dass Lukas tatsächlich alles nach Jahren getrennt hatte. Zwar war er sich sicher gewesen, das gemacht zu haben, aber da ihm nicht mal klar war, wieso diese zahllosen Zettel so wichtig waren, wollte sie keinen Cent darauf verwetten, dass er wirklich mit Sorgfalt ans Werk gegangen war. Schließlich hatte er ja zugegeben, dass er das alles nur gesammelt hatte, weil seine Ex und der Steuerberater wieder und wieder betont hatten, *dass* es wichtig war, jeden Beleg erst mal aufzubewahren. Das Warum hatten die beiden entweder nie erwähnt, oder aber Lukas hatte dem Ganzen so wenig Bedeutung zugemessen, dass er es längst wieder vergessen hatte.

Es war klar, dass sein Herz für den Hof und alles schlug, was an praktischen Dingen damit zu tun hatte – all die Dinge, bei denen in erster Linie zugepackt werden musste. Zugegeben, ohne Fachwissen hätte er es als Landwirt auch nicht weit gebracht, aber seine Welt war eben eine ganz andere als die der Zahlen und Belege und der Konten. Das war ihr Fachgebiet, während sie umgekehrt Mühe gehabt hätte, zwei Kartoffelsorten rein äußerlich voneinander zu unterscheiden oder die Qualität von Getreide zu bestimmen, indem man es zwischen den Fingern hielt oder intensiv betrachtete, oder welcher magische Trick auch immer die Erkenntnis lieferte, ob es etwas taugte oder nicht.

Seufzend stand sie vom Esstisch auf und sagte Leopold gute Nacht, der es sich auf dem Platz neben ihr gemütlich gemacht hatte und irgendwann darüber eingeschlafen war, ihr bei der Arbeit zuzusehen.

Mittlerweile war sie selbst an dem Punkt angelangt, über der Arbeit einzuschlafen, also zog sie sich für die Nacht in das Zimmer zurück, in dem Lukas sie ganz zu Anfang einquartiert hatte. Morgen wollte sie früh raus, und vor ihr lag ein vermutlich anstrengender Tag.

15

Dienstag

Es war egal, wie früh Lana aufstehen wollte, einer war in diesem Haus immer vor ihr wach. Und das tat er mit einem lauten Schrei kund, der sie so aus dem Schlaf riss, dass sie das Gefühl hatte, von einer riesigen Hand gepackt und in ein Becken mit eiskaltem Wasser geworfen worden zu sein.

Sie schlug die Augen auf und schaute genau in Leopolds roten Schlund, da der Hahn sich auf Kopfhöhe neben das Bett gestellt und den Hals so gereckt hatte, dass er gerade eben über die Bettkante gucken konnte.

»Ist ja gut«, rief sie, um den zweiten Hahnenschrei zu unterbinden, aber Leopold ließ sich davon nicht abhalten. Er verstummte erst Sekunden später, als neben ihm auf dem Nachttisch der Wecker zu schrillen begann, den Lana für sich gestellt hatte.

Eigentlich hätte sie länger schlafen können als nur bis halb sechs, doch sie wollte frühzeitig losfahren. Schließlich wusste sie nicht, wie der Berufsverkehr aus dieser Richtung kommend an einem Dienstagmorgen ausfiel, und sie hatte auch keine Ahnung, wie schnell sie das Büro wieder verlassen konnte, wenn sie erst mal dort aufgetaucht war. Solange sie tatsächlich im Urlaub war, hatten alle Kollegen sie in Ruhe gelassen, aber wenn sie ihnen heute in die Finger fiel, musste sie mit einer Flut von Fragen, Anliegen, Rückversicherungen, Rückrufbitten und mehr rechnen. Viel lieber wäre sie am Samstag oder Sonntag gefahren, wenn allenfalls der eine oder andere Partner im Haus war, um die Ruhe am Wochenende für die Arbeiten zu nutzen, die nicht erledigt werden konnten, wenn alle paar Minuten das Telefon ging oder jemand mit dem typischen »Ich hab nur eine kurze

Frage«-Spruch hereinplatzte und einen um die Konzentration brachte.

Aber sie konnte nicht bis zum Wochenende warten; Zeit war für sie ein Luxus, den sie sich im Moment nicht leisten konnte. Selbst jetzt war es nicht sicher, dass sie innerhalb von vier Wochen wirklich vier komplette Jahre zum Abschluss bringen würde. Wenn sie erst noch ein paar Tage verstreichen lassen wollte, nur um im Büro ungestört zu sein, dann konnte sie auch sofort das Handtuch werfen und Lukas erklären, dass er doch auf sich gestellt war.

Leopold legte den Kopf schräg und sah sie forschend an, so als hätte er ihre Gedanken gelesen und sei nun im Zweifel, was seine eigene Zukunft anging.

»Mach dir keine Sorgen, Süßer«, sagte sie und strich ihm beruhigend über den Hals, woraufhin er sich gegen ihre Finger drückte. »Ja, das gefällt dir, wie?«

Sie stand auf und machte sich fertig. Als sie ihr Zimmer verließ, duftete es im Flur nach frischem Kaffee. In der Küche angekommen, entdeckte sie eine Tasse Kaffee auf dem Esstisch, daneben einen Teller mit zwei Scheiben Brot mit Schmierkäse. Sie ging um den Tisch herum und nahm Platz. Gegen die Tasse war ein Notizzettel gelehnt. »Liebe Lana, der Acker kann leider nicht warten. Wir sehen uns, wenn du zurück bist. Gute Fahrt und danke für alles. Im Kühlschrank steht eine Butterbrotdose mit Proviant für die Fahrt, die Thermoskanne neben der Kaffeemaschine ist bereits gefüllt. Nur noch schnappen und mitnehmen.« Darunter hatte er drei Herzchen gezeichnet und einen Krakel dazugepackt, den man nicht mal als »Lukas« entziffern konnte, wenn man wusste, was dieses Etwas zu bedeuten hatte.

Lächelnd nahm sie den Zettel an sich, frühstückte zügig, wenn auch nicht hastig, und packte dann Proviant und Thermoskanne ein. Sie verließ das Haus und ging zum Wagen, wo sie feststellen musste, dass ein Halt an einer Tankstelle unvermeidbar war, wenn sie nicht irgendwo unterwegs unfreiwillig liegen bleiben wollte.

Es war kurz nach halb zehn, als sie schließlich im Büro eintraf. Die Fahrt war relativ gut verlaufen, hier und da war mal etwas mehr los gewesen. Auf dem Stück von der Autobahnabfahrt bis nach Düsseldorf hinein hatte es einen kleineren Stau gegeben, aber so was kannte sie auch, wenn sie zwischen acht und neun Uhr morgens von daheim aus südlicher Richtung kommend in die Stadt unterwegs war.

Tatsächlich hatte sie zuvor sogar noch einen Abstecher nach Hause unternommen, um dort nach dem Rechten zu sehen. Wie nicht anders erwartet, fand sie alles in bester Ordnung vor. Die Post lag auf dem Sideboard gleich hinter der Wohnungstür, die Pflanzen waren alle gegossen. Auf ihre Nachbarin konnte sie sich verlassen, auch wenn sie während der Fahrt hin und her überlegt hatte, ob sie sie anrufen und vorwarnen sollte, dass sie »im Anflug« war. Tat sie es, würde es womöglich so aussehen, als wollte sie ihrer Nachbarin Gelegenheit geben, noch schnell die Blumen zu gießen. Sie wusste aber, dass diese Frau absolut zuverlässig war. Anstatt also mit einem Anruf ein womöglich falsch aufgefasstes Signal zu senden, hatte sie sich nicht angekündigt. Erst als sie vor der Wohnungstür stand und aufschloss, wurde ihr bewusst, dass das genauso falsch ausgelegt werden konnte, nämlich als spontaner Kontrollbesuch.

»Wie man's macht, ist es verkehrt«, murmelte sie, sichtete den Stapel Eingangspost und legte alles wieder so hin, wie sie es vorgefunden hatte. Wenn ihr Besuch gar nicht auffiele, wäre das die beste Lösung. Dienstags ging ihre Nachbarin immer zum Friseur, also bestand keine Gefahr, von ihr gesehen zu werden.

Sie ging zurück zum Wagen und fuhr weiter. Sie hätte spätestens von zu Hause aus im Büro anrufen und ihren Besuch ankündigen können, dann hätte man ihr schon alles bereitgestellt, was sie brauchte. Das hätte für sie zumindest in der Theorie eine Zeitersparnis bedeutet, doch in Wahrheit wäre es nur noch zeitaufwendiger geworden. Ihre Ankündigung hätte sich rasend schnell im ganzen Haus verbreitet, und jeder hätte damit Gelegenheit bekommen, sie bereits mit einem unglaublich wichtigen

Anliegen an der Tür im Empfang zu nehmen, um ihr erst wieder von der Seite zu weichen, wenn sie sich geäußert oder für irgendetwas grünes Licht gegeben hätte, was ihre Partner schon seit Wochen vor sich herschoben.

Als sie auf den Hof fuhr, machte sie sich gar nicht erst die Mühe, bis zu ihrem eigenen Parkplatz zu fahren, da sie wusste, dass der für die Dauer ihres Urlaubs von irgendeinem ihrer Kollegen in Beschlag genommen worden war. Das war einfach üblich, und damit hatte sie auch kein Problem. Stattdessen stellte sie ihren Wagen auf einem der Lieferantenplätze ab, was die einfachste und zugleich die sinnvollste Lösung war, da sie mindestens zwei Touren vor sich hatte, um alles in den Wagen zu packen, was sie mitnehmen musste.

Anstatt zu klingeln, wie es alle Besucher des Hauses tun mussten, hielt Lana ihre ID-Karte vor das Lesegerät, dann ging die Tür auf, und sie trat ein. Die Kanzlei war im Hochparterre angesiedelt und teilte sich die Etage mit einer Werbeagentur. Wer sich alles in den vier Etagen über ihnen tummelte, hatte Lana noch nie genauer mitverfolgt, da die Fluktuation hoch war und die Gesichter und Namen, die sie sich heute einprägte, in einem halben Jahr gar nicht mehr im Haus sein würden.

Am Empfang in seinem Glaskasten mitten im Foyer saß Harry Bedeker in seinem dunkelgrauen Anzug und war in eine Zeitung vertieft, die er auf dem Schreibtisch ausgebreitet hatte. Er schüttelte den Kopf über irgendetwas, was da geschrieben stand, und bekam nichts davon mit, dass sie das Haus betreten hatte. Grundsätzlich war das okay, da ins Haus nur kam, wer eine ID-Karte hatte. Alle anderen mussten klingeln, und dann fragte er über die Gegensprechanlage nach dem Grund für den Besuch und vergewisserte sich im entsprechenden Büro, ob auch alles seine Richtigkeit hatte.

Somit gab es für ihn auch keinen Grund, jedem einen prüfenden Blick zuzuwerfen, der zu Recht das Haus betrat. Und genau deshalb stand auch die Tür an der Rückseite des Glaskastens immer offen, den Lana jetzt auf Zehenspitzen betrat. Dann drückte sie ihm den Finger in den Nacken und raunte ihm mit dem breitesten pseudo-französischen Dialekt zu: »Flossen och und Gelt err. Und keine Mücks.«

»Isch abbe gar kein Mücks«, gab Harry lachend zurück und drehte sich zu ihr um. »Lana-Herzchen«, begrüßte er sie und musterte sie von Kopf bis Fuß. »Was ist passiert, meine Liebe? Du siehst aus, als hätte man dich über einen Acker getrieben.«

»Ich?«, erwiderte sie und sah an sich herab. Tatsächlich wirkte es so, als hätte sie den halben Bauernhof mitgebracht. Die schwarze Jeans war staubig, und an den Joggingschuhen klebten hier und da kleine getrocknete Klumpen Erde. »Wie sehe ich denn aus?«, wunderte sie sich.

»Sag ich doch«, antwortete Harry und hielt ihr eine Kleiderbürste hin, die er aus dem Nichts hergezaubert haben musste.

»Danke«, sagte sie und verließ den Glaskasten, um ihre Jeans gründlich auszubürsten. Als sie fertig war, gab sie ihm die Bürste zurück, die er in einer Schublade verschwinden ließ.

»Schon besser«, stellte er zufrieden fest. »Und jetzt die Schuhe aus.«

»Was?«

»Du sollst die Schuhe ausziehen«, sagte er in einem Tonfall, als wäre es das Selbstverständlichste auf der Welt.

»Ich habe nur das eine Paar dabei, musst du wissen«, warnte sie ihn, als er ihr die Schuhe abnahm.

»Keine Angst«, beruhigte er sie. »Ich werde sie schon nicht verbrennen, auch wenn das eigentlich das einzig Sinnvolle wäre, um sie aus ihrem Elend zu erlösen.«

Mit den Schuhen ging er zur Eingangstür, blockierte diese mit einem Holzkeil und stellte sich dort in die Einfahrt, wo schmale Gitterroste quer über die Fahrbahn im Boden lagen und einen Wasserabfluss abdeckten. Er holte aus und schlug jeden Schuh dreimal mit viel Schwung auf den Rost, dann betrachtete er das Paar von allen Seiten und nickte zufrieden.

»Hier, Schätzchen«, sagte er, als er wieder bei Lana angekommen war. »Perfekt ist es nicht, aber immerhin so gut, dass kein Fährtenleser mehr feststellen kann, wo du gelaufen bist.«

»Danke«, murmelte sie und zog die Schuhe wieder an. Als sie den Korridor entlangging, musste sie sich eingestehen, dass das Landleben in dieser kurzen Zeit auf sie abgefärbt hatte, ohne dass sie davon etwas mitbekommen hatte. Auf Lukas' Hof achtete niemand darauf, ob Schuhe und Kleidung sauber waren, weil sie es eigentlich nie sein konnten. Da waren allein schon die Erdklumpen, die im Profil des Traktors klebten, vom Acker mitgenommen und überall auf dem Gelände verteilt wurden. Selbst wenn man versucht hätte, nicht in die Überreste eines solchen Klumpens zu treten, wäre es einem kaum gelungen, und so trug man eben Erde weiter, die sich überall verteilte.

Als sie das Büro betrat, richteten sich am Empfang alle Augenpaare auf sie – und das waren nicht gerade wenige, wie sie feststellen musste. Da waren die beiden Azubis, die die Telefonzentrale besetzten, die Chefbuchhalterin und zwei ihrer Partner, Melissa Ehrhardt und Hans-Gerd Scholz, der ein H. G. seinem vollen Namen vorzog. Und alle schauten sie an, als hätten sie einen Geist gesehen. Sie wäre am liebsten zurück ins Foyer gelaufen, um Harry an sich zu drücken, dass er so auf ihr Äußeres geachtet hatte, während sie entsetzlich nachlässig damit umgegangen war.

»Lana?«, fragte H. G. schließlich und fuhr sich verwundert über seinen Bürstenhaarschnitt, der immer so perfekt saß, dass Lana sich manchmal fragte, ob der Mann wohl jeden Tag zu seinem Friseur ging. »Bist du nicht etwas zu früh wieder hier?«

Melissa stieß ihn mit dem Ellbogen an und zwinkerte ihr zu, während sie erwiderte: »Stell doch nicht solche Fragen, H. G., sonst fällt ihr das selbst auch noch auf und sie geht wieder. Du weißt, so was können wir nicht gebrauchen.« An Lana gewandt fuhr sie fort: »Du kommst gerade rechtzeitig, Lana. Ich hätte dich sonst angerufen.«

»Ich bin doch im Urlaub«, gab Lana lächelnd zurück. »Wenn du mich anrufst, werde ich nicht rangehen.«

»Was für ein Glück, dass ich dich nicht anrufen muss«, sagte Melissa. »Komm mit, wir müssen was bereden.«

»Leute, ich bin offiziell gar nicht hier«, wandte Lana ein wenig ungehalten ein. »Ich muss mit euch was bereden, und dann bin ich auch schon wieder weg.«

Melissa zuckte unbeeindruckt mit den Schultern. »Dann haben wir ja alle was zu bereden«, sagte sie und hakte sich bei Lana unter, um sie mit sich durch den Korridor in Richtung Konferenzraum zu ziehen. »Wie war dein Urlaub?«, wollte sie wissen.

»Mein Urlaub *war* nicht, er *ist* noch«, betonte Lana.

»Okay, und wie ist er?«

»Gute Frage«, sagte Lana. »Um ehrlich zu sein, weiß ich noch gar nicht, wie ich das alles deuten soll.«

»Was gibt es denn da zu deuten?«, fragte H. G. über die Schulter. »Entweder der Urlaub ist gut oder nicht. Entweder hast du deinen Spaß oder nicht.«

Lana verzog den Mund. »Na, wenn das so einfach wäre«, murmelte sie.

»Du wolltest doch mit deinem Jungen in den Freizeitpark, oder?«, redete H. G., der zwar den Kopf gedreht hatte, um sie ansehen zu können, aber trotzdem jedes Hindernis zu erahnen schien, das sich ihm von vorn näherte. »Diese Parks hasst man oder man liebt sie. Dazwischen gibt es nichts. Also?«

»Kein ›also‹, H. G.«, gab sie zurück. »Der Park wurde bestreikt, und wir sind auf einem Bauernhof gelandet, der früher Urlaub auf dem Land angeboten hat.«

H. G. schüttelte verständnislos den Kopf. »Was hast du von einem Bauernhof, der *früher* Urlaub angeboten hat?«

»Lange Geschichte«, wehrte sie seinen Einwand ab. »Es ist jedenfalls so, dass der Landwirt in der Klemme steckt, weil das Finanzamt rund dreihunderttausend Euro von ihm haben will und seine Belegesammlung eine Katastrophe ist.«

»Und jetzt sollen wir für ihn die Kuh vom Eis holen?«, fragte Melissa und musste prompt kichern. »Oh, tut mir leid, so war das nicht gemeint.«

Lana grinste amüsiert. »Die Kuh vom Acker wäre treffender gewesen«, konterte sie.

Sie bogen in den Konferenzraum ein, in dem die beiden anderen Partner – Leonard Malzmann und Kerstin Koll – bereits auf sie warteten. »Wen habt ihr denn da mitgebracht?«, fragte Kerstin verdutzt, als sie Lana hereinkommen sah.

»Ich bin nur ein sehr realistisch aussehendes Hologramm«, sagte Lana. »Eigentlich bin ich gar nicht da.«

»Ernsthaft, wieso bist du hier?«, hakte Kerstin nach. »Wir hatten schon überlegt, wie wir dich wohl erreichen können, da dein Handy offenbar nicht will und du auch nicht auf E-Mails reagierst.«

Lana zuckte mit den Schultern. »Das liegt nur daran, dass ich in einem offenbar perfekten Funkloch gelandet bin. Was gibt es denn so Wichtiges, dass ihr auf mich nicht verzichten könnt?«

»Na ja, können könnten wir schon, aber bislang haben wir Entscheidungen gemeinschaftlich beschlossen, und nur weil du mal Urlaub machst, wollten wir uns nicht auf die Dreiviertelmehrheit berufen und dich vor vollendete Tatsachen stellen.

»Danke«, sagte Lana. »Und was sind das für unvollendete Tatsachen?«

»Die Agentur nebenan will ausziehen«, sagte Leonard. »Oder genauer gesagt, sie will nicht ausziehen, sondern sich vergrößern.«

»Dann müssen sie es in einem der oberen Stockwerke versuchen, da tut sich doch immer was«, schlug Lana vor.

»Wollen sie aber nicht. Sie wollen nach außen hin sichtbar sein, und das können sie nur, wenn sie weiterhin die Fensterfront hier im Hochparterre haben«, erklärte Leonard. »Im ersten Stock geht so was nicht mehr.«

Sie nickte verstehend. »Also will der Vermieter uns raushaben?«

»Nein, will er nicht«, versicherte ihr Melissa. »Die Agentur wird aber ausziehen, wenn sie nicht einen Teil von unserer Fläche abbekommt, und dann stünde eine ziemlich zerklüftete Fläche zur Verfügung, für die sich kaum ein Mieter finden wird. Hansen möchte, dass wir diesen Teil dazunehmen und damit die ganze Etage haben.«

»Alternativ können wir uns natürlich auch einen neuen Standort suchen«, sagte H. G. mit ernster Miene, »wogegen grundsätzlich nichts einzuwenden wäre, weil ein Neubau den Räumlichkeiten hier weit überlegen wäre.«

»Richtig«, stimmt Lana ihm zu. »Aber wenn wir keine Abstriche bei den Gewinnen hinnehmen wollen und auch nicht bereit sind, die Mehrkosten auf die Rechnungen unserer Mandanten aufzuschlagen, sollten wir uns alle Stehpulte anschaffen, weil wir dann nur noch so wenig Fläche mieten können, dass für Stühle kein Platz mehr sein wird.«

»Also bist du eher dafür, dass wir uns hier vergrößern?«, folgerte Kerstin.

»Leisten können wir uns das locker, und unseren Mandanten wird das sicher auch lieber sein«, argumentierte Lana. »Das Haus hier hat Charme, und wenn wir uns was Neues suchen, landen wir unweigerlich in einem von diesen überdimensionierten Lego-Steinen, die anscheinend das Einzige sind, was Architekten heute noch entwerfen können.«

»Ja, stimmt«, fand H. G. »Die sehen schon alle sehr gleich aus.«

»Und das macht sie langweilig«, bestätigte Lana. »Oder seht ihr das anders?«

Die anderen schüttelten fast gleichzeitig den Kopf. »Wir wollen auch lieber hierbleiben«, sagte Melissa und nickte zufrieden. »Dann sind wir uns ja einig und können mit Hansen über den Preis verhandeln.«

»Ein Glück!«, sagte H. G. und atmete erleichtert auf. »Dann verschwinden endlich diese nervigen Clowns von der Fassade.«

»Für neue Mandanten war das aber immer eine gute Orientierung«, meinte Lana.

»Wir können ja immer noch darüber entscheiden, wenn alles konkreter wird«, warf Kerstin ein, die erkennbar vermeiden wollte, dass jetzt schon eine Diskussion darüber in Gang gesetzt wurde, ob die Clowns bleiben sollten oder nicht. »Ich möchte jetzt lieber wissen, warum du deinen Urlaub vorzeitig beendet hast.«

»Hat sie nicht, sie macht hier nur einen Zwischenstopp, weil wir den besten Kaffee der ganzen Stadt haben«, meinte Leonard.

»Wenn wir das auf den besten Kaffee auf dieser Etage runterfahren können, wären wir der Wahrheit schon ein Stück näher«, hielt Kerstin dagegen und nickte Lana zu. »Zurück zu dir, Lana. Was treibt dich in unsere Arme?«

»Du hast was von einem Landwirt in Not gesagt«, meldete sich H. G. zu Wort. »Klingt nach einem Mandanten für uns.«

»Theoretisch ja«, räumte sie ein. »Steuerschätzung für vier Jahre, das Finanzamt will von ihm rund dreihunderttausend Euro haben, und seine Buchhaltung besteht aus Bergen von Belegen in Dutzenden Umschlägen in zig Plastikboxen. Zwar nach Jahren sortiert, aber das war's auch schon. Und selbst da wäre ich vorsichtig, ob alles wirklich da ist, wo es hingehört. Ich habe mich für ein paar Stunden in die Ordner der Vorjahre vertieft, aber noch kein System entdeckt, warum was wie wohin gebucht wird.«

»Einen Experten für Einkünfte aus Landwirtschaft haben wir nicht«, sagte Leonard nachdenklich. »Meinst du, du steigst da durch?«

»Früher oder später ja«, erwiderte sie überzeugt. »Da sind noch ein paar Besonderheiten, weil er nicht nur normale Landwirtschaft betreibt, sondern auch noch einen Hofladen mit Straßenverkauf betreibt und einen zweiten Hof besitzt, den er einer Filmproduktion vermietet, die da irgendeine Fernsehserie dreht. Dann verleiht er alte Landmaschinen für Dokumentationen und historische Filme und so weiter, und die Ställe hat er einem Tierschutzverein zur Verfügung gestellt, der aus einem Teil des Geländes einen Gnadenhof gemacht hat.«

»Da brauchst du vier, vielleicht fünf Leute«, überlegte H. G.

»Nein, ich brauche gar keinen«, sagte Lana entschieden. »Ich kann beim besten Willen nicht mal ansatzweise einschätzen, was der Hof mit all seinen Besonderheiten im Jahr einbringt und wie viel davon als Gewinn übrig bleibt. Wenn ich vier oder fünf Assistenten auffahre, kommt eine Rechnung zusammen, die Lukas womöglich nicht bezahlen kann. Mit Sicherheit weiß ich das erst, wenn ich fertig bin und das zu versteuernde Einkommen schwarz auf weiß vor mir sehe.«

»Es wird aber günstiger für ihn, wenn du ihm die Sätze für Assistenten in Rechnung stellst, nicht die für eine ausgewachsene Steuerberaterin«, betonte Melissa.

»Ich werde ihm gar nichts in Rechnung stellen«, verkündete Lana zum allgemeinen Erstaunen. »Ich bin hergekommen, um euch wissen zu lassen, dass ich eine unbezahlte Auszeit von vier Wochen nehmen werde, um diese Arbeit zu bewältigen.« Nach einer kurzen Pause fügte sie hinzu: »Und dass ich einen Laptop und einen Drucker mitnehmen werde, außerdem stapelweise Papier, bergeweise Ordner, Druckerpatronen und was ich sonst noch brauche.« Sie sah in die Runde. »Ich hoffe, ihr seid damit einverstanden.«

»Dieser Lukas muss ja verdammt gut aussehen«, meinte Kerstin schmunzelnd.

»Ich will einem Mann aus einer Notlage heraushelfen«, konterte Lana. »Das hat mit seinem Aussehen nichts zu tun.«

Kerstin nickte ironisch. »Natürlich nicht. Darum ist er ja auch der einzige Mandant, den wir je hatten, den du mit dem Vornamen anredest.«

»Weil ich mich mit ihm angefreundet habe«, gab Lana zu. »Das ist richtig. Allerdings bevor diese Steuergeschichte auf den Tisch kam. Und wenn ihr es genau wissen wollt: Ich tue es für die Tiere. Die brauchen jeden Cent, den sie bekommen können, und sie müssen auf dem Hof bleiben, weil das ihr einziges Zuhause ist, das sie noch haben. Wenn das Finanzamt sich das Geld holen will und da ist nichts, dann wird der Hof gepfändet. Und was dann mit den Pferden, den Kühen, den Schweinen und allen anderen passiert, können wir uns wohl alle denken.«

»Grillabend«, warf H. G. in den Raum und stieß einen erschreckten Aufschrei aus, als er einen stechenden Schmerz an der Wange spürte. Er sah Lana ungläubig an. »Ähm … hast du mich etwa gerade eben geohrfeigt?«

»Ich habe dich im Frühjahr gewarnt, H. G.«, erwiderte sie und sah ihn mit zusammengekniffenen Augen an. »Damals habe ich dir gesagt, wenn du dich in meiner Gegenwart noch einmal über wehrlose Tiere lustig machst, haue ich dir eine runter. Schon vergessen?«

»Nein, natürlich nicht«, fuhr er sie an. »Aber ich hätte nicht geglaubt …«

»… dass die dumme kleine Lana ihre Drohung in die Tat umsetzt«, führte sie den Satz für ihn zu Ende. »Das wolltest du doch sagen, nicht wahr?«

H. G. antwortete nicht, sondern warf ihr einen mörderischen Blick zu und rieb sich über seine Wange.

»Also«, wandte sie sich an die Gruppe. »Wärt ihr damit einverstanden? Wir könnten die Vertretung für meine Mandanten so fortführen, wie wir sie für die zwei Wochen festgelegt haben.«

»Von mir aus kannst du auch gleich zwölf Wochen oder noch länger auf diesem Bauernhof bleiben«, knurrte H. G. und verließ das Konferenzzimmer.

»Also, einer ist schon mal dafür«, sagte Lana lächelnd und sah die anderen an, die nicht lange zögerten, sondern ihr Einverständnis gaben.

Auf dem Weg zur Materialausgabe wurde sie ein Stück weit von Melissa begleitet. Als sie in den Vorraum abbogen, wo sie ungestört waren, fragte Melissa: »Mal unter uns, Lana, läuft da was mit diesem Lukas?«

»Ich tue es für die Tiere«, wiederholte sie.

»Ich weiß, und das glaube ich dir auch zu hundert Prozent«, versicherte Melissa ihr. »Und damit du es weißt: H. G. hatte sich diese Ohrfeige schon lange verdient. Ich schätze, mit solchen Bemerkungen wie vorhin baut er den Frust ab, der sich jeden Tag in ihm aufstaut, weil er weiß, dass er sich keine anzüglichen und frauenfeindlichen Kommentare mehr erlauben darf.«

»Schade, dass tierverachtende Kommentare immer noch erlaubt sind«, sagte Lana und schüttelte den Kopf.

»Du hast meine Frage noch nicht beantwortet.« Melissa sah sie abwartend an.

»Welche Frage?«

»Ob da was mit diesem Lukas läuft«, wiederholte sie.

»Ich habe doch …«, begann Lana, aber ihre Kollegin hob den Zeigefinger, damit sie verstummte.

»Du hast darauf erwidert, dass du es für die Tiere tust. Aber zu Lukas hast du nichts gesagt.«

Lana zog eine Augenbraue hoch. »Ist das wichtig?«

Melissa legte den Kopf schräg. »Es ist wichtig, weil du vielleicht die Hoffnung hegst, diesen Lukas für dich zu gewinnen, wenn du vier Wochen lang unentgeltlich wie verrückt schuftest, um den Mann vor Folgen zu bewahren, die er sich ganz ohne fremdes Zutun selbst eingebrockt hat. Ich möchte nicht, dass er nach den vier Wochen ›Danke‹ sagt und dich vor die Tür setzt.«

Lana lehnte sich gegen den Türrahmen. »Das hat er bereits getan«, antwortete sie und musste lachen, ehe sie begann, Melissa zu erzählen, was sich auf dem Hof zugetragen hatte.

Als sie nach ein paar Minuten die wesentlichen Dinge erfahren hatte, sagte Melissa: »Verstehe. Dann tust du es tatsächlich nur für die Tiere.«

»Bis auf Weiteres ja«, bestätigte Lana. »Wenn ich ihm anmerke, dass er zur Vernunft gekommen ist, kann ich mir immer noch Gedanken darüber machen, wie es weitergehen soll.«

Beruhigt zwinkerte ihre Kollegin ihr zu. »Das klingt gut. Dann hast du meinen Segen.«

»Wenigstens das«, erwiderte Lana lächelnd und ging allein zur Materialausgabe.

»Frau Behring?«, fragte Wolfram Esser von der Materialausgabe. Der Mann befand sich weit jenseits der Siebzig, wollte aber einfach nicht in Rente gehen. Er hatte jahrzehntelang in einem Fachgeschäft für Bürobedarf nahe der Schadowstraße gearbeitet und war dann nach der Schließung des Geschäfts direkt zu Lanas Steuerbüro gewechselt, gerade als das seinen Betrieb aufgenommen hatte. Esser war für das Büro ein echter Gewinn gewesen, da er immer auf Anhieb wusste, welches Teil man haben wollte, wenn man ihm ein »rundliches Ding mit so einer Art Haken an einem Ende« beschrieb, von dem man zwar wusste, dass es das gab, dessen Bezeichnung einem aber einfach nicht einfallen wollte. Daneben kümmerte er sich auch um die Ein- und Ausgangspost, die er allein schon wegen der fristwahrenden Schriftstücke mit ganz besonderer Sorgfalt erledigte.

»Herr Esser, ich grüße Sie«, erwiderte Lana.

»Sollten Sie nicht noch im Urlaub sein?«

»Der hat sich zu einem Arbeitsurlaub entwickelt«, sagte sie. »Und deshalb habe ich auch einen Großauftrag für Sie.« Sie legte ihm den Zettel hin, den sie noch am Vorabend zusammengestellt hatte. »Ich hoffe, es ist alles drauf, was man für ein Büro so braucht. Falls Ihnen irgendetwas auffällt, was ich vergesse habe, dann wäre ich Ihnen dankbar, wenn Sie es einfach mit dazupacken könnten.«

»Hm«, machte der ältere Mann und rückte seine Brille zurecht. »Sie wissen, dass die Zahl der Ordner, die ich pro Woche an einen Mitarbeiter ausgeben kann, auf fünf beschränkt ist?«, erkundigte er sich.

»Tatsächlich?« Sie sah ihn erstaunt. »Wo ist denn so was festgelegt?«

»In der Dienstanweisung, die ich erhalten habe«, erwiderte er.

»Von wem?«

»Von der Geschäftsleitung, also auch von Ihnen«, sagte Esser.

»Ich kann mich nicht daran erinnern, dass ich Ihnen vorgeschrieben habe, wie viele Ordner Sie maximal ausgeben dürfen«, murmelte Lana.

»Vorgeschrieben haben Sie mir das auch nicht«, machte er ihr klar. »Aber *unter*schrieben, nämlich mein Papier für eine bedarfsgerechte Materialvorratshaltung.«

»Klingt ja fast nach einem Gesetzestext«, meinte sie amüsiert.

»So etwas in der Art ist es auch«, führte Esser aus. »Durch die maximalen Ausgabemengen, die ich vorgeschlagen habe, kann ich eine vernünftige Vorratshaltung betreiben. Niemand verbraucht in der Woche mehr als zwei HB-Bleistifte, niemand braucht mehr als ein Päckchen Heftklammern in zwei Wochen. So muss ich mir nicht totes Kapital da hinlegen, das ein halbes Jahr oder länger im Regal liegt und wartet. Umschläge werden dagegen ständig gebraucht, die werden frühzeitig bestellt und sind immer vorrätig.«

Lana sah Esser nachdenklich an. »Die Arbeit macht Ihnen wirklich Spaß, stimmt's, Herr Esser?«

»O ja, Frau Behring«, bestätigte er. »Das können Sie laut sagen. Es ist wie früher im Geschäft, nur eben in einem kleineren Umfang, der wesentlich angenehmer zu berechnen ist. Mitarbeiter sind recht konstant in dem Material, das sie benötigen; man weiß, was gefragt ist. Im Geschäft war das ganz anders. Wenn damals irgendein Prominenter einen bestimmten Radiergummi oder einen teuren Kugelschreiber in die Kamera gehalten hat, dann wurden wir am nächsten Tag bestürmt. Manchmal reichte unser Vorrat, manchmal hatten wir zu viel, dann wieder zu wenig.« Er zuckte mit den Schultern und fuhr fort, von der Liste abzulesen. »Was? Sie brauchen zwei Hefter und zwei Locher?« Er schüttelte den Kopf. »So viel kann ich Ihnen gar nicht aushändigen.«

»Haben Sie die nicht auf Vorrat?«, fragte sie verwundert.

»Doch, aber das ist mein Monatsbestand, und der hält jetzt schon seit einem Jahr«, sagte Esser.

»Seit einem Jahr hat niemand mehr einen neuen Locher gebraucht? Ist das Ihr Ernst?«

»Frau Behring, die normale Lebensdauer eines Lochers liegt bei knapp zehn Jahren, die eines Hefters immerhin noch bei sechs Jahren. Warum sollte ich mir einen Zehnerpack hinlegen, wenn ich im Jahr bestenfalls drei Stück ausgeben muss? Das ist totes Kapital.«

»Na ja, wir reden über zehn oder zwölf Euro«, wandte sie ein.

»Für ein Teil«, stimmte er ihr zu. »Aber stellen Sie sich vor, ich würde alles am Bedarf vorbei in großen Mengen einkaufen, dann lägen hier fünfzehntausend Euro oder mehr an totem Kapital. Und wenn ich statt einhundert Textmarkern zweieinhalbtausend kaufe, dann werden mindestens die letzten eineinhalbtausend längst eingetrocknet sein, wenn der Zeitpunkt gekommen ist, einen von denen auszugeben.«

Lana nickte nachdenklich. »Ja, Sie haben recht, Herr Esser. Von der Seite habe ich das noch gar nicht betrachtet. Ich will Ihnen ja auch gar nicht reinreden. Ich muss nur wissen, ob Sie mir das alles zusammenstellen können und wie lange Sie brauchen werden.«

Esser ging die Posten der Reihe nach durch, indem er mit dem Zeigefinger unter der Position und der benötigten Menge entlangstrich. Das bestätigende »M-hm« kam ihm mal sofort über die Lippen, mal wanderte der Blick erst durch den Lagerraum. Schließlich sagte er: »Das lässt sich machen. Sie müssen nur beim Quittieren vermerken, dass es sich um einen Notfall handelt, damit ich keinen Ärger bekomme, wenn morgen früh zwei Locher gleichzeitig kaputtgehen und die Kollegen sich beschweren, dass ich nichts mehr auf Lager habe.«

»Das werde ich Ihnen sogar mit Siegel geben, wenn Sie das wollen«, versicherte sie ihm. »Eine Stunde?«

»In einer Stunde steht alles in Ihrem Büro bereit«, versprach er Lana.

Abwehrend hob sie die Hände. »O nein, bloß nicht. Ich muss das alles mitnehmen, um beim Mandanten vor Ort zu buchen. In meinem Büro kann ich das nicht gebrauchen.«

»Sie sind mit Ihrem Wagen da?«

»Ja, ich parke ganz vorn auf dem Lieferantenplatz«, antwortete sie.

»Wenn Sie mir Ihren Wagenschlüssel geben, ist in einer Stunde alles verstaut.« Er rückte seine schief sitzende Brille gerade, aber sie rutschte gleich wieder zurück in die leichte Schräglage, die sein Gesicht seltsam verzogen wirken ließ, obwohl eigentlich alles in Ordnung war.

»Sie sind ein Engel, Herr Esser, wissen Sie das?«, sagte sie freudestrahlend.

»Natürlich«, erwiderte er und zwinkerte ihr zu; dann begab er sich in die Tiefen des Materiallagers, um alles zusammenzusuchen.

»Hat dir da einer den Kopf verdreht?«, fragte Christina.

»Nein, hat er nicht«, beteuerte Lana und nippte an ihrem Eiskaffee. Da Herr Esser gut eine Stunde brauchte, um ihre umfangreiche Bestellung zu erledigen, hatte sie die Gelegenheit genutzt, ihre Freundin angerufen und sich mit ihr für ein Treffen in ihrem Lieblingscafé auf der Kö verabredet. Sie konnten von Glück reden, dass ein Tisch auf der Terrasse frei wurde, gerade als sie beide dort eintrafen. »Na ja, vielleicht ein bisschen. Aber den hat er mit seinem Wutausbruch gleich wieder zurückgedreht.«

»Seinem *berechtigten* Wutausbruch«, betonte ihre Freundin. »Ich hatte dich ja gewarnt, dass du die Briefe nicht öffnen sollst.«

»Meinst du, es hätte ihn mehr gefreut, wenn er in drei Wochen gehört hätte, dass sein Hof gepfändet wird, weil er die Schätzungen ignoriert hat?«, hielt Lana dagegen. »Okay, es wäre dann seine eigene Schuld, aber ich konnte noch nie jemanden wissentlich in sein Unglück rennen lassen.«

»Wissen konntest du es aber trotzdem nicht«, sagte Christina. »Du hast doch nur vermutet, dass es etwas Schlechtes ist. Am besten hättest du einen Umschlag in seiner Gegenwart aufgerissen und dann sagen können: ›Ich hab's doch gewusst!‹«

»Konntest du mir das nicht früher sagen?«, erwiderte Lana. »Das wäre vielleicht wirklich eine Lösung gewesen.«

»Fällt mir selbst ja auch erst jetzt ein«, verteidigte sich ihre Freundin.

»Ist auch nicht schlimm, ich hatte ja auf dem inoffiziellen Dienstweg herausfinden können, was ihn in etwa erwartet.«

»Dann hast du es nicht auf gut Glück getan?«

Lana schüttelte den Kopf. »Ich wusste, es wird teuer, und wenn jemand vom Finanzamt so was schon durchblicken lässt, dann will das was heißen.«

»Hättest du es ihm nicht einfach sagen können?«, fragte Christina.

»Weißt du«, seufzte Lana, »es gibt immer tausend Dinge, die man rückblickend anders hätte machen können. Aber keiner kann dir garantieren, dass es deswegen auch anders oder gar besser gekommen wäre. Vielleicht wären stattdessen andere Hürden aufgetaucht, die wir hätten überwinden müssen.«

Christina zuckte mit den Schultern. »Klar, so kann man das auch sehen. Man denkt halt, dass die Dinge so laufen, wie sie einem recht wären, aber garantieren kann das keiner. So wie bei Marc.«

»Welcher Marc?«, fragte Lana irritiert, weil sie gerade eben noch über ihre Probleme gesprochen hatten und sie genau genommen damit auch noch nicht fertig war.

»Den aus der Stufe elf«, erklärte Christina.

»Ach, der. Was ist mit ihm?«, fragte Lana reflexartig, obwohl sie besser nur mit einem zustimmenden Laut geantwortet hätte. Sie schwankte zwischen Belustigung und Frust, da es gleichermaßen beeindruckend und ärgerlich war, wie es ihrer Freundin immer wieder gelang, ihre eigenen aktuellen oder gern auch mal längst zu den Akten gelegten Probleme in den Mittelpunkt zu rücken und das Gespräch auf sich zu verlagern, obwohl es gar nicht um sie ging.

»Na ja, du weißt doch, dass ich immer standhaft geblieben bin, als er mich rumkriegen wollte«, sagte sie, was Lana mit einem Nicken kommentierte. »Später hat mir das ja leidgetan, weil er wohl doch ein ganz netter Kerl war. Aber inzwischen frage ich mich, ob das wirklich so schlau gewesen wäre. Vielleicht hätte er mich ja auf einmal im Stich gelassen, und ich …«

»… hätte dann mit vier kleinen Kindern allein daheim gesessen«, führte Lana den Satz für sie zu Ende.

Christina stutzte und zog die Augenbrauen hoch. »Habe dir das schon mal erzählt?«

Lana grinste sie an: »Nein, Chrissy, ich kann Gedanken lesen.«

»Sehr komisch«, gab Christina zurück und verzog einen

Mundwinkel. »Nur weil ich was zum zweiten Mal erzähle, brauchst du nicht …«

»Zum zwölften Mal trifft es eher«, konterte Lana augenzwinkernd. »Nimm es mir nicht übel, wenn ich dich abwürge, aber ich habe nicht so viel Zeit und muss gleich wieder ins Büro, um meine Sachen abzuholen, damit ich zurückfahren kann. Da würde ich dir gern noch ein bisschen mein Herz ausschütten.«

Christina legte ihre Hand auf Lanas Arm. »Tut mir leid, Süße, ich wollte dich nicht unterbrechen.«

Lana winkte ab. »Ich meine, Lukas hat ja inzwischen auch eingesehen, dass er so nicht hätte reagieren sollen, aber im Augenblick lasse ich mich auf dieses Himmelfahrtskommando wirklich nur ein, weil mir die Tiere so sehr am Herzen liegen. Ich kann nicht zulassen, dass denen das einzige Zuhause genommen wird, das sie noch haben.«

»Und Lukas interessiert dich dabei gar nicht?«

Lana dachte einen Moment lang nach, dann erwiderte sie: »Lukas ist der Grund, wieso die Tiere überhaupt erst in diese Situation geraten sind. Nur weil er keinem Steuerberater mehr vertrauen wollte, nachdem der letzte ihm die Frau ausgespannt hat, ist jetzt eine Situation entstanden, die ihn alles kosten kann, was er besitzt. Und das nur, weil er gedacht hat, er kann sich einfach irgendwie an dem orientieren, was in den Jahren davor geschehen war.« Sie schüttelte ungläubig den Kopf. »Nicht mal ich bin bislang dahintergekommen, warum was wo verbucht wird, obwohl ich mich stundenlang damit beschäftigt habe.«

»Na ja, und du bist auch noch vom Fach«, ergänzte Christina. »Wie soll er dann wissen, was da passiert ist?«

»Ich bin vorsichtig optimistisch …«, begann Lana, unterbrach sich aber abrupt. »Nein, das stimmt gar nicht. Optimistisch bin ich überhaupt nicht, sondern … wie soll ich das treffender ausdrücken?«

»Wie wär's damit: Du bist nur zu achtzig oder neunzig Prozent pessimistisch, dass dieser Lukas etwas anderes als eine absolute Katastrophe produziert hat.«

Lana musste lächeln. »Ja, das gefällt mir. Nicht völlig pessimistisch zu sein sagt ja nicht aus, dass man ein bisschen optimistisch ist.«

Keine zwei Meter entfernt hinter dem Zaun, der die Terrasse umgab, gerieten soeben ein Fußgänger und eine Radfahrerin aneinander, da die Frau den Mann fast angefahren hätte, weil sie während des Fahrens in ein Telefonat vertieft war. Der Mann machte seinem Unmut Luft, sie solle doch die Augen aufmachen, während die Frau ihm vorhielt, er hätte auf der Fahrbahn nichts zu suchen. Noch während sie ihn beschimpfte, machte sie ohne einen Blick nach hinten einen sehr großzügigen Bogen und geriet damit vor einen Ferrari, dessen Fahrer eine Vollbremsung machen musste, von der die Radfahrerin gar nichts mitbekam. Der Sportwagenfahrer brüllte ihr einige unflätige Worte hinterher, aber das kümmerte sie nicht. Ungerührt überfuhr sie eine rote Ampel und kurvte im Slalom zwischen den Fußgängern hindurch. Der Ferrari-Fahrer hatte in der Zwischenzeit begonnen, den Mann zu bedrängen, der ursprünglich fast von der Radfahrerin erfasst worden wäre. Der war nun in seinen geparkten Wagen eingestiegen, machte aber keine Anstalten loszufahren, sondern befasste sich intensiv mit seinem Navigationsgerät, als würde er den Beginn einer Weltreise einprogrammieren. Der Mann im Ferrari schimpfte, hupte immer wieder und ließ ungeduldig den Motor aufheulen.

»Lass uns gehen, mir ist es hier heute zu hektisch«, sagte Lana schließlich, nachdem sie das Treiben einige Minuten lang mitverfolgt hatte.

Christina kniff die Augen zusammen und musterte sie kritisch. »Stimmt was nicht mit dir? Fühlst du dich nicht gut?«, fragte sie besorgt.

»Wieso?«, gab Lana zurück. »Bin ich blass um die Nase oder was?«

Ihre Freundin schüttelte den Kopf. »Du willst gehen, weil es dir ›hier heute zu hektisch‹ ist? Ist das dein Ernst?«

Lana zuckte mit den Schultern. »Natürlich, warum denn nicht?

Der Trubel auf der Straße, das laute Grüppchen da drüben … das ist Hektik.«

»Meine liebe Lana«, begann Christina ungläubig. »Wir sitzen sonst an einem Samstag hier und trinken unseren Kaffee, da ist das Stimmengewirr noch viel heftiger als jetzt, und dahinter fährt ein Protzwagen nach dem anderen mit aufheulendem Motor vorbei. Und auf dem Gehweg sind dreimal so viele Leute unterwegs wie jetzt – aber ich habe dich noch nie sagen hören, dass es dir hier zu hektisch ist.« Sie beugte sich vor und sah ihr tief in die Augen. »Wenn du aus einer außerirdischen Schote geschlüpft bist und Lanas Gestalt angenommen hast, dann vertrau dich mir an. Ich werde dich nicht an die Behörden verraten. Vorausgesetzt, du hast die echte Lana nicht aufgefressen.«

Lana musste lachen. »Was redest du da? Ich bin immer noch ich.«

Christina nickte bedächtig. »Ich werde dich im Auge behalten, Lana oder ›Lana‹, wie ich vielleicht sagen sollte«, fügte sie mit Gänsefüßchen in der Luft hinzu; dann winkte sie die Bedienung an den Tisch, um zu zahlen.

Auf dem Weg zurück ins Büro geriet Lana ins Grübeln. War sie tatsächlich früher mehr Hektik gewohnt gewesen? Hatten die wenigen Tage auf Lukas' Bauernhof sie bereits so sehr verändert? Sie blieb stehen und sah sich auf der Einkaufsstraße um. Zwar waren etliche Leute unterwegs und eilten von Geschäft zu Geschäft, aber sie hatte hier schon deutlich mehr Trubel erlebt, zum Beispiel am frühen Abend, wenn in den zahlreichen Büros ringsum der Feierabend begann und die Angestellten aus den Bürogebäuden und in die umliegenden Geschäfte strömten, um noch schnell die wichtigsten Einkäufe zu erledigen.

Dann war es hier richtig voll, und trotzdem war sogar jetzt hundertmal mehr los als auf dem Bauernhof, nach dessen Ruhe und Gelassenheit sie sich mit einem Mal verzehrte. Nur gut, dass sie sich schon in Kürze auf den Rückweg zum Hof machen würde …

Als sie auf den Hof einbog und den Wagen ausrollen ließ, sah sie Lukas und Leopold Seite an Seite in der Zufahrt stehen. Beide schauten in ihre Richtung, als hätten sie schon darauf gewartet, sie endlich wiederzusehen.

Beim Näherkommen gingen sie zur Seite, doch anders als sonst üblich fuhr sie ihren Wagen nicht auf die Stellfläche neben dem Wohngebäude, sondern hielt genau davor an. Als sie ausstieg, lächelte Lukas sie fast ein wenig verlegen an, während Leopold um den Wagen geeilt kam, als würde er von ihr ein Mitbringsel erwarten. Tatsächlich wollte er aber nur von ihr gestreichelt werden.

»Wie war die Fahrt?«, fragte Lukas.

»Ganz okay, aber auf den letzten paar Kilometern wollte ich einfach nur noch endlich ankommen«, sagte sie. »Der Tag war insgesamt schon etwas anstrengend.«

»Kein Wunder, du hast ja auch einen Großeinkauf gemacht«, sagte er und deutete auf die Ladefläche, die vollständig mit Kartons vollgepackt war. Zudem nahmen ein paar große Kartons die komplette Rückbank in Anspruch.

»Dabei musste ich nicht mal ein einziges Teil davon einpacken«, entgegnete sie. »Herr Esser von der Materialausgabe ist ein wahres Genie im Stapeln und im Ausfüllen von Lücken. Wenn ich den nicht hätte, würde ich wahrscheinlich jetzt noch immer vor dem Haupteingang stehen und mir den Kopf darüber zerbrechen, wie ich das alles unterbringen soll.«

»Das trifft sich ja«, meinte Lukas gut gelaunt. »Ich bin nämlich zufällig Meister im Auspacken. Wo soll ich die Sachen hinbringen? In eines von den vier Zimmern, in denen der ganze Krempel bereitliegt?«

»Ja, am besten …«, begann sie, unterbrach sich dann aber. »Nein, warte. Das müssen wir anders regeln. Ich will nicht mit dem Material von einem Zimmer ins nächste wandern. Timo hat ja das Zimmer neben meinem … das Zimmer daneben wurde doch früher auch vermietet, richtig?«

»Richtig. Das ganze Erdgeschoss war für Gäste vorgesehen.«

»Gut. Dann bring alles da hin«, sagte sie. »So kann ich mir immer von gegenüber den Jahrgang holen, der gerade aktuell ist. Auf die Weise kann auch nichts durcheinandergeraten.«

»Wie du wünschst«, erwiderte er und öffnete die Heckklappe. »Irgendwas Zerbrechliches dabei?«

»Nein, nur robuster Bürobedarf«, versicherte sie ihm. »Den Laptop und den Drucker habe ich auf der Beifahrerseite in den Fußraum gestellt. Die trage ich selbst. Wenn mir was runterfällt, kann die Versicherung kein Theater machen.«

Während sie redete, ging Leopold um sie herum und machte einen langen Hals, um einen Blick auf die vollgepackte Ladefläche zu werfen.

»Seit wann steht ihr beide eigentlich schon hier draußen und wartet auf mich?«, wollte Lana wissen. »Ich meine, ihr konntet doch nicht wissen, seit wann ich auf dem Weg bin.«

»Wir waren beide im Haus«, antwortete Lukas. »Vor ein paar Minuten wurde Leopold dann schrecklich unruhig und wollte unbedingt nach draußen, so als hätte er deine Ankunft gespürt. Ich habe ihm die Tür aufgemacht und bin mit raus, weil ich wissen wollte, wieso er sich mitten in die Zufahrt stellt. Tja, und ein paar Minuten später bist du aufgetaucht. Ich hatte eigentlich vorgehabt, wieder nach drinnen zu gehen, weil ich dachte, es passiert weiter nichts, aber dann habe ich deinen Wagen entdeckt.«

Lana schüttelte den Kopf. »Ein Hahn mit seherischen Fähigkeiten. Was es nicht alles gibt. Wo sind Scully und Mulder, wenn man sie braucht?«

Lukas begann zu lachen, was sie zu einem erstaunten Gesichtsausdruck veranlasste.

»Du … weißt, wen ich meine?«

»Ja, klar«, antwortete er grinsend. »*Akte X* habe ich mir damals mit Begeisterung angesehen. Die Wahrheit ist irgendwo da draußen … auf dem Acker.« Er zwinkerte ihr zu. »Auch wenn es hier vielleicht ein bisschen so aussieht wie da oben, sind wir doch nicht so ganz hinter dem Mond.«

»So war das auch nicht gemeint, Lukas«, versicherte sie ihm. »Ich hatte eher gedacht, dass dich das vielleicht nicht interessiert hätte. Ist schließlich nicht jedermanns Geschmack.«

Ironisch verzog er den Mund. »Und ich hätte eher gedacht, dass Mädchen sich das nicht ansehen, weil es so gruselig ist.«

»Hmm«, machte sie.

Lukas legte den Kopf schräg. »Hmm? Was heißt das?«

Sie rieb sich übers Kinn. »Das heißt, dass ich nicht so recht weiß, was ich antworten soll. Eigentlich müsste ich dir nämlich recht geben, aber dann stehe ich selbst ein bisschen seltsam da.«

Er zog die Augenbrauen hoch. »Ich würde dir gern folgen können, aber … ich habe keine Ahnung, was du da gerade geredet hast.«

Sie lehnte sich gegen den Wagen. »Das soll heißen, dass du mit deiner Vermutung richtigliegst, dass Mädchen das nicht mit solchem Eifer gesehen haben. Ich war in unserer Klasse das einzige Mädchen. Die anderen haben sich über die Jungs lustig gemacht, wenn die über Aliens geredet haben.«

»Okay, aber wieso stehst du ein bisschen seltsam da?«, wollte er wissen.

»Wenn man sich als Einzige für eine Sache interessiert und man darüber nicht reden kann, weil die anderen einen dann auslachen, dann kommt man sich schon ein bisschen seltsam vor«, gestand sie ihm.

»Du hättest doch mit den Jungs reden können«, gab er zu bedenken.

Lana verdrehte die Augen. »Weißt du, wie das ausgesehen hätte? Die hätten doch alle gedacht, ich sehe mir das nur an, um mich an sie ranzumachen. Und allein unter Jungs zu sein, nur weil ich als einziges Mädchen *Akte X* geguckt habe … ich glaube, da wäre ich mir wie ein Alien unter Menschen vorgekommen. Und vergiss nicht: Die anderen Mädchen wären früher und später dahintergekommen, über was ich mit den Jungs rede, und dann wäre es das Gleiche gewesen, als hätte ich aus freien Stücken gesagt, was ich mir ansehe.«

Lukas hob einen der mit leeren Ordnern vollgestopften Kartons von der Ladefläche und brachte ihn nach drinnen. Leopold machte einen Satz in den Wagen, um die entstandene Lücke zu inspizieren.

»Pass gut auf meine Sachen auf«, ermahnte Lana ihn und ging zur Beifahrerseite, um den Laptop und den Drucker an sich zu nehmen.

»Und wie war es in der alten Heimat?«, wollte Lukas wissen, als sie gut eine Stunde nach ihrer Ankunft in der Küche saßen, da er ihr versprochen hatte, für sie ein Abendessen zuzubereiten. »Alles noch da, wo es gestanden hat, als du mit deinem Sohn in Urlaub gefahren bist?«

»Ich fand's ein bisschen hektisch«, musste sie zugeben und trank einen Schluck von dem Rotwein, den er zum Abendessen geöffnet hatte. Sie kannte sich mit Wein im Allgemeinen kaum aus, daher hatte sie keine Ahnung, ob Lukas für diese Flasche viel Geld ausgegeben hatte oder sie irgendwo beim Discounter gekauft hatte. Allerdings musste sie zugeben, dass der Wein angenehm süßlich schmeckte, was ihr allemal lieber war als eine von diesen herben Sorten, bei denen sie immer das Gefühl hatte, dass sich ihr ganzes Gesicht in das Innere ihres Schädels zurückziehen wollte.

»Hektischer als üblich?«

»Eigentlich nicht«, sagte Lana. »Genau genommen sogar weniger als üblich. Trotzdem hat mir der Trubel gereicht.«

»Du bist nicht mehr daran gewöhnt«, meinte er. »Das muss dir doch bei jedem längeren Urlaub so ergehen, oder ist dir das noch nie aufgefallen?«

Sie kratzte sich am Hinterkopf. »Ehrlich gesagt, habe ich seit Jahren keinen längeren Urlaub mehr gemacht. Früher war mir Timo zu klein, um mit ihm irgendwo drei Wochen zu verbringen. Ich hätte mir die Gegend ansehen wollen, Museen besuchen und so weiter, aber da kann man einen Vierjährigen nicht überall mit hinschleppen. Und seit er in der Schule ist, nimmt die Kanzlei mich so in Anspruch, dass wir normalerweise mal ein verlängertes Wochenende oder einfach nur eine Tagestour unternehmen.«

»Und was meint Timo dazu?«, wollte er wissen.

»Ihm gefällt das, weil es Abwechslung bedeutet«, sagte sie. »Zu lange an einem Ort zu sein, geht ihm eigentlich auf die Nerven. Er ist mit der Schule ein paar Mal ins Schullandheim gefahren, immer für acht bis zehn Tage. Die letzten zwei Jahre habe ich entschieden, dass er nicht mehr mitfährt, weil er die Gegend sterbenslangweilig findet. Zu Fuß ist da nichts zu erreichen, was Abwechslung bieten könnte. Er hat das als so frustrierend empfunden, dass ich schon befürchten musste, er könnte die Beherrschung verlieren.«

»Wundert mich, dass er hier nicht ausgerastet ist«, sagte er, ohne den Blick von den Kochtöpfen auf dem Herd abzuwenden.

»Das liegt daran, dass hier alles ganz neu ist«, antwortete sie. »Und weil es hier keinen wanderbesessenen Lehrer gibt, der mit der Klasse gleich nach dem Frühstück zu einem Zwanzigkilometermarsch quer durch die Eifel aufbricht.« Sie lächelte ihn flüchtig an. »Und es könnte auch etwas mit deiner Tochter zu tun haben.«

Lukas zog vielsagend eine Augenbraue hoch, sagte aber nichts, sondern drehte die Schalter am Herd runter. Dann griff er zur Kelle. Zwei Minuten später kam er mit zwei Tellern an den Tisch und stellte sie ab.

»Das duftet ja köstlich«, stellte Lana fest und schaute auf ihren Teller. »Königsberger Klopse?«

»Genau genommen Soßklopse, nach echt ostpreußischem Rezept«, sagte er. »Von meiner Urgroßmutter aus … Königsberg.«

»Sieht gut aus«, sagte Lana und tauchte den Löffel in die helle Soße. »Keine Kapern?«

»Nicht im Original«, antwortete er. »Echter als so geht es nicht. Guten Appetit.«

»Guten Appetit«, erwiderte sie und probierte ein Stück von einem der Fleischklopse. »Wow«, kam es ihr prompt über die

Lippen, als sie geschluckt hatte. »Da kommt ja kein Königsberger Klops mit, den ich je gegessen habe.«

»Freut mich, dass es dir schmeckt«, sagte Lukas und nickte zufrieden. »Wenn du Nachschlag haben willst, musst du nur ›hier‹ rufen.«

»Kann ich das auch schon machen, wenn ich noch gar nicht aufgegessen habe?«, fragte sie lachend.

Gegen neun Uhr am Abend sah Lukas zur Wanduhr und verkündete: »So, für mich wird's Zeit fürs Bett. Ich muss wie üblich früh raus.«

»Ich weiß«, sagte Lana. Bevor er etwas anfügen oder ihr auch nur einen fragenden Blick zuwerfen konnte, erwiderte sie: »Ich muss mich noch eine Weile mit den alten Unterlagen beschäftigen, ich bin noch nicht ganz durch. Morgen werde ich dich mit Fragen löchern.«

Lukas verzog das Gesicht. »Ich hoffe, ich weiß auf alles eine Antwort.«

»Das hoffe ich auch«, stimmte sie ihm zu. »Ich möchte nur ungern Verbindung mit deinem letzten Steuerberater aufnehmen und ihn fragen, warum was wie wohin gebucht worden ist.«

»Meinst du, er würde dir keine Antworten geben?«

»Ich meine eher, dass deine Ex davon erfahren wird und dann eine Chance sieht, dich noch nachträglich zu ärgern.«

»Sie kann mir doch jetzt nichts mehr anhaben«, erklärte er überzeugt.

»Täusch dich da mal nicht«, sagte Lana. »Wenn jetzt eine Steuerberaterin bei ihrem neuen Lover anfragt, warum im letzten von ihr zusammengestellten Jahr dies und jenes so und nicht anders verbucht wurde, dann ist sofort klar, dass es bei dir nicht um die aktuelle Erklärung geht, sondern um die älteste offene, also die von vor vier Jahren. Dein Ex-Steuerberater kann sich dann mühelos ausrechnen, dass du unter Zeitdruck stehst, also kann er sich alle Zeit der Welt lassen, um uns zu antworten. Einen solchen Trumpf möchte ich ihm nicht in die Hand spielen, und ich möchte vor allem vermeiden, dass er mit einer wirklich wichtigen Antwort zwei Tage vor Abgabetermin rausrückt und wir dann wissen, dass wir unsere Unterlagen nicht noch einmal korrigieren können, ohne die Frist zu überschreiten.«

Lukas stand auf und seufzte tief. »Wie einem eine Frau immer noch das Leben schwermachen kann, ohne überhaupt anwesend zu sein, ist das schon erschreckend.«

Lana lächelte ihm aufmunternd zu. »Mach dir mal keine Sorgen. Wenn ich morgen früh von dir die wichtigsten Antworten habe, werde ich damit zurechtkommen. Notfalls kann ich mich immer noch mit dem Finanzamt in Verbindung setzen und Fragen stellen.«

»Beim Finanzamt?«, fragte er erstaunt. »Die geben Auskünfte?«

»Natürlich«, sagte sie ihm. »Man muss nur fragen.«

»Hmm, vielleicht sollte ich mal fragen, ob wir nicht einfach diese Schätzungen vergessen können«, murmelte er.

»Ich habe gesagt, dass sie Auskünfte geben, aber nicht, dass sie deine Probleme für dich lösen«, gab Lana mit einem Augenzwinkern zurück. »Und jetzt geh ins Bett. Du brauchst deinen Schlaf.«

»Ich brauche was ganz anderes« entgegnete Lukas. »Aber das ist auch ein anderes Thema. Gute Nacht, Lana.«

»Gute Nacht, Lukas.« Sie sah ihm hinterher, wie er niedergeschlagen die Küche verließ. Ihr war klar, was er mit seiner Bemerkung gemeint hatte. Aber erstens hatte sie ihm noch nicht verziehen, dass er sie zum Teufel hatte schicken wollen. Und zweitens hatte der Tag sie zu sehr geschlaucht, und sie wollte nichts lieber, als in Kürze ins Bett zu sinken und zu schlafen – alleine.

16

Mittwoch

Als Lana am nächsten Morgen um halb acht in die Küche kam, hatte Lukas für sie bereits das Frühstück angerichtet und so abgedeckt, dass Leopold sich in der Zwischenzeit nicht bedienen konnte. Allerdings hätte der Hahn dazu auch wenig Zeit gehabt, da er bei ihr im Zimmer im Sessel geschlafen und seinen eigenen Weckruf verschlafen hatte, weil sie die Vorhänge zugezogen hatte und es erst hell geworden war, als sie sie wieder geöffnet hatte. Leopold hatte da zwar noch zu einem Kikeriki angesetzt, aber Lana hatte auf den Wecker gezeigt und gesagt: »Sieh mal auf die Uhr. Was glaubst du, wen du jetzt noch aufwecken kannst?« Als hätte er sie verstanden, verstummte er nach dem ersten Versuch und folgte ihr schweigend in die Küche. Dort überließ sie ihm etwas von ihrem Brot, was er dankbar annahm. Dann marschierte er aber in den Flur und begann dort zu meckern.

»Ich komm ja schon, ich komm ja schon«, rief sie und stand wieder auf, um dem Hahn die Haustür zu öffnen. Leise glucksend spazierte er nach draußen.

Sie kehrte an den Frühstückstisch zurück, froh darüber, jetzt doch noch das gekochte Ei essen zu können, das Lukas ihr ebenfalls hingestellt hatte. Seit sie von ihm gehört hatte, wie unbehaglich es ihm war, in Gegenwart des Hahns Eier für Rührei oder Spiegelei aufzuschlagen, seitdem brachte sie es auch nicht mehr fertig, in Leopolds Anwesenheit Eier in irgendeiner Form zu sich zu nehmen.

Nachdem sie gefrühstückt hatte, kehrte sie mit der für sie bereitgestellten Thermoskanne voller Kaffee kurz in ihr Zimmer zurück, nahm ihr Handy an sich und ging zwei Zimmer weiter, wo sie ihr provisorisches Büro eingerichtet hatte.

Sie setzte sich an den Tisch und fuhr den Laptop hoch, den sie noch am Abend zuvor zusammen mit dem Drucker kurz getestet hatte, um Gewissheit zu haben, dass alle Geräte funktionierten. Sie gab ihr Passwort ein und bekam die Übersicht der Programme auf dem Computer angezeigt. Gewohnheitsmäßig wollte sie das Mailprogramm starten, um nach Eingangsmails zu sehen, doch sie konnte sich noch vom zweiten Teil des Doppelklicks abhalten, mit dem sie den Startbefehl gegeben hatte. Sie war hier offline, sie konnte nicht nach Mails sehen. Es war schlimm genug, dass sie hier vom Rest der Welt abgeschnitten war, da musste sie nicht auch noch durch ein nicht funktionierendes Programm mit der Nase darauf gestoßen werden.

Stattdessen klickte sie das Buchhaltungsprogramm an, um die ersten Vorbereitungen zu treffen und Ordner für alle Vorgänge anzulegen, die Lukas und seinen Bauernhof betrafen. Das Startsymbol wurde angezeigt, und gleich darauf … legte sich ein Grauschleier über das Bild, und ein neues Fenster tauchte in der Mitte auf.

»Sie sind offline. Bitte stellen Sie eine Verbindung her, um das Programm nutzen zu können«, las sie leise vor. »Aber ich kann nicht offline sein«, widersprach sie, auch wenn ihr bewusst war, dass es den Computer nicht kümmerte, was sie da redete. »Du bist die alte Programmversion, bei der ich nicht online sein muss, um buchen zu können.«

Sie stöhnte leise auf, als ihr auffiel, dass dem Programmnamen das Kürzel »7.5« folgte. »Sieben-fünf?«, flüsterte sie. »Wie soll das möglich sein? Ich habe mir doch die Version im Büro noch angesehen. Da stand sechs-fünf.« Sie schüttelte den Kopf und griff nach ihrem Handy, um in der Kanzlei anzurufen. Sie hatte die Nummer schon aufgerufen, da fiel ihr ein, dass sie ja gar kein Netz hatte, um irgendwo anzurufen. »Himmel!«, fauchte sie und verließ das Büro. In der Diele angekommen, griff sie nach dem Telefonhörer und wählte die Durchwahl des Computerspezialisten im Haus. »Kosnowski«, meldete er sich nach dem zweiten Klingeln.

»Karl, hier ist Lana«, erwiderte sie.

»Lana, was kann ich für dich tun?«, fragte er zuvorkommend.

»Ich habe mir doch gestern den Laptop ausgeliehen, was du noch bestandsmäßig vermerken musstest«, sagte Lana.

»Ja, ich weiß.«

»Ist das wirklich das Gerät, das ich dir hingestellt hatte?«, hakte sie nach.

»Meinst du, ich stelle dir einen anderen Laptop hin als den, den du mir reinbringst?«

»Dann erklär mir doch mal, wieso ich von unserem Buchhaltungsprogramm die Version sieben-fünf auf dem Rechner habe, wenn es die sechs-fünf war, bevor ich ihn dir hingestellt habe?«

»Ach, das«, sagte Kosnowski. »Sei froh, dass ich das noch mal überprüft habe. Du wärst fast mit der alten Version losgedüst.«

»Ich *brauche* die alte Version, weil ich hier nicht online arbeiten kann!«, knurrte sie. »Ich hatte dich nicht um irgendwelche Updates gebeten. Ich hatte die alte Version ganz bewusst auf diesem Laptop, um hier unabhängig vom Netz arbeiten zu können.«

»Oh«, kam es aus dem Hörer.

»Ja, ›oh‹«, wiederholte sie verärgert. »Kann ich das deinstallieren, was du mir als Update dazugepackt hast?«

»Falls überhaupt, dann nur online«, sagte er betreten.

Lana schnaubte. »Ist das dein Ernst?«

»Ähm … bedauerlicherweise ja«, antwortete er. »Aber warte mal, ich sehe schnell nach, ob noch irgendwer im Haus einen separaten Rechner hat, auf dem eine alte Version zu finden ist.« Eine Weile war nur sein angestrengtes Atmen zu hören. »Nein, tut mir leid. Wir … oh, warte mal. Du hast doch vor zwei Jahren einen Laptop privat entnommen, den du für deinen Sohn haben wolltest, stimmt das?«

»Ja, richtig. Das war jedenfalls der Plan, bis mir die Schule dazwischenfunkte und mich wissen ließ, welche Anforderungen die Schüler-Laptops erfüllen mussten.«

»Weil das Gerät schon vier Jahre alt und damit für die Schneller-besser-größer-Generation unbrauchbar geworden war«, ergänzte Kosnowski. »Den Laptop hast du noch?«

»Ja, aber so gut wie gar nicht benutzt.«

»Schön. Da ist eine noch ältere Version des Programms drauf, aber das ist ja egal«, redete er weiter. »Am Prinzip des Buchens hat sich nichts geändert, es geht nur um den Bedienkomfort. Da wirst du ein paar Abstriche machen müssen.«

»Ich habe schon mit den ersten Versionen gearbeitet, die noch weniger Komfort hatten«, sagte sie. »Wenn ich ehrlich sein soll, kann ich auf vieles davon verzichten. Ich muss einfach nur Zeile um Zeile buchen, mehr nicht.«

»Dann nimm den Laptop, der bei dir zu Hause steht«, sagte Kosnowski. »Und komm mit dem Teil niemals in meine Nähe, dann gibt's auch keine Updates.«

»Ich werde es mir merken«, erwiderte sie und verabschiedete sich, um sich ihr weiteres Vorgehen zu überlegen. Selbst noch einmal loszufahren, würde sie zu viel Zeit kosten, also musste ihre Nachbarin ran. Sie konnte den Laptop gut verpacken und in einen großen Karton stecken, damit ein Kurierdienst ihn abholte und zu ihr brachte. Allerdings musste sie auch das Zubehör mitschicken, also das Ladegerät, die Maus, einen Stick zum vorläufigen Zwischenspeichern und alle erforderlichen Kabel … und damit wäre ihre Nachbarin völlig überfordert. Und davon ganz abgesehen … Lana hatte den alten Rechner schon vor einer Weile unten in den Kleiderschrank gepackt, und sie wollte nicht, dass ihre Nachbarin ihren Schrank durchwühlte. Also half nur eines. Sie griff erneut nach dem Hörer und tippte eine Nummer ein.

»Chrissy, du musst mir einen Gefallen tun …«

Gleich nach dem Telefonat mit ihrer Freundin verließ Lana das Wohnhaus und machte sich auf die Suche nach Lukas. Der konnte zwar auch nicht dafür sorgen, dass sie schneller als irgend möglich ihren Laptop bekam, aber sie wollte ihn zumindest auf dem Laufenden halten. Außerdem hoffte sie darauf, dass er sich bis zum Eintreffen des richtigen Computers Zeit nehmen konnte, um mit ihr schon mal das eine oder andere durchzusprechen, was ihr am Abend zuvor als Unklarheit aufgefallen war.

Erfreulicherweise kamen er und einer seiner Helfer gerade eben aus der Halle, in der die alten Traktoren und Maschinen standen. Der Helfer, der in einer Hand eine Werkzeugkiste trug, winkte ihr zu, sagte noch etwas zu Lukas und ging dann nach links in Richtung der Ställe.

Lukas kam auf sie zu. »Nanu?«, sagte er und zwinkerte ihr zu. »Bist du nicht ausgelastet, dass du Zeit hast, mich zu kontrollieren, ob ich auch arbeite?«

»Schön wär's«, seufzte sie und schilderte ihm, was geschehen war.

»Verdammt«, murmelte er erschrocken. »Und was machen wir jetzt?«

Es hörte sich in ihren Ohren gut an, dass er *wir* sagte. Es gab ihr das Gefühl, dass ihm bewusst war, wie sehr diese Situation ihn betraf. Das bedeutete, dass er bemüht sein würde, sie mit allen Mitteln zu unterstützen, anstatt nur dazustehen und sie machen zu lassen. Inwieweit er ihr mit seinen Auskünften tatsächlich helfen würde, stand auf einem ganz anderen Blatt, dennoch zählte für sie bereits der Gedanke.

»Warten.«

»Warten auf wen oder was?«

»Auf meine Freundin«, sagte sie. »Ich hatte ihr zwar gesagt, sie soll einen von diesen Kurierdiensten beauftragen, die noch am gleichen Tag liefern. Aber sie meinte, das würde sie lieber selbst erledigen. Bei dem Pech, das ich bislang hatte, kann sie sich gut vorstellen, dass der Kurier das Päckchen entweder unterwegs verliert oder falsch abliefert, oder aber dass es hinfällt und ich meinen Laptop wegschmeißen kann, sobald der hier eintrifft.«

»Du hast eine fürsorgliche Freundin«, stellte er fest.

Sie nickte und fügte in Gedanken hinzu: »Und eine neugierige dazu. Sie will Lukas live erleben, um sich ein Bild von ihm machen zu können.«

»Wann wird sie hier sein?«

Lana zuckte mit den Schultern. »Sie fährt jetzt erst zu mir, dann muss sie den Laptop und das ganze Zubehör zusammensuchen. Ich vermute, sie wird noch kurz anrufen, bevor sie abfährt, um sich zu vergewissern, ob sie auch wirklich alles eingepackt hat.« Sie sah auf die Uhr. »Hast du gerade Zeit?«

»Ja, Karol kümmert sich um die Reparaturen im Stall«, antwortete er. »Damit stehe ich für den Moment voll und ganz zu deiner Verfügung.«

»Bestens, dann komm mit rein«, sagte sie. »Ich hab da noch ein paar Fragen.«

»Hoffentlich habe ich auch Antworten auf deine Fragen.« Lukas verzog skeptisch den Mund.

»Das hoffe ich auch«, gab sie zurück und bedeutete ihm mit einer Kopfbewegung, ihr zu folgen.

Sie begaben sich in das neu eingerichtete Büro, auf dem riesigen Tisch, den Lukas aus einem der anderen Gebäude geholt und durchs Fenster hereingehievt hatte, stand der Bürobedarf griffbereit verteilt. Neben dem Laptop, den sie noch einpacken musste, bevor Christina hier eintraf, um ihr den anderen Computer zu bringen, lag der große Notizblock, auf dem sie etliche unklare Positionen notiert hatte, die sie mit Lukas aber erst besprechen wollte, wenn sie bei den dazugehörigen Belegen angekommen war.

»Okay, vorab diese Frage: Hast du das Gewerbe für die Fremdenzimmer eigentlich abgemeldet?«

Er zog die Augenbrauen verdutzt hoch. »Habe ich das überhaupt angemeldet?«

»Ganz bestimmt, weil die Einnahmen aus der Vermietung von Fremdenzimmern auch so gebucht worden sind«, sagte Lana. »Die Anmeldung wird dann wohl deine Ex erledigt haben. Also hast du nichts abgemeldet?«

»Nein, ganz sicher nicht«, beteuerte er. »Ich wollte ja nicht mehr vermieten, und wenn ich gewusst hätte, dass ich das abmelden muss, dann hätte ich das sofort getan, um das Kapitel abzuschließen.«

»Gut, dann hast du, ohne es zu ahnen, schon mal genau das Richtige getan«, sagte sie und klopfte ihm mehr im Spaß lobend auf die Schulter.

»Ach, tatsächlich? Wie habe ich das denn hingekriegt?«

»Siehst du, dadurch, dass du nichts abgemeldet hast, besteht der Betrieb nach wie vor, und das Einzige, was fehlt, sind die Einnahmen. Die anteiligen Kosten können wir aber unverändert ansetzen, weil du ja ganz sicher auch weiterhin die Versicherungen und anderen Abgaben bezahlt hast, die eigentlich nur für die Fremdenzimmer gelten.«

»Habe ich das?«, fragte er verdutzt.

»Wenn du nicht wusstest, dass für die Vermietung ein Gewerbe angemeldet wurde, wirst du dir sicher auch keine Gedanken über sonstige Notwendigkeiten wie Versicherungen gemacht haben, richtig?«

Er grinste sie schief an. »Ich werde dir nicht widersprechen, Lana.«

»Hm, du lernst schnell«, konterte sie ironisch und zwinkerte ihm zu. »Okay, nächste Frage: Ich habe mir die Konten und die Abschlüsse der letzten beiden Jahre angesehen, und dabei ist mir etwas aufgefallen.«

»Und zwar?«, fragte Lukas, als sie eine Pause folgen ließ. »Irgendwas Gravierendes?«

»Etwas Nachteiliges, würde ich eher sagen«, redete sie bedächtig weiter. Tatsächlich überlegte sie, wie sie das Thema am besten anging. Da sie wusste, dass Lukas zu neunundneunzig Prozent Praktiker war und für das restliche eine Prozent zudem nur halbherzig für alles zu begeistern war, was er nicht mit Handarbeit erledigen konnte, wollte sie nicht mit zu vielen Fachbegriffen um sich werfen. Nicht, dass sie Lukas für zu dumm gehalten hätte, aber Zahlen, Formulare und Gesetze waren einfach nichts, was ihn begeistern konnte. »Also … ich habe gesehen, dass bisher die Einnahmen aus den Fremdenzimmern, aus den Verkäufen des Hofladens, aus der Vermietung des zweiten Hofs an die Filmproduktion und so weiter jeweils in einer Summe zusammengefasst wurden und dann in der gleichen Höhe als Gewinn bei der Steuererklärung angegeben wurden.«

Lukas zuckte mit den Schultern. »Ist doch das, was man eigentlich macht, oder?«

»Nicht so ganz«, hielt sie dagegen. »Sämtliche Kosten wurden bei den Einkünften aus Landwirtschaft angesetzt.«

Er sah sie abwartend an, schwieg aber, weil er nicht wusste, was er dazu hätte sagen sollen. Es war ja von ihr als Aussage, aber nicht als Frage formuliert worden. »Worauf willst du hinaus?«, fragte er schließlich, da sie nachdenklich dreinschaute.

»Das ist völlig falsch gelaufen«, sagte sie nach einer Weile. »Und das hätte dieser Steuerberater wissen müssen.«

»Bekomme ich jetzt etwa noch mehr Ärger?«, wollte Lukas zögerlich wissen.

»Ganz im Gegenteil«, sagte sie. »Das ist sogar gut, dass mir das jetzt auffällt, weil sich die Steuerprüfer ärgern werden.«

»Warum?«

»Weil sie die Bescheide in verschiedenen Punkten zu deinen Gunsten ändern müssen«, antwortete sie. »Also, hör zu, ich erklär's dir an zwei Beispielen, die das deutlich machen sollten. Arbeiten wir einfach mit glatten Zahlen, nur um das Prinzip zu vermitteln.«

»M-hm«, machte er und nahm auf dem Hocker Platz, der außer dem Stuhl auch noch im Zimmer stand.

»Sagen wir, du zahlst im Monat zweitausend für Strom und Wasser«, begann sie. Er nickte eifrig. »Weil du ja auch hier lebst, werden pauschal zwanzig Prozent Eigenverbrauch angesetzt. Das heißt, von den zweitausend Euro kannst du tausendsechshundert als betriebliche Ausgaben geltend machen, weil du ja zwanzig Prozent oder vierhundert Euro selbst verbrauchst.«

»Klingt logisch«, sagte er.

»Richtig. Aber …«, fuhr sie fort und machte eine kurze Pause, »von diesen zweitausend Euro verbrauchen die Ställe tausendvierhundert Euro, der Hofladen hundert Euro, der zweite Hof auch noch mal hundert Euro, und auf den Acker und alles andere entfallen noch mal zweihundert Euro. Wenn du diese Beträge den einzelnen Einnahmen als Ausgaben zuordnest, bleiben noch zweihundert Euro übrig, von denen du bei der Anzahl Fremdenzimmer sagen kannst, dass die Hälfte, also hundert Euro, auf die Zimmer entfallen und die restlichen hundert Euro dein tatsächlicher Eigenverbrauch sind.«

»Das sind ja dann nur zwölfhundert im Jahr«, stellte er verwundert fest.

»Richtig, und bisher waren es fast fünftausend Euro«, ergänzte sie und fügte grinsend an: »Wenn ich das mal so grob aufrunden darf. Normalerweise bin ich da viel präziser.«

»Wow«, machte er. »Und das andere Beispiel?«

»Jetzt hast du's aber eilig mit dem Wissen«, sagte sie amüsiert.

»Wenn es um mein sauer verdientes Geld geht, muss das auch so sein«, gab er achselzuckend zurück.

»Das andere Beispiel sind die diversen Versicherungen«, redete sie weiter. »Ich weiß nicht, was deine Ex dazu veranlasst hat, es so zu machen, und welche Tomaten dein Steuerberater auf den Augen hatte. Jedenfalls sind alle Versicherungen einfach als Vorsorgeaufwendungen gebucht worden, für die es aber einen Höchstbetrag gibt. Alles, was darüber hinausgeht, bleibt unberücksichtigt. Und das ist eine Menge Geld, obwohl der größte Teil davon ganz konkret zugeordnet werden kann – der Halle mit den alten Maschinen, den Ställen, dem Hofladen und dem ganzen Rest. Genaue Zahlen kann ich dir nicht nennen, weil ich das erst ausrechnen muss, aber ich würde mal vermuten, dass wir uns da schon in fünfstelligen Regionen bewegen.«

»Das heißt?«

»Das heißt, dass Ausgaben in fünfstelliger Höhe gar nicht berücksichtigt worden sind und damit auch zu viel Steuern gezahlt wurden«, antwortete sie.

Lukas legte kurz eine Hand vor seine Augen und ließ sich auf dem Hocker nach hinten sinken, bis sein Rücken am alten Kleiderschrank Halt fand. »Ist da überhaupt irgendwas richtig gemacht worden? Ich meine, sie hat ja ständig mit ihm besprochen, was zu buchen ist und …« Er verstummte, da ihm in diesem Moment ein Licht aufging. »Natürlich. Die beiden haben gar nichts besprochen, die waren ja anderweitig beschäftigt. Und die Buchhaltung …«

»… haben sie nebenbei so runtergerissen, dass sie so schnell wie möglich fertig wurden«, führte Lana den Satz für ihn zu Ende. »Und das auf deine Kosten.«

Auf einmal schlug er mit der flachen Hand auf sein Knie und schimpfte los: »Dieses verdammte Weib! Also hat sie mich sogar in doppelter Hinsicht ausgenommen!«

Lana stutzte, als sie das hörte. »Wie meinst du das?«

»Überleg mal, Lana. Sie hat gemeinsam mit dem Kerl einfach ein paar Zahlen hingeschludert, die mich mehr Steuern gekostet haben, als ich hätte zahlen müssen. Und dann rechnet er auch noch acht Stunden Beratungshonorar und Buchhaltung ab, obwohl er sich davon sieben Stunden lang mit meiner damaligen Frau vergnügt hat.«

»Stimmt«, brummte Lana missmutig.

»Ich wünschte, ich könnte das Geld von ihm zurückfordern«, knurrte Lukas und sah sie fragend an. »Das geht wohl nicht, oder?«

»Dafür müsstest du ihm nachweisen, dass er schlechte Arbeit geliefert hat«, sagte sie.

»Hat er doch! Das siehst du doch an diesen Zahlen!«

Sie schüttelte den Kopf. »So einfach ist das nicht. Er kann ja erklären, dass er deiner Ex gesagt hat, was sie tun soll, und sie hat sich einfach nicht daran gehalten. Sie hat ihm versichert, alles nach Vorschrift erledigt zu haben, und er hat ihr das geglaubt.« Lana zuckte mit den Schultern. »Die beiden werden sich schon gut überlegt haben, wie sie sich den Rücken freihalten können.«

Lukas presste frustriert die Lippen zusammen. »Was mich am meisten ärgert, ist die Tatsache, dass sie auch noch damit durchgekommen ist und ich nichts davon gemerkt habe.«

»Ärgern müsstest du dich nur, wenn es dir deshalb nicht aufgefallen wäre, weil du nicht richtig hingeschaut hast«, versuchte sie ihn zu trösten. »Deine Ex hat dich aber auf eine Weise um dein Geld gebracht, von der sie genau wusste, dass dir die Zusammenhänge gar nicht klar sind.«

»Ich weiß nicht, ob ich mich besser fühle, wenn ich es so betrachte.«

»Dann sieh es mal anders«, schlug sie ihm vor. »Wenn ich in die Werkstatt fahre, weil irgendwo was undicht ist oder seltsame Geräusche macht, dann habe ich von der Materie so wenig Ahnung wie du von Buchhaltung. Wenn mir der Meister erklärt, dass ich einen neuen … sagen wir, einen neuen Flux-Kompensator brauche, weil der alte kaputt ist, dann kann ich nicht sagen, dass das nicht stimmt und dass er mir nur Geld aus der Tasche ziehen will.«

Lukas grinste sie an. »Ein Flux-Kompensator? Wenn du den hättest, könnten wir in der Zeit zurückreisen, und ich könnte meine Ex zum Mond schicken, lange bevor sie mich verlassen kann.«

»Mir fiel nichts Besseres ein«, gab sie lachend zurück. »Aber du weißt, was ich meine, oder?«

»Ja, schon klar. Ich müsste mich in Buchhaltung so gut auskennen wie du, um erkennen zu können, dass ich um mein Geld gebracht werde.«

»Eben, aber du bist nun mal mit Leib und Seele Landwirt, du lebst für den Acker und die Tiere und alles andere, und da bleibt keine Zeit, sich mit den Feinheiten der Buchhaltung zu befassen. Du brauchst jemanden, dem du vertrauen kannst, dass er diese Arbeit für dich erledigt, und zwar in deinem Sinne.«

»Und genau das ist nicht passiert«, sagte er. »Aber wie soll man denn auf die Idee kommen, dass man der eigenen Ehefrau nicht vertrauen kann? Okay, so was kommt immer wieder vor, aber man denkt doch eigentlich, dass das nur anderen Leuten passiert, nicht einem selbst.«

»Natürlich denkt man das, und in den allermeisten Fällen ist es auch so, dass man dem anderen vertrauen kann«, bestärkte sie ihn. »Es wäre ja auch schlimm, wenn genau das die Ausnahme wäre.«

»Das ist wahr«, bestätigte er. »Stell dir vor, ich würde dir nicht vertrauen.«

Sie zuckte mit den Schultern und lächelte. »Dann wärst du ziemlich aufgeschmissen.«

»Ich weiß«, murmelte er. »Danke, dass du das für mich tust.«

»Ich tue es für die Tiere, Lukas«, betonte sie.

»Und kein bisschen für mich?«, fragte er und setzte einen Dackelblick auf, bei dem es ihr schwerfiel, weiter ernst zu bleiben.

»Vielleicht ein ganz kleines bisschen, aber wirklich nur ein ganz, ganz kleines bisschen«, räumte sie nach kurzem Zögern ein. Sie hatte ihm noch nicht vergeben. Noch nicht.

»Das ist ja schon mal ein Anfang«, sagte er mit hoffnungsvoller Miene.

Sie sah ihn einen Moment lang an, dann riss sie sich zusammen und konzentrierte sich wieder auf die Arbeit. »Ich habe mir überlegt«, fuhr sie fort, »dass wir mit Kostenstellen arbeiten sollten.«

»Gute Idee … nehme ich an«, entgegnete Lukas bedächtig.

»Du hast keine Ahnung, was eine Kostenstelle ist, richtig?«

»Nicht die Bohne.«

Lana nickte verstehend. »Kein Problem, das erkläre ich dir«, sagte sie entschlossen. »Ich habe dir ja eben das mit dem Strom und den Versicherungen erklärt.«

Lukas nickte ebenfalls.

»Jedem Bereich deines Hofs wird eine Kennziffer zugeordnet, also zum Beispiel die Tausend für den Gnadenhof, die Elfhundert für den Hofladen, die Zwölfhundert für den Hof mit den Dreharbeiten und so weiter«, erklärte sie. »Wenn du eine Zahlung von der Filmproduktion erhältst, wird die Einnahme verbucht, und gleichzeitig wird der Betrag mit der Kostenstelle Zwölfhundert verknüpft. Wenn ich als Nächstes die Gebäudeversicherung für dieses Objekt buchen muss, dann bekommt die Ausgabe die gleiche Kostenstelle und …«

»… und wenn du alles gebucht hast, kannst du dir nur diese Kostenstelle anzeigen lassen«, führte er den Satz fort. »Und dann siehst du, wie hoch die Einnahmen und Ausgaben nur für diesen Hof sind … richtig?«, fragte er nach einer Pause.

Lana konnte nicht verhindern, dass sie über das ganze Gesicht strahlte. »Richtig!«, rief sie, beugte sich spontan vor und gab ihm einen Kuss.

»Womit habe ich denn den verdient?«, fragte er verwundert.

»Als Belohnung.«

»Weil ich so schnell gelernt habe?«

Sie zwinkerte ihm nur zu.

»Ich glaube, ich will noch mehr lernen, damit ich mehr Belohnungen erhalte«, sagte er und legte den Kopf schräg.

»Alles zu seiner Zeit«, ermahnte sie ihn mit gespielt strengem Unterton. »Das hier hat Vorrang vor allem anderen.« Dann wurde sie wieder ernst. »Wenn ich den Kontenrahmen anlege und die Kostenstellen einrichte, muss ich noch mal deine Hilfe bei den Belegen in Anspruch nehmen, weil nur du mir sagen kannst, was wozu gehört oder nach welchem Schlüssel bestimmte allgemeine Ausgaben verteilt werden müssen. Und natürlich, wenn die Kontoauszüge vorliegen. Schon eine Ahnung, wann die eintreffen?«

»Spätestens morgen früh kommt der Azubi her und liefert sie ab«, versicherte er ihr. »Mit ein bisschen Glück sogar noch heute Abend. Alle vier Jahre, wie du verlangt hast.«

»Weil ich sie ja auch dringend brauche«, erwiderte sie. »Kannst du heute Nachmittag … nein, warte, lass mich das machen. Schreib mir die Nummer der Bank und den Namen des Filialleiters auf, dann rufe ich nach deren Mittagspause da an, dass die unbedingt noch heute die Kontoauszüge rüberbringen sollen. Zumindest für das erste Jahr, das hat Vorrang vor allem anderen.«

»Zettel? Stift?«, fragte er.

Sie schob ihm den Block und einen Stift hin, er notierte alle Angaben. »Danke, Lana. Aber ich hätte das auch erledigen können.«

»Daran zweifle ich nicht. Ich bin mir nur nicht sicher, ob dem

Freund deines Vaters bewusst ist, dass das hier wirklich mehr als dringend ist.«

Lukas zuckte mit den Schultern. »Das kann ich dir auch nicht sagen. Ich kenne den schon eine Ewigkeit …«

»Genau, und für manche Leute bleibt man ein Leben lang der kleine Lukas, den sie schon als Kind nicht für voll genommen haben«, führte sie seinen Satz zu Ende.

»Gut, nächste Frage«, sagte er nach einem Blick auf seine Armbanduhr.

»Gibt es erst mal nicht«, erwiderte sie. »Du darfst dich wieder ganz deinem Hof widmen. Ich habe noch genug Beschäftigung, bis meine Freundin mit dem anderen Laptop hier auftaucht.« Sie warf ebenfalls einen Blick auf die Uhr. »Ich schätze, dass sie jetzt in der Wohnung ist und gleich Bescheid sagt, dass sie losfährt. Dann …« In diesem Moment klingelte das Telefon in der Diele. Lana sprang auf und lief voraus, gefolgt von Lukas. Ein Blick auf das Display genügte, und sie sagte zu ihm: »Das *ist* meine Freundin. Garantiert sucht sie noch irgendein Teil, das zum Laptop gehört.«

»Alles klar, ich bin dann im Stall«, entgegnete Lukas, während sie den Hörer abnahm. »Wenn irgendwas ist, ruf einfach laut nach mir, okay?«

»Werde ich machen«, versicherte sie ihm und nahm das Gespräch an.

Christina traf gegen Mittag ein und brachte nicht nur den Laptop mit, sondern auch das Zubehör, das sie nach dem Telefonat am Morgen noch besorgt hatte. »Die Idee mit dem zweiten Akku und dem zweiten Ladegerät war wirklich hervorragend, Chrissy«, lobte Lana sie. »Wenn ich dafür noch mal hätte losfahren müssen, wäre wieder ein Tag verloren gewesen.«

»Vorausgesetzt, du hättest überhaupt bekommen, was du brauchst«, erwiderte ihre Freundin, als sie wenig später in der Küche saßen und einen Kaffee tranken. »In dem Computerladen bei mir um die Ecke haben die mir gesagt, dass ich so was besser frühzeitig bestellen soll, wenn ich wieder mal Teile für so alte Geräte brauche. Es war ja purer Zufall, dass die zwei Dinger überhaupt noch auf Lager waren.«

»Ich kenne das Problem«, sagte Lana. »Egal, wie teuer etwas war, nach drei oder vier Jahren ist es hoffnungslos veraltet, und in normalen Elektromärkten führt man das schon eeewig nicht mehr. Ich bin schon froh, dass der Drucker den alten Laptop erkennt, aber der hat ja selbst schon ein paar Jahre auf dem Buckel.«

»Wahrscheinlich hat er sich sogar gefreut, noch mal jemandem aus seiner Generation zu begegnen, anstatt nur junges Gemüse um sich zu haben«, meinte Christina amüsiert.

»Ich glaube, da hast du recht«, stimmte sie ihrer Freundin zu. »Und es macht dir wirklich nichts aus, den anderen Laptop auf dem Rückweg noch bei mir im Büro abzugeben?«

Christina winkte ab. »Das ist ja nicht mal im Ansatz ein Umweg. Da kann ich eine Ausfahrt eher raus und komme so von oben rein. Das passt mir sehr gut, glaub mir.«

»Tu ich ja«, gab Lana grinsend zurück. »Aber ich muss ja wenigstens mal fragen, ob ich dir das zumuten darf.«

»Du weißt, dass tu ich für dich, weil du meine beste Freundin bist.«

»Und weil du wissen willst, wie Lukas aussieht«, ergänzte Lana grinsend.

»Hältst du mich für so oberflächlich?«, fragte Christina mit gespielter Empörung.

»Nein, aber für so neugierig.«

»Okay, der Punkt geht an dich«, musste Christina zugeben. »Mich interessiert rasend, was das für ein Mann ist, für den du dir eine solche Arbeit aufhalst und ins Nirgendwo fährst.«

»Du hast Glück, dass jetzt Mittagszeit ist, Chrissy. Lukas wird jeden Moment reinkommen und sich um das Mittagessen kümmern.«

»Du lässt dich von ihm bekochen?« Christina sah sie erstaunt an.

»Er versteht was davon«, sagte sie.

»Französische Küche oder italienische?«

»Weder- noch«, erwiderte sie. »Hausmannskost.«

»Hausmannskost ist doch das, was genauso fade und nach gestern schmeckt, wie es sich anhört«, meinte ihre Freundin und verzog den Mund. »Nimm es mir nicht übel, aber bevor es Essen gibt, werde ich mich lieber auf den Weg machen. Dann kannst du deinen Lukas und deine … Hausmannskost allein genießen, und du musst nicht fürchten, dass ich dir was vom Teller klaue.«

»Du meinst, ich muss nicht fürchten, dass du deinen halben Teller auf meinen packst, um dann zu verkünden, du wärst so satt, dass du nichts mehr runterkriegst, richtig? Während ich mit eineinhalb Portionen nicht weiß, wie ich die verputzen soll? Das ist doch dein Plan, gib's zu.«

»Nicht ohne meinen Anwalt«, konterte Christina. »Aber ehrlich, ich kann mir das nicht antun. Das sind die Gerichte, die meine Oma kocht, die außer Salz kein Gewürz kennt und dafür die fünffache Menge nimmt, damit es auch nach was schmeckt. Nämlich nach Salz.«

»Nicht jeder kocht so wie deine Oma«, gab Lana zu bedenken.

»Zum Glück«, seufzte Christina.

In diesem Moment wurde die Haustür aufgeschlossen, Lukas kam herein und warf einen Blick in die Küche. »Hallo, zusammen«, sagte er und nickten ihnen zu.

»Lukas, das ist meine beste Freundin Christina«, stellte Lana sie ihm vor. »Sie war so nett, mir den richtigen Laptop zu bringen.«

»Für eine gute Freundin macht man so was eben«, sagte Christina und warf dem Mann an der Tür einen bewundernden Blick zu.

»Und das ist Lukas, der Mann, der vom Finanzamt so gequält wird, dass ich ihm zur Seite stehen muss«, sagte Lana.

»Freut mich, Lukas. Schade, dass ich auf dem Gebiet nicht so bewandert bin, sonst würde ich Lana sofort vorschlagen, ihren Platz einzunehmen«, redete Christina weiter und hielt dabei den Kopf ein wenig schräg.

Lana räusperte sich, woraufhin Christina so zusammenzuckte, als hätte sie ihr auf den Fuß getreten. Der Gedanke war ihr zwar auch gekommen, aber sie hatte davon Abstand genommen, weil sie nicht wusste, ob ihre Freundin dann vor Schmerz aufschreien würde.

»Na, ich denke, Lana hat das alles sehr gut im Griff«, erwiderte er mit einem freundlich-höflichen Lächeln.

»Ja, das nehme ich auch an«, stimmte Christina ihm seufzend zu.

»Ich … ähm … ich kümmere mich gleich ums Essen, ich gehe nur noch schnell rauf und dusche. Zwei der Schweine, die sich gerade eben erst gesuhlt hatten, meinten doch wirklich, sich an mich drücken zu müssen, damit ich sie streichle.«

»Das ist ja reizend«, meinte Christina; dann zuckte sie abermals leicht zusammen und warf Lana einen kurzen Blick zu.

»Ich bin gleich wieder da«, versprach Lukas ihnen und war mit einem Schritt nach hinten wieder im Flur.

»Was soll das?«, zischte Christina Lana zu.

»Was soll was?«, fragte Lana verwundert.

»Du musst mich nicht treten, wenn ich mich nett mit Lukas unterhalte.«

»Was redest du da, Chrissy? Ich habe dich nicht getreten«, widersprach Lana. »Obwohl ich es hätte tun sollen, so wie du mit ihm geflirtet hast.«

»Ach, das war doch ganz harmlos«, beteuerte Christina. »Ich will ihn dir nicht wegnehmen. Was soll ich bitte mit einem Landwirt? Ich bin hier ja … autsch! Hör schon auf, Lana!«

Lana schaute sich um. »Womit soll ich aufhören? Ich tue dir nichts.«

»Du trittst mi…«, begann Christina und verdrehte sich auf ihrem Stuhl, um unter den Tisch schauen zu können. Der restliche Satz ging in einem gellenden Schrei unter, gleichzeitig sprang sie so hastig von ihrem Stuhl auf, dass der nach hinten kippte und sie dadurch fast die Balance verlor. Aus dem Flur waren eilige Schritte zu hören, offenbar war Lukas von dem Aufschrei alarmiert worden und wollte nach dem Rechten sehen.

»O mein Gott, eine Bestie!«, schrie Lanas Freundin aus Leibeskräften und stürmte zur Küchentür, rief etwas, was Lana nicht verstand, und rannte durch die offen stehende Haustür nach draußen.

Noch bevor Lana aufstehen und ihr folgen konnte, hörte sie, wie eine Wagentür zugeschlagen und ein Motor angelassen wurde. Dann wurde Gas gegeben, und das Motorengeräusch entfernte sich sehr schnell.

»Was ist denn passiert?«, fragte Lukas.

»Keine Ahnung«, sagte Lana. »Sie ist aufgesprungen, hat was von einer Bestie gerufen und ist rausgerannt. Auf dem Weg nach draußen hat sie noch was gesagt, aber das konnte ich hier nicht verstehen.«

Lukas nickte. »Das hat mir gegolten. Wenn ich sie richtig verstanden habe, hat sie gesagt: ›HatmichgefreutSiekennenzulernenichbindannweg‹«

Etwas zupfte an Lanas Hosenbein, und als sie unter den Tisch sah, stand dort … Leopold. »Hm, ich glaube, ich kenne die Antwort. Da hat wohl jemand eine Hühnerphobie.«

17

Freitag

Die nächsten zwei Tage vergingen wie im Flug, aber nicht etwa, weil die Arbeit so fesselnd war, dass Lana sie gar nicht mehr zur Seite hätte legen können. Vielmehr lag es daran, dass sie im Eiltempo Belege kontierte und buchte, aber obwohl sie mehrere Hundert Belege verarbeitete und sich die gestempelten Kassenbons und Quittungen aller Art bereits zu türmen begannen, wollten die Stapel mit noch nicht gebuchten Belegen einfach nicht kleiner werden. Zeitweise kam es ihr so vor, als würde irgendwer für jede Quittung, die sie als gebucht zur Seite legen konnte, zwei weitere Quittungen auf den Berg werfen und ihn umso schneller wachsen lassen, je schneller sie arbeitete.

Dennoch zwang sie sich, den Blick möglichst nie zur Uhr oder zum Kalender wandern zu lassen, um nicht daran erinnert zu werden, dass schon wieder sechs Stunden verstrichen waren, ohne dass sie spürbare Fortschritte gemacht hatte. Sie war sich sicher, dass dieser Eindruck vor allem aus dem Grund entstand, weil sie nicht Jahr für Jahr erledigte, sondern jeweils eine Kostenart für alle Jahre erfasste, um sich danach der nächsten Kostenart zuzuwenden. Auch wenn es auf den ersten Blick umständlich erschien, sparte sie damit Zeit, weil sie in einem Zug durcharbeiten konnte und sich nicht erst in vier oder fünf Tagen beim nächsten Jahrgang wieder in die Belege hineindenken musste, nachdem sie zwischendurch tausend andere Dinge getan hatte.

Um sich nicht unnötig selbst unter Druck zu setzen, hatte sie einen kleinen Aufkleber rechts unten auf den Monitor geklebt, damit sie weder Datum noch Uhrzeit zufällig sehen konnte. Außerdem hatte sie Lukas gebeten, ihr erst dann etwas zu essen zu bringen, wenn sie ihn darum bat, nicht aber zu den üblichen, relativ festen Zeiten, weil sie dann zwangsläufig gewusst hätte, dass es kurz nach zwölf oder kurz nach sechs am Abend war.

Sie war so in die Arbeit vertieft, dass sie im ersten Moment überhaupt nicht wusste, wer da hinter ihr redete, als eine glockenhelle Stimme fragte: »Ist hier eine Papierbombe hochgegangen?«

Als sie sich umdrehte und Timo und Rebecca in der Tür stehen sah, konnte sie sich zunächst nicht erklären, woher die beiden so plötzlich gekommen waren. »Was macht ihr denn hier?«, fragte sie verdutzt.

»Wir sind zurück von der Ostsee, Mom«, sagte Timo. »Du hast doch nicht etwa vergessen, dass es uns noch gibt?«

»Natürlich nicht«, gab sie lächelnd zurück. »Aber ich bin seit Tagen so in die Arbeit vertieft, dass ich gar nicht mitbekommen habe, wie die Zeit vergangen ist.«

»Du hast dir Arbeit aus dem Büro schicken lassen?«, fragte ihr Sohn ungläubig. »War es dir ohne uns so langweilig, dass du im Büro angerufen hast?«

Sie hob abwehrend die Hände. »Nein, nein, das hat mit dem Büro nichts zu tun, auch wenn ich kurz da war, um mich mit Ordnern und allem anderen einzudecken.«

»Du warst zwischendurch auch noch zu Hause?« Timo schüttelte den Kopf.

»Ja, wisst ihr, es ist so, dass das Finanzamt deinem Vater, Rebecca, Bescheide geschickt hat, die ihn viel Geld kosten werden, wenn er nicht in … gut drei Wochen für die letzten vier Jahre Steuererklärungen abgibt.«

»Richtig viel Geld?«, fragte Rebecca zögernd.

Lana nickte ernst. »Verdammt viel.«

»Und das kannst du verhindern?«, hakte Rebecca nach.

»Ich will es zumindest versuchen. Finanzämter schätzen das Einkommen und den Gewinn üblicherweise viel zu hoch ein, weil sie so einen Steuerpflichtigen leichter dazu bewegen können, endlich eine Erklärung abzugeben.«

»Ist doch logisch«, warf Timo ein und erklärte Rebecca: »Wenn du eigentlich tausend Euro Steuer an das Finanzamt zahlen musst, aber keine Steuererklärung abgibst, dann schickt dir das Finanzamt einfach eine Schätzung über zehntausend Euro. Die willst du natürlich nicht zahlen, also gibst du ganz schnell deine Steuererklärung ab, damit du nur tausend zahlen musst. Sobald nämlich die richtige Steuererklärung vorgelegt wurde, wird die Schätzung hinfällig.«

»Du kannst deine Mutter wirklich nicht verleugnen«, meinte Rebecca grinsend, wandte sich dann aber mit ernster Miene an Lana. »Warum hast du nicht Bescheid gesagt, dass wir zurückkommen und dir helfen sollen?«

»Erstens sollt ihr beide eure Ferien genießen«, antwortete Lana. »Und zweitens hättet ihr mir noch gar keine Hilfe sein können, weil ich mir erst einen Überblick über die Lage verschaffen musste. Ich buche erst seit zwei Tagen, aber jetzt weiß ich genauer, mit welcher Art von Belegen ich es zu tun habe. Inzwischen sieht es schon etwas besser aus, und jetzt habe ich auch eine Ahnung, wer mir wie helfen kann.«

»Wir hören«, erklärte Timo, was Rebecca mit einem erstaunten Blick zur Kenntnis nahm.

»Danke«, sagte sie leise.

»Wofür?«, fragte Timo kopfschüttelnd.

»Dass du meinem Pa helfen willst.«

Er zuckte mit den Schultern. »Wenn meinem Mom ihm helfen will, dann ist das doch ganz normal, dass ich auch mitmache. Es geht ja schließlich um euren Hof.«

Rebecca schluckte gerührt und musste sich sichtlich eine Träne verdrücken. Irgendwie bekam sie dann doch noch ein Lächeln hin und gab ihm einen schmatzenden Kuss auf die Wange.

Timo verzog das Gesicht, was eindeutig nicht ernst gemeint war, und Lana fragte lachend: »Jod? Heißes Wasser?«

»Sag uns lieber, was wir tun sollen«, gab er zurück.

Lana nickte bedächtig, dann wandte sie sich an Rebecca: »Timo hat mir schon einige Male geholfen, darum bekommt er die etwas schwierigere Arbeit.«

»Hoffentlich komme ich mit der einfacheren Arbeit überhaupt zurecht«, gab Rebecca zu bedenken. »Ich habe mich mit so was noch nie befasst.«

»Oh, ich bin davon überzeugt, dass du das schnell beherrschen wirst«, versicherte Lana ihr. »Der größte Teil der Belege verteilt sich auf sechzehn oder siebzehn ständig wiederkehrende Kostenarten, zum Beispiel Porto oder Benzin. Ich werde dir von jeder Kostenart einen Beleg kopieren, dann hast du eine Vorlage. Ich brauche die nicht nach Datum sortiert, du musst nur darauf achten, dass sich nicht ein Beleg aus einem anderen Jahr dazwischengemogelt hat. Du kennzeichnest den Betrag und das Datum und legst eine Tankquittung zu den Tankquittungen, einen Portobeleg zum Porto.«

»Das ist cool«, verkündete Timo begeistert und sagte zu Rebecca: »Du musst da total aufpassen. Wenn du den Betrag unterstreichst, auf den es ankommt, dann musst du auch darauf achten, ob auf dem Beleg steht, ob da sieben oder neunzehn Prozent Umsatzsteuer drinstecken. Das musst du nämlich auch anstreichen, damit Mom schneller alles eingeben kann.«

»Das ist immer mit einiger Sucherei verbunden«, fuhr Lana fort, »weil jeder Laden sein eigenes System hat, wo der Gesamtbetrag, der Steuersatz und das Datum stehen. Es kostet eine Menge Zeit, beim Buchen jedes Mal in allen Ecken zu suchen, wo da was zu finden ist. Wenn das angestrichen ist, dann kann ich dreimal schneller arbeiten.«

»Okay«, sagte Rebecca, die sich nachdenklich am Hals kratzte. »Ich schätze, das kriege ich hin.«

»Ich weiß, du kriegst das hin«, versicherte ihr Lana. »Mach nur nicht einen Fehler, der einem gern unterläuft, wenn man seine eigenen Belege sortiert.«

»Was für ein Fehler ist das denn?«, wollte sie wissen.

»Achte darauf, was gekauft wurde und wann es gekauft wurde«, sagte sie. »Aber vermeide einen Blick auf den Namen und die Adresse des Geschäfts. Ich weiß aus eigener Erfahrung, dass man dadurch viel zu leicht anfängt, in Erinnerungen zu schwelgen.

Stell dir vor, du hättest mit deinem Vater ein tolles Wochenende in Hamburg verbracht, und er hat da bei der Gelegenheit ein Buch gekauft, das er für seine Arbeit braucht. Du fängst bei so was ganz schnell an, dich an dieses Wochenende zu erinnern, und dann denkst du darüber nach, was ihr unternommen und gegessen habt und so weiter und so fort. Ehe du dich versiehst, hast du zehn Minuten mit Träumerei verloren, in denen du zwanzig weitere Belege hättest markieren können.«

»Oh, wirklich?«

»Ehrlich!«, konnte Timo bestätigen. »Darum hat mich Mom früher nie helfen lassen, als ich noch kleiner war. Ich habe da nämlich ständig angefangen, ihr davon zu erzählen, an was ich mich alles erinnern konnte.«

»Wogegen an sich ja nichts spricht«, betonte Lana. »Aber wenn die Zeit drängt – und das tut sie hier ganz brutal –, dann kann man sich diesen Luxus nicht gönnen.«

»Alles klar«, sagte Rebecca mit ernster Miene. »Wann lege ich los?«

»Ich nehme an, ihr wollt euch erst mal von der Fahrt erholen und was essen«, sagte Lana. »Morgen früh gleich nach dem Frühstück?«

»Können wir nicht heute Abend noch anfangen?«, erkundigte sich Timo prompt. »Die Fahrt von Heiligenhafen hierher war nicht anstrengend oder so. Wenn ich sehe, wie viele Belege das sind ...« Er deutete auf das Bett gleich neben dem Tisch, auf dem sich Belege stapelten.

»Ähm, Timo ... das da sind die gebuchten Belege«, machte sie ihm klar. »Der viel größere ›Rest‹ verteilt sich auf die vier Zimmer gegenüber.«

»Ich will heute noch anfangen«, erklärte er hastig. »Wenn wir schon hier sind, können wir uns auch sofort nützlich machen, richtig, Becky?«

Rebecca nickte zustimmend. »Danach können wir immer noch trödeln«, ergänzte sie.

Lana sah die beiden dankbar an. »Ihr zwei seid wirklich ein Geschenk des Himmels.«

»Okay, was soll ich machen?«, wollte Timo wissen.

»Du siehst die Kontoauszüge durch und suchst die passenden Rechnungen zu allen Zahlungen heraus«, sagte sie. »Und dann …«

»… notiere ich auf der Rechnung Datum und Nummer des Kontoauszugs, lege die Rechnung zum Kontoauszug und hake den Betrag auf dem Kontoauszug ab.«

Rebecca grinste ihn an. »Ich hätte gedacht, du bekommst in dem Satz noch ein viertes Mal das Wort ›Kontoauszug‹ unter.«

»Beim nächsten werde ich mir mehr Mühe geben«, versprach er ihr feierlich.

»Okay, Leute, dann wollen wir mal loslegen«, sagte Lana. »Jeder schnappt sich einen roten Stift und legt los. Wenn auf den ersten Blick irgendwas unklar ist, legt ihr den Beleg erst mal zur Seite. Ihr haltet euch selbst und mich mehr auf, wenn ihr zehnmal mit einer Frage kommt anstatt einmal mit zehn Fragen.« Sie bemerkte Rebeccas verunsicherten Gesichtsausdruck und reagierte sofort: »Das soll natürlich nicht heißen, dass du mich nicht fragen sollst, wenn es ein grundlegendes Problem gibt, Rebecca. Es geht eher darum, dass zum Beispiel das Datum nicht so deutlich zu erkennen ist. Wenn du aber nicht weißt, welcher Betrag der richtige ist, weil da alles Mögliche aufgedruckt ist, dann frag mich natürlich.«

»Du kannst auch zuerst mich fragen«, schlug Timo vor. »Ich kenne mich ja schon etwas damit aus. Oder, Mom?«

»Ja, sicher«, stimmte Lana ihm mit einem Schulterzucken zu. »Alles, was uns hilft, schneller fertig zu werden, kann mir nur recht sein. Auf mich warten neben dem Buchen noch so viele andere Dinge, dass wir uns gegenseitig auf die Schulter klopfen können, wenn wir fünf Minuten vor Abgabeschluss fertig sind.«

»Darf ich da mitmachen?«, ertönte in diesem Moment Lukas' Stimme aus dem Flur. »Beim Schulterklopfen, meine ich.«

»Hallo, Pa«, rief Rebecca und lief ihm entgegen.

»Schatz, wie geht's dir?«, fragte er. »Hey, Timo, alles in Ordnung?«

»Alles cool«, erwiderte er. »Wir helfen dir auch.«

»Ihr helft mir«, gab Lukas verwundert zurück. »Bei was? Womit?«

»Wir helfen dir, dich gegen das Finanzamt zur Wehr zu setzen«, erklärte Rebecca. »Lana hat uns gesagt, dass du deine Steuererklärungen abgeben musst, weil es sonst teuer wird.«

»Tja, da hat Lana leider recht«, erwiderte er ein wenig betreten. »Darum hat sie sich auch bereiterklärt, diese Erklärungen zu erledigen. Dummerweise ist das eine verdammt eilige Sache, und wenn ihr beide mithelft, wird das für Lana ganz sicher eine Entlastung sein.«

»Genau, und darum legen wir jetzt auch sofort los«, sagte Timo und zog Rebecca hinter sich her. »Komm, ich zeige dir schon mal, auf was du achten musst.«

Beide verschwanden ins gegenüberliegende Zimmer, Lukas ging zu Lana. »Ich hab nicht mal fragen können, wie der Urlaub war.«

»Hm«, machte sie grübelnd. »Ich weiß gar nicht, ob sie gefragt werden wollten. Sie wollten sofort wissen, was ich hier mache, und ich … na ja, ich hatte mir darüber gar keine Gedanken gemacht, was ich sagen sollte, weil ich mit den beiden noch gar nicht gerechnet hatte.« Nach einer kurzen Pause fügte sie hinzu: »Tut mir leid, wenn ich deiner Tochter etwas vom Finanzamt gesagt habe. Aber irgendwie musste ich ja erklären, warum ich in meiner Freizeit hier sitze und Belege buche. Ihr wäre vielleicht nichts aufgefallen, aber Timo hätte sofort durchschaut, wenn ich ihnen irgendeine Geschichte aufgetischt hätte.«

»Mach dir da mal keine Gedanken, das ist schon okay«, versicherte er ihr. »Aber ich hoffe …« Er schaute über die Schulter, dann machte er die Tür zu. »… du hast ihr nichts über das ganze Ausmaß der Schätzungen gesagt, oder?«

Beschwichtigend schüttelte sie den Kopf. »Das hätte ich nicht mal auf Nachfrage gemacht. Ich glaube, wenn ich ihr den tatsächlichen Betrag genannt hätte, dann hätte sie vor Aufregung einen Asthmaanfall bekommen. Ich meine, mir ist ja schon die

Luft weggeblieben, als ich die Beträge gesehen hatte. Wenn sie wüsste, was auf dem Spiel steht, würde sie das sicher vor Angst lähmen, und das kann im Moment keiner von uns gebrauchen.«

»Ganz sicher nicht«, musste er ihr beipflichten. »Wir können ab jetzt so gut wie nichts mehr gebrauchen, was uns Zeit kostet, die wir nicht haben.«

»Kriegen wir schon hin, sagte der Mann, für den Buchhaltung ein Buch mit sieben Siegeln war«, gab sie im Scherz zurück.

»Inzwischen nur noch mit sechs Siegeln«, korrigierte er sie grinsend. »Ich habe schließlich schon einen ersten Fortschritt gemacht.«

»Damit hast du allerdings recht«, räumte sie ein. »Aber wir wollen es nicht übertreiben.«

»Trotzdem kannst du mir irgendeine Aufgabe übertragen, damit ich auch meinen Teil beitragen kann«, sagte er.

»Du wirst dir noch wünschen, das nicht gesagt zu haben«, erwiderte sie mit einem Augenzwinkern. »Wenn ich erst mal mit meinen tausend Fragen ankomme und dich löchere, wofür dies und jenes ausgegeben worden ist, dann wirst du nur noch die Flucht ergreifen wollen.« Während sie redete, tippte plötzlich hinter ihr jemand an die Fensterscheibe. Als sie sich umdrehte, entdeckte sie Leopold, der auf den Fenstersims gesprungen war und mit dem Schnabel gegen das Glas klopfte. »Ach, der arme Kerl«, seufzte sie. »Er hat schon richtige Entzugserscheinungen, weil ich ihn den ganzen Tag aussperren muss.« Sie deutete auf die Belege, die überall verteilt lagen. »Aber ich kann ihn nicht reinlassen. Er muss nur einmal mit den Flügeln schlagen, und die Arbeit von Stunden ist zunichtegemacht.«

»Wie man ihm das erklären soll, weiß ich allerdings auch nicht«, musste Lukas gestehen. »Was hältst du davon, wenn du auf einen Eistee mit in die Küche kommst, dann können wir hier abschließen und ihn ins Haus lassen. Auf die Weise kann er dir wenigstens ein bisschen Gesellschaft leisten.«

»Du weißt, ich habe eigentlich keine Zeit dafür«, wandte sie ein.

»Tu es für Leopold«, beharrte er. »Ich würde mich zwar auch darüber freuen, weil ich jetzt schon zwei Tage hintereinander allein zu Mittag und zu Abend essen musste, da du lieber den Zimmerservice bestellst, aber tu es in erster Linie für Leopold, einverstanden?«

»Viertelstunde«, bot sie ihm an.

»Halbe Stunde«, hielt er dagegen.

»Zwanzig Minuten und keine mehr.«

Lukas lächelte sie an. »Das sind immerhin zwanzig Minuten mehr als gestern und heute Mittag und Abend«, sagte er zufrieden. »Komm mit.«

»Nein, das geht nicht, ich muss erst die Daten sichern«, erwiderte sie und setzte sich wieder an den Laptop, um den aktuell erfassten Datenbestand zu kopieren.

»Dauert das lange?«

»Ein paar Minuten«, sagte sie. »Ich muss das auf zwei externe Festplatten und zwei Sticks kopieren.«

»Warum so oft?«

»Um das Risiko so gering wie möglich zu halten, dass es einen Defekt gibt und ich nicht mehr auf die Daten zugreifen kann«, sagte sie. »Da ich hier nicht ins Internet komme, kann ich die Daten nach nirgendwohin hochladen. Also sichere ich hier, und vorsichtshalber mache ich das vierfach.«

»Na gut, aber du kommst gleich in die Küche?«

»Ja, das verspreche ich dir«, sagte sie, dann klopfte sie ans Fenster. »Und dir ebenfalls.« Als hätte Leopold die Unterhaltung verfolgt, sprang er vom Fenstersims und lief los, vermutlich in Richtung Haustür.

»Ich lasse den Herrn dann schon mal rein.« Er ging zur Tür. »Wir sehen uns gleich.«

»Das will ich doch hoffen«, erwiderte sie und zwinkerte ihm zu, was ihn verdutzt dreinschauen ließ. Dann widmete sie sich wieder ihrer Arbeit, während er das Zimmer verließ und die Tür hinter sich zuzog.

Als sie ein paar Minuten später in die Küche kam, hatte es sich

Leopold bereits auf dem Stuhl gleich neben ihrem bequem gemacht. Mit wachsamem Blick verfolgte er ihren Weg durch die Küche und um den Tisch herum. Als sie sich zu ihm setzte, hätte sie schwören können, dass er eine zufriedene Miene aufsetzte, auch wenn sie wusste, dass das nicht möglich war. Dennoch strahlte der Hahn etwas aus, was dieser Gefühlsregung sehr nahekam.

»Na, habe ich dir gefehlt?«, fragte sie.

»Natürlich.«

Lana hob den Kopf, zog eine Augenbraue hoch und warf Lukas einen langen Blick zu. »Ich rede mit Leopold.«

»Okay«, sagte er. »Trotzdem hätte ich mit ›natürlich‹ geantwortet, wenn du mich gefragt hättest.«

Sie lächelte ihn an. »Es freut mich, das zu wissen.«

»Bist du noch immer sauer auf mich?«, fragte er, nachdem er zwei Tassen Kaffee auf den Tisch gestellt und sich zu ihr gesetzt hatte.

Sie wiegte den Kopf bedächtig hin und her. »Sagen wir mal so: Es wäre mir lieber, wenn du nicht so überzogen reagiert hättest. Ich weiß«, fügte sie sofort an, als sie sah, dass er zu einer Erwiderung ansetzte, »was der Grund für deine Verärgerung war. *Das* kann ich auch noch nachvollziehen. Aber ich habe dich nicht nach soundso vielen Jahren Ehe sitzen lassen, ich bin auch nicht mit deinen Ersparnissen durchgebrannt, ich habe dich mit niemandem betrogen. Ich habe dir helfen wollen, weil mir mein Gefühl gesagt hat, dass diese Briefe nichts Gutes bedeuten können. Letztlich habe ich ja auch richtiggelegen, aber das hast du erst mit Verzögerung eingesehen.«

Lukas verzog den Mund. »Vielleicht habe ich insgeheim sogar gehofft, dass du dich über meine Entscheidung hinwegsetzt, damit ich einen Grund habe, dich aus meinem Leben zu verbannen.«

Sie hob erstaunt eine Augenbraue an. »Warum solltest du das wollen?«

»Um nicht noch mal so enttäuscht zu werden wie bei meiner

ersten Frau«, erklärte er betreten. »Was ich für dich empfinde, Lana, macht mir Angst, weil ich nicht will, dass mein Vertrauen in einen Menschen so sehr enttäuscht wird.«

»Du meinst, du wolltest das, was zwischen uns ist, unterbewusst rein vorsorglich sabotieren, damit wir beide gar nicht erst an einen Punkt gelangen können, an dem ich mich nach Jahren für einen anderen Mann entscheide und dich im Stich lasse?«

Lukas nickte zögernd. »Ich bin kein Psychologe, der sich mit solchen Dingen gut auskennt. Aber man liest ja schon mal darüber, was eigentlich dahintersteckt, wenn Menschen irgendetwas tun, was so gar nicht zu ihnen passt. Ich meine, man muss schließlich auch erst mal darauf kommen, dass ein Kind zum Ladendieb wird, weil es sich von den Eltern nicht genügend beachtet fühlt. Oder Leute, die eine Sache gar nicht erst in Angriff nehmen, weil sie Angst davor haben, es nicht zu schaffen und enttäuscht zu sein.«

»M-hm«, machte Lana und trank von ihrem Kaffee. »Da ist tatsächlich was dran, weißt du das?«

»Es klingt auf jeden Fall schlüssig«, erwiderte er. »Ich frage mich, ob du wohl auch Angst davor hast, dich auf eine neue Beziehung einzulassen.«

»Wieso fragst du dich das?«

»Ganz einfach: Indem du hinter meinem Rücken die Briefe geöffnet hast, hast du das Schlimmste getan, was du machen konntest. Du musst doch gewusst haben, wie wichtig es mir war, dass du die Briefe in Ruhe lässt. Dir muss doch klar gewesen sein, dass ich dir nicht um den Hals falle und sage: ›Danke, dass du meinen ausdrücklichen Wunsch ignoriert hast.‹«

»Aber ich habe mich erkundigt und wusste, dass da Ärger auf dich zukommt«, hielt sie dagegen.

»Das ist richtig, aber du hättest doch auch warten können, bis ich zurück bin, um mir dann zu sagen, was du herausgefunden hast«, machte Lukas ihr klar, nachdem er seine Tasse wieder auf den Tisch gestellt hatte. »Denkst du, ich hätte die Briefe immer noch ignoriert, wenn du mir gesagt hättest, dass du vom Finanzamt eine Information hast, die mir nicht gefallen wird?«

»Das vielleicht nicht, aber …«, begann sie, während sie wie gedankenverloren den Hahn am Hals kraulte, der im Begriff war einzuschlafen. »Hättest du es denn nicht auch als Vertrauensbruch angesehen, wenn ich hinter deinem Rücken herumtelefoniert hätte, um etwas über den Inhalt zu erfahren?«

Er zuckte mit den Schultern. »Vielleicht ein bisschen, aber vielleicht hätte ich mich auch gefreut, dass du so sehr um mich besorgt bist und dir meinetwegen so viel Arbeit machst. Ist nachträglich schwer zu sagen, aber es wäre womöglich der bessere Weg gewesen. Jedenfalls dann, wenn dir dein Unterbewusstsein nicht in die Quere gekommen wäre.«

Lana grinste flüchtig. »Wir sollten uns beide das Unterbewusstsein operativ entfernen lassen, dann bauen wir wenigstens nicht mehr solchen Mist.«

»Gute Idee«, fand er. »Vielleicht können wir es ja jemandem spenden, der damit mehr anzufangen weiß, als eine Beziehung zu sabotieren, die gerade erst in Gang gekommen ist.«

Sie griff nach seiner Hand und drückte sie. »Zum Teufel mit dem Unterbewusstsein.«

Er hob seine Kaffeetasse und stieß mit ihr an. »Zum Teufel damit«, stimmte er ihr zu. »Wir orientieren uns nur noch an handfesten Dingen.«

»Richtig«, bekräftigte sie. »Zum Beispiel, wenn ich dich mit einer anderen Frau im Bett erwische.«

Lukas zuckte zusammen. »Hoppla, wie kommst du denn auf diese Idee?«

»Du hast doch gesagt, wir sollen uns an handfesten Dingen orientieren«, sagte Lana. »Handfester als das geht es doch nicht. Da kann keiner das Unterbewusstsein als Rechtfertigung bemühen.«

»Stimmt auch wieder«, musste er ihr zustimmen.

»Oh, so spät schon?«, murmelte sie, als sie zur Uhr schaute, die bereits halb neun zeigte. »Wir haben uns total verquasselt.«

»Wenigstens sind wir jetzt schlauer als vorher«, gab Lukas zurück. »Das ist doch auch was wert.«

»Das ist sogar eine ganze Menge wert«, bestätigte sie. »Trotzdem kümmert das die Belege nicht, die darauf warten, gebucht zu werden. Ich möchte lieber jetzt ein paar Stunden mehr arbeiten, um ein Polster zu schaffen, statt irgendwann der Zeit hinterherzulaufen und zu wissen, dass ich sie letztlich doch nicht mehr einholen kann.«

Lukas nickte schwach. »Ich verstehe schon, was du meinst. Nur verbringe ich auch gern Zeit mit dir, und davon bleibt uns nicht so viel, wenn ich mich gleich schon wieder schlafen legen muss.«

»Es geht mir nicht anders, Lukas, aber ich halte mir immer vor Augen, was du verlieren wirst, wenn ich nicht rechtzeitig fertig werde.«

»Macht dich das nicht verrückt?«, fragte er erstaunt.

Sie schüttelte den Kopf. »Seltsamerweise nicht. Ich weiß, dass andere sich wie gelähmt fühlen, wenn sie wissen, sie haben nur zwei Tage Zeit, um eine Arbeit zu erledigen, für die man eigentlich mindestens vier Tage braucht. Mich spornt das an, sogar noch deutlich vor Ablauf dieser zwei Tage fertig zu sein.«

»Und schaffst du das dann auch?«

»Normalerweise ja. Aber dann habe ich auch keine gut aussehenden Landwirte um mich, die mich von der Arbeit abhalten wollen«, sagte sie und stand auf. »So, jetzt muss ich wirklich zurück an meinen Computer.«

»Wie lange musst du heute noch da sitzen und Zahlenreihen eintippen?«, erkundigte er sich.

»Vier bis fünf Stunden habe ich mir vorgenommen«, sagte sie und sah kurz nach Leopold, der den Kopf unter den Flügel gesteckt hatte. »Ich will hoffen, ich bekomme das auch hin. Aber geh du ruhig so wie immer gleich ins Bett. Du brauchst deinen Schlaf. Ich komme später nach.«

»Ok…«, setzte Lukas zu einer Antwort an, kam aber nicht weiter, da ihm in der gleichen Sekunde bewusst wurde, was sie da gerade eben gesagt hatte. »Du kommst später nach?«, fragte er, weil er seinen Ohren nicht recht trauen wollte.

Lana grinste ihn breit an. »Dachte ich mir doch, dass dich das hellhörig machen würde.«

»Na, und ob«, sagte er. »Aber bis dahin werde ich wohl schon schlafen. Weck mich auf, wenn du da bist.«

»Das hätte ich so oder so getan«, gab sie lächelnd zurück und zog eine Augenbraue vielsagend hoch, dann verließ sie die Küche und kehrte an ihren provisorischen Schreibtisch zurück.

Montag

Ein anstrengendes Wochenende lag hinter ihnen, als Lana am Montagmorgen an ihrem Schreibtisch Platz nahm und den Laptop einschaltete. Die gebuchten Belege füllten bereits mehrere Ordner, da Rebecca mit großem Eifer sortierte, unterstrich und an sie weitergab. Das Mädchen erwies sich als wahres Buchhaltungstalent und hatte sich innerhalb von zwei Tagen großartig eingearbeitet. Rebecca kennzeichnete in einem atemberaubenden Tempo die Belege so, wie Lana sie benötigte, und sie lieferte oft schon einen weiteren Stapel, wenn Lana den letzten noch gar nicht ganz bewältigt hatte. In diesen Momenten wünschte sie sich, sie hätte einen zweiten Laptop mitgebracht, um ihn mit dem vorhandenen zu einem Netzwerk zusammenzuschließen, sodass ihr Sohn und Rebecca sogar selbst hätten erfassen können. Sie hätten parallel das gleiche Programm genutzt, bei dem alle Buchungen zusammengelaufen wären, doch genau das war der Punkt, der sie einen großen Bogen um diese Idee machen ließ: Die beiden besaßen keinen Umgang mit diesem Programm, und die Gefahr war einfach zu groß, dass sie in ihrem Eifer irgendetwas übersahen und Lana am Ende Dutzende oder sogar Hunderte von Korrekturbuchungen würde vornehmen müssen. Die wären nicht nur zeitraubend, sondern würden sich auf den einzelnen Konten auch als sehr störend erweisen, weil dadurch alles unübersichtlich wurde. Also beließ sie es dabei, dass sie als Einzige die tatsächlichen Buchungen vornahm, da sie so auch die Kontrolle über alles hatte.

Timo hatte ihr am Sonntagmittag voller Stolz die Kontoauszüge für das erste halbe Jahr präsentiert, dazu einen dicken Stapel Rechnungen, die er alle den Posten auf den Auszügen hatte zuordnen können. Lana hatte nach verschiedenen anstandslosen Stichproben begonnen, sich die noch offenen Posten anzusehen. Dabei war ihr eine ständig wiederkehrende Überweisung aufgefallen, die sie veranlasst hatte, sich nicht nur die übrigen Auszüge für dieses eine Jahr anzusehen, sondern auch die drei Folgejahre.

Als am Montagmorgen dann in der Post die gesammelten Übersichten des Finanzamts für alle vier Jahre auftauchten, nahm Lana den Umschlag sofort an sich und begann, sich einen Weg durch das Dickicht aus Mahngebühren, Verspätungs- und Säumniszuschlägen zu bahnen, die ständig mit eingehenden Zahlungen verrechnet worden waren, obwohl diese eigentlich für die Einkommen-, Umsatz- und Gewerbesteuer gedacht waren. Es war ein unglaubliches Durcheinander, und schließlich war sogar noch ein Telefonat mit dem Finanzamt notwendig, das eigentlich für Klärung sorgen sollte, die Lage tatsächlich aber noch undurchsichtiger machte.

Als Lukas am Mittag ins Haus kam und sah, wie sie in einen Stapel Unterlagen vertieft am Esstisch saß, war ihm sofort klar, dass irgendetwas nicht stimmte. War sie auf Unregelmäßigkeiten in seinen Finanzen gestoßen? Hatte ihn ein Lieferant mit der Hilfe von Scheinrechnungen um sein Geld gebracht?

Anstatt noch länger zu spekulieren und sich die wildesten Möglichkeiten auszudenken, ging er zu ihr und blieb auf der anderen Seite des Tisches stehen. »Ist irgendwas nicht in Ordnung?«

Lana hob den Kopf und stöhnte leise. »Wenn ich das wüsste«, antwortete sie frustriert. »Du weißt, dass jeden Monat ein Betrag von tausendachthundert Euro abgebucht wird, der mit dem

Vermerk ›Vorauszahlung Einkommensteuer/Umsatzsteuer‹ versehen ist?«

Lukas nickte prompt. »Den Auftrag hat meine Ex noch im letzten Jahr eingerichtet, damit das Finanzamt schon im Voraus eine Art Anzahlung auf die Steuer bekommt. Dann fällt die Nachzahlung nicht so hoch aus, oder es gibt sogar was zurück, wenn die Steuer niedriger ist als erwartet.«

»Warte, warte, noch mal zum Mitschreiben, Lukas«, sagte sie. »Deine Ex hat dir gesagt, dass das Geld ans Finanzamt geht?«

»Ja.«

»Ohne jeden Zweifel?«

Er zuckte mit den Schultern. »Ja, absolut. Sie hat es so erklärt, dass das Geld sozusagen beim Finanzamt geparkt wird, und sobald die Steuererklärung eingereicht worden ist und das Finanzamt hat ausgerechnet, wie viel Steuer zu zahlen ist, wird der Jahresbetrag davon abgezogen. Also zwölfmal diese achtzehnhundert.«

»Okay«, sagte sie. »Hier sind die Steuerbescheide für das letzte Jahr, in dem du mit einer Frau zusammen veranlagt worden bist, also das erste Jahr, in dem etwas mehr als zwanzigtausend Euro vorausgezahlt wurden.«

»Mhm«, machte er.

»Kannst du mir die Stelle zeigen, an der der Betrag abgezogen wurde?«, fragte sie.

»Komm schon, Lana«, erwiderte Lukas kopfschüttelnd. »Du weißt doch, dass das für mich eine völlig fremde Welt ist.«

»Du wirst mir aber doch sicher sagen können, wo der Betrag steht, wie viel Einkommensteuer du zahlen musst«, forderte sie ihn auf.

Lukas seufzte schwer. »Was soll das denn bringen?«

»Ich will etwas herausfinden. Das soll es bringen.«

Er zog die Augenbrauen hoch und sah sich den Bescheid genauer an. »Hmm, da oben? ›Zu zahlen sind‹? Meinst du das?«

»Diese Antwort waaaaaar … *richtig*!«, rief sie und zwinkerte ihm zu. »Und jetzt sieh dir die Zeile darüber an.«

»›Gezahlt wurden‹«, las er vor.

»Und der Betrag dahinter?«

»Sechstausendzweihundertdreizehn.«

»Richtig. Aber da müssten ja mindestens einundzwanzigtausend stehen«, macht sie ihm klar.

»Kann das nicht woanders schon verrechnet worden sein?«, gab er zurück und zuckte ein wenig frustriert mit den Schultern.

»Bevor ich dazu etwas sage, zeige ich dir was anderes«, sagte sie. »Setz dich.«

Er nahm Platz, und sie legte ihm einen Stapel Ausdrucke hin. »Das sind sogenannte Umbuchungsmitteilungen vom Finanzamt«, fuhr sie fort. »So etwas bekommst du immer, wenn das Finanzamt Geld von dir bekommt und es noch irgendwelche offenen Beträge gibt, die damit verrechnet werden. Hier hast du zum Beispiel dreieinhalbtausend Euro Umsatzsteuer bezahlt, aber weil du vorher eine Erklärung zu spät abgegeben oder zu spät bezahlt hast, waren da noch siebzig Euro Säumniszuschlag und vierzig Euro Verspätungszuschlag offen.«

»Und warum muss ich das wissen?«

»Weil du im Ergebnis hundertzehn Euro zu wenig an Umsatzsteuer überwiesen hast«, erklärte sie. »Aber das heißt nicht, dass du jetzt hundertzehn Euro nachzahlen musst, weil das Finanzamt genauso bei Erstattungen vor der eigentlichen Überweisung prüft, ob da noch Beträge offen sind. Würdest du jetzt im nächsten Monat vom Finanzamt tausend Euro erstattet bekommen, dann würde man davon die hundertzehn Euro abziehen, weil in der Höhe noch Umsatzsteuer offen ist.«

»Ähm … ja, das leuchtet ein«, musste er zugeben. »Du kannst verdammt gut erklären, weißt du das?«

»Danke«, sagte sie grinsend, wurde aber gleich wieder ernst und tippte auf den Stapel. »Jetzt sieh mal nach, wann da diese achtzehnhundert Euro eingegangen sind.«

»Muss das sein?«, fragte Lukas.

»Ja, das muss sein«, beharrte sie.

Seufzend begann er zu blättern, wobei er mit dem Zeigefinger von einem Betrag zum nächsten wanderte. Nachdem er acht oder neun Blätter erfolglos abgesucht hatte, stutzte er und sah auf das Datum neben dem obersten Buchungsvorgang. »Ich bin ja schon im April. Wieso taucht der Betrag nicht auf?«

»Weil er nie ans Finanzamt überwiesen wurde«, sagte sie ihm.

»Was?« Er riss die Augen auf. »Wohin denn dann?«

»Das weiß ich noch nicht«, erwiderte Lana. »Nachdem ich die fehlenden Beträge entdeckt hatte, habe ich mit dem Finanzamt telefoniert und erfahren, dass es dort kein solches Konto gibt. Außerdem gibt es auch keinen Bescheid, in dem irgendetwas festgelegt sein könnte.«

»Aber warum sagt meine Ex mir dann, dass da Geld für das Finanzamt zurückgelegt wird?«

Lana konnte nur mit den Schultern zucken. »Vielleicht sind wir nachher schlauer.«

»Nachher?«, wiederholte er verwundert.

»Wir haben um zwei Uhr einen Termin bei deiner Bank. Wenn du nicht mitkommen kannst, dann unterschreib mir bitte diese Vollmacht, damit ich das allein regeln kann.«

Er schüttelte energisch den Kopf. »Nein, da will ich mitgehen«, erklärte er entschieden. »Das möchte ich aus erster Hand hören.«

Kurz bevor sie sich mit Lanas Wagen auf den Weg machten, klingelte es. Vor der Tür stand der Paketbote, der ein Päckchen für Lana hatte. Sie nahm es entgegen und betrachtete verwundert den Absender. »Das ist von Christina«, stellte sie fest.

»Sag mal, ich habe ganz vergessen dich zu fragen, wieso sie eigentlich so aus dem Haus gestürmt und davongerast ist«, sagte Lukas. »Hast du noch mit ihr sprechen können? Hatte Leopold ihr was getan?«

»O ja, wir haben am nächsten Tag telefoniert, nachdem sie sich wieder beruhigt hatte«, antwortete Lana. »Es hing tatsächlich mit Leopold zusammen, aber er selbst hat ihr nichts getan. Sie ist als Kind mal in einen Hühnerhinterhalt geraten.«

»Einen Hühnerhinterhalt?« Er musste grinsen.

»Na ja, ein richtiger Hinterhalt war es nicht«, erwiderte Lana, während sie zum Wagen gingen. »Sie war drei oder vier, als ihre Eltern mit ihr einen Bauernhof besuchten. Sie sollte die Hühner füttern, aber dabei fiel ihr die Tüte mit den Körnern aus der Hand, und alles verteilte sich um ihre Füße herum. Die Hühner waren an Menschen gewöhnt, also kamen sie angerannt und pickten alles auf, natürlich auch die Körner, die auf Chrissys Füßen gelandet waren. Und da stand sie nun, von Angst erfüllt, dass die Hühner ihre Füße fressen und sich dann auf den Rest von ihr stürzen würden. Sie gab keinen Laut von sich und stand wie erstarrt da, bis die Hühner jedes Korn aufgepickt hatten und dann weggegangen waren.«

»Oh«, machte er. »Für eine Dreijährige dürfte das tatsächlich traumatisch gewesen sein, zumal die Hühner sich ja auch noch gegenseitig behacken, weil das eine Tier dem anderen nichts gönnt.« Er nickte verständnisvoll. »Da wundert es mich nicht, dass sie davongerannt ist, als auf einmal Leopold unter dem Tisch stand.« Er deutete auf das Päckchen. »Was hat sie dir geschickt?«

»Oh, das ist mein alter Anrufbeantworter«, sagte sie. »Was steht da? ›Den wollte ich dir noch geben, aber dann kam das Killer-Huhn dazwischen‹«, las sie vor, was ihre Freundin auf dem Zettel notiert hatte, der auf dem kleinen Karton klebte. »›Damit du konzentrierter arbeiten kannst!‹ Das ist doch nett. Dann können wir einen Anrufer notfalls auch mal draufsprechen lassen. Den schließe ich an, sobald wir zurück sind.«

»Genau, jetzt fahren wir erst mal los«, sagte Lukas. »Ich will endlich wissen, was es mit dem Geld auf sich hat, das von meinem Konto überwiesen wurde.«

Friedrich Eckert, der Filialleiter von Lukas' Hausbank, war ein großer, bulliger Mann, dessen größtenteils kahler Kopf unmittelbar mit den Schultern verwachsen zu sein schien, da Lana bei ihm beim besten Willen keinen Hals entdecken konnte.

»Herr Brenner«, begrüßte Eckert Lukas beim Hereinkommen in das Büro, in das ein Mitarbeiter der Bank sie geführt hatte. »Und Sie müssen Frau Behring sein, seine neue Steuerberaterin. Wir hatten telefoniert, nicht wahr?«

»Ja, das war ich, Herr Eckert«, erwiderte sie und drückte die Hand, die er ihr hinhielt.

Er nahm Platz und begann ohne Vorrede: »Sie sind wegen dieses Kontos hier«, sagte er und las eine lange Zahlenreihe vor. »Wie kann ich Ihnen helfen?«

»Sie können mir vielleicht erklären, was das für ein Konto ist und wo mein Geld hin ist«, erwiderte Lukas.

»Also, Ihr Geld ist auf diesem Konto«, versicherte ihm der Filialleiter. »Hundertvierundzwanzigtausend Euro und fünf Cent.«

»Hunder…«, setzte Lukas an, kam aber nicht weit, da ihm bei dem Versuch, sich die Zahl vorzustellen, die Stimme versagte.

»Was die Art des Kontos angeht …«, fuhr der Mann fort, für den dieser Kontostand nur einer von vielen war. »Das ist ein reines Online-Konto, das von Ihrer Frau vor … fünfeinhalb Jahren angelegt wurde. Natürlich online.«

»Wer hat denn die Berechtigung für das Konto?«, wollte Lana wissen. »Etwa nur Herrn Brenners Exfrau?«

»Nein, nein, das Konto läuft auf beide Namen«, antwortete Eckert. »Allerdings müssen Sie sich online registrieren lassen, weil Sie auch nur online auf das Konto zugreifen können.« Dann fügte er noch hinzu: »Und natürlich dürfen Sie nicht vergessen, dass das Geld sieben Jahre lang nicht angerührt werden kann, weil der Vertrag das so vorsieht. Aber nach Ablauf der sieben Jahre können Sie das Geld auf ein beliebiges Konto überweisen.«

»Um null Uhr eins?«, fragte Lana mehr im Scherz, doch seine Antwort machte ihr etwas bewusst.

»Theoretisch schon um null Uhr null und zwei Sekunden«, sagte Eckert.

»Natürlich, und deine Ex steht schon zwei Stunden vor Ablauf in den Startlöchern, um als Erste auf das Konto zuzugreifen«, sagte Lana verhalten zu Lukas.

Lukas nickte bedächtig. »Meine Ex weiß, dass ich kein Internet habe. Also weiß sie auch, dass ich gar nicht online auf den Betrag zugreifen kann. Das Geld geht an sie, noch bevor ich eine Chance bekomme, es mir zurückzuholen.«

Eckert sah die beiden lange nachdenklich an, dann sagte er: »Ihre Exfrau kann natürlich nicht mehr auf das Konto zugreifen, wenn es nicht mehr da ist.«

Lana horchte auf. »Aber Sie haben doch eben gesagt, dass das Geld für insgesamt sieben Jahre nicht angerührt werden kann. Also kann doch in den nächsten gut zwei Jahren gar nichts unternommen werden.«

»Theoretisch ist eine Kündigung immer möglich, Frau Behring«, erwiderte der Filialleiter. »Wenn der Kunde den Vertrag vorzeitig beendet, verfallen allerdings sämtliche aufgelaufenen Zinsen, und es wird eine Konventionalstrafe in Höhe von zwanzig Prozent der angesparten Summe fällig.«

»Das wären ja … über zwanzigtausend Euro«, flüsterte Lukas entsetzt.

»Und wenn die Bank kündigt?«, wollte Lana wissen. Nach der Art und Weise zu urteilen, wie Eckert seine Ausführungen aufbaute, hatte sie das Gefühl, dass er sich das Beste bis zum Schluss aufhob.

»Dazu komme ich jetzt«, antwortete er. »Wenn die Bank vorzeitig diesen Sparvertrag kündigt, haben Sie das Recht, vor Gericht durchzusetzen, dass wir den Vertrag erfüllen. Unser Problem ist – aber das muss unter uns bleiben – der Vertrag an sich. Er war ursprünglich als Anreiz gedacht, um die Kunden für das Online-Banking zu begeistern. Das hat sich inzwischen durchgesetzt, aber dieser Vertragstyp ist für uns ein Klotz am Bein.«

»Wegen der Zinsen«, mutmaßte Lana.

»Richtig. Es war als ein Geschenk für unsere Kunden gedacht, denen bei einem Sparvolumen von mindestens zwanzigtausend Euro ein Zinssatz von acht Prozent garantiert wurde.«

Lana keuchte ungläubig auf, als sie das hörte. »Acht Prozent?«

»Das ist ein Zinssatz, bei dem wir umso mehr draufzahlen, je länger der Vertrag noch braucht, bis er ausgelaufen ist«, räumte der Filialleiter unumwunden ein. Er konnte sich denken, dass jemand wie Lana wusste, was das für die Bank bedeutete. »Sollten Sie, Herr Brenner, uns die Garantie geben, dass Sie nicht klagen, wenn wir Ihnen aus wichtigem Grund kündigen, dann wird das Konto noch heute geschlossen und der Betrag dem Konto gutgeschrieben, das Sie uns nennen, beispielsweise Ihrem Konto bei uns.«

»Müssen Sie den Vertrag denn nicht auch Herrn Brenners Exfrau gegenüber kündigen?«, wandte Lana ein, die lieber diesen Punkt jetzt noch ansprach, ehe das Ganze in ein paar Tagen oder ein paar Wochen nach hinten losging und sie sich auch noch mit einem Gerichtsverfahren würden herumschlagen müssen. »Sie wäre doch in keinem Fall damit einverstanden.«

»Das mag sein«, sagte Eckert. »Aber sie hat beim Abschluss ausdrücklich angekreuzt, dass jeder von Ihnen allein über das Konto verfügen kann, und zwar in jeglicher Hinsicht.«

»Sie war sich wirklich absolut sicher, dass du nie dahinterkommen würdest«, ergänzte Lana.

Lukas nickte. »Und das Schlimmste ist, dass sie ohne dich auch noch damit durchgekommen wäre. Selbst wenn ich irgendwann mal gemerkt hätte, dass da was nicht stimmt, wäre es längst zu spät gewesen. Wirklich erschreckend.«

Eckert sah zwischen den beiden hin und her. »Dann nehme ich an, Herr Brenner, dass wir die Kündigung vornehmen können. Meine Assistentin druckt Ihnen gleich die Verzichtserklärung aus, dass Sie uns nicht verklagen werden, und gleich danach bekommen Sie von mir die Kündigung. Morgen früh ist das Geld auf Ihrem Konto, und alle sind glücklich.«

»Bis auf meine Ex«, fügte Lukas grinsend an. »Wann wird sie davon erfahren?«

»Sie wird es erst merken, wenn sie den Kontostand abrufen will. Sie nutzt das Konto ja nicht für ihren Zahlungsverkehr.«

»Sehr schön«, fand Lukas und nickte zufrieden.

Dann unterschrieb er die Erklärung und unterhielt sich noch ein paar Minuten lang mit der Assistentin, während Lana die Schalterhalle betrachtete. Alles wirkte hier noch so, wie es in den Sechzigern ausgesehen haben musste, als man diese Filiale im klaren, nüchternen Stil jener Zeit gebaut hatte. Selbst die halbkugelförmigen Deckenlampen mit ihren in alle Richtungen weisenden Strahlern mussten noch von damals überlebt haben. Wenn sie es recht überlegte, hatte es auch nie einen Grund gegeben, Geld in einen Umbau zu stecken. Die Leute kamen so oder so her, um Geld abzuholen oder einzuzahlen oder zu wechseln, ob die Türen nun runde oder kantige Griffe hatten oder ob das Kassenhäuschen noch in Panzerglas gehüllt war, um Bankräuber abzuschrecken, oder ob man inzwischen ohne diese Vorsichtsmaßnahme auskam.

»Ich bin so weit«, sagte Lukas, als er zu ihr kam. Dann hielt er ihr die Tür auf, so wie es so ziemlich jeder Mann an seiner Stelle in den Sechzigern wohl auch gemacht hätte … wenn sie das glauben konnte, was sie von ihrer Großmutter hörte, wenn die ihr von früher erzählte.

Auf der Straße packte Lukas sie an der Taille, hob sie ein Stück hoch und drehte sich mit ihr so ausgelassen im Kreis, dass sie vor Schreck aufschrie. »Lass mich runter!«, rief sie.

»Wie du willst«, sagte er fröhlich und ließ sie langsam an sich nach unten gleiten.

»So habe ich dich ja noch nie erlebt«, sagte sie angenehm überrascht.

»Das bewahre ich mir für Tage wie heute auf, wenn ich hunderttausend Euro zurückbekomme, die mir meine Ex klauen wollte«, entgegnete er mit strahlender Miene. »Und wenn dann noch eine so wunderbare Frau wie du diejenige ist, der ich das alles zu verdanken habe.«

Seinen Worten folgte ein stürmischer und leidenschaftlicher Kuss, der ihr buchstäblich den Atem raubte.

Als sie wenig später wieder im Auto saßen und zum Hof zurückfuhren, sagte Lana: »Wir können noch Wetten abschließen, wie lange deine Ex braucht, bis sie herausfindet, was passiert ist.«

Lukas winkte ab. »Ich glaube, das wird eine ganze Weile dauern. Fünf Jahre lang ist ihrem geheimen Konto nichts geschehen, warum sollte sie ausgerechnet morgen nachsehen, ob noch alles in Ordnung ist?«

»Lassen wir uns überraschen«, entgegnete Lana, die sich seit Langem nicht so entspannt gefühlt hatte. Aber vermutlich war es nur eine Frage der Zeit, bis diese Entspannung weichen musste.

18

Nachdem das Rätsel der angeblichen Steuervorauszahlungen gelöst worden war, erfolgte die Gutschrift zwei Tage später und sorgte für einen Geldsegen, den Lukas sehr gut gebrauchen konnte, da Futter für den Gnadenhof beschafft werden musste, der Verein hinter dem Gnadenhof aber erst in einer Woche die nötigen Mittel zur Verfügung hatte. So fiel es Lukas fast schon ungewohnt leicht, das Futter zu bestellen und zu bezahlen.

Seine Ex hatte sich noch nicht gemeldet, aber wie der Filialleiter gesagt hatte, wurde sie nicht über jede Kontenbewegung informiert, und da es auch keine fremden Zahlungseingänge gab, hatte die Frau schlicht keine Veranlassung, nach dem Rechten zu sehen. Schließlich konnte sie ja nicht wissen, dass Lukas jetzt jemanden vom Fach an seiner Seite hatte, dem solche seltsamen Buchungen auffallen konnten.

Gleich nach der Rückkehr von der Bank installierte Lana den Anrufbeantworter und ließ von Lukas einen kurzen Text draufsprechen, dann setzte sie sich auch schon wieder an den Schreibtisch und buchte im Akkord weiter.

Die nächsten Tage verliefen alle nach dem gleichen Prinzip: Lukas kümmerte sich um den Hof, Lana setzte sich spätestens um acht in ihr Büro, die Kinder durften ausschlafen und begannen üblicherweise gegen halb zehn mit den unterstützenden Arbeiten. Für die Mittagszeit stellte Lana dann eine Liste mit Fragen zu bestimmten Belegen zusammen, die sie während des Essens mit Lukas durchsprach. Die Frage des Tages am Tag nach dem Banktermin war eine, die ihr eigentlich erst recht spät, aber nicht zu spät in den Sinn gekommen war. Als Lukas eine Linsensuppe mit Würstchen auf den Tisch stellte, in der die in der Topfmitte aufrecht stehende Schöpfkelle kaum zur Seite kippen wollte, und er begann, die wunderbar dicke Suppe auf die vier

Teller zu verteilen, fragte Lana: »Sag mal, wie läuft das eigentlich mit dem Tierarzt? Rechnet der mit dem Verein direkt ab?«

»Nein, nein, das strecke ich vor«, sagte er. »Auf die Weise kann ich immer um ein paar Euro abrunden und ein bisschen dazu beitragen, dass sie etwas besser zurechtkommen.«

»Das läuft aber nicht über die Bank, oder?«, wollte sie wissen. »Ich hab da nämlich keine Belege gefunden.«

»Das ist richtig«, bestätigte er. »Dr. Schenkmann besteht auf Barzahlung.«

»Und deine Belege? Wo sind die? Du musst ja die Ausgaben nachweisen.«

Er schnippte mit den Fingern. »Stimmt, ja, die habe ich ganz vergessen.« Er ging zum Regal neben der Tür und holte aus dem unteren Fach einen Schuhkarton von der Größe, in der Stiefel verpackt wurden. Den Karton stellte er auf den Tresen. »Da ist alles drin.«

»Okay«, sagte sie und konzentrierte sich zunächst auf ihre Linsensuppe. Ein ungutes Gefühl drängte sie eigentlich dazu, sofort aufzustehen und den Deckel anzuheben, um einen Blick in den Karton zu werfen, doch das gleiche Gefühl sagte ihr auch, dass sie sich dann so lange mit dem Inhalt beschäftigen würde, bis ihre Suppe eiskalt war und nur noch halb so gut schmeckte.

Also aß sie weiter und ging erst dann zum Tresen, nahm den Deckel hoch und legte ihn zur Seite. Darunter kam ein Meer von quadratischen Zetteln zum Vorschein, die von einem Zettelklotz stammend aussehen. Sie betrachtete ein paar der zuoberst liegenden Zettel und stellte fest, dass der Tierarzt auf jedem Zettel eine ganze Reihe von Zahlen auflistete und am untersten Rand addierte. Ein Stempelaufdruck war zu erkennen, aber so schwach, dass sie ihn nicht entziffern konnte. Und ein Datum war auch noch vermerkt. Auf dem einen Zettel stand »25, 10, 20, 5, 5, 15«, dazu die Summe »80«. Auf einem anderen »40, 30, 30, 15, 2, 15, 4« und als Summe »136«.

»Das sind deine … Tierarztrechnungen?«, fragte sie.

»Ja, Schenkmann macht das immer so«, sagte er.

»Früher auch schon?«

»Wann früher?«

»Als du noch deine Einkommensteuererklärung abgegeben hast.«

»Ach so, nein, nein. Damals war das Dr. Fischnaler, aber der hat vor … vier oder viereinhalb Jahren die Praxis verkauft. Schenkmann hat sie dann übernommen.« Er nickte nachdenklich. »Das war die Zeit, als meine Ex mich kurz zuvor verlassen hatte. Dann gab Fischnaler seine Praxis auf und alle mussten sich auf einen neuen Tierarzt einstellen. Ich weiß noch, wie ich dachte, ob sich nicht noch ein paar Dinge mehr verändern wollen, wenn wir schon dabei sind.« Er zuckte flüchtig mit den Schultern. »Aber das war es dann auch schon.«

»Und Schenkmann hat dann auf diese … Zettelwirtschaft umgestellt«, sagte sie.

»Ja, aber es steht ja alles drauf«, hielt er dagegen.

»Alles drauf?«, wiederholte sie. »Das nennst du alles drauf? Diesem Beleg fehlt es an allem, was er haben muss. Das muss eine ordentliche Rechnung sein mit Absender und Empfänger, mit einer Auflistung der Positionen, mit gesonderter Umsatzsteuer, mit Brutto- und Nettobetrag.«

»Oh«, machte Lukas betreten. »Und was machen wir jetzt?«

»Ich muss mal überlegen, wie ich vorgehe«, räumte Lana ein. »Ist das irgendwie sortiert?«

»Na ja, die neuesten Zettel liegen alle oben und die älteren halt drunter.«

Lana seufzte frustriert. »Und wie machst du die Abrechnung mit dem Verein?«

»Ich sammele die noch nicht abgerechneten Zettel, dann stelle ich die zusammen und schreibe dem Verein eine Quittung, die dann mit in den Karton wandert.«

»Aha«, machte sie nur. Eben noch hatte so ausgesehen, als würde sie tatsächlich große Fortschritte machen und könnte schon bald alles als erledigt betrachten, und jetzt … jetzt kam es ihr so vor, als hätte ihr jemand einen Felsbrocken in den Weg gelegt, den sie ohne viel fremde Hilfe nicht bewältigen konnte. Aber … »Das ist nicht mein Problem«, verkündete sie entschieden.

»Was?«, fragte Timo, während Rebecca sie verwundert ansah. In Lukas' Gesicht zeichnete sich ein Hauch von Panik ab, da er zu befürchten schien, dass sie alles hinschmeißen wollte.

»Was hast du vor?«, erkundigte er sich zögernd.

»Ich werde diesem Dr. Schenkmann einen Besuch abstatten«, antwortete sie. »Er ist verpflichtet, ordentliche Rechnungen auszustellen, nicht solche Zettel als Beleg zu schreiben. Ich werde nicht das geradebiegen, was er verbockt hat. Das soll er selbst erledigen.«

»Was soll denn passieren, wenn er nur solche Zettel ausstellt?«, wollte Rebecca wissen. »Was ist daran nicht in Ordnung?«

»Das Finanzamt kann einfach sagen, dass diese Ausgaben nicht interessieren, weil es keine ordentlichen Rechnungen sind, und dann bleiben uns ein paar Tausend Euro Kosten, während wir auf der anderen Seite ein paar Tausend Euro Einnahmen verbuchen müssen, weil dein Vater die Ausgaben weiterbelastet«, erklärte sie. »Und es geht noch weiter. Als Verein muss man sehr genau nachweisen, wofür man sein Geld ausgibt, und wenn ein Prüfer den Verein unter die Lupe nimmt und wegen der Arztkosten bei deinem Vater nachfragt, was er denn da in Rechnung gestellt hat, und dann präsentiert er ihm diese Zettelbox, tja, dann droht dem Verein einiger Ärger. Wenn die Ausgaben nicht anerkannt werden, hat der Verein auf einmal Gewinn gemacht, und das kann ihn die Gemeinnützigkeit kosten.«

»Weiß Dr. Schenkmann das denn nicht?«, fragte Rebecca an ihren Vater gerichtet.

»Frag mich was Leichteres, Schatz«, erwiderte er. »Ich habe ihn anfangs gefragt, ob er nicht genauso Rechnungen schreibt wie sein Vorgänger, aber er hat darauf beharrt, dass das so genügt.«

»Ist ja auch kein Wunder«, sagte Lana. »Der Mann weiß schon, wer ihm den Paragrafen nennen kann, in dem steht, dass er zu einer ordentlichen Rechnung verpflichtet ist. Allen anderen kann er die Märchen auftischen, die für ihn weniger Arbeit bedeuten.«

Lana sah sich die Sammlung noch einmal an, dann wandte sie sich an die Kinder. »Wie weit seid ihr eigentlich?«

»Viele Quittungen habe ich nicht mehr«, antwortete Rebecca. »Ich brauche aber noch einen roten Stift, meiner ist jetzt fast leer. Ist dann mein fünfter«, fügte sie stolz an.

»Ich habe noch ein paar Stapel Rechnungen da liegen«, sagte Timo. »Du weißt ja, dass das länger dauert, die Beträge auf den Kontoauszügen wiederzufinden.«

»Ich weiß«, sagte Lana. »Dann würde ich dich bitten, deine Arbeit zu unterbrechen und stattdessen diese Tierarzt-›Quittungen‹ zu kopieren. Wenn ich mit ihm rede und er ist bereit, mir die Rechnungen zu schreiben, die wir brauchen, dann muss ich ihm womöglich die Belege dalassen. Darum brauche ich von allen eine Kopie, damit wir anschließend vergleichen können, ob er auch nichts ›übersehen‹ hat.«

»Alles klar«, sagte Rebecca und widmete sich wieder ihrer Linsensuppe.

Lukas sah Lana nachdenklich an, dann murmelte er: »Wenn ich dich nicht hätte …«

»Dann hättest du jetzt große Probleme«, gab sie leise genug zurück, um nicht von den Kindern gehört zu werden, die sich wieder unterhielten.

Mit Unterbrechungen brauchte Rebecca bis Mittwochabend, um alle Tierarztbelege einzuscannen, am Donnerstag widmete sie sich wieder den übrigen Quittungen, die sie unbedingt bis zum Abend erledigen wollte, da sie am Freitag früh von den Eltern einer Freundin abgeholt wurde, die mit ihr übers Wochenende in einen Freizeitpark irgendwo im Sauerland fahren wollten. Timo konnte schon aus Platzgründen nicht mitfahren, aber er hätte es sowieso nicht gewollt, weil er Freizeitparks nicht mochte. Für Lana war das seit jeher ein Rätsel, denn sie war mit ihrem Sohn nie in einem dieser Parks gewesen, obwohl sie es ihm ein paar Mal vorgeschlagen hatte. Da er nie schlechte Erfahrungen hatte machen können, erstaunte sie seine beharrlichen Weigerungen umso mehr.

In diesem Fall konnte es ihr aber nur recht sein, da er wirklich wertvolle Arbeit leistete, die ihr später viel Zeit ersparen würde. Lana schätzte sich glücklich, ihren Sohn so erzogen zu haben, dass er seine Prioritäten nicht nur danach ausrichtete, was ihm gerade Spaß machte, sondern dass er von sich aus erkannte, wann es angebracht war, seine Hilfe anzubieten und diese Hilfe dann auch mit Begeisterung zu leisten.

Sie unterbrach ihre Arbeit, als in der Diele das Telefon klingelte. Auf dem Weg dorthin verstummte das Klingeln, aber da Lukas wie zugesagt noch einen Ansagetext auf den Anrufbeantworter gesprochen hatte, wusste sie, dass der Anrufer nicht nach dem vierten Klingeln schon wieder aufgelegt hatte. Sie wechselte vom Flur in die Diele, gerade als die Ansage beendet war.

Eine wütende Frauenstimme ertönte gleich darauf: »Eine Unverschämtheit! Du hältst dich ja wohl für ganz besonders schlau, Lukas! Hast du gedacht, ich kriege davon nichts mit? Hast du gedacht, du kannst mich so hintergehen? Du denkst wohl, ich sitze hier in meinem Kämmerchen und kriege nichts davon mit, was der Herr Bauer hinter meinem Rücken so alles treibt! Aber da hast du dich geirrt, denn die Rechnung hast du ohne mich gemacht. Ich werde mir jeden Cent zurückholen, den du mir weggenommen hast. Damit kommst du nicht durch, das kannst du mir glauben. Aber keine Sorge, ich werde nur meine Anwälte auf dich hetzen. Mich wirst du nie wiedersehen! Und komm ja nicht auf die Idee, mich anzurufen oder bei mir vor der Tür zu stehen. Du wirst dich aus dieser Sache nicht rausreden können. Oder bin ich für dich nur noch eine so blasse Erinnerung, dass du denkst, ich würde das einfach so hinnehmen? Ach ja, und falls du meine Stimme inzwischen auch vergessen haben solltest: Hier spricht Renate, deine Exfrau.«

»Meine Güte, die redet ja wie ein Maschinengewehr«, murmelte Lana erschrocken, als die Anruferin aufgelegt hatte. Renate hieß seine Ex also. Ihr wurde bewusst, dass Lukas in der ganzen Zeit nicht ein einziges Mal ihren Namen genannt hatte. Er war ihm nicht mal versehentlich rausgerutscht, was wohl zu bedeuten hatte, dass er diese Frau tatsächlich ganz und gar aus seinem Leben getilgt hatte. »Einmal muss ich mir das noch anhören«, entschied Lana und betätigte die Wiedergabetaste. Zumindest drückte sie auf die Stelle, an der sich bei ihrem Anrufbeantworter jüngeren Datums diese Wiedergabetaste befand. Das alte Gerät hatte jedoch an dieser Stelle eine ganz andere Taste zu bieten, wie ihr einen Sekundenbruchteil zu spät einfiel.

»Alle Nachrichten gelöscht«, verkündete die Maschinenstimme aus dem blechern scheppernden Lautsprecher des Geräts.

»Oh, verflucht«, schimpfte sie. »Das darf doch nicht wahr sein! Jetzt ist die Nachricht weg! O mein Gott! Und ausgerechnet die!« Sie lief zurück ins Büro, setzte sich hin, nahm ein Blatt Papier und notierte aus dem Gedächtnis:

»Unverschämtheit ... Du hältst dich ja wohl für ganz schlau ... Denkst du, ich bekomme das nicht mit? Meinst du ... ich lasse mich so hintergehen? Da hast du dich geirrt, die Rechnung hast du ohne mich gemacht ... Du kommst damit nicht durch, das kannst du mir glauben ... Aber keine Sorge ... mich wirst du nie wiedersehen! Komm nicht auf die Idee, mich anzurufen oder bei mir vor der Tür zu stehen. Du wirst dich aus dieser Sache nicht rausreden können ...« Sie las den Text noch einmal durch, aber auch wenn sie wusste, dass seine Ex noch ein paar Dinge mehr gesagt hatte, wollten die ihr jetzt gerade nicht einfallen. Aber im Wesentlichen hatte sie wohl zusammengefasst, was diese Renate auf Band gesprochen hatte. Mit dem Zettel ging sie zurück nach vorn, um ihn ans Telefon zu legen. Dabei fiel ihr ein, dass von Anwälten die Rede gewesen war, die Renate auf ihn hetzen wollte. Sie legte das Blatt auf den Anrufbeantworter und notierte »Anwälte« unter den Text, allerdings erwies sich der Untergrund als so uneben, dass das Wort völlig verunglückte und so gut wie alles heißen konnte. Sie hob das Blatt hoch und sah, dass sie beim Schreiben in eine Vertiefung auf der Oberseite des Geräts gerutscht war, was das unleserliche Geschreibsel erklärte. »Egal«, sagte sie sich. Sie würde ja dazukommen, wenn Lukas gegen

Mittag ins Haus kam, und bis dahin hatte sie garantiert nicht vergessen, dass die krumme Wellenlinie »Anwälte« heißen sollte.

Sie ging zurück ins Büro und arbeitete weiter. Auch wenn sie insgesamt ein gutes Gefühl hatte, dass sie den Wust an Belegen rechtzeitig schaffen würden, wollte sie keine Zeit vergeuden, die ihr am Ende dann womöglich doch noch fehlte.

Allzu weit kam sie allerdings nicht, da auf einmal Timo ins Büro gestürmt kam und dabei die Tür so aufriss, dass er einen Schwall Luft in Bewegung setzte. Mit einer Schnelligkeit, die sie sich selbst nicht zugetraut hatte, warf sich Lana vom Stuhl auf das Bett rechts von ihr und begrub noch eben die sortierten und gestapelten Belege unter sich, ehe die aufgewirbelt werden konnten.

»Timo!«, rief sie aufgebracht und warf ihm einen wütenden Blick zu. »Was ist denn in dich gefahren?«

»Tschuldigung«, sagte er eher beiläufig und fügte aufgeregt an: »Mit Leopold stimmt was nicht, Mom!«

»Was?«, fragte sie. Das gerade noch einmal abgewendete Belegechaos war schlagartig vergessen, da nur noch die Sorge um den Hahn zählte. »Was hat er denn?«

»Er liegt so komisch in der Küche auf dem Boden«, sagte er.

»Aber er lebt, oder?«, hakte sie nach.

»Ja, aber er atmet ganz angestrengt«, berichtete er. »So als würde er kaum noch Luft bekommen.«

Sie überlegte kurz. »Okay, dann pack ihn vorsichtig in eine Decke, ich hole den Wagen nach vorn. Schaffst du das? Und falls ich Lukas irgendwo sehe, sage ich ihm noch Bescheid.«

»Das schaffe ich schon«, sagte er, lief in das Zimmer, in dem er mit seinen Belegen beschäftigt war, und holte eine Decke.

Lana griff nach ihrer Handtasche und holte auf dem Weg zur Haustür den Wagenschlüssel heraus. Sie sah nach links und rechts, konnte Lukas aber nirgendwo entdecken. Als sie an ihrem Wagen ankam, sah sie Lukas' Trecker ganz hinten auf dem Acker stehen. Er und noch jemand standen gegen das Fahrzeug gelehnt da, aber Genaueres konnte sie auf diese Entfernung nicht ausmachen. Bestimmt gab es wieder etwas zu reparieren, sagte sie sich und ruderte versuchsweise ein paar Mal mit den Armen, um ihn auf sich aufmerksam zu machen. Da keine Reaktion zu erkennen war, ließ sie es bleiben. Er war zu weit weg, als dass sie zu ihm hätte laufen und Bescheid sagen können. Und jetzt zählte jede Minute. Sie konnte ihm später immer noch sagen, was vorgefallen war.

Sie ließ den Motor an, setzte zurück und hupte zweimal, damit er sie zumindest wegfahren sah, dann fuhr sie bis zum Haus vor, gerade als Timo mit dem eingewickelten Leopold nach draußen kam. Sie stieg aus und lief um den Wagen herum, damit sie ihrem Sohn die Beifahrertür aufmachen konnte. Sie nahm Leopold an sich und gab ihn an Timo zurück, nachdem der eingestiegen war und den Gurt angelegt hatte.

Nachdem sie wieder am Steuer Platz genommen hatte, gab sie Gas und fuhr mit quietschenden Reifen in Richtung Ausfahrt davon.

Lukas hatte soeben die Motorhaube seines Traktors wieder geschlossen, ohne dem seltsamen Rattern auf die Spur zu kommen, das ihn seit ein paar Minuten verfolgte. Es war kein lautes Geräusch, und es klang auch nicht in der Form bedrohlich, dass man damit rechnen musste, der Motor könnte jeden Moment in seine Einzelteile zerfallen. Dennoch hatte es ihn so gestört, dass er nachgesehen hatte. Jetzt irritierte es ihn erst recht, obwohl noch gar nichts zu hören war. Aber ihm reichte schon das Wissen, dass da irgendetwas war, was nicht dem Normalzustand entsprach.

Gerade wollte er sich umdrehen, da hielt ihm jemand von hinten die Augen zu.

»Dreimal darfst du raten«, sagte eine Frauenstimme, die ihm einen Schauer über den Rücken laufen ließ – aber nicht etwa, weil sie so einen sinnlichen Klang hatte, sondern weil sie ihm in den Ohren so wehtat wie das Geräusch, wenn man mit einer Gabel über einen Teller kratzte.

»Wenn ich dreimal falsch rate, gehst du dann wieder?«, fragte er, aber die Frau hinter ihm nahm diese Worte nicht ernst, sondern lachte darüber. Lukas seufzte frustriert und drehte sich um. »Hallo, Stefanie«, begrüßte er sie so, als hätte er einen Steuerfahnder vor sich, von dem er wusste, er würde jeden hinterzogenen Cent aufspüren.

»Lukas, Schatzi«, sagte sie und machte unverhofft einen Satz, wobei sie die Arme hochriss und die Hände in seinem Nacken verschränkte, sodass sie regelrecht an ihm hing.

»Würdest du damit bitte aufhören?«, fuhr er sie an, doch es war so, als würde sie ihm gar nicht zuhören. »Stefanie, hör auf!«, wiederholte er und befreite sich aus ihrer Umarmung, doch sie schmiegte sich gleich wieder an ihn.

»Zier dich doch nicht so, Schatzi«, beharrte sie unerschrocken. »Du weißt, wir beide sind wie füreinander geschaffen.«

»Sind wir nicht«, widersprach er und versuchte, die andere Frau von sich zu schieben. Stefanie war die Tochter eines benachbarten Landwirts, und seit sie gehört hatte, dass seine Frau ihn verlassen hatte, war sie wie besessen davon, seine neue Freundin und idealerweise auch seine nächste Frau zu werden. Sie wollte einfach nicht einsehen, dass sie beide gar nichts gemeinsam hatten. »Was machst du überhaupt hier? Ich dachte, du lebst inzwischen in Hamburg.«

»Tu ich auch«, sagte Stefanie und fuhr sich mit beiden Händen durch ihr langes Haar, das seit der letzten Begegnung noch blonder geworden zu sein schien. »Ich besuche nur mal meine Eltern, und da dachte ich mir, ich schau mal bei dir vorbei. Vielleicht hast du Lust auf ein bisschen Spaß, wenn du schon keine ernsthafte Beziehung mit mir eingehen willst. Oder du willst ein bisschen Spaß mit mir, *bevor* es zwischen uns ernst wird.« Während sie redete, schmiegte sie sich auf eine Weise an ihn, die wohl verführerisch sein sollte, in Wahrheit aber nur peinlich wirkte.

Und die ihm großen Ärger einbringen konnte, wenn … wenn Lana sie beide so sah. Während er Stefanie von sich wegdrückte, sah er erschrocken zum Hof. Das Wohngebäude war recht weit weg, eventuell weit genug, um von dort aus nicht genau sehen zu können, was hier gerade vor sich ging. Zumindest kam es ihm so vor, dass er von hier aus auch nicht im Detail hätte beobachten können, was rings um die Gebäude vor sich ging.

»Stefanie, hör jetzt endlich auf«, redete er eindringlich auf die Frau ein, die einfach keine Ruhe geben wollte. »Ich habe jemanden kennengelernt.«

»Seid ihr verheiratet?«

»Nein, wieso fragst du?«

»Weil wir beide dann trotzdem ein bisschen Spaß haben können«, beharrte sie und lächelte ihn wohl verführerisch an, was bei ihm aber nicht so ankam.

»Ich will aber mit dir keinen …« Er brach mitten im Satz ab, da ihn ein Hupen aus seinen Gedanken riss. Er sah zum Hof und beobachtete, wie der rote Mercedes Kombi sich auf einmal in Bewegung setzte, rückwärts von seinem Parkplatz rollte, dann losfuhr und gleich darauf hinter dem Wohnhaus verschwand. Es dauerte zu lange, der Wagen hätte längst links auftauchen müssen, was bedeutete, dass er vor der Haustür angehalten haben musste. Plötzlich hörte er, wie der Motor aufheulte, und dann schoss Lanas Mercedes nach links in Richtung Zufahrt zum Hof.

»Mein Gott«, murmelte er entsetzt. »Sie muss uns gesehen haben!«

»Wer muss uns gesehen haben?«, fragte Stefanie, die inzwischen ein wenig frustriert klang, da es ihm gelang, sie unverändert auf Abstand zu halten.

»Meine Freundin«, antwortete er und nahm beiläufig wahr, dass er Lana zum ersten Mal so genannt hatte. »Sie hat gesehen, wie du dich an mich rangeschmissen hast, und jetzt hat sie mich gerade eben verlassen.« Einen Moment lang stand er da und starrte ungläubig auf einen weit entfernten Punkt, dann drehte er sich wutschnaubend zu Stefanie um und herrschte sie an: »Das ist alles nur deine Schuld! Sie hat gesehen, wie du dich an mich geklammert hast, und dann hat sie den falschen Schluss daraus gezogen und hat mich gerade eben verlassen!« Er fauchte aufgebracht. »Du hast alles kaputt gemacht! Lass mich endlich in Ruhe!«

Während sie noch ungläubig dreinschaute, dass er es wagte, ihr Vorhaltungen zu machen, hatte er sich schon nach hinten begeben, um auf den Fahrersitz des Traktors zu klettern und den Motor zu starten. Ohne sich noch länger um Stefanie zu kümmern, die lamentierend neben dem riesigen Gefährt stand, gab Lukas Gas und fuhr zum Wohngebäude zurück. Er musste herausfinden, ob Lana tatsächlich etwas beobachtet hatte oder ob etwas anderes vorgefallen war, das sie dazu gebracht hatte, so fluchtartig den Hof zu verlassen.

Minuten später hatte er das Haus erreicht. Hinter dem Traktor stieg eine gewaltige Staubwolke auf, da er auf dem von der Sonne ausgedörrten Feldweg viel zu schnell unterwegs gewesen war. Doch darauf konnte er jetzt keine Rücksicht nehmen. Es kam auf jede Minute an, wenn er ein Desaster vermeiden wollte.

Als er ins Haus stürmte, fiel sein Blick auf ein Blatt Papier, das zwischen Telefon und Anrufbeantworter auf dem Sideboard lag. Mit zitternden Fingern nahm er es an sich und begann im Flüsterton zu lesen: »So eine Unverschämtheit! Du hältst dich ja wohl für ganz schlau! Denkst du, ich bekomme das nicht mit? Meinst du, ich lasse mich so hintergehen? Da hast du dich geirrt, die Rechnung hast du ohne mich gemacht. Du kommst damit nicht durch, das kannst du mir glauben. Aber keine Sorge, mich wirst du nie wiedersehen! Komm nicht auf die Idee, mich anzurufen oder bei mir vor der Tür zu stehen. Du wirst dich aus dieser Sache nicht rausreden können.« Das war eindeutig Lanas Handschrift. Ihre Unterschrift war zwar völlig unleserlich, aber das hatte wohl damit zu tun, dass sie so wütend auf ihn war. Sie hatte mitbekommen, wie Stefanie sich an ihn rangemacht hatte, und völlig falsch gedeutet, was da draußen geschehen war. Allerdings war es auch keine große Kunst, das falsch zu deuten, was Stefanie zur Schau gestellt hatte. Lana war zu weit entfernt gewesen, um seinen Gesichtsausdruck zu sehen. Sie hatte nicht erkennen können, dass es ihm unangenehm und lästig gewesen war.

Und jetzt war sie weg.

»Timo?«, rief er in der Hoffnung, dass sie vielleicht nur wegen einer dringenden Besorgung losgefahren war. Keine Antwort. Er warf einen Blick in ihr Büro und musste feststellen, dass sie sich nicht mal die Zeit genommen hatte, den Laptop auszumachen. Sie hatte nicht schnell genug von ihm wegkommen können, darum hatte sie einfach alles hier zurückgelassen.

Dabei hatte sie ihn gewarnt, dass er sich nicht von ihr mit einer anderen Frau erwischen lassen sollte!

»Nein, nein, nein!«, rief er außer sich vor Panik.

Durch Stefanies Dummheit hatte er nun Lana verloren. Und mit ihr hatte sich auch seine Hoffnung in Luft aufgelöst, die Bescheide vom Finanzamt mit einem blauen Auge zu überstehen. Er war am Ende.

Aber so durfte es nicht enden! Er musste Lana klarmachen, dass sie sich geirrt hatte. Dass es keinen Grund dafür gab, Schluss zu machen. Dass er sie nicht verlieren wollte.

»Ich muss ihr hinterherfahren«, entschied er. Zügig verließ er das Haus, schloss hinter sich ab und kletterte auf seinen Traktor, dann fuhr er los und hielt erst wieder an der einige Kilometer entfernten Tankstelle an der Schnellstraße an. Nachdem er vollgetankt hatte, ging er zur Kasse.

»Hallo, Lukas«, begrüßte ihn Hartmut, der Tankwart. »Du schon wieder? Du hast doch erst letzte Woche getankt.«

»Ich muss wohin«, erwiderte er. »Hast du eine Straßenkarte?«

»Straßenkarte? Wer braucht denn heute noch Straßenkarten?«, gab der Tankwart zurück. »Du hast doch ein Navi, oder nicht?«

»Ja, das gab's serienmäßig«, sagte Lukas. »Haben wollte ich's nicht, aber ich musste es nehmen.«

»Na, bitte. Dann fahr nach Navi.«

Lukas verzog den Mund. »Hartmut, glaubst du wirklich, mit so was kann ich umgehen?«

»Ist doch ganz einfach«, meinte der Tankwart. »Du musst nur … ach, warte. Ich komme mit und zeig dir, was du machen musst.«

»Dafür werde ich dir gar nicht genug danken können«, sagte Lukas, der sich umso mutloser fühlte, je mehr Zeit verstrich, die ihn von Lana trennte.

Sie gingen nach draußen, Hartmut ließ Lukas vor, damit er sich hinsetzte, dann stellte er sich zu ihm. »So, da geht das Ding an«, sagte er und drückte eine Taste. Der kleine Bildschirm erwachte zum Leben.

»Bitte geben Sie Ihr Ziel ein«, forderte eine künstlich klingende Frauenstimme ihn auf.

»Also, wohin soll's gehen?«, wollte der Tankwart wissen.

»Düsseldorf.«

»Düsseldorf?«, wiederholte Hartmut amüsiert. »So vornehm, wie die da alle sind, lassen die bestimmt keine Traktoren in die Stadt.«

Lukas gab ein unbestimmtes Brummen von sich.

»Na, egal. Straße?«

»Graf... Graf...«, begann Lukas stotternd. Die Adresse hatte er nur einmal gesehen. »Irgendwas mit Graf.«

Hartmut begann das Wort einzutippen, sofort wurden Vorschläge angezeigt. »Da haben wir's schon. Graf-Adolf-Straße. Richtig?«

»Ziemlich sicher«, stimmte er dem anderen Mann zu.

»Und die Hausnummer?«

Er nannte sie ihm, Hartmut gab sie ein. »Das war's schon«, verkündete er, während ein leises Ping ertönte. »Oh, warte. Wie schnell ist dein Traktor?«

»Neunzig mindestens, aber da war immer noch etwas Spielraum unter dem Pedal.«

»Also darfst du Autobahn fahren, nicht wahr?«

Lukas nickte bestätigend.

»Dann kannst du jetzt losfahren«, sagte Hartmut.

»Bitte wenden, bitte wenden«, forderte ihn das Gerät auf.

»Warum soll ich wenden?«, wunderte sich Lukas.

»Weil da hinter dir eine Autobahnauffahrt ist, während in die andere Richtung die nächste Auffahrt erst in zehn oder zwölf Kilometern kommt«, erklärte ihm der Tankwart. »Die Dinger denken immer mit. Und wenn du später die Ausfahrt nach Düsseldorf verpassen solltest, ist das alles kein Beinbruch. Das Ding berechnet sofort eine andere Route, die du von der nächsten Ausfahrt aus nehmen kannst.«

»Das ist irgendwie … faszinierend«, stellte Lukas fest. »Aber auch ein bisschen beängstigend.«

»Auf jeden Fall wirst du da ankommen, wo du hinwillst, wenn du dich strikt an das hältst, was dir das Navi sagt.«

»Hoffen wir's«, meinte Lukas betreten. Zugleich war er schrecklich neugierig, wie es in der Praxis sein würde, nach den Anweisungen eines kleinen grauen Kästchens zu fahren. Dann fiel ihm noch etwas ein. »Sag mal, Hartmut, hast du ein paar Stücke Karton, einen dicken Stift und Klebeband?«

»Ganz bestimmt«, antwortete der andere Mann. »Wofür brauchst du das denn?«

»Werde ich dir gleich erklären«, versprach Lukas.

»Überfressen«, war das Erste, was Dr. Schenkmann sagte, nachdem er sich Leopold genau angesehen hatte.

»Überfressen?«, wiederholte Lana verdutzt. »So als würden wir eine ganze Buttercremetorte verschlingen und wüssten danach nicht, wo wir uns lassen sollen?«

»Richtig«, sagte der Arzt. »Der Herr ist über irgendeine Leckerei hergefallen, die er sonst wohl nicht bekommt, und davon hat er so viel verputzt, dass er nichts anderes mehr tun kann, als sich der Länge nach hinzulegen und abzuwarten, bis das nach und nach verdaut wird und Kropf und Magen sich leeren. Deshalb auch die angestrengte Atmung. Das haben wir auch, wenn der Magen zu voll und der Hosenbund zu eng ist.«

»Und was machen wir jetzt?«, wollte Lana wissen, während sich Timo zu Leopold stellte und ihn behutsam streichelte. Der Hahn lag auf der dicken Matte auf dem Behandlungstisch und machte trotz der noch bestehenden Kurzatmigkeit und dem extremen Völlegefühl einen fast zufriedenen Eindruck. Vermutlich hatte er daheim auch schon diesen Eindruck gemacht, aber der wurde Lana erst jetzt bewusst, nachdem sie erfahren hatte, dass ihm im medizinischen Sinne nichts fehlte.

Schenkmann rieb sich den schwarzen Vollbart und überlegte kurz. »Ich werde ihm ein Mittel geben, dass die Verdauung anregt. So was wie unser Magenschnaps«, fügte er hinzu. »Davon gebe ich Ihnen eine Flasche mit, und Sie flößen ihm mit der Spritze alle zwei Stunden zehn Milliliter ein. Bis morgen früh wird er wieder ganz der Alte sein.«

»Was kann er nur gegessen haben?«, wunderte sich Timo. »Wir haben ihm doch nichts anderes gegeben als sonst.«

»Und er war nur im Haus«, fügte sie an. »Da ist es ja nicht so, dass einfach irgendwo etwas Essbares herumsteht. Und wenn er beim Essen schon mal etwas abbekommt, dann sind das nur kleine Mengen, aber niemals so viel, dass er anschließend überfre… der Nudelsalat!«

»Was?«, fragten der Arzt und Timo gleichzeitig.

»Natürlich!«, bekräftigte sie. »Er muss über den Nudelsalat hergefallen sein. Ich kann mich erinnern, heute Vormittag habe ich gesehen, dass die Schüssel mit dem Rest von gestern auf der Spüle stand. Lukas muss sie aus irgendeinem Grund aus dem Kühlschrank geholt und da abgestellt haben. Bestimmt hat er sie vergessen, oder er wurde durch irgendetwas abgelenkt.« Sie zuckte betreten mit den Schultern. »Ich muss aber genauso in Gedanken gewesen oder abgelenkt worden sein, sonst hätte ich sie wieder in den Kühlschrank gestellt.«

»Die Schüssel habe ich gesehen, als ich Leopold in der Küche entdeckt habe«, sagte Timo. »Aber da war sie leer.«

»Heute Vormittag war noch etwas weniger als die Hälfte drin«, ergänzte Lana.

»Nudelsalat also«, sagte der Tierarzt nachdenklich. »Dann hat er eine ordentliche Portion Mayonnaise geschluckt. Davon dürfte ihm ziemlich übel sein, was seine momentane Verfassung erklärt. Dann würde ich sogar fünfzehn Milliliter von dem Medikament nehmen, denn das Fett wird ihm am meisten zu schaffen machen. So was findet ein Hahn in der Natur nicht.«

»Aber er nimmt doch seine Tablette auch mit einer Portion Leberwurst«, wandte Timo ein. »Da ist doch auch viel Fett drin.«

»Das ist richtig, aber das ist nur ein halber Teelöffel voll Leberwurst, nicht ein ganzer Teller. Würde Leopold den verputzen, ginge es ihm jetzt nicht anders«, sagte Schenkmann. »Aber der wird schon wieder. Morgen früh geht's ihm garantiert viel besser.« An Lana gerichtet fügte er dann hinzu: »Falls Sie heute Nacht trotz allem ein ungutes Gefühl haben sollten, rufen Sie mich an.« Er gab ihr seine Visitenkarte. »Da unten die Handynummer ist für Notfälle vorgesehen. Wenn was ist, komme ich vorbei, damit der Hahn nicht noch mal dem Stress einer Autofahrt ausgesetzt wird.«

»Oh, ich bin beeindruckt«, sagte sie und steckte die Visitenkarte ein. Dabei sah sie, wie der Arzt zu einem der ihr allzu vertrauten kleinen quadratischen Zettel griff, Zahlen untereinanderschrieb und die einzelnen Beträge auf einen zweiten Zettel übertrug, den er mit einem Namen versah und in ein Kästchen auf dem Schreibtisch legte. »So sehr sogar, dass es mir sehr unangenehm ist, Ihnen das zu sagen, was ich unbedingt loswerden muss.«

»Macht fünfundvierzig Euro«, sagte er, noch während sie redete, und stutzte, als ihre Worte zu ihm durchdrangen. »Wenn Sie kein Geld dabeihaben, Frau Behring, können Sie auch ruhig morgen noch mal herkommen und bezahlen. Das ist kein Problem.«

»Jetzt machen Sie es mir bloß noch schwerer«, seufzte sie, während sie einen Fünfziger aus ihrer Brieftasche zog. »Stimmt so. Sie haben doch bestimmt so was wie eine Kaffeekasse.«

»Eine Findelkindkasse«, antwortete er.

»Was ist denn eine Findelkindkasse?«, wollte Timo wissen.

»Wenn Leute verletzte Wildtiere oder verwaiste Tierkinder finden und sie zu uns bringen, müssen diese Tiere versorgt werden«, erklärte der Arzt. »Die Finder lassen zwar meistens auch eine Spende hier, allein schon, weil sie froh sind, sich nicht selbst um eines dieser Tiere kümmern zu müssen. Aber das deckt normalerweise nicht die Kosten. Darum gehen alle Trinkgelder in die Findelkindkasse, aus der die Behandlung von Fundtieren bezahlt wird.«

Lana stand da und kniff für einen Moment die Augen zu. Sie holte tief Luft und wandte sich mit betrübter Miene dem Arzt zu. »Ich sage das wirklich sehr ungern, Doktor, aber das hier …«, sie hielt den Zettel hoch, »… kann ich nicht gebrauchen.«

Er stutzte und sah auf seinen Zettel. »Was meinen Sie damit?«

»Ich brauche eine Rechnung«, sagte sie. »Lukas Brenner braucht eine Rechnung. Eine *richtige* Rechnung.«

»Ich mache das immer schon so«, erklärte er.

»Ich weiß, ich hab die Kiste mit Zetteln gesehen«, erwiderte Lana. »Sie müssen wissen, dass ich Steuerberaterin bin und momentan für Herrn Brenner die Steuererklärungen für die letzten vier Jahre erstelle.«

»Aha«, machte Schenkmann. »Aber was hat das mit mir zu tun?«

»Leider sehr viel. Wenn das Finanzamt diese … ›Belege‹ sieht, dann wird es nicht einen einzigen davon anerkennen.«

»Das Finanzamt muss sie doch gar nicht sehen«, hielt der Arzt dagegen, der jetzt ein wenig ungehalten klang. »Es hat sich noch niemand hier über meine Quittungen beschwert, also kann es ja nicht so schlimm sein, wie Sie es gerade hinstellen.«

Sie schüttelte den Kopf. »Es ist noch viel schlimmer, Herr Schenkmann, glauben Sie mir. In Herrn Brenners Fall wird das Finanzamt jeden Beleg sehen wollen, also auch Ihre, und das sind ja nicht gerade kleine Beträge.«

»Aber bei keinem anderen Landwirt hat sich das Finanzamt beschwert.«

»Das liegt nur daran, dass die mit Personalmangel zu kämpfen haben und nicht so viele Leute zur Verfügung stehen, wie sie eigentlich brauchen«, machte Lana ihm deutlich. »Das hätte schon längst auffallen können, und wenn es auffällt, dann fliegt Ihnen hier der ganze Laden um die Ohren. Das Finanzamt wird diese Zettelwirtschaft nicht akzeptieren. Nicht bei den Landwirten, die sich gar nicht freuen werden, wenn sie hören, dass womöglich einige Tausend Euro Betriebsausgaben nicht berücksichtigt werden können. Und auch nicht bei Ihnen. Das Finanzamt wird diese Zettel nicht als Einnahmebelege anerkennen und dann Ihre Einnahmen seeehr großzügig schätzen. Und wenn es ganz übel läuft, macht Ihnen die Tierärztekammer auch noch die Hölle heiß.«

»Aber was hat die Kammer damit zu tun?«, fragte er. »Und warum sollten die davon erfahren?«

»Das Finanzamt verschickt Kontrollmitteilungen, wenn zum Beispiel Zweifel daran bestehen, dass Mitarbeiter tatsächlich bei einer Krankenkasse angemeldet sind«, führte Lana aus. »In Ihrem Fall würde man vorsorglich mögliche Unregelmäßigkeiten melden, weil Sie keine ordentlichen Rechnungen ausstellen. Da kann leicht der Verdacht aufkommen, dass Sie nicht nur Geld in die eigene Tasche stecken, sondern dass Sie auch keine Rechnungen schreiben, weil man dann nicht nachvollziehen könnte, ob Sie möglicherweise mehr Antibiotika an die Landwirte abgeben, als Sie eigentlich sollten.«

»Frau Behring, finden Sie nicht, dass das etwas weit hergeholt ist?«, warf Schenkmann ein.

»Ich glaube, die Antwort auf diese Frage werden Sie sich in etwa sechs bis acht Wochen selbst geben können, wenn das Finanzamt hier frühmorgens anrückt und Ihre Praxis auf den Kopf stellt«, hielt sie dagegen. »Hören Sie, Doktor Schenkmann, ich habe nichts davon, wenn ich Sie mit erfundenen Geschichten in Angst und Schrecken versetze. Aber hier steht einiges auf dem Spiel, unter anderem auch der Verein hinter dem Gnadenhof auf Herrn Brenners Grund und Boden.«

Der Tierarzt zog irritiert die Augenbrauen zusammen. »Was hat denn der Gnadenhof damit zu tun?«, wollte er gereizt wissen, da er immer noch zu glauben schien, dass Lana ihm nur einen Bären aufbinden wollte.

»Der Gnadenhof muss als gemeinnütziger Verein genau Buch darüber führen, wie er die Spendengelder verwendet«, holte Lana aus. »Herr Brenner rechnet mit einem einfachen Quittungsblock die Summe Ihrer Belege ab. Sobald jemand den Verein prüft, womit zwangsläufig zu rechnen ist, wenn das Finanzamt die Zettelwirtschaft zu sehen bekommt, wird man natürlich auch die Ausgaben prüfen, also auch die Quittungen, die Herr Brenner ausstellt. Zu dem Zeitpunkt, an dem es dazu kommt, sind die Belege bei Herrn Brenner als nicht ansetzbar abgelehnt worden und können damit auch nicht mehr als Grundlage für die Quittungen dienen. Es gibt dann nur noch die Quittung von Herrn Brenner über zweitausend Euro verauslagte Tierarztkosten, die aber nicht belegt werden können. Dann können zwei Dinge passieren: Entweder man unterstellt dem Verein, dass er Gelder veruntreut hat, was bei Tierarztrechnungen im Jahr eine stattliche Summe darstellt. Oder aber man erkennt die Ausgaben einfach nicht an, und damit erwirtschaftet der Verein auf einmal Gewinn, was er laut Satzung aber nicht darf. In beiden Fällen können Sie davon ausgehen, dass ihm die Gemeinnützigkeit aberkannt wird. Was das für die Tiere bedeutet, muss ich Ihnen ja sicher nicht erklären.«

Schenkmann lehnte sich gegen den Medikamentenschrank und schaute finster zu Boden. »Na, wunderbar. Und ich gehe als der Tierarzt in die Geschichte ein, der einen Gnadenhof ruiniert hat«, murmelte er zynisch.

»Haben Sie das früher denn auch so gemacht?«, fragte Lana. »Ich nehme nicht an, dass das Ihre erste Tierarztpraxis ist.«

»Ich habe jahrelang in einer Tierklinik gearbeitet, bei der mich der ganze Verwaltungskram nicht kümmern musste, weil wir dafür Mitarbeiter hatten. Wenn ich ein Tier behandelt habe, saß eine Helferin am Computer und hat mitgeschrieben, was ich mache. Sie hat auf diese Weise die Krankenakten geführt und gleichzeitig die Rechnungen erstellt. Ich hatte damit nichts zu tun, ich musste mich auch nicht um die Zahlungseingänge oder um Mahnungen oder sonst irgendwas kümmern. Darum ist mir das alles so … fremd. Ich hatte nie einen Bezug zu den Rechnungen und dazu, wie wichtig die sein können. Das liegt womöglich auch daran, dass wir keine Landwirte mit ihren Tieren als Patienten hatten, sondern Hunde, Katzen, Wellensittiche oder Echsen, alles Tiere, die die Leute privat halten und für die sie keine Rechnung brauchen, weil sie sie nicht von der Steuer absetzen können.«

»Aber vielleicht bei einer Krankenversicherung für den Hund vorlegen müssen«, gab Lana zu bedenken.

Er nickte bedächtig. »Das kann schon sein, aber dann haben sie das vorn am Empfang gesagt, und wie gesagt, ich hatte damit nichts zu tun.« Er sah sich um. »Was soll ich jetzt machen? Ich bin erledigt.«

»Wieso sind Sie erledigt? Oder haben Sie weniger Einnahmen angegeben, als Sie tatsächlich erhalten haben?«

Sofort hob er abwehrend eine Hand. »Neinneinnein! Das meine ich damit nicht. Ich bin erledigt, wenn das Finanzamt meine Belege nicht anerkennt und meine Einnahmen schätzt. Ich stottere immer noch den Kaufpreis für die Praxis ab, und wenn dann so was dazukommt ...«

»Das muss doch gar nicht passieren«, konterte sie. »Sie haben doch in den Akten notiert, welches Tier Sie an welchem Tag aus welchem Grund behandelt haben.«

»Das ja«, bestätigte er. »Aber es ändert nichts daran, dass ich die Praxis für zwei oder drei Monate schließen müsste, um das alles wieder zuzuordnen und passende Rechnungen zu den Einnahmen laut meinen Zetteln zu schreiben.«

»Herr Schenkmann, Sie müssen gar nicht sofort alle Rechnungen schreiben«, beruhigte sie ihn. »Für den Augenblick reicht es, wenn Sie die Rechnungen für Herrn Brenner schreiben. Wenn die beim Finanzamt vorgelegt werden, wird niemand auf die Idee kommen, sofort eine kleine Armee aus Betriebsprüfern und Zollfahndern die Praxis und jeden Bauernhof im Umkreis von zwanzig Kilometer erstürmen zu lassen.«

Sein erleichtertes Aufatmen war nicht zu überhören. »Meinen Sie wirklich, dass das für den Moment genügt?«

»Haben Sie einen Steuerberater?«, fragte sie.

Er schüttelte den Kopf. »Brauche ich einen?«

»Ich würde es Ihnen empfehlen«, sagte sie. »Wenn ein Steuerberater auf eine angekündigte Prüfung reagiert und um Aufschub bittet, weil Formfehler in der Buchhaltung behoben werden müssen, dann weiß das Finanzamt, dass tatsächlich an einem Problem gearbeitet wird. Wenn Sie das mitteilen, klingt das eher nach Hinhaltetaktik.«

»Hmm«, machte er. »Möchten Sie vielleicht meine Steuerberaterin werden?«

»Ich gehöre zu einer Gemeinschaftskanzlei in Düsseldorf«, sagte sie. »Grundsätzlich spricht nichts dagegen, es kann allerdings sein, dass ich das lieber einem Kollegen überlasse, der auf Arztpraxen und Kliniken spezialisiert ist. Aber ich sage Ihnen Bescheid, wer von uns Ihr Ansprechpartner wird, okay?«

Schenkmann atmete erleichtert. »Danke, Frau Behring. Auch wenn ich eine Ewigkeit dafür brauchen werde, um diese Rechnungen zu schreiben.«

Sie schnippte mit den Fingern. »Da fällt mir etwas ein, aber da muss ich erst meinen Kollegen fragen. Vielleicht kann er aus einer der Praxen eine ehemalige Arzthelferin rekrutieren, damit sie für ein paar Tage herkommt und Ihnen die Arbeit abnimmt. Ich meine, wenn diese Helferin nach der Karteikarte erfasst, welche Behandlung stattgefunden hat, müsste es ja möglich sein, Ihre vielen kleinen Beträge den Positionen zuzuordnen. Das würde zwar ein paar Euro kosten, aber der größte Teil der Arbeit würde Ihnen abgenommen. Sie müssten dann eigentlich nur einen prüfenden Blick auf die fertigen Rechnungen werfen.«

»Das klingt verdammt gut, Frau Behring«, erwiderte er und strich sich reflexartig die Haare aus dem Gesicht, obwohl die so kurz waren, dass sie gar nicht in die Stirn fallen konnten.

»Gut, wenn wir mit Leopold wieder auf dem Hof sind, werde ich mit meinen Kollegen telefonieren und Ihnen Bescheid geben, ob das alles so funktionieren kann.«

Sie verabschiedeten sich, Timo trug den wieder in die Decke gewickelten Leopold zum Auto. Zurück auf dem Hof rief sie in der Kanzlei an, erklärte ihrem Kollegen die Situation und gab ihm die Kontaktdaten des Tierarztes durch. Nachdem alles geregelt war und sie in ihr kleines Büro zurückkehren wollte, um weiterzuarbeiten, fiel ihr Blick auf die Wanduhr im Flur.

»Ein Uhr?«, murmelte sie.

»Hast du was gesagt, Mom?«, rief Timo, der Leopold in die Küche gebracht und in das weiche Hundekörbchen gelegt hatte, das sie vor ein paar Tagen in einem Schrank entdeckt und dem Hahn vermacht hatten, der darin bequem schlafen konnte.

»Ich habe nur auf die Uhr gesehen«, sagte sie. »Wir haben bereits ein Uhr durch, aber von Lukas ist nichts zu sehen. Eigentlich müsste um diese Zeit das Mittagessen längst fertig sein.«

»Vielleicht hat er nicht gehört, wie du ihm zugerufen hast, dass wir zum Tierarzt fahren«, überlegte ihr Sohn. »Und jetzt weiß er nicht, wie er uns erreichen soll, um herauszufinden, wo wir sind.«

»Na ja, er war ein bisschen weit weg«, musste sie einräumen. »Ich mache mich mal auf die Suche nach ihm. Bleib du bei Leopold, okay?«

»Wird gemacht«, versprach Timo ihr.

Sie verließ das Wohngebäude, sah in den Ställen nach, die alle verwaist waren, da die Tiere draußen auf der Weide waren und die Sonne genossen. Für Lana war das von Vorteil, da ein Blick in die langen Hallen genügte, um zu sehen, dass sich dort kein Mensch aufhielt. Dummerweise bedeutete es aber auch, dass Lukas nach wie vor verschwunden blieb. Auch die Nachfrage bei seinen Angestellten auf dem Feld ergab wenig mehr als die Aussage, dass er um Mittag herum »wie vom wilden Affen gebissen« mit seinem Traktor davongerast war und es seitdem kein Lebenszeichen mehr von ihm gegeben hatte.

Letztlich blieb ihr nichts anderes übrig, als zum Haus zurückzukehren und Timo zu berichten. Da ihr durch die Fahrt zum Tierarzt schon Arbeitszeit verloren gegangen war, wollte sie nicht auch noch ein langwieriges Mittagessen zubereiten. Zu ihrer Erleichterung entdeckte sie im Gefrierschrank eine große Pizza und beschloss, dass es die zu Mittag geben sollte. Timo, der zu Hause mit Vorliebe Tiefkühlpizza aß, wenn Lana abends länger arbeiten musste, versprach, sich um alles zu kümmern, damit sie sich wieder an ihren Schreibtisch setzen konnte.

Eine Viertelstunde später rief Timo sie in die Küche, wo er ihr ihre halbe Pizza präsentierte. Dankbar nahm sie Platz, und sie aßen gemeinsam, während der bedauernswerte Leopold anders als sonst kein Interesse daran zeigte, was es zu essen gab.

Auch als sie fertig waren und Lana sich längst wieder der Buchhaltung widmete, war Lukas noch nicht zurückgekehrt. Es musste wohl etwas so Wichtiges gewesen sein, dass er nicht mal Zeit gehabt hatte, ihr eine Nachricht zu hinterlassen.

Eine Nachricht? Sie stutzte, dann unterbrach sie ihre Arbeit, ging nach vorn in die Diele. Ihr Zettel war verschwunden! Sie suchte den Boden ab, doch er war nicht von einem Luftzug weggeweht worden. Lukas musste ihn eingesteckt haben.

Aber … wohin war er mit der Nachricht seiner Ex gefahren? Etwa zu ihr? Weil er ihr klarmachen wollte, dass sie ihre Drohungen für sich behalten sollte? Oder …? Nein! Sie wollte nicht über irgendetwas nachdenken, was sich auch nur annähernd in Richtung einer Versöhnung bewegte. Das war völlig absurd. So etwas würde niemals geschehen, dafür hatte diese Renate ihm viel zu sehr wehgetan. Und außerdem hatte sie ihm auch noch nachträglich Geld abknöpfen wollen. Wenn, dann würde er wohl eher zu ihr fahren, um ihr den Hals umzudrehen … wobei sie nur hoffen konnte, dass er das genauso wenig tun würde wie das andere.

Mit einem Schulterzucken kehrte sie zurück ins Büro und konzentrierte sich auf ihre Arbeit. Es blieb ihr gar nichts anderes übrig, als zu warten, bis Lukas wieder da war. Vorher würde sie nichts darüber in Erfahrung bringen, wohin er so eilig gemusst hatte. Vor allem würde sie nicht weiter spekulieren, weil sie sich dann über kurz oder lang in Gedanken verrennen würde, die nicht gut für sie waren.

Gegen fünf Uhr kam Timo zu ihr, um ihr zu berichten, dass er Leopold inzwischen zweimal seine Arznei verabreicht hatte, was der Hahn ohne Gegenwehr über sich hatte ergehen lassen.

»Er kommt mir schon etwas munterer vor als heute Mittag«, sagte er.

»Das ist gut. Dann wirkt das Mittel offenbar«, erwiderte sie erleichtert.

»Wir bekommen hier doch unser Drittes rein, richtig?«, fragte er.

»Im Fernsehen meinst du?« Als er nickte, bestätigte sie: »Ja, das können wir sehen. Wieso?«

»Dann müssen wir heute Abend mal anmachen«, fuhr Timo fort. »Ich habe eben Radio gehört, und da nur noch einen halben Satz gehört. Zu Hause ist wohl das Chaos ausgebrochen.«

»Chaos?«

»Ja, da muss wohl ein Bagger an der Graf-Adolf-Straße und der Berliner Allee die Oberleitung runtergerissen haben«, sagte er. »Da ist alles zu.«

»O ja, das müssen wir uns nachher ansehen«, erwiderte Lana. »Das ist dann so ein Tag, an dem man froh sein kann, dass man nicht in der Stadt unterwegs sein muss.«

Timo ließ sie wieder allein, damit sie weiterarbeiten konnte, während Lana all die Menschen bedauerte, die diese Kreuzung in der Düsseldorfer Innenstadt eigentlich passieren wollten, jetzt aber unter Umständen große Umwege in Kauf nehmen mussten.

»Wir kommen jetzt zur Situation in Düsseldorf, wo am Nachmittag ein Tieflader mit einem Bagger an Bord für einen massiven Oberleitungsschaden gesorgt hat«, berichtete der Moderator der Nachrichtensendung, während links von ihm bereits ein Bild eingeblendet wurde, das einen Außenreporter an der weiträumig abgesperrten Kreuzung zeigte. *»Harry, du bist vor Ort. Wie sieht es da aus?«*

»Tja, wie ihr sehen könnt, ist hier alles zu«, vermeldete der junge Mann, dessen Vollbart ihn kurioserweise gar nicht seriöser

erscheinen ließ. »*Gegen halb fünf ist ein Tieflader von der Berliner Allee vom Kö-Bogen kommend in Richtung Bahnhof in die Graf-Adolf-Straße abgebogen, dabei ist der Bagger in der Oberleitung hängen geblieben. Der Fahrer hat das aber offenbar nicht bemerkt, sondern hat Gas gegeben und ist weitergefahren. Zeugen zufolge ist der Bagger daraufhin von der Ladefläche gerutscht und umgekippt. Dabei hat er dann die Oberleitung abgerissen und den Bahnverkehr auf der Graf-Adolf-Straße und auf der Berliner Allee komplett lahmgelegt.*«

»*Ist denn schon absehbar, wann die beiden Strecken wieder freigegeben werden können?*«, erkundigte sich die Ko-Moderatorin, was Lana mit einem Kopfschütteln kommentierte. Sie hasste solche Fragen, die so komplett unsinnig waren. So wie bei Berichten über noch brennende Gebäude, ob denn die Brandursache schon bekannt sei. Als ob die Brandexperten inmitten der Flammen schon auf Spurensuche wären.

»*Die Verkehrsbetriebe können dazu noch gar nichts sagen*«, kam die von Lana erwartete Antwort. »*Aber wenn man sich das Ausmaß der Zerstörung ansieht, wird man wohl von Glück reden können, wenn hier am Montagmorgen tatsächlich wieder Bahnen fahren können.*«

»*Verletzte gab es keine?*«

»*Zum Glück nicht*«, bestätigte der junge Mann. »*Da muss man schon fast von einem Wunder reden. Das hätte zu einer wirklich verheerenden Katastrophe ausarten können. So ist es nur Sachschaden, aber der wird es auch in sich haben. Warum der Fahrer nicht darauf reagiert hat, dass der Bagger hängen geblieben war, sondern stattdessen Gas gegeben hat, ist derzeit unklar. Augenzeugen haben mir allerdings davon berichtet, dass der Mann außer sich war, weil die Kreuzung durch Autos blockiert wurde, die auf der Graf-Adolf-Straße im Stau standen. Wie es scheint, sind ihm wohl die Nerven durchgegangen, und er wollte nur noch weg von hier.*« Während er redete, wurde die gesicherte Kreuzung aus allen möglichen Perspektiven gezeigt, auch von oben aus einem der umstehenden Häuser. »*Ursache für den Stau wiederum war ein Traktor, der kurz vor der Kö auf der Graf-Adolf-Straße in zweiter Reihe abgestellt worden war und nicht nur den Autoverkehr, sondern auch den Bahnverkehr behinderte.«*

Schon als Lana das Wort »Traktor« hörte, zuckte sie zusammen, sagte sich aber sofort, dass ein Traktor in der Düsseldorfer Innenstadt nichts mit Lukas zu tun haben konnte. Dann wurde ein Bild des Traktors eingeblendet, und noch während sie das zu leugnen versuchte, was sie mit eigenen Augen sah, hörte sie Timo rufen: »Das ist doch der Traktor von Lukas!«

Hätte sie nicht im Wohnzimmer auf der Couch gesessen, dann hätte sie sich sofort hinsetzen müssen, da ihre Beine ihr den Dienst versagten. Das *war* Lukas' Traktor. Und er stand tatsächlich auf der Graf-Adolf-Straße in zweiter Reihe, wobei das Riesending ein Stück weit in den Gleiskörper hineinragte und es der Straßenbahn unmöglich machte, an ihm vorbeizufahren.

Aber es war nicht nur Lukas' Traktor, sondern Lukas hatte ihn ringsum mit Schildern behängt, die sie alle zu lesen bekam, da das Kamerateam keinen Blickwinkel ausließ, um den Traktor zu präsentieren. *Lana, ich liebe dich!,* stand da zu lesen. Und *Lana, ich brauche dich*. Und auch *Lana, willst du mich heiraten?*

»Der Fahrer des Traktors wurde in einem Bürogebäude ausfindig gemacht, wo er offenbar verzweifelt auf der Suche nach jemandem war«, berichtete der Reporter weiter, während die Bilder zeigten, wie ein Mann von mehreren Polizisten aus einem Haus zu einem bereitstehenden Polizeibus gebracht wurde. Zwar hatte man sein Gesicht verpixelt, aber Lana erkannte die Kleidung wieder. Es waren die Sachen, in denen Lukas am Morgen das Haus verlassen hatte, um auf dem Feld zu arbeiten. *»Der Mann wurde in Gewahrsam genommen, der Traktor sichergestellt.«*

Warum um alles in der Welt war er nach Düsseldorf gefahren, um dort nach ihr zu suchen, wenn sie doch nur mit Leopold zum Arzt gefahren war? Ihr fiel der Zettel ein, den sie ihm hingelegt hatte. Der, auf dem sie in Stichpunkten notiert hatte, was seine Ex auf Band gesprochen hatte. Nicht mal das ergab einen

Sinn. Er konnte die Zeilen nicht falsch verstanden haben, weil ja nichts zwischen ihnen vorgefallen war.

»Was macht Lukas denn in Düsseldorf, Mom?«, wunderte sich Timo und sah sie fragend an.

»Wenn ich das wüsste, Timo«, flüsterte sie und starrte weiter auf den Bildschirm, wo sich gerade irgendein mutmaßlich Prominenter zu irgendeinem Thema äußerte.

»Und was sollen wir jetzt machen?«, fragte er.

Sie schüttelte den Kopf. »Wir können jetzt gar nichts machen. Ich kann nur jemanden anrufen.«

»Die Polizei?«

»Nein, den Herrn Schomburg, den Anwalt unserer Kanzlei«, sagte sie und griff nach dem Telefon, das neben dem Couchtisch auf dem Ecktisch stand. Sie tippte die Nummer der Kanzlei ein. Dort war um diese Zeit zwar niemand mehr offiziell zu erreichen, weshalb die Anrufe zum Empfang umgeleitet wurden, aber Nicki, die grundsätzlich die Spätschicht hatte, weil sie das so wollte, konnte ihr sagen, wer noch im Büro war und zu wem sie sie durchstellen konnte.

Fünf Minuten später rief sie den Anwalt an. »'n Abend, Daniel, Lana hier. Tut mir leid, wenn ich dich um die Zeit noch störe, aber es gibt einen Notfall«, sagte sie. »Hast du das mit dem Traktor heute in der Stadt mitbekommen? … Ja, richtig. Hör zu, der Fahrer heißt Lukas Brenner … Nein, hat er nicht … Aber ganz wichtig ist, dass du dir in der Mediathek oder wo auch immer vorher noch mal die Aufnahmen ansiehst, die sie gesendet haben … Ja, wenn man das einfach nur so sieht, dann könnte man meinen, dass Lukas die Schuld daran trägt, dass der Bagger die Oberleitung runtergerissen hat … Ja, mach ihnen klar, dass das allein die Schuld dieses Mannes ist, der den Tieflader gelenkt hat … Nein, Daniel, weil der so oder so in der Oberleitung hängen geblieben wäre. Der Bagger war nicht richtig aufgeladen worden, der war zu hoch, und wenn er nicht abgebogen wäre, dann hätte er zwar vielleicht ›nur‹ die Oberleitung auf der Graf-Adolf-Straße runtergerissen, aber in keinem Fall hat Lukas etwas damit zu tun. Er hat lediglich behindernd geparkt, aber dadurch ist niemand in Mitleidenschaft gezogen worden.« Sie hörte zu, während der Anwalt redete, dann sagte sie: »Ich fahre gleich los. Ruf mich unterwegs an, sobald du weißt, wohin sie ihn gebracht haben. Falls ihr raus seid und ich bin noch nicht da, dann sag mir Bescheid, ja? … Wunderbar, Daniel, wir sehen uns später.«

Nachdem sie aufgelegt hatte, sah sie ihren Sohn an. »Du kommst allein mit Leopold zurecht?«

»Klar«, sagte er voller Überzeugung. »Dieses Mittel muss gut schmecken, so wie er das schluckt. Und wenn was ist, kann ich ja immer noch den Tierarzt anrufen.«

»Ganz genau«, erwiderte sie. »Ich weiß, dass ich mich auf dich verlassen kann, mein Schatz.«

Timo lächelte sie an. »Und du kannst mir heute nicht mal sagen, wann ich im Bett sein soll.«

»Na ja, sagen könnte ich das schon«, erwiderte sie amüsiert. »Aber ich könnte es nicht kontrollieren.«

»Außerdem muss ich mich alle zwei Stunden um Leopold kümmern«, argumentierte er. »Wie soll ich da schlafen?«

Lana atmete seufzend aus. »Ich glaube, die Argumente sind diesmal wirklich alle auf deiner Seite.«

Es war gegen halb zwölf am gleichen Abend, als Lana vor der Polizeiwache vorfuhr, die Daniel ihr genannt hatte. Sie stellte den Wagen ab, stieg aus und lehnte sich gegen die Fahrertür. Es war ein angenehmer lauer Abend nach einem ziemlich heißen Tag, an dem etliche Autofahrer in Düsseldorf dank des Unfalls mit der Oberleitung in ihren Autos hatten ausharren müssen, da sie nach der Sperrung der Kreuzung nur auf ohnehin überlastete Straßen hatten ausweichen können.

Ein paar Minuten musste sie warten, dann verließ Lukas in Begleitung von Daniel die Wache. Lukas trug die Sachen, mit denen er am Morgen zur Arbeit aufs Feld gegangen war, während Daniel ganz der Anwalt im grauen Anzug mit dunkelroter Krawatte war.

Daniel winkte Lana gut gelaunt zu, während Lukas betreten neben ihm her in ihre Richtung trottete. »Da bist du ja, Lana«, sagte er. »Die hatten tatsächlich vor, deinen Freund über Nacht bei sich zu behalten. Ich konnte ihnen aber anhand der eindeutigen Bilder zu verstehen geben, dass sie sich weit über die Stadtgrenzen hinaus lächerlich machen würden, wenn morgen in alle Medien die Meldung kursiert, wie die Düsseldorfer Polizei mit Falschparkern umgeht.«

»Ich danke dir, Daniel«, erwiderte sie.

»Keine Ursache«, meinte er. »Das war mal eine angenehme Abwechslung, anderen Beamten als nur denen vom Finanzamt klarmachen zu dürfen, wo ihre Kompetenzen enden.« Mit einem kurzen Nicken deutete er auf Lukas. »Er gehört jetzt dir, wenn du ihn haben willst.«

»Ich denke schon«, sagte sie. »Was mit dem Traktor? Es hieß, der sei sichergestellt worden.«

»Ich habe den Schlüssel zurückbekommen«, antwortete Lukas betreten. »Ich kann jederzeit mit dem Traktor hier vom Hof fahren.«

»Das ist gut.«

»Euch beiden eine gute Nacht«, warf Daniel ein. »Ich will jetzt nur noch nach Hause.«

»Ich glaube, so geht es uns allen«, erwiderte sie und winkte ihm nach, als er zu seinem Wagen ging. Dann wandte sie sich an Lukas und konnte sich ein Schmunzeln nicht verkneifen. »Warum?«

»Warum was?«, fragte er.

»Warum blockierst du an einem Freitagnachmittag eine der Hauptverkehrsachsen der Stadt?«, präzisierte sie ihre Frage.

»Ich wollte zu dir«, antwortete er.

»Aber warum stellst du dich mitten auf die Graf-Adolf-Straße?«

»Das ist doch deine Adresse, oder etwa nicht?«, fragte er argwöhnisch.

»Grafenberger Straße«, korrigierte sie ihn. »Die ist ein bisschen woanders als da, wo du hingefahren bist.«

»Oh«, machte er und zog die Augenbrauen hoch. »Dass da was nicht stimmt, dachte ich mir schon, als ich sah, dass unter der Hausnummer nur Büros zu finden waren. Aber ich wollte sicherheitshalber nachfragen, ob dich da jemand kennt.«

Sie schüttelte den Kopf. »Warum fährst du von deinem Bauernhof nach Düsseldorf, um dann an der falschen Adresse die Leute zu fragen, ob mich da jemand kennt? Das ergibt doch gar keinen Sinn.«

»Für mich schon«, sagte er. »Ich konnte doch nicht tatenlos zusehen, wie du wegen eines blöden Missverständnisses einfach alles stehen und liegen lässt und nach Hause fährst.«

Lana lehnte sich gegen ihren Wagen und ließ den Kopf in den Nacken sinken, um den Sternenhimmel zu betrachten. Erst jetzt wurde ihr bewusst, wie hell es doch in der Stadt war und wie wenig man hier von den Sternen sehen konnte. Sie sehnte sich aufs Land zurück, wo die Nacht ihren Namen noch verdiente.

»Wie kommst du darauf, dass ich nach Hause gefahren bin?«, wollte sie schließlich wissen.

»Ich habe sehen können, wie du mit Timo förmlich davongerast bist, weil du nicht schnell genug wegkommen konntest«, antwortete er und klang dabei unendlich betrübt, so als hätte ihn jemand all seiner Träume beraubt.

»Davongerast bin ich, und Timo war auch dabei«, bestätigte Lana. »Das ist richtig, aber ich bin nicht nach Hause gefahren.«

Er zuckte mit den Schultern. »Das habe ich doch sogar schriftlich von dir!«

»Was hast du schriftlich?«, fragte sie verwundert. Noch immer hatte sie keine Ahnung, was bloß in Lukas gefahren war.

»Na, dass es vorbei ist. Und wenn es vorbei ist, wohin solltest du denn dann wohl fahren, außer nach Hause?«

»Hmm«, machte sie und redete nachdenklich weiter: »Die Schlussfolgerung ist zwar korrekt, denn dann wäre ich tatsächlich nach Hause gefahren. Aber wer oder was hat dich zu der Ansicht gebracht, dass es mit uns vorbei ist?«

»Na, weil du mich mit Stefanie gesehen hast.«

Jetzt zog sie die Augenbrauen hoch. »Wer ist Stefanie?«

»Die aufdringliche Blondine, von der ich aber gar nichts wissen will.«

»Aufdringliche Blondine? Wann habe ich die denn verpasst?«

»Du hast sie gar nicht verpasst«, machte er ihr klar.

»Du hast doch selbst gesehen, wie sie sich an meinem Traktor an mich herangemacht hat. Aber ich habe immer wieder versucht, sie mir vom Leib zu halten.«

»Ach, das hatte das zu bedeuten?«, erwiderte sie erstaunt. »Das konnte ich vom Haus aus gar nicht erkennen, weil das zu weit weg war.«

»Nicht?«

Sie schüttelte nachdrücklich den Kopf. »Nein. Und deshalb weiß ich auch nichts von irgendeiner Blondine, weil ihr zu klein wart. Ich konnte nicht mal sicher sein, ob du das überhaupt bist.«

»Aber … Aber wenn du davon gar nichts mitbekommen hast, wieso hast du dann mit mir Schluss gemacht?«

»Lukas, kannst du mir bitte endlich mal verraten, wie du auf die Idee kommst, ich hätte mit dir Schluss gemacht?«

»Hab ich doch schon gesagt: Weil du es mir selbst geschrieben hast!« Während er redete, zog er ein Blatt aus der Hosentasche und faltete es auseinander. »Ich erkenne doch schließlich deine Schrift.«

Sie starrte auf das Blatt, wollte nicht glauben, was sie da sah, und konnte schließlich nicht verhindern, dass sie zu lachen begann.

»Was ist daran so witzig?«, wollte er wissen und klang nun ein wenig ungehalten.

»Das ist zwar meine Schrift, Lukas«, räumte sie ein. »Aber das sind nicht meine Worte, sondern die deiner Exfrau. Renate, wenn ich mich nicht irre.«

Lukas schaute sie auf eine Weise an, die ihr verriet, dass sich seine Gedanken überschlugen, weil er sich natürlich nicht erklären konnte, woher sie den Namen seiner Ex kannte und wieso sie deren Worte notiert haben sollte. »Ähm … ich …«, fing er an, ohne zu wissen, was er eigentlich fragen wollte.

»Okay, Lukas, es ist so«, sagte sie. »Als ich ins Haus kam, war da dieser Anruf auf dem Anrufbeantworter. Ich habe ihn mir angehört und dann die falsche Taste gedrückt, wodurch ich ihn dummerweise gelöscht habe. Daraufhin habe ich aus dem Gedächtnis zusammengeschrieben, was deine Ex auf Band gesprochen oder besser gesagt auf Band gebrüllt hatte.«

»Meine Ex?«

»Ja, sie hat offenbar viel eher als gedacht davon erfahren, dass du das Konto entdeckt und geräumt hast«, erklärte Lana. »Sie kocht vor Wut, wenn du es genau wissen willst.«

»Dann ist das nicht deine Unterschrift?«, hakte er nach und zeigte auf das Gekritzel unter den Notizen.

»Das? Nein, das sollte eigentlich ›Anwälte‹ heißen, weil mir später eingefallen war, dass sie davon gesprochen hatte, ihre Anwälte auf dich zu hetzen. Das war nur ziemlich verunglückt.«

»Dann bin ich völlig vergebens den ganzen Weg gefahren?«, murmelte er. »Ich war in heller Aufregung, dass du Stefanies Verhalten falsch gedeutet und gedacht hast, ich würde dich mit einer anderen Frau betrügen. Ich wollte dir alles erklären, ich … Ich habe mich wohl ordentlich zum Narren gemacht, wie? Ich schätze, ganz Düsseldorf lacht über mich.«

»Lukas, du musst jetzt sehr stark sein«, gab sie sanft lächelnd zurück und strich ihm über den Arm. »Nicht nur ganz Düsseldorf hat das mitbekommen, du warst sogar im Fernsehen.«

»Waaaas?«, rief er erschrocken.

»Ja, in den Regionalnachrichten.«

»Laufen die nicht nur im Rheinland?«, fragte er so, als würde er sich an einen Strohhalm klammern.

Sie schüttelte den Kopf. »Über DVB-T kommt so einiges an Sendern rein.«

»O Gott, ich habe mich bundesweit zum Gespött der Leute gemacht«, stöhnte er.

»Nicht für mich«, sagte sie und schlang die Arme um ihn.

»Mir ist nämlich noch nie ein Mann Hunderte Kilometer mit einem Traktor hinterhergefahren, um mich davon abzuhalten, dass ich ihn verlasse. Das war das Romantischste, was du tun konntest.« Mit einem Augenzwinkern fügte sie hinzu: »Es war zwar auch das Dümmste, was du tun konntest, aber das ist bestenfalls viert- oder fünftrangig. Für mich zählt nur, dass ich dir eine solche Aktion wert bin.«

»Wusste ich's doch«, gab er mit wiedergewonnenem Selbstvertrauen zurück und redete ironisch weiter. »Natürlich wusste ich, dass du mich gar nicht verlassen wolltest. Ich wollte nur sehen, ob du mir nachfährst.«

»Wer's glaubt, wird selig«, konterte sie lachend. »Werd mir bloß nicht übermütig, sonst überleg ich es mir noch mal anders.«

»Nein, nein, überleg dir bloß nichts anders, hörst du?«, redete er hastig auf sie ein. »Ich weiß ja nicht mal, wohin du heute Mittag so schnell gefahren bist.«

»Zum Tierarzt«, sagte Lana. »Mit Leopold.«

Erschrocken riss er die Augen auf. »Mit Leopold zum Tierarzt? Was war denn los?«

»Zum Glück nichts Schlimmes«, beruhigte sie ihn. »Er hat sich nur den Magen verdorben, weil er sich überfressen hatte – am Rest vom Nudelsalat, den du heute Morgen aus irgendeinem Grund aus dem Kühlschrank genommen und auf den Tresen gestellt hattest.«

»O nein!«, stöhnte er. »Den hatte ich nur rausgeholt, weil ich sonst nicht an die Milch herangekommen wäre. Und dann habe ich ihn vergessen.«

»Und Leopold hat's gefreut«, sagte sie. »Zumindest am Anfang. Später lag er völlig geschafft da, und deshalb sind wir mit ihm zum Tierarzt gefahren. Ich konnte dir nicht noch Bescheid sagen, weil es mir zu lange gedauert hätte, über den Acker zu dir und dann wieder zurück zu rennen.«

Lukas schüttelte ungläubig den Kopf. »Dann war das alles wirklich nur ein Missverständnis.«

»Ja, aber eines mit einem so perfekten Timing, dass auch tatsächlich alles schiefgegangen ist, was schiefgehen konnte«, ergänzte sie. »Aber es hat auch was Gutes. Ich kann dir nämlich meine Antwort auf deine Frage geben, und sie lautet Ja.«

»Auf welche Frage?«, gab er irritiert zurück.

»Überleg mal.«

Er zuckte mit den Schultern. »Ich weiß nicht, welche Frage du meinst.«

»Eine, die du nur aufgeschrieben, aber mir nicht persönlich gestellt hast«, half sie ihm auf die Sprünge.

»Hmm«, machte er irritiert. »Warum sollte ich dir eine Frage aufschreiben, statt sie dir zu stellen?«

»Warte, ich weiß was Besseres«, sagte sie und zog ihr Smartphone aus der Tasche. »Ich hatte schon ganz vergessen, dass ich hier ja an jeder Ecke guten Empfang habe.« Sie tippte etwas ein, dann hielt sie ihm das Smartphone hin. »Das ist der Beitrag, der heute Abend im Fernsehen gelaufen ist. Sieh ihn dir genau an, vor allem den Schluss.«

»Okay«, murmelte er und verzog den Mund, als er die Bilder vom Chaos in der Stadt sah, für die er zumindest zum Teil verantwortlich war.

Als die entscheidende Szene kam, tippte Lana, die mit ihm den Beitrag anschaute, auf das Display, sodass nur noch ein Standbild gezeigt wurde. Darauf war Lukas' Traktor zu sehen … und das von ihm beschriftete Pappschild mit dem Text *Lana, willst du mich heiraten?*

»Das hast du gesehen?«

Sie nickte lächelnd.

»Und deine Antwort darauf lautet … Ja?«

Wieder nickte sie. »Wie könnte ich Nein zu einem Mann sagen, der so verrückt ist, dass er mal eben den Berufsverkehr einer Großstadt zum Erliegen bringt, nur um mir einen Heiratsantrag zu machen?«

»Lana …«, sagte er mit erstickter Stimme, dann drückte er sie einfach an sich und hielt sie fest.

Sie ließ ihren Freudentränen freien Lauf und hörte Lukas

schniefen. Offenbar versuchte er, seine Tränen der Rührung zurückhalten. Minutenlang standen sie beide eng umschlungen da, die Welt um sie herum war vergessen.

Bis sich auf einmal jemand räusperte.

Lana schlug die Augen auf und entdeckte eine Polizistin, die nur ein paar Meter von ihnen entfernt stand.

»Guten Abend«, sagte sie lächelnd. »Ich störe Ihren Glücksmoment nur ungern, aber gehört dieser Kombi einem von Ihnen?«

»Ja, mir«, antwortete Lana.

»Gut, dann muss ich Sie bitten, den Wagen umzuparken, weil dieser Seitenstreifen für Dienstfahrzeuge reserviert ist«, sagte die Polizistin. »Momentan braucht zwar niemand diesen Platz, aber ich bin hier auf der Wache die Neue, und mein Vorgesetzter hat mich rausgeschickt, damit Sie Ihren Wagen wegfahren, und wenn Sie das nicht machen sollten, würde ich vor meinem Chef ganz schlecht dastehen.«

»Selbstverständlich«, erwiderte Lana. »Wir fahren sofort weg. Komm, Lukas, wir müssen los.«

»Ähm … dann hole ich meinen Traktor vom Parkplatz«, sagte er.

»Unsinn«, gab sie zurück und ging um ihren Wagen herum. »Den kannst du morgen früh noch immer abholen. Wir fahren zu mir, weil ich keine Lust habe, jetzt noch ein paar Stunden auf der Autobahn zuzubringen. Außerdem haben wir eine Verlobung zu feiern.«

Lukas konnte nichts gegen das immer breiter werdende Grinsen unternehmen, dass sein Gesicht zierte. Er sah die Polizistin an. »Haben Sie das gehört? Wir haben eine Verlobung zu feiern.«

»Tun Sie das«, gab die junge Frau lächelnd zurück. »Meinen Segen haben Sie.«

Er nickte ihr zu und setzte sich immer noch grinsend zu Lana ins Auto, dann fuhren sie los.

Epilog

Sechs Wochen später

Lukas kam soeben aus der Halle mit den alten Traktoren, als Lana ihren Wagen vor dem Wohngebäude ausrollen ließ. Er ging zu ihr und machte ihr die Tür auf, während sie den Motor abstellte und den Gurt löste.

Nachdem sie ausgestiegen war, gab er ihr einen Kuss, der aber nicht ganz so leidenschaftlich wirkte wie sonst. »Stimmt was nicht?«, fragte sie.

»Das wirst du mir gleich sagen können«, erwiderte er, nahm ihre Hand und zog sie mit sich zum Haus. Sie gingen nach drinnen, und er führte sie in die Küche, wo Rebecca am Esstisch saß und ihr zuwinkte.

»Hi, Lana«, sagte sie, hörte sich aber so ernst an wie ihr Vater.

Leopold kam Lana entgegengelaufen, um sich an ihren Beinen zu reiben und sie so zu begrüßen. Er war der Einzige im Raum, dessen Stimmung ganz normal war.

»Also?«, fragte Lana in die Runde. »Was ist passiert?«

Lukas deutete mit einem Kopfnicken auf den Tisch, und Rebecca zeigte auf den dicken Stapel Briefumschläge, der vor ihr lag, Lana aber zunächst nicht aufgefallen war.

»Das Finanzamt war fleißig«, sagte er leise. »Dreizehn Umschläge.«

Lana warf ihm einen Seitenblick zu. »Und ihr habt noch nicht reingesehen?«

»Post vom Finanzamt aufzumachen ist dein Ding, glaube ich«, gab er zurück. »Jedenfalls dann, wenn man begreifen will, was das Finanzamt einem schreibt.«

Lana nickte kurz. »Okay«, sagte sie schließlich und nahm die Umschläge an sich. »Dann werde ich mich mal in mein Büro zurückziehen und sehen, was die netten Leute uns mitzuteilen haben.«

Als sie die Küche verließ, folgte ihr Leopold wie ein gut erzogener Hund.

Fast zwei Stunden vergingen, ehe Lana in die Küche zurückkehrte, in einer Hand die gefalteten Schreiben vom Finanzamt, in der anderen einen Notizblock, auf dem sie gut ein Dutzend Seiten beschrieben hatte.

»Ich könnte jetzt einen Kaffee gebrauchen«, sagte sie zu Lukas und setzte sich zu Rebecca den Tisch. Leopold sprang auf den freien Stuhl gleich neben ihr. Als Lukas ihr den Kaffee brachte, trank sie einen großen Schluck. »Tut mir leid, dass es so lange gedauert hat, aber ich musste alle Positionen für den Fall überprüfen, dass wir gegen irgendetwas Einspruch einlegen müssen.«

»Das haben wir uns schon gedacht«, entgegnete Lukas und fragte nervös: »Und wie sieht es aus? Müssen wir unsere Sachen packen und bei dir und Timo einziehen?«

»Ich glaube, das Halten von Kühen, Schweinen, Pferden und Hühnern ist in meiner Wohnung gar nicht erlaubt«, gab sie zurück. »Bei Leopold könnten wir vielleicht noch versuchen, ihn als verkappten Hund auszugeben, aber die anderen? Keine Chance.« Sie schüttelte den Kopf. Dann nahm sie das oberste Schreiben vom Stapel, legte es in die Tischmitte und sagte: »Jahr eins der Betriebsprüfung: Erstattung von Einkommensteuer und Umsatzsteuer.« Sie griff nach dem nächsten Umschlag. »Jahr zwei: Erstattung von Einkommensteuer und Umsatzsteuer … Jahr drei: Erstattung von Einkommensteuer und Umsatzsteuer … Jahr vier ebenso … Jahr fünf noch mal das Gleiche.«

Lukas sah sie erstaunt an. »Wie ist das möglich?«

»Das hat mehrere Gründe«, erklärte sie. »Bei der Prüfung wurde festgestellt, dass verschiedene Kosten gar nicht abgezogen worden waren, was zu einem zu hohen Einkommen und einer entsprechend zu hohen Steuerforderung geführt hat. Außerdem waren die Umsätze falsch ermittelt worden, wodurch die Umsatzsteuer zu hoch angesetzt wurde, und dazu kommt, dass der größte Teil der Vorsteuerbeträge gar nicht abgezogen wurde, obwohl sie abgezogen werden konnten. Das Finanzamt hat das jetzt alles korrigiert und die richtigen Beträge ermittelt, deshalb gibt es Geld zurück.«

»Hatte meine Mutter einen Vorteil davon?«, wollte Rebecca wissen.

Lana, die diese Frage eigentlich eher von Lukas als von seiner Tochter erwartet hätte, schüttelte den Kopf. »Nein, hatte sie nicht. Ehrlich gesagt war das auch mein erster Gedanke, aber sie hat offenbar aus völliger Ahnungslosigkeit gehandelt und einfach irgendwelche Zahlen zusammengeworfen, die einigermaßen plausibel erschienen. Nur mit diesen angeblichen Steuervorauszahlungen auf das Online-Konto hat sie versucht, euch um euer Geld zu bringen.« Sie wandte sich wieder an Lukas. »Hat sie noch mal was von sich hören lassen? Oder haben sich ihre ›Anwälte‹ gemeldet?«, fügte sie scherzend an.

»Nein, das hätte ich dir sofort gesagt«, antwortete Lukas.

»Sehr gut«, sagte sie zufrieden. »Dann hat mein Schreiben an ihren Steuerberater ja Wirkung gezeigt. Ich habe den Vorgang übrigens unserem Anwalt übergeben, denn es ist offensichtlich, dass der Steuerberater deine Ex auf die Idee mit dem Online-Konto gebracht hat.«

Lukas verzog den Mundwinkel. »Muss das sein? Mir wäre es lieber, wenn wir die Sache auf sich beruhen lassen könnten.«

»Wenn du allein darüber Bescheid wüsstest«, erwiderte sie, »wäre das eine andere Sache. So habe ich aber in meiner Funktion als deine Steuerberaterin vom möglicherweise strafbaren Verhalten eines Kollegen erfahren, und das kann ich nicht einfach zu den Akten legen.« Sie lächelte zuversichtlich. »Wenn der Mann zur Rechenschaft gezogen wird, dann werde ich schon dafür sorgen, dass er erfährt, dass es sich nicht um eine kleinliche Rache von deiner Seite handelt, sondern dass meine Kanzlei gedenkt, ihm das Leben schwerzumachen. Immerhin ist es ja möglich, dass er bei anderen Mandanten in ähnlicher Weise vorgeht.«

Er nickte verstehend, dann deutete er auf den Rest der Briefe. »Und was hat das da ergeben?«

»Also, die Schätzungsbescheide wurden natürlich aufgehoben, weil wir drei Minuten vor Feierabend die Steuererklärungen mitsamt einer Wagenladung Unterlagen abgegeben haben. Das hier sind die Einkommensteuer- und Umsatzsteuerbescheide für die letzten vier Jahre. Da du dich bei deinen Vorauszahlungen immer an dem orientiert hast, was in den Jahren davor war, und da in diesen Jahren regelmäßig zu hohe Beträge gemeldet wurden, hast du sogar noch mehr zu viel gezahlt als in den Jahren, in denen noch Steuererklärungen abgegeben wurden.«

»Das heißt?«, fragte Lukas zögerlich.

»Das heißt, dass du noch mehr Geld zurückbekommst, Pa«, warf Rebecca ein und sah zu Lana. »Stimmt's?«

Lana zwinkerte ihr zu. »Stimmt genau«, sagte sie. »Ich habe am Ende viermal nachgerechnet, weil ich mir absolut sicher sein wollte, dass die Summe stimmt.« Sie drehte den Block um und schlug die letzte Seite langsam um. »Erst dachte ich, das kann nicht sein, aber mit dem letzten Erstattungsbetrag sind wir … sechsstellig geworden!«

Lukas und Rebecca starrten auf die Zahl auf dem Notizblock und konnten nicht fassen, was sie da sahen. Eben noch hatte es so ausgesehen, als würden sie den Hof und alles verlieren, was damit zusammenhing, und jetzt … Jetzt war das Gegenteil dabei herausgekommen, nämlich ein regelrechter Geldregen.

»Ist das richtig, was ich da sehe?«, fragte Lukas, nachdem er eine Weile die von ihr notierte Summe betrachtet hatte.

»Du kannst gern nachrechnen«, schlug sie ihm vor und schob ihm den Stapel Bescheide hin.

Sofort hob er abwehrend die Hände. »Nein, bloß nicht. So wie ich mich kenne, komme ich zu dem Ergebnis, dass ich dem Finanzamt noch mindestens zweitausend Euro schulde«, sagte er und musste lachen.

»Ja, das würde zu dir passen«, gab sie amüsiert zurück. »Aber komm nicht auf die Idee, mit dem Traktor zum Finanzamt zu fahren, um das Geld da einzuzahlen. Da kannst du nur überweisen.« Dann wurde sie wieder ernst. »Apropos überweisen. Die Erstattungsbeträge werden in den nächsten Tagen auf dein Konto überwiesen. Das dauert immer ein bisschen.«

»Kein Problem«, sagte er und winkte ab. »Hauptsache ist, dass die mit ihrer Schätzung nicht durchgekommen sind, weil ihr beide und Timo euch so auf diese Arbeit gestürzt habt. Ich werde mich noch irgendwie richtig dafür bedanken. Im Moment kann ich nur Danke sagen.«

»Mach dir darüber mal keine Gedanken«, wehrte Lana ab. »Es gibt Wichtigeres. Zum Beispiel die weitere Vorgehensweise, über die ich heute im Büro gesprochen habe. Ihr wisst, ich kann und will bei der Kanzlei nicht einfach aussteigen, darum haben wir eine Lösung gefunden, die für alle Beteiligten tragbar sein dürfte. Und zwar werde ich von montags bis mittwochs in der Kanzlei arbeiten und in der Zeit auch in Düsseldorf sein, weil ich nicht jeden Morgen und Abend zwischen hier und dem Büro pendeln kann. Donnerstags und freitags werde ich hier arbeiten …«

»Hier auf dem Hof?«, fragte Lukas erstaunt.

»Nein, drüben im Dorf in einem der momentan leer stehenden Ladenlokale« erklärte sie. »Das wird dann eine Zweigstelle der Kanzlei werden, und wer hier einen Steuerberater braucht, kann an den beiden Tagen oder nach Vereinbarung auch am Wochenende zu mir kommen. Außerdem haben wir eine Arztpraxis unter unseren Mandanten, eine Gemeinschaftspraxis, um genau zu sein. Die waren von der Idee ganz begeistert, im Nebenhaus eine Zweigstelle ihrer Praxis zu eröffnen und sie an ein paar Tagen in der Woche mit einem ihrer Kollegen zu besetzen. Auf die Weise kommt wieder Leben ins Dorf, und es gibt für die Menschen hier Ansprechpartner, die gleich nebenan und nicht zwanzig Kilometer entfernt sind. Der Vermieter des Nachbarhauses hat auch schon sein Interesse bekundet. Außerdem werden wir uns mit allen Mobilfunkanbietern in Verbindung setzen, damit umgehend etwas gegen dieses Funkloch unternommen wird. Wenn der eine hört, dass die Konkurrenz schon an einer Lösung arbeitet, wird er sich vielleicht mehr anstrengen und selbst auch etwas liefern. Uns geht es darum, dass ich für die Kanzlei an den beiden Tagen immer erreichbar bin und über Video an Konferenzen teilnehmen kann.«

»Dann bist du von Donnerstag bis Sonntag hier?«, fragte Lukas hoffnungsvoll.

»Nein, von Mittwochabend bis Montagmorgen«, korrigierte sie ihn lächelnd, was ihn noch mehr erfreute. Dann hob sie mahnend den Zeigefinger: »Immer alles unter dem Vorbehalt, dass es nicht irgendeinen Notfall bei einem unserer Mandanten gibt und ich länger bleiben muss.«

»Kein Problem«, versicherte Lukas ihr.

»Und was ist mit Timo?«, wollte Rebecca wissen.

»Na ja, da das Schuljahr bereits angefangen hat, will er jetzt nicht die Schule wechseln«, antwortete Lana. »Außerdem hat er alle seine Freunde in Düsseldorf, und da sind auch alle Vereine, die ihm hier natürlich fehlen würden.«

»Also bleibt er da?«, fragte Lukas.

»Wir haben mit den Schneiders gesprochen, den Eltern von Timos bestem Freund, und sie sind gern bereit, ihn an den vier Tagen zu betreuen, an denen ich nicht da bin. Außerdem wird das Ganze ohnehin nicht so starr ablaufen, wie es im Moment aussieht. Ich werde bestimmt auch mal am Donnerstag und Freitag arbeiten und kann Timo dann mitbringen.«

»Und ich darf hier auf dem Land versauern«, beschwerte sich Rebecca und zog eine missmutige Miene.

»Oh, dann soll ich den Schneiders sagen, dass du kein Interesse hast?«, fragte Lana ganz beiläufig und zwinkerte Lukas zu, der natürlich eingeweiht war. »Na ja, war auch nur so eine Idee.«

Rebecca horchte auf. »Was war nur eine Idee?«

»Dass du von Montag bis Mittwoch bei mir wohnst und den Rest der Woche so wie Timo bei den Schneiders«, erklärte Lana in einem Tonfall, als hätte sie den Vorschlag schon ein Dutzend Mal gemacht.

»Ist das dein Ernst?«, fragte Rebecca.

»Nun, ich dachte, du wärst gern mehr mit Timo zusammen«, sagte Lana.

»Ehrlich?« Sie sah Lana mit aufgerissenen Augen an.

»Dein Vater und ich haben überlegt, dass es nicht schaden kann, wenn du das Leben in der Großstadt kennenlernst. Auf dem Land zu leben hat viele schöne Seiten, aber wenn du zum Beispiel in vier oder fünf Jahren wegen eines Jobs in die Großstadt umziehst und das alles zum ersten Mal auf dich einstürmt, dann kann das ganz schön an die Substanz gehen.«

Rebecca drehte sich zu ihrem Vater um. »*Ehrlich*?«

Er nickte lächelnd. »Natürlich nur, wenn du willst. Es liegt ganz an dir.«

Rebecca sprang auf und fiel erst ihrem Vater, dann Lana um den Hals. »Ich muss sofort Jessy und Tamara und Olivia anrufen! Oh, und Andrea!«

»O Mann«, seufzte Lukas. »Dann wären wir beide ja ganz allein, Lana. Was sollen wir denn bloß den ganzen Tag tun?«

»Wenn ich das wüsste«, erwiderte sie im gleichen frustrierten Tonfall. »Ohne Kinder wird es ja so öde sein.«

»Wenn euch *laaaangweilig* werden sollte«, sagte Rebecca mit sehr viel Betonung auf dem Weg zur Tür, »habt ihr ja immer noch Leopold.«

Der Hahn hob den Kopf, als sein Name fiel. Ein lautes und sehr nachdrückliches *Kikerikiii!* begleitete Rebecca auf dem Weg nach draußen und übertönte Lukas' und Lanas ausgelassenes Gelächter.